LINO PIEROZZI

I0562167

IL MESSAGGIO TRADITO
Il contrasto insanabile tra Gesù e il cristianesimo

Youcanprint Self - *Publishing*

Titolo | Il messaggio tradito
Sottotitolo | Il contrasto insanabile tra Gesù e il cristianesimo
Autore | Lino Pierozzi
Immagine di copertina | © Anton Gvozdikov - Fotolia.com
ISBN | 978-88-91119-00-1

Youcanprint *Self-Publishing*
Via Roma, 73 - 73039 Tricase (LE) - Italy
www.youcanprint.it
info@youcanprint.it
Facebook: facebook.com/youcanprint.it
Twitter: twitter.com/youcanprintit

PRE-INTRODUZIONE

1. Critiche al libro *Gesù di Nazaret* di **BENEDETTO XVI**

Il capitolo VII del presente volume (pp. 186-211) è dedicato interamente all'esame

del libro

GESU' DI NAZARET DI BENEDETTO XVI

E CONTIENE CRITICHE A TALE LIBRO

AUTORIZZATE DAL PAPA IN PERSONA

[Infatti egli così scrive: "Non ho di sicuro bisogno di dire espressamente che questo libro non è in alcun modo un atto magisteriale, ma è unicamente espressione della mia ricerca personale del 'volto del Signore' (cfr. Sal 27,8). Perciò ognuno è libero di <u>contraddirmi</u>"] (Joseph Ratzinger – Benedetto XVI, *Gesù di Nazaret*, Casa Editrice Rizzoli, Milano 2007, p. 20).

Naturalmente tali critiche sono state condotte dall'autore **con il dovuto rispetto e la massima deferenza.**

2. Condanna dei gravi errori della Chiesa da parte di **Hans Küng**

Senza la perentoria condanna dei gravi errori della Chiesa da parte dell'illustre teologo Hans Küng, professore emerito presso la celebre Università di Tubinga (condanna alla quale l'autore si associa senza esitazione), questo libro non sarebbe mai stato scritto.

1) Nel suo volume *Essere cristiani*, innanzi tutto, Küng afferma che la Chiesa è, in sintesi, la comunità di coloro che credono in Cristo. Non la fondò Gesù; essa sorse dopo la sua morte richiamandosi a lui: è dunque *la comunità di coloro che hanno abbracciato la causa di Gesù Cristo e la testimoniano come speranza per tutti gli uomini.*

Ma qual è la causa di Gesù Cristo? E' la causa stessa di Dio e quindi la causa dell'uomo, è la volontà di Dio e quindi il bene integrale dell'uomo.

Unico compito della Chiesa - precisa il nostro teologo - sarebbe dunque quello di servire la causa di Gesù, quanto meno di non snaturarla. Lo sta realmente facendo? E' una domanda che ogni cristiano dovrebbe rivolgere spontaneamente a se stesso in quanto membro della Chiesa, e soprattutto la dovrebbe rivolgere alla Chiesa stessa (p. 542)

2) E qui si configurano - aggiunge il teologo svizzero - alcuni suoi errori fondamentali, in quanto essa si è palesemente allontanata da Gesù. Prima di tutto la Chiesa non è *fautrice di libertà*. Essa è un centro di potere e nel passato, è stata addirittura una "Santa Inquisizione". Quando si rivolge agli altri (agli Stati e alle autorità del mondo) essa fa volentieri appello alla libertà e la pretende per se stessa, ma nelle sue strutture, nelle sue istituzioni e costituzioni, la Chiesa assume un carattere oppressivo o repressivo.

Se si volesse seguire l'insegnamento di Gesù, nella Chiesa nessuno dovrebbe avere il diritto di conculcare o sopprimere, scopertamente o velatamente, la libertà fondamentale dei figli di Dio. Cosa che, purtroppo, normalmente avviene all'interno della Chiesa. In altre parole, la Chiesa ha una struttura centralizzata e verticistica, per cui essa tende a rendere schiavi tutti i fedeli, i quali devono eseguire passivamente e senza discutere i suoi ordini. Quando essa si rivolge al mondo fa appello alla libertà che tutti le nazioni dovrebbero concedere ai propri sudditi, ma essa stessa si guarda bene dal concederla ai propri affiliati (p. 547).

3) *E' lecito criticare la Chiesa*? Hans Küng non ha esitazioni.

"Guardando al messaggio di Gesù - egli scrive -, il cristiano ecclesialmente impegnato non ha motivo di rifuggire dalla critica alla Chiesa e di lasciarne l'iniziativa a 'quelli di fuori'. Nessuna critica dal 'di fuori', per quanto radicale, può sostituire o addirittura sopraffare la critica dal 'di dentro'. La critica più severa scaturisce non dalle numerose obiezioni storiche, filosofiche, psicologiche, sociologiche, ma da quel medesimo Vangelo di Gesù Cristo a cui la Chiesa costantemente si richiama. In tal senso non ci si dovrà lasciare proibire neppure dal di dentro' – neppure dal papa e neppure dai molti piccoli papi – di esercitare una critica nei confronti della Chiesa" (p. 587).

4) Küng passa quindi in rassegna i più macroscopici errori compiuti dalla Chiesa nel passato:
- le persecuzioni degli ebrei e le crociate;
- i processi contro gli eretici e i roghi riservati alle streghe;
- il colonialismo e le "guerre di religione";
- le errate condanne di uomini e le errate soluzioni di problemi;
- le compromissioni con determinati sistemi sociali, apparati governativi e ambienti intellettuali;
- i molteplici insuccessi riguardo ai problemi della schiavitù, della guerra, della donna, della società e riguardo a questioni storiche o scientifiche... (p. 588).

5) Venendo a tempi a noi più vicini, l'insigne teologo enumera e approva alcune delle infinite obiezioni mosse alla Chiesa dagli scienziati e dai medici, dagli psicologi e dai sociologi, dai giornalisti e dai politici, dai lavoratori e dagli intellettuali:
- una dogmatica autoritaria e incomprensibile;
- una morale avulsa dalla vita concreta, frantumata dalla casistica in una costellazione di minuzie;
- opportunismo e intolleranza;
- legalismo e arroganza dei funzionari ecclesiastici e dei teologi a tutti i livelli;
- frequente connivenza con i potenti;
- indifferenza per i disprezzati, i calpestati, gli oppressi, gli sfruttati;
- religione come oppio del popolo;
- un cristianesimo preoccupato solo di se stesso, internamente lacerato;
- affossamento del *Concilio Vaticano II* ... (p. 588).

Come ognuno può constatare, le critiche più serrate sono state rivolte alla Chiesa non solo dai laici, che ovviamente nei suoi confronti sono stati critici severissimi, ma anche da un combattivo teologo cattolico.

INTRODUZIONE

Contrariamente a quanto si è sempre creduto, Gesù non ha fondato il cristianesimo. Quest'ultimo è sorto ad opera dei primi cristiani, i quali hanno creduto bene di mettere tale movimento religioso sotto l'egida del Nazareno.

Ma per fare ciò hanno dovuto, contemporaneamente, nobilitare la figura di Gesù. Infatti la comunità primitiva non solo ha fatto sua e diffuso la predicazione di Gesù, riconoscendolo come maestro e profeta, ma ha fatto molto di più: ha trasformato Gesù, per esempio, in Messia; nel Messia futuro che verrà a giudicare il mondo. Dunque la comunità primitiva ha predicato anche lui stesso: se prima era il portatore del messaggio, ora Gesù è stato lui stesso inserito nel messaggio, ne è divenuto il contenuto essenziale. Da annunciatore è divenuto l'annunciato, l'oggetto della predicazione.

Dal giorno della resurrezione, quindi, la sua persona incominciò a subire una trasformazione che lo allontanò sempre più dalla realtà. Le prime generazioni cristiane attribuirono i massimi titoli a Gesù di Nazareth: Cristo (Messia), Figlio dell'uomo, Figlio di Davide, Figlio di Dio, Signore, e lo indicarono come il portatore della salvezza eterna (Salvatore), attribuendogli un onore che il Gesù terreno non aveva mai chiesto ("Io non cerco la mia gloria", Gv 8,50).

Molti considerano, non a torto, questo processo come il grande peccato del cristianesimo. Da questo momento, essi dicono, il semplice annunzio di Gesù viene soffocato dalla mitologia e dalla dogmatica, al punto che già in Paolo esso non è più riconoscibile.

Naturalmente Gesù, finché fu vivo, non consentì nessun tipo di amplificazione. Ma ciò fu inevitabile dopo la sua morte. Gli stessi apostoli, infatti, si abbandonarono ad una notevole opera di trasformazione della figura del Nazareno. Il fatto si è che tra il Maestro, da essi conosciuto nella "carne", e l'immagine che se ne facevano dopo trent'anni s'interponevano il dramma della passione e il mistero della resurrezione. Essi ritennero che Gesù era risorto e che, pertanto, la sua azione non era terminata con la sua morte ma continuava in maniera efficace, anche se misteriosa, e si misero a predicare Gesù come il Messia. Incominciarono a dire che le promesse messianiche fatte a Israele si erano avverate in Gesù, che egli sarebbe ben presto tornato e che il regno di Dio, da lui predicato in vita, si sarebbe finalmente realizzato.

Una volta convinti che Gesù fosse il Messia, gli apostoli scoprirono che non avevano capito nel loro vero senso molti "detti" di Gesù, che avevano frainteso il tale o talaltro dei suoi "gesti". La loro buona fede è fuori discussione, ma essi palesemente s'ingannarono; furono portati inconsciamente a travisare i fatti e anche, talvolta, ad arricchirli per adattarli alle esigenze della loro nuova fede messianica.

Possiamo ben ammettere che gli apostoli abbiano cercato di resistere alle potenti suggestioni che li spingevano a travisare i fatti e che, anche se i loro ricordi subirono una cernita, una deformazione, una trasformazione, essi conservarono qualche legame con la verità del passato. Ma non fu così per i loro discepoli che non avevano conosciuto il Maestro ma che credevano in lui. Questi ultimi subirono tutti gli influssi che li sollecitavano a sostituire un Cristo irreale al Gesù della storia:
1) quello, innanzi tutto, delle rappresentazioni messianiche popolari;
2) quello dei testi dell'Antico Testamento considerati come profetici, nel senso che si vollero vedere realizzate in Gesù le predizioni della Scrittura;
3) quello dei temi leggendari dell'Oriente semitico fantasticanti su qualsiasi tipo di eroe religioso;
4) quello delle religioni dei misteri, dell'ambiente siriaco e asiatico, con il loro dio salvatore, morente e risuscitante;
5) quello, infine, degli ispirati (di cui Paolo ci dà il più illustre esempio) i quali avevano confuso e combinato insieme i ricordi che dovevano forse a una tradizione autentica e gli insegnamenti che traevano dalle loro rivelazioni e visioni personali (Guignebert, *Gesù,* Torino 1972, p. 56).

Ma i cristiani che subentrarono alla morte degli apostoli non si fermarono a ciò. Essi pretesero che Gesù avesse fondato anche la Chiesa. Pretesa assurda, se si considera che egli, neppure nei momenti più solenni del suo apostolato, quando fissa le condizioni per essere ammessi al regno, parla mai di Chiesa, né tanto meno dice che sia necessario appartenere ad essa; essendo sufficiente per lui l'accettazione del suo messaggio e la radicale sottomissione alla volontà di Dio (Küng, *Essere cristiani*, Milano 1976, p. 316).

Senza considerare che il solo Matteo, in un unico passo, parla di Chiesa universale, laddove Gesù dice a Pietro: "Tu sei Pietro e su questa pietra edificherò la mia Chiesa" (Mt 16,18). Affermazione isolata che i discepoli di Gesù non avrebbero potuto capire. A meno che, in altre circostanze, egli non avesse dato una spiegazione particolareggiata della nuova comunità che avrebbe inteso costituire. Ma in nessun altro passo di tutto il Nuovo Testamento sono riferiti discorsi pubblici di Gesù nei quali si annunzi l'istituzione di una Chiesa. E, in particolare, non ne parlano affatto né gli altri due sinottici, né Giovanni, né Paolo.

Ciò che soprattutto sconcerta è il silenzio del più antico evangelista (cioè di Marco): come è possibile che quest'ultimo, ritenuto compagno di Pietro, avrebbe lasciato cadere un simile passo (quello appunto di Mt 16,18) così favorevole per il suo maestro se lo avesse trovato nella tradizione dei discepoli? E come non lo avrebbe trovato se c'era? D'altra parte, per quale motivo Pietro, che doveva ben conoscerlo, glielo avrebbe taciuto? Evidentemente non c'era nulla da ricordare.

Dunque i primi cristiani vollero fondare il cristianesimo su Gesù. Ma per fare ciò, come abbiamo già detto, furono portati a nobilitare la figura del profeta e maestro di Nazareth, attribuendo a lui i più elevati titoli messianici, fra cui spiccava quello che in ambiente greco avrebbe fatto di lui un essere divino, anche se subordinato al Padre: ossia *Figlio di Dio*. Ovviamente tutto ciò avvenne in opposizione a Gesù il quale, nel corso della sua vita terrena, non aveva mai cercato di mettersi in primo piano, dichiarandosi un semplice messaggero della divinità.

Tuttavia, anche se Gesù non ha fondato la Chiesa, quest'ultima sorse, dopo la sua morte, richiamandosi a lui. Possiamo dunque dire che la Chiesa è la comunità di coloro che credono in Gesù Cristo e che hanno fatto proprio il suo messaggio.

Ma purtroppo dobbiamo subito aggiungere che essa, appena raggiunto il potere, si è allontanata da quella che possiamo chiamare la causa di Gesù, che è poi la causa stessa di Dio, ossia il bene integrale dell'uomo.

In questo libro si parlerà di questo tradimento passando in rassegna alcuni punti fondamentali del pensiero del Nazareno ed evidenziando l'allontanamento da essi da parte della Chiesa cattolica.

Il primo punto riguarda l'ateismo. Riguarda cioè la posizione di coloro che dichiarano che Dio non esiste; dichiarazione la cui responsabilità ricade in gran parte proprio sulla Chiesa.

Potrà sembrare strano che la Chiesa con il suo comportamento sia stata all'origine dei negatori dell'esistenza di Dio, ma è proprio così. In effetti, gli atei non sono tali perché hanno dimostrato con valide ragioni l'inesistenza dell'Essere supremo, ma perché non ne possono più dello strapotere, dell'oppressione e dell'intolleranza di cui ha dato prova la Chiesa nei secoli passati e di cui dà spettacolo tuttora, coinvolgendo in questi riprovevoli comportamenti l'onorabilità stessa di Dio, del quale essa detiene arbitrariamente il monopolio.

Ovviamente non vogliamo dire con questo che, in linea di principio, l'inesistenza di Dio sia indimostrabile. Diciamo soltanto che finora gli atei non hanno presentato prove convincenti di tale inesistenza né dimostrazioni in grado di mettere in discussione l'esistenza dell'Essere supremo. Neanche le prove di Hume, sbandierate da molti di essi, hanno raggiunto lo scopo. Invitiamo pertanto coloro che si ritengono atei a cimentarsi in tali ardue dimostrazioni. Per ora possiamo chiamarli soltanto con il nome più appropriato di anticlericali.

Un altro punto importante è l'ideale della verginità (che i padri e i teologi della Chiesa cattolica hanno sempre perseguito) e più in generale il problema del sesso, che essi hanno invece strenuamente combattuto, giungendo a sostenere i più incredibili paradossi. Senza tenere minimamente conto del fatto che Gesù non fu un asceta e non esaltò mai la verginità.

Fin dal II secolo d.C., infatti, essi hanno iniziato la loro battaglia contro il piacere sessuale. E nel V secolo, con l'arrivo di Agostino, sono state rese stabili le basi di tale avversione, che si è protratta fino ai giorni nostri.

In realtà il rapporto sessuale è stato chiaramente previsto e voluto da Dio affinché un uomo e una donna possano donarsi ed amarsi reciprocamente. Esso è un'esigenza naturale come il mangiare e il bere. Pertanto bisogna respingere totalmente quanto la Chiesa ha insegnato fino ad oggi, e cioè che il sesso sarebbe una cosa "sporca", biasimevole e impura; e che il relativo piacere non sarebbe mai esente da peccato. Effettivamente sarebbe ben strano che Dio avesse creato una cosa al dire della Chiesa così disdicevole come il sesso per consentire agli uomini di amarsi e di riprodursi. Data la sua onnipotenza, egli avrebbe senz'altro, in tale ipotesi, messo in atto un'altra soluzione. Se non lo ha fatto, vuol dire che il sesso è una cosa buona e apprezzabile.

C'è una macchia nera nella storia della Chiesa, obbrobriosa e incancellabile. Essa ha perseguitato per secoli centinaia di migliaia di persone, solamente perché la pensavano in modo difforme da lei. E non si è limitata a rimproverare più o meno severamente coloro che si discostavano dalla dottrina cattolica. Ma per essi ella ha escogitato una morte atroce, quella per rogo. Stiamo parlando del famigerato Tribunale dell'Inquisizione, del quale bisognerà sempre ricordarsi, a disonore della medesima.

Né si deve pensare che esso sia scomparso totalmente. In un certo senso esiste ancora, anche se non si chiama più Tribunale dell'Inquisizione ma Congregazione per la dottrina della fede. Per mezzo di essa, infatti, la Chiesa mira sempre allo stesso scopo: combattere coloro che si discostano dalla dottrina cattolica. Certo essa oggi non condanna più i cristiani ad essere arsi vivi, ma li perseguita ugualmente. Facciamo qualche esempio.

Supponiamo che un prete getti la tonaca e torni ad essere laico. Fino a poco tempo fa, per accordi intercorsi con lo Stato italiano su richiesta della Chiesa, il malcapitato non poteva accedere a nessun impiego

9

nell'amministrazione statale né conseguire una carica che lo mettesse a diretto contatto con il pubblico. E ciò come punizione per aver osato di abbandonare la Chiesa e per impedire che facesse propaganda contro di essa; oltre che, ovviamente, per rendere penoso e difficile il suo reinserimento nella società civile.

Ipotizziamo ora che alcuni cittadini vogliano divorziare. La Chiesa non si limita a proclamare che il divorzio non è ammesso. Ma essa esercita ogni tipo di pressione, nei confronti dello Stato al quale essi appartengono, affinché non faccia una legge a favore del divorzio. E dove l'istituzione del divorzio è un fatto compiuto e consolidato essa preme palesemente o in segreto perché una tale legge sia abrogata.

Lo stesso discorso vale per l'aborto. Essa non spiega soltanto ai suoi fedeli qual è la sua posizione, e cioè che non è lecito abortire in nessun caso, neanche se è messa in pericolo la vita della madre, ma pretende che lo Stato di cui essi sono cittadini si presti a non fare una legge che permetta l'aborto, e se una tale legge esiste, ne sollecita l'abrogazione. Tuttavia la sua affermazione che "La vita è sacra fin dal momento del concepimento", è contraddetta con valide ragioni da un importante teologo del secolo scorso, Karl Rahner, il quale afferma: "Anche dalle definizioni dogmatiche della Chiesa non si può dedurre che sarebbe contro la fede, se si accettasse che il passaggio alla vita spirituale si verifichi solo nel corso dello sviluppo dell'embrione. Nessun teologo affermerà di poter portare la prova che l'interruzione della gravidanza sia, in ogni caso, un omicidio" (Rahner, *Dokumente der Paulsgesellschaft*, vol. II, 1962, p. 391). Quindi, secondo tale studioso, che ha pienamente ragione, nessun teologo può portare la *prova* dell'animazione spirituale dell'embrione all'atto del concepimento. Egli pensava però che la liceità dell'aborto riguardasse solo i primi mesi di gravidanza; ma bisogna precisare che tale interruzione deve essere considerata lecita non solo nei primi mesi, ma ogni qualvolta, in tutto il periodo della gestazione, sia messa in pericolo la vita della donna. Tutto ciò sta a significare che la Chiesa non solo cerca di imporre con la forza la sua dottrina servendosi degli Stati accondiscendenti, ma anche che tale dottrina è talvolta insostenibile.

Accenniamo anche alle "coppie di fatto" che lo Stato italiano vorrebbe regolamentare. Neppure in questo caso la Chiesa si è limitata a dire che tali coppie vivono, secondo lei, in perenne stato di peccato e che, quindi, dovrebbero separarsi o comunque rifiutare le provvidenze della legge eventualmente disposte a loro favore. Essa invece è pesantemente intervenuta nella discussione del disegno di legge caldeggiando il suo affossamento, con la speciosa ragione che tale legge avrebbe danneggiato il matrimonio. Ora tale affossamento, prevedibile dati i contrasti esistenti sull'argomento in seno al Parlamento italiano, si configurerebbe, ancora una volta, come una imposizione della Chiesa; oltre ad essere palesemente un errore, perché la regolamentazione di tali coppie non danneggia affatto l'istituto del matrimonio.

E per finire citiamo il caso della povera Eluana Englaro, in stato vegetativo da diciassette anni. Al solito la Chiesa non si è limitata a illustrare la supposta illiceità di un intervento medico tendente a porre fine a quel pietoso stato di cose. Ma ha cercato, prima, di influenzare la corte di Cassazione che si apprestava a decidere conformemente alle richieste del padre della ragazza, e ha appoggiato, poi, il decreto-legge del Governo che intendeva impedire la sospensione della nutrizione forzata e dell'idratazione. E tutto ciò con il chiaro proposito di bloccare, per mezzo dello Stato, tale sospensione. Quindi, ancora una volta, la Chiesa è passata a vie di fatto per cercare di imporre con la forza la sua dottrina. "Ma lo ha fatto per impedire un omicidio", qualcuno potrebbe obiettare. A ciò dobbiamo però rispondere, servendoci di un pensiero del teologo Karl Rahner, già citato, che *esiste un serio e positivo dubbio* circa l'autentica fisionomia umana di una ragazza in coma da diciassette anni. In altre parole essa, come essere umano, ha cessato di esistere diciassette anni fa. Di conseguenza non ostacolare la fine del suo corpo vegetale non può essere considerato un omicidio.

Il problema che si è voluto illustrare, con questi esempi, è che la Chiesa intende, *del tutto erroneamente*, imporre con la forza la propria dottrina (oltre tutto talvolta discutibile), mentre dovrebbe limitarsi a convincere, parlando alla ragione dei suoi fedeli, della bontà dei propri assunti. Perché ad un principio morale bisogna obbedire liberamente e con convinzione, seguendo la propria coscienza, come ha insegnato Gesù.

Come pensava anche Gandi, imporre per legge un principio morale, a cui credere ciecamente, è una contraddizione in termini. E aggiungeva che la "non-violenza", la libertà e gli altri valori morali non si possono scrivere in una costituzione; essi devono essere adottati per libera volontà. Devono adattarsi naturalmente a noi come indumenti intimi.

Da notare infine, come emerge chiaramente dagli esempi precedenti, che la Chiesa non ama gli esseri umani, e a volte non rifugge nemmeno dalla loro persecuzione; fino ad arrivare spietatamente alla loro eliminazione fisica, come accadde durante il periodo dell'Inquisizione. Ma così facendo essa ha disatteso e continua a disattendere il più tipico degli insegnamenti di Gesù.

Quasi tutte le religioni, e segnatamente il cristianesimo, credono in una verità rivelata da Dio e contenuta in Libri cosiddetti Sacri. Il cristianesimo ritiene ispirati tutti i libri che costituiscono la Bibbia, che esso ha in comune con l'ebraismo, e tutto il Nuovo Testamento (ossia i Quattro Vangeli, Gli Atti degli apostoli, le lettere di Paolo, le lettere pastorali, le lettere cattoliche e l'Apocalisse).

In un documento ufficiale della seconda metà del secolo scorso, denominato Costituzione dogmatica sulla Divina Rivelazione, il Concilio Vaticano II ha ribadito la fede della Chiesa nella indiscussa e totale ispirazione divina racchiusa in ogni parte delle Sacre Scritture. Infatti così vi si legge: *"La Santa Madre Chiesa, per fede apostolica, ritiene sacri e canonici tutti interi i libri sia dell'Antico che del Nuovo Testamento, con tutte le loro parti, perché, scritti per ispirazione dello Spirito Santo, hanno Dio per autore"*.

Come possiamo constatare, si tratta di affermazioni gratuite e ingiustificate; infatti non si fornisce alcuna prova di tali affermazioni, né qui né altrove. Evidentemente il Concilio Vaticano II non è in grado di dimostrare che quanto contenuto nei cosiddetti Libri Sacri sia parola di Dio e quindi verità assoluta. E ciò per il semplice motivo che una tale dimostrazione è impossibile.

Tuttavia la Chiesa *crede ciecamente* che Dio sia l'autore di tali "libri". Ma, così facendo, si pone in netto contrasto con Gesù, il quale, pur attenendosi ad un fondamentale rispetto per la Legge contenuta nella Bibbia, non esitò a comportarsi in modo contrario alla Legge stessa, ogni volta che gli parve opportuno (Küng, *op. cit.*, p. 225).

1) Innanzi tutto Gesù *ha scardinato* la legislazione veterotestamentaria, nella misura in cui essa era impostata su prescrizioni rituali e cultuali (Bultmann, *Teologia del Nuovo Testamento*, Brescia 1985, p. 26). In particolare ha colpito il ritualismo legalistico, il quale tende a una correttezza meramente esteriore, trascurando del tutto la partecipazione dell'intimo dell'animo. A tal proposito egli cita il profeta Isaia (29,13):

"Questo popolo mi onora con le labbra,
ma il suo cuore è lontano da me" (Mc 7,6).

2) Gesù, inoltre, ha criticato senza esitazione tutte le prescrizioni riguardanti la purezza.

Nella Bibbia è detto, per esempio, che è proibito mangiare il grasso di bove, di pecora e di capra, come pure il sangue degli animali (Lev 7, 22-27). Vi si legge, inoltre, che si possono mangiare tutti gli animali che hanno il piede forcuto, l'unghia spaccata e ruminano; mentre il cammello, l'irace, la lepre e il maiale, che hanno solo in parte queste caratteristiche, non si devono mangiare, perché sono animali immondi (Lev 11,1-8; cfr. Lev 11,9-47; Deut 14,3-21) .

Gesù invece afferma risolutamente che si può mangiare la carne di qualsiasi animale perché *"Non vi è niente fuori dell'uomo che entrando in lui, possa contaminarlo*; ma è ciò che esce dall'uomo che contamina l'uomo" (Mc 7,15).

Ora, come afferma Hans Küng, "Qui ci troviamo di fronte a una *frase inaudita* per il giudaismo, una frase che all'orecchio di tutti coloro cui premeva la correttezza rituale dovette suonare come un *violento attacco*" (Küng, *op. cit.*, p.226). Perché tale frase è diretta contro la lettera della *Legge* e quindi contro Dio che ne sarebbe l'autore.

3) Come ulteriore esempio della critica di Gesù alla legge mosaica meritano di essere ricordate le sue parole sul divorzio. Gesù lo dichiara contrario alla volontà di Dio, anche se la legge ne ammette la possibilità (Deut 24,1-4), e afferma che il permesso dato da Mosè è una concessione alla durezza del cuore dell'uomo.

La libertà di Gesù di fronte alla Legge, evidenziata da questo esempio – afferma G. Bornkamm – *è impensabile per un rabbi dell'epoca* (Bornkamm, *Gesù di Nazareth*, Torino 1981, p. 99).

Eppure Gesù si è presa questa libertà, dichiarando risolutamente che il divorzio è contrario alla volontà di Dio.

Per lui non aveva alcun senso la disputa sul motivo sufficiente per divorziare, che opponeva gli eruditi delle scuole di Hillel e di Shammay, i quali discutevano se per giustificare il ripudio della donna occorresse l'adulterio (come sosteneva Shammay) o se bastasse un motivo qualsiasi, come ad esempio una pietanza bruciata (secondo la tesi inquietantemente lassista di Hillel). Gesù guardava all'essenziale: scacciare la propria moglie, in qualsiasi caso, era commettere una cattiva azione, contraria al precetto dell'amore. Colui che aspira al regno non deve sentirsi disposto al divorzio, approfittando della tolleranza della *Torah* (Guignebert, *op. cit.*, p. 462).

4) Gesù, notoriamente, violò il riposo sabbatico. Non solo permise che in tale giorno i suoi discepoli cogliessero delle spighe per mangiarne i granelli (Mc 2,23), ma egli stesso compì di sabato varie guarigioni (Mc 3,1ss. e sinottici; Lc 13,10ss.; 14,1ss.), infrangendo quello che ancora oggi è uno dei comandamenti più rispettati dagli ebrei e che allora costituiva per tutti (non solo per i farisei ma anche per i sacerdoti del Tempio, per gli zeloti e per gli esseni) una delle tradizioni più sacre, un comandamento esplicitamente contemplato dalla Legge (Gen 2,3; Es 16,22ss.; 20,8-11; 23-12; 34,21; ecc.), la quale prevedeva addirittura la pena di morte per i trasgressori (Es 35,1-3).

Gesù invece precisa che "*Il sabato è stato fatto per l'uomo e non l'uomo per il sabato*". Il principio che egli intende illustrare, contro quanto pensavano i farisei e tutti gli altri, è che non s'infrange la Legge se si è costretti ad agire per una necessità naturale. Inoltre, come egli lascia chiaramente intendere, l'obbligo dell'osservanza del sabato non è un'imposizione arbitraria, a cui obbedire ciecamente, come ritenevano gli scribi (per cui "L'uomo sarebbe fatto per il sabato"), ma una saggia disposizione che invita ogni persona a sospendere, in tale giorno, i quotidiani lavori per dedicarsi al culto del Signore, senza per questo dover sacrificare i propri bisogni e le impellenti necessità, proprio perché "il sabato è stato fatto per l'uomo", cioè per il suo bene (e non certamente per render più gravosa la sua vita). Ma questo significa che è data all'uomo la possibilità di capire quando, pur riconoscendo l'alto valore di tale comando, è opportuno non tenerne conto.

"In sostanza, quindi, - come afferma giustamente Hans Küng – spetta al singolo decidere liberamente quando convenga o meno attenersi al precetto del sabato" (Küng, *op. cit.*, p. 227). Cosa che, secondo i criteri correnti dell'epoca, equivale a una *bestemmia* (Bornkamm, *op. cit.*, p. 97). E questo spiega perché Marco, preoccupato della carica destabilizzante del pensiero del Maestro, lo corregga aggiungendo: "Pertanto *il Figlio dell'uomo è padrone anche del sabato*" (laddove Gesù aveva certamente detto: "*L'uomo è padrone anche del sabato*").

E' del tutto evidente quindi che Gesù ha palesemente *scardinato* la legislazione veterotestamentaria in diversi punti: ha colpito il legalismo ritualistico, ha criticato tutte le prescrizioni riguardanti la purezza, ha respinto la legge sul divorzio e ha violato il riposo sabbatico, precisando che spetta al singolo decidere liberamente quando convenga o meno attenersi al precetto del sabato. Dunque egli si sarebbe posto contro Dio, in quanto supposto autore di tali comandamenti. Questa opposizione, però, essendo inconcepibile, perché mai Gesù si sarebbe opposto a Dio Padre, ci porta di necessità a concludere che *nei fatti egli ha respinto il concetto di ispirazione divina*.

Di conseguenza la Chiesa, con la sua pervicace adesione all'ispirazione, ossia all'idea che Dio avrebbe ispirato ogni singolo brano della Bibbia, *si pone automaticamente contro il messaggio di Gesù*.

I primi cristiani, nella loro ansia di amplificazione, sono arrivati veramente all'assurdo quando hanno attribuito a Gesù la qualifica di Figlio di Dio e quando hanno addirittura affermato che Gesù era un Dio del tutto identico al Padre.

In realtà, in nessuna parte del Nuovo Testamento Gesù pronuncia una frase impegnativa come la seguente: "Io sono Dio". Al contrario possiamo leggere due frasi, da lui pronunciate, che escludono la sua divinità.

La prima si trova nei sinottici.

"Mentre usciva per mettersi in viaggio, un tale accorse, si gettò in ginocchio davanti a lui e gli domandò: *"Maestro buono, che devo fare per ottenere la vita eterna?"*. Gesù gli disse: *"Perché mi chiami buono? Nessuno è buono se non Dio solo"*..." (Mc 10,17s.; cfr. Mt 19,16s.; Lc 18,18s.).

Come ognuno può constatare, qui Gesù esclude di essere Dio.

La seconda frase si trova in Giovanni. Gesù che, secondo Giovanni, si ritiene un essere divino, ma non un Dio uguale al Padre, lo conferma senza esitazione, affermando:

"Il Padre è più grande di me" (Gv 14,28).

Inoltre, in nessun passo dei sinottici, Gesù è considerato Dio. Mentre nel quarto Vangelo, come abbiamo testé ricordato, Gesù è ritenuto un essere divino. Chi ha ragione? Hanno ragione i sinottici, perché è impensabile che essi avrebbero passato sotto silenzio la divinità di Gesù, se egli fosse stato veramente Dio.

Del resto, basta affidarsi alla logica per escludere che Gesù fosse Dio. Infatti se esistesse un altro Dio (ossia il Dio Gesù) accanto al Dio supremo, nessuno dei due sarebbe assoluto, né infinito, né onnipotente, perché si limiterebbero vicendevolmente. Pertanto il bi-teismo è intrinsecamente impossibile, cioè assurdo.
Dunque la fede della Chiesa nella divinità di Gesù è una fede cieca e totalmente ingiustificata; oltre ad essere in palese contraddizione con quanto affermato da Gesù stesso.

Questi sono alcuni dei punti del messaggio di Gesù, che noi tratteremo diffusamente in questo libro, mettendo in evidenza che la Chiesa si è allontanata totalmente dal suo insegnamento, arrivando a volte, addirittura, a perseguitare e a uccidere centinaia di migliaia di uomini, rei soltanto di avere idee religiose difformi dalle sue.
Essa si è arrogato inoltre il diritto, inconcepibile e assurdo, di rappresentare le idee, i pensieri e i diritti di Dio e quindi di *sostituirsi a Dio!* Non si può immaginare un errore più grave, anche in considerazione del fatto che essa ha usato tale pseudodiritto per opprimere l'umanità con tribunali dell'inquisizione, uccisioni atroci per mezzo del fuoco, guerre di sterminio contro gli eretici e sanguinose crociate. Come ognuno può constatare, si tratta di azioni ignominiose che sono in totale antitesi con il comportamento di un Dio buono e giusto e alle quali Gesù, se fosse tornato in vita, avrebbe assistito con profondo orrore e con assoluta riprovazione.

Capitolo primo

IL PROBLEMA DELL'ATEISMO

1. La prima forma di ateismo

Illustreremo la prima forma di ateismo richiamandoci all'antica dottrina atomistica di Democrito, vissuto in Asia Minore nel V secolo a.C., e al pensiero di Jacque Monod, tratto dal suo libro *Il caso e la necessità*, pubblicato nella seconda metà del secolo scorso.

a) Democrito.

La scuola atomistica, fondata da Leucippo di Mileto, fu resa celebre dal suo discepolo **Democrito** di Abdera (460-370 a.C.).

Secondo Democrito il mondo è formato nella sua essenza da infinite particelle "indivisibili", denominate appunto per questo *atomi* (dal greco *atomos*, indivisibile).

Tali atomi sono *eterni, immutabili, ingenerati* e *indistruttibili;* sono altresì *pieni* e si muovono nel *vuoto*. Essi sono tutti omogenei, ossia fatti di una identica sostanza (la materia); e differiscono solo per forma (sferica, cubica, ecc.) e per grandezza (sono cioè piccolissimi, ma *più* o *meno* piccoli). Infine essi sono l'unica realtà.

Il *movimento* che gli atomi possiedono non è impresso loro da una forza esterna, ma è una proprietà intrinseca di tali particelle. Né è guidato verso punti prestabiliti. Originariamente questo movimento è vorticoso, analogo al moto del pulviscolo atmosferico. In seguito, la direzione del movimento è determinata esclusivamente dagli urti degli atomi tra loro, e quindi dal *cadere* di un atomo sull'altro (o su un aggregato di atomi).

Tale movimento degli atomi nel vuoto dà luogo al nascere e al morire dei vari esseri particolari, alle mutevoli vicende dei fenomeni naturali. Gli atomi, spostandosi nello spazio , si aggregano, dando luogo al *generarsi* di composti più o meno stabili e durevoli; ovvero si disgregano, dando luogo alla *distruzione* di quei composti; solo essi sono indistruttibili.

Il tratto caratteristico di questa concezione è il *meccanicismo* più rigoroso, con l'esclusione di ogni intenzione *finalistica*. In altri termini, il mondo di Democrito si compone per l'azione di una cieca forza deterministica che conduce gli atomi ad aggregarsi in questo o quel modo. Che certi atomi si incontrino con certi altri per formare questo piuttosto che quell'essere, avviene dunque puramente *per caso*; e ciò perché non vi è alcuna intelligenza organizzatrice, come era il "Nous" (= Intelletto) di Anassagora (1).

In questo senso Dante (seguendo Aristotele e S. Tommaso) può parlare di "Democrito che il mondo a caso pone". Ma caso si contrappone, qui, a finalità (e quindi a Mente ordinatrice): non però a causalità necessaria. In altre parole, per la dottrina di Democrito il mondo atomistico conosce una legge costante, universale e necessaria: il meccanicismo o rapporto di causa ed effetto; ma i prodotti di questa legge sono fortuiti, effimeri e senza alcuno scopo o fine o progetto divino.

Anche l'anima, come tutte le altre cose della natura, è un composto di atomi: atomi più sottili e leggeri degli altri, lisci e rotondi, mobilissimi, formanti come una materia ignea. L'anima pertanto è un corpo più sottile dentro un corpo più grossolano.

E, come gli atomi, disgregandosi, determinano la morte degli innumerevoli esseri prodotti: così è anche dell'anima, la quale morirà a sua volta. Gli stessi dèi, pur avendo una più perfetta costituzione atomica e una vita più duratura, sono destinati a morire.

L'atomismo è una delle teorie più fortunate della storia del pensiero: tutte le spiegazioni "meccanicistiche" dei fenomeni ne riprenderanno, anche a distanza di millenni, le linee fondamentali.

Democrito pertanto è il vero fondatore della fisica. Egli intuì che la fisica è riconducibile ai principi del meccanicismo (materia e movimento), che la materia è atomica.

Egli è anche il primo vero *materialista* della storia della filosofia: tutto è *solamente* materia.

Di conseguenza si configura in lui un sostanziale *ateismo*.

Tuttavia l'ateismo di Democrito comporta gravi difficoltà.

1) Innanzi tutto è arduo capire come, dal cieco movimento degli atomi, possa essersi costituito, ad es., il sistema solare, in cui il movimento dei pianeti intorno al sole è di una precisione matematica; e nel quale gli scienziati sono in grado di prevedere le eclissi di sole e di luna con assoluta esattezza.

Immaginare che il movimento caotico degli atomi determini l'ordine del mondo, sarebbe come pensare che a furia di gettare pietre una sopra l'altra si formi, ad esempio, la basilica di S. Pietro; o che, a forza di agitare in una cassa caratteri tipografici di ogni specie, ad un certo punto essi dovessero ordinarsi in modo da comporre la "Divina Commedia" (2).

Anche ammesso e non concesso che questo mondo si sia ordinato dopo infiniti tentativi, tale ordine del mondo non potrebbe *durare*; esso sarebbe caduco, effimero e destinato ad un rapido e inevitabile disfacimento.

Per far sì che questo cosmo duri, come in effetti dura, bisogna di necessità ammettere una *Mente ordinatrice* che non solo lo abbia ordinato, ma anche che tale lo conservi. La Ragione quindi – cioè Dio – è necessaria a spiegare l'universo in cui viviamo.

2) C'è poi il problema dell'anima.

Per Democrito anche il fatto della sensazione non può aver luogo che per *urto* di atomi, ossia per contatto tra gli oggetti e gli organi sensoriali dell'anima. Ma allora risulta assai difficile da capire come mai certi atomi toccandosi diano luogo a qualcosa di così diverso da un contatto meccanico come una sensazione, o (in altre parole) come mai certi atomi, che costituiscono l'anima, abbiano una proprietà così particolare come quella di *sentire*. C'è infatti un salto incolmabile tra le proprietà geometriche e meccaniche della materia e una *sensazione*: ad es. di colore, di sapore.

Anche il pensiero, secondo Democrito, è un movimento interno degli atomi dell'anima, sollecitati da impressioni esterne: ma come tale movimento acquisti il carattere di *pensiero* Democrito non ci dice (3).

Bisogna pertanto concludere che l'anima è di una specie completamente diversa dalla materia: essa è infatti di natura spirituale (per questo può avere sensazioni e pensare).

Dunque devono esistere non solo le sostanze materiali, ma anche le sostanze spirituali (e quindi il mondo dello spirito).

3) Emerge infine una terza difficoltà.

Democrito afferma che la materia (ossia gli atomi) è increata, eterna e imperitura; caratteri che escludono indirettamente l'esistenza di un Dio creatore.

Tuttavia egli, pur ritenendosi ateo, non ci dà una vera e propria dimostrazione dell'*inesistenza* di Dio; e ciò indebolisce la sua affermazione che la materia sia l'unica realtà.

Diciamo di più.

Non solo egli non dimostra che Dio non esiste, ma nell'illustrare la strutturazione dell'universo s'imbatte in problemi ch'egli trascura di approfondire (come l'ordine del mondo, la sensazione e il pensiero); problemi che l'avrebbero portato a concludere che Dio, invece,   deve esistere, e, più in generale, che deve esistere, accanto a quello materiale, anche un mondo immateriale.

b) Monod.

Lo studioso francese Jacque **Monod**, seguace del materialismo di Democrito, nel suo libro *Il caso e la necessità*, partendo da quello che egli chiama il postulato dell'oggettività della natura, così scrive:

"La pietra angolare del metodo scientifico è il postulato dell'oggettività della natura, vale a dire il rifiuto *sistematico* a considerare la possibilità di pervenire a una conoscenza 'vera' mediante qualsiasi interpretazione dei fenomeni in termini di cause finali, cioè di 'progetto'…"

"Il postulato di oggettività è consostanziale alla scienza e da tre secoli ne guida il prodigioso sviluppo. E' impossibile disfarsene, anche provvisoriamente, o in un settore limitato, senza uscire dall'ambito della scienza stessa" (5).

Quindi Monod afferma che compito delle scienze sperimentali è la ricerca delle cause fisico-chimiche, delle cause efficienti, e non del fine o dello scopo perseguito.

L'idea di fine, infatti, come l'idea di scopo o di progetto, implicano una coscienza riflessa all'inizio dell'azione: implicano una Mente ordinatrice. Ma secondo Monod non ce n'è bisogno, perché tutti i fenomeni si possono spiegare come opera del *caso*. Il caso è l'artefice di tutto ciò che accade nella natura, compresi i milioni di specie viventi e l'uomo con la sua intelligenza.

L'idea di caso significa la negazione di un'intenzione, di un disegno, di un progetto, o di un *nous* (= intelletto) immanente. E' vero che Anassagora riteneva che per spiegare l'organizzazione nella natura bisognasse fare appello a un'intelligenza organizzatrice. Ma Democrito sosteneva, contro Anassagora, che gli atomi, che si urtano nello spazio infinito, s'incontrano e si uniscono senza che un'intelligenza diriga il processo di organizzazione.

In effetti caso e finalità non possono coesistere: o tutto è casuale negli eventi della vita naturale (ma come si spiega, ad es., l'andamento sociale di un formicaio o il fine raggiunto dalla natura con la riproduzione?); oppure se c'è anche una *sola finalità*, il caso non può esserne all'origine, né può essere all'origine di tutto quanto esiste: perché per logica, non si può escludere che avvenimenti di una portata che sfugga all'osservazione diretta dell'uomo possano perseguire anch'essi un fine.

Evidentemente Monod capisce che riconoscere un fine, uno scopo alla natura, significa credere che tutto non è solo materia, mentre egli, da buon materialista e ateo, vuole affermare il contrario e per difendere le proprie opinioni fa l'impossibile.

Tutto dipende dal caso e dalla necessità - egli afferma -. Ora qual è la necessità della vita della natura? Azione per la continuazione della vita stessa, volontà inconscia di sopravvivere. Ma non è già questo un fine?

Il caso poi, secondo l'autore, porterebbe alla soluzione che la natura trova dopo tentativi infruttuosi. Certo non si può negare che la natura proceda per tentativi, ma questo non può essere interpretato come un automatismo non finalistico della vita. Anzi, è proprio il suo tentare fino a riuscire che dà la prova del suo finalismo.

Secondo Monod anche gli organismi viventi sono opera del caso. Ma questo non è sostenibile. Perché tali organismi sono costituiti da organi (il cervello, il cuore, i polmoni, lo stomaco, il fegato, ecc.), ognuno dei quali è coordinato con gli altri, in modo che ne risulti un tutto armonico, e il funzionamento di ciascuno si esplichi *in vista* della vita dell'intero organismo. E questo non è spiegabile con il puro e semplice caso.

Consideriamo, per analogia, la costruzione di una macchina: questa è formata di ordigni particolari, ognuno dei quali compie un particolare movimento; ma i singoli movimenti devono armonizzarsi in modo da consentire quel risultato (la messa in moto della macchina) *in vista* del quale essa fu costruita. La macchina presuppone un ingegnere, il quale agisce finalisticamente, comincia cioè col fare un *progetto* della macchina nella sua totalità, e poi, guidato da esso, procede all'esecuzione. Solo avendo presente inizialmente il *tutto*, possono in esso inquadrarsi le *parti*, in modo che ciascuna non funzioni per suo conto indipendentemente dalle altre, ma concorra con le altre al funzionamento del tutto (6).

Ora anche per gli organismi viventi occorre la condizione che il tutto sia il presupposto iniziale che ne abbia una Mente, la quale organizza le varie parti in vista dell'intero organismo. In altri termini, occorre considerare l'unità armonica dell'organismo vivente come il *fine* voluto da una *Intelligenza divina*. Diversamente da così, l'organismo stesso non potrebbe vivere.

Si potrebbe ipotizzare che la vita sia una proprietà della materia e che all'inizio dei tempi, con l'accostamento casuale di vari fattori, questo organismo si sia composto e si sia messo a funzionare. Proprio come un orologio di cui si smontassero tutte le sue parti costituenti e si mettessero in una scatola, la quale cominciasse a ruotare, finché, dopo miliardi di tentativi, per la legge di probabilità, l'orologio stesso si ricomponesse e incominciasse ad andare. Senza dubbio - teoricamente - questo potrebbe accadere. Ma è altrettanto certo che se nella scatola non si mettessero i pezzi dell'orologio concepito per funzionare, ma delle piccole pietre, la scatola potrebbe girare all'infinito, ma l'orologio non si comporrebbe mai.

Questo è il punto. Anche lasciando al caso l'accostamento dei fattori che costituirono il primo organismo vivente, *se questi fattori non avessero contenuto in potenza gli elementi per comporre una vita* (cioè qualcosa capace di svilupparsi e di riprodursi) il caso non avrebbe *mai* potuto originarla (7).

Pertanto la vita ha una ragione ultra-fisica. E sostenere che essa sia opera del caso, è fare affermazione illogica, infondata e fideistica.

La concezione di Monod, quindi, secondo la quale tutto dipende dal caso e dalla necessità, non ci presenta una realtà autosufficiente. Egli, infatti, non spiega come possano esistere gli organismi viventi, come sorga la vita e come appaiano gli esseri intelligenti.

Inoltre egli non può sostenere validamente l'inesistenza Dio, perché è proprio a Dio che bisogna ricorrere per dare una spiegazione esauriente dell'universo in cui viviamo.

2. La seconda forma di ateismo

Secondo la prima forma di ateismo non esiste Dio, ma esiste soltanto la materia inanimata. Alcuni atei però hanno compreso che tale ateismo non era sostenibile e quindi sono corsi ai ripari. Tenendo sempre fermo che Dio non esiste, essi hanno elaborato una dottrina in base alla quale la materia è, invece, animata e vivente.

Come scrive giustamente M. Henri Arvon nel suo libro *L'Athéisme*, p.48, "Si arriva così ... a un monismo della natura implicante l'esigenza che la natura, lungi dall'essere una pura estensione inerte e passiva, come in Cartesio, diventi una potenza dinamica di creazione fino al punto da organizzare se stessa nel modo più efficace e intelligente".

Pertanto le due forme di materialismo differiscono notevolmente tra loro. La prima, cioè quella degli atomisti, che è il vero materialismo, è pura, ma in realtà impensabile, se si tiene conto dell'organizzazione che di fatto esiste nella natura e dell'esistenza degli organismi viventi e di quelli pensanti.

Il nuovo materialismo sfugge , in generale, a questa difficoltà, in quanto ammette, in un modo o nell'altro, una *ragione* immanente nella natura, ma non è puramente ateo: esso, come vedremo, è di tendenza panteista.

Per illustrare la seconda forma di ateismo ci occuperemo di tre scrittori: Denis **Diderot** (Langre 1713 – Parigi 1784), filosofo e scrittore francese; Paul-Henry Dietrich, barone **d'Holbach** (1723 – 1789), filosofo francese di origine tedesca; e Michail Aleksandrovic **Bakunin** (1814 – 1876), uomo politico russo (8).

a) Diderot.

Denis **Diderot** ideò e diresse, con d'Alembert, *l'Enciclopedia*, l'espressione più completa della cultura dell'illuminismo. In una lettera indirizzata a Sophie Volland, così egli scrive: "Un corpo in movimento colpisce un corpo in movimento e questo si muove. Ma fermate, accelerate un corpo non vivente , aggiungete, togliete, organizzatelo, ossia disponete le parti come volete: se queste sono morte, non saranno più vive in una posizione che in un'altra. *Supporre che associando a una particella morta, due o tre particelle morte, ne verrà fuori un sistema di corpi viventi, mi sembra che sia proporre una colossale assurdità, nella quale non mi riconosco* (…). Ciò significherebbe che il sentimento e la vita sono indipendenti da tali combinazioni. Ciò che ha tali qualità le ha sempre avute e sempre le avrà. Il sentimento e la vita sono eterni. Ciò che vive è sempre vissuto e vivrà senza fine" (9).

Il nostro filosofo, dunque, in opposizione a Democrito, dice che gli atomi da soli, per quanto numerosi essi siano e comunque siano combinati, sono radicalmente incapaci di spiegare l'apparizione degli esseri viventi e pensanti. E aggiunge che , per superare questa difficoltà, occorre ammettere che la vita e la coscienza preesistano in seno alla materia.

Ciò è ribadito in un altro suo scritto in cui afferma che "l'essere intelligente e l'essere corporeo sono eterni, che queste due sostanze compongono l'universo e che l'universo è Dio…" (10).

Diderot sostiene, dunque, che l'essere intelligente e l'essere corporeo sono eterni e che queste due sostanze compongono l'universo. Affermazione interessante, da valutare attentamente.

Badiamo bene: egli non dice che l'essere corporeo è intelligente, ma che l'essere intelligente e l'essere corporeo sono due sostanze differenti.

Ora, se l'essere intelligente ha sensazioni, prova sentimenti, formula pensieri e ragiona, non si può dire altrettanto dell'essere corporeo. Quindi l'essere intelligente vive nella materia ma non è materiale: egli è immateriale e, più propriamente, spirituale.

Allora, secondo Diderot, è insita nella materia una sostanza di altra natura: una sostanza spirituale. Quindi, contrariamente alle sue affermazioni, non si può parlare di materialismo, ma più propriamente di coesistenza di materia e spirito. Anzi, siccome lo spirito è superiore alla materia, esso ha la prevalenza. Pertanto, nonostante quanto sostenuto dal nostro filosofo, non è vero il materialismo, ma è vera la concezione spiritualistica della realtà.

Diderot dice anche che l'essere intelligente e l'essere corporeo compongono l'universo e che l'universo è Dio. Abbiamo qui una presa di posizione che è propria, in generale, di tutti gli studiosi che sostengono la seconda forma di ateismo. La quale, come abbiamo già detto, non è un ateismo vero e proprio, ma può qualificarsi come *panteismo;* intendendo con questo termine quella concezione filosofica secondo la quale si attribuiscono all'universo fisico i caratteri della divinità.

Diderot, quindi, nega il Dio trascendente dei teologi, ma ammette un Dio immanente nella materia. Ora, se la materia è divinizzata, si possono spiegare tutti i fenomeni della natura, ma non si è più atei.

Questa è la vera difficoltà in cui s'imbatte Diderot: voler essere ateo, ma non poter fare a meno di Dio (anche se si tratta di un Dio immanente) per spiegare esaurientemente alcuni problemi dell'universo.

b)   D'Holbach.

Il barone **d'Holbach,** filosofo francese di origine tedesca, collaborò all'*Enciclopedia*. Dotato di una profonda cultura scientifica, egli la utilizzò in una sistematica azione di critica contro il dogmatismo e l'intolleranza del cattolicesimo; e sviluppò in senso materialista e ateo le premesse della filosofia illuminista nel *Sistema della natura e delle leggi del mondo fisico e morale* (1770).

Nel capitolo primo di questa sua opera così scrive:

"L'universo, questa vasta raccolta di tutto ciò che esiste, non ci mostra che materia e movimento dappertutto: il suo insieme non ci mostra che un'immensa e ininterrotta catena di cause e di effetti…".

"Così la natura, nel suo significato più generale, è il gran tutto risultante dall'unione delle diverse materie, delle loro diverse combinazioni e dei diversi movimenti che vediamo nell'universo"…

"… Tutto nella natura è in continuo movimento … Nessuna delle sue parti è in vero riposo…La natura è un tutto che agisce, e cesserebbe di essere natura se non agisse… Così l'idea di natura racchiude necessariamente l'idea di movimento. Ma, ci si dirà, donde questa natura ha ricevuto il suo movimento? Da se stessa, risponderemo, dal momento che essa è il gran tutto, fuori del quale non può conseguentemente esistere altro. Diremo che il movimento è un modo di essere che deriva necessariamente dall'essenza della materia, che essa si muove per energia propria, che i suoi movimenti sono dovuti alle forze inerenti ad essa…".

"La materia agisce in virtù delle proprie forze, e non ha bisogno di alcun impulso esterno per essere messa in movimento" (11).

In questo brano d'Holbach dice che la natura è l'insieme di tutto ciò che esiste nell'universo, e che il movimento è insito nella materia e non ha bisogno di alcun impulso esterno per prodursi.

"Se per natura intendiamo un ammasso di materie morte – dice d'Holbach -, sprovviste di qualsiasi proprietà, puramente passive, senza dubbio saremo costretti a cercare fuori di questa natura il principio dei suoi movimenti. Ma se per natura intendiamo ciò che essa realmente è, un tutto le cui diverse parti hanno proprietà diverse e conseguentemente agiscono secondo queste stesse proprietà…, allora niente ci obbligherà a ricorrere a forze soprannaturali per renderci conto della formazione delle cose e dei fenomeni che vediamo" (12).

Il nostro filosofo afferma che se la natura non è inerte e passiva, ma è dotata di adeguate proprietà, può essere l'artefice della formazione delle cose e dei fenomeni che vediamo, senza ricorrere a forze soprannaturali (cioè a Dio).

"Perciò – continua d'Holbach - quando si domanderà: donde è venuta la materia? risponderemo che è sempre esistita. Se si domanda: donde è venuto il movimento della materia? risponderemo che per la stessa ragione ha dovuto muoversi da tutta l'eternità, visto che il movimento è una conseguenza necessaria della sua esistenza, della sua essenza e delle sue proprietà primordiali…".
"La natura è un tutto operante o vivente, le cui parti concorrono tutte necessariamente, a loro insaputa, a conservare l'agire, l'esistenza e la vita: la natura esiste ed opera necessariamente, e tutto ciò che essa contiene concorre necessariamente a perpetuare il suo essere operante" (13).

D'Holbach ritiene che la materia è eterna e increata, e che la natura produce necessariamente tutto ciò che appare in essa, senza bisogno di un dio creatore.

"Un essere *intelligente* - prosegue il nostro filosofo - è un essere che pensa, che vuole, che agisce per conseguire un fine. Ora, per volere, per agire secondo il nostro modo, bisogna avere degli organi e un fine simili ai nostri. Così, dire che la natura è governata da una intelligenza, significa pretendere che sia governata da un essere dotato di organi, visto che senza organi non può esserci né percezione, né idea, né intuizione, né pensiero, né volontà, né piano, né azione".
"… Senza dubbio si dirà che la natura, la quale comprende e produce degli esseri intelligenti, o dev'essere essa stessa intelligente, o dev'essere governata da una causa intelligente. Risponderemo che l'intelligenza è una facoltà propria a certi esseri organizzati, ossia costituiti e strutturati in un modo determinato, da cui derivano certi modi d'agire… Non possiamo chiamare la natura *intelligente* alla maniera di alcuni esseri compresi in essa, ma essa può produrre esseri intelligenti, dal momento che contiene le

materie adatte a formare corpi organizzati in un modo particolare, donde risulta la facoltà che chiamiamo *intelligenza*... Lo ripeto: per avere dell'intelligenza, dei disegni e delle mire , bisogna avere delle idee; per avere delle idee, bisogna avere degli organi di senso, il che non si può dire affatto della natura né della causa che si suppone presiedere ai suoi movimenti. In definitiva, l'esperienza dimostra che materie che noi consideriamo inerti e morte, diventano attive, intelligenti, vive, quando sono combinate in certi modi" (14).

D'Holbach affronta qui il problema degli esseri intelligenti che si trovano nella natura. Non gli è facile spiegare come sono prodotti, in quanto egli ha premesso che la natura non è intelligente. Com'è possibile, infatti, che da una natura non intelligente possano scaturire esseri viventi e pensanti? E' il problema di Diderot, il quale, una volta scartato l'intervento del Dio dei teologi , lo aveva risolto affermando che gli esseri pensanti sono eterni. Il barone d'Holbach, da parte sua, sostiene che gli esseri intelligenti scaturiscono da opportune combinazioni di materie inanimate. Ma con ciò non risolve il problema: perché neanche mille materie inanimate messe insieme possono dare la vita e l'intelligenza.

Il nostro filosofo insiste molto sull'intelligenza degli esseri umani. A pagina 115 della sua opera così scrive:
"L'intelligenza è una qualità degli esseri organizzati o animati, una qualità che non constatiamo in nessun'altra parte di tali esseri. Per avere l'intelligenza bisogna pensare; per pensare, bisogna avere delle idee; per avere delle idee, bisogna avere dei sensi, quando si hanno dei sensi, si è materiale, e quando si è materiale, non si è affatto un *puro spirito*".
"L'essere necessario che comprende, racchiude e produce degli esseri animati, racchiude, comprende e produce delle intelligenze. Ma il gran tutto ha forse un'intelligenza particolare che lo muova, lo faccia agire, lo determini come l'intelligenza muove e determina i corpi animati? Niente può provarlo... E' nella terra che si generano quegli animali vivi che chiamiamo vermi; ma non per questo diciamo che la terra è un essere vivente... E' nella natura che si formano degli esseri intelligenti, sensibili, pensanti; tuttavia non possiamo dire che la natura senta, pensi o sia intelligente" (15).

Su questo punto, chiaramente, d'Holbach si distacca da Diderot e segue la concezione di Democrito: esiste solo la materia, che è il contrario del *puro spirito*. Ma non risolve il problema sollevato da Diderot, di come una materia che non sente, non pensa e non è intelligente, possa produrre da sola degli esseri viventi e pensanti. Egli sostiene che la natura è in grado di farlo. Ma non spiega come ciò sia possibile.

Del resto, come abbiamo visto parlando di Democrito, tale dimostrazione è impossibile. Perché gli organismi viventi e pensanti possono essere spiegati esaurientemente solo con l'intervento di Dio.

Ma il barone d'Holbach va avanti per la sua strada e insiste nel sostenere che la natura è molto potente e industriosa e non ha bisogno di Dio:
"I deicoli non si stancano di ripetere che questi movimenti regolari, quest'ordine invariabile che si vede regnare nell'universo, questi benefici dei quali gli uomini sono colmati, annunciano una sapienza, un'intelligenza, una bontà che non ci si può rifiutare di riconoscere nella causa che produce sì meravigliosi effetti. Risponderemo che i movimenti regolari che vediamo nell'universo sono conseguenze necessarie delle leggi della materia; essa non può cessare di agire come fa finché agiscono in essa le stesse cause".
"Non si può dubitare che la natura sia molto potente e molto industriosa... Per noi non è più comprensibile come abbia potuto produrre una pietra o un metallo che una testa organizzata come quella di Newton" (16).

Se la natura è capace di compiere tali prodigi, una volta escluso l'intervento di un essere trascendente, bisognerà divinizzare la natura stessa. D'Holbach esita a farlo.
Tuttavia egli si muove in questa direzione. Nel seguente brano, infatti, egli spiega che non attribuisce la produzione degli esseri della natura al caso, ma ad una necessità inerente alla natura stessa:

"Non ci si venga a dire ...che attribuiamo tutto ad una causa cieca, all'incontro fortuito degli atomi, al *caso*... La natura non è affatto una causa cieca, non agisce affatto a caso; tutto ciò che fa non sarebbe mai fortuito per uno che conoscesse il suo modo di agire, le sue risorse e la sua rotta. Tutto ciò ch'essa produce è necessario, e non è mai altro che una conseguenza delle sue leggi fisse e costanti... Ciò può servire di risposta all'eterna obiezione che vien fatta ai partigiani della natura, i quali vengono continuamente accusati di *attribuire tutto al caso*. Il caso è una parola priva di senso...".
"E' la natura che combina, secondo leggi certe e necessarie, una testa organizzata in modo da fare un poema; è la natura che le dà un cervello adatto a concepire una simile opera;..." (17).

Il nostro scrittore introduce, dunque, nell'idea che si fa della natura delle "leggi certe e necessarie". Ciò sta a significare che egli si muove, anche se inconsciamente , sulla linea di Cartesio, il quale parla parimenti di "leggi necessarie" per spiegare l'organizzazione dell'universo. Ma per Cartesio tali "leggi" sono stabilite da un Dio creatore. Per d'Holbach invece sono inerenti alla natura.

Egli rifiuta decisamente un Dio trascendente. Ma dovrà comunque ricorrere a un Dio immanente nella natura, altrimenti tali "leggi" risulteranno campate in aria.   Egli finirà, infatti, per pronunciare la formula "la natura è Dio", come appare nel seguente brano:

"Tutto prova, dunque, che non è affatto fuori della natura che dobbiamo cercare la divinità. Quando vorremo averne un idea, diciamo che la natura è Dio... Diciamo che è questa natura che fa tutto" (18).

Ma il suo *panteismo* è incompleto. Perché mentre da una parte divinizza la natura, dall'altra insiste nell'affermare che la natura stessa è sprovvista di programmi e di intelligenza. Ma può un Dio, anche se immanente, essere privo d'intelligenza?
Egli non risolve tale arcano del suo pensiero.

In conclusione il barone d'Holbach, essendo un convinto materialista, nega l'esistenza di Dio, ma non è in grado di dimostrare il suo assunto.
Decide di accettare il *panteismo*, ma il suo panteismo è ambiguo e insufficiente, perché non si vede come possa conciliare il Dio-natura dei panteisti (da essi ritenuto intelligente) con "l'ottusità" della natura.
In ogni caso, se la natura è "priva d'intelligenza" non può essere all'origine delle "leggi certe e necessarie" che governerebbero l'universo.

Resta, infine, il problema dell'anima.
Il nostro filosofo, come nega che Dio sia un *puro spirito*, così respinge la *spiritualità* dell'anima.
Nel sesto capitolo del primo volume della sua opera, d'Holbach esamina il problema dell'anima e del corpo. Egli comincia con il criticare Cartesio, secondo il quale l'uomo è costituito da due sostanze, l'anima e il corpo; quindi continua:

"Così l'uomo diventò doppio; si considerò come un tutto composto dall'inconcepibile accozzamento di due nature diverse e senza alcuna analogia tra loro. Distinse in se stesso due sostanze: l'una visibilmente soggetta alle influenze degli esseri grossolani e composta di materie grossolane e inerti, fu chiamata *corpo*; l'altra, che si suppone semplice, di un'essenza più pura, fu considerata come agente da se stessa e datrice di movimento al corpo col quale si trovava miracolosamente unita; questa fu chiamata *anima* o *spirito;* e mentre le funzioni della prima furono dette *fisiche, corporali, materiali,* le funzioni della seconda furono dette *spirituali e intellettuali...*" (19).

Il barone d'Holbach critica questo modo di vedere, e aggiunge:

"... quando si chiederà che cos'è l'uomo, risponderemo che è un essere materiale, organizzato o conformato in modo da sentire, pensare, essere modificato in certi modi propri a lui solo, alla sua organizzazione, alle particolari combinazioni di materie che si trovano riunite in lui" *(20)*.

D'Holbach non mostra di avere coscienza di che cosa significa *sentire*. La sensazione non è un qualunque contatto meccanico tra atomi; numerosissimi atomi si toccano, ma non si produce alcuna sensazione; solo quando avviene un contatto degli atomi con l'anima, si verifica una sensazione (ad es. di odore, o di sapore). Per questo l'anima è totalmente diversa dal corpo; essa è immateriale negli animali, spirituale nell'uomo. A tal uopo, rimandiamo a quanto abbiamo detto criticando il materialismo di Democrito. Ora vogliamo prospettare, in opposizione a D'Holbach, altre opportune considerazioni, desunte dal libro *"Il Cristo vero"* di Giorgio di Simone.

"Esiste... un plus-valore dell'essere umano che supera la sua stessa umanita'... e crea in lui sentimenti che non sono umani in senso animale, ma che lo sono in senso spirituale. La pienezza della felicità, la pienezza della pace,... la pienezza del vincolo di affetto, di amicizia e di amore. ... Sono cose che colmano l'uomo, che non rappresentano un suo svilimento, ma che lo arricchiscono, lo potenziano. Senza questi sentimenti , senza queste forze che si agitano in lui, l'uomo non sarebbe altro che un automa da produzione, un essere che produce soltanto e che, a fine giornata, come una macchina alla quale si toglie la corrente, se ne va a letto e riprende a funzionare la mattina dopo... Non è così! Non perché si voglia imporre un principio spirituale: *non è così perché è la realtà che non è così!* Non è così in nessun modo.

... All'uomo non basta produrre, gli è necessario farlo in un certo modo. Per aver cosa? Per avere quella pace e quella felicità di fondo che, in definitiva, le dottrine materialistiche propugnano. ... si può chiedere: che sede ha la pace nell'uomo? *Chi è che ha pace?...* Questa pace, questa felicità, questo godimento evidentemente si riallacciano alle radici dell'uomo, *sono bisogni dell'uomo*, ed essi non sono forse bisogni spirituali?! Oppure sono bisogni di chi? O di che cosa? Sono soltanto delle esigenze nel senso di tranquillità puramente nervosa, puramente cerebrale o psichica? *Che io sappia, il cervello, dal suo punto di vista, non ha affatto bisogno né di felicità, né di infelicità!* Il cervello in sé non è niente, se non un pezzo di materia che è posto lì: svolge una certa funzione, ha un certo coordinamento, presiede indubbiamente alla vita dell'uomo...

D'accordo, ma questa felicità, questa gioia, questa pace, questa soddisfazione, questo bisogno anche di equilibrio, di onestà, di carità, di bene e di affetto, d'amore o di simpatia e di amicizia, di pentimento o di dolore, sono un'esigenza del cervello? E' il cervello che vuole questo? Cioè, il cervello, questa serie di ponti bioelettrici, ha bisogno di questa pace, di questo equilibrio, etc...? *Forse non esiste già un equilibrio bioelettrico senza il quale voi sareste pazzi o morti?* Quando infatti si interrompe un circuito, o si altera, voi avete una malattia mentale, grave o lieve che sia. Ma non è certo qui che si può pensare ad un cervello che abbia bisogno di tutto ciò che ho detto. Dunque, questi sentimenti, queste forze, chi le vuole? Chi è che ne ha bisogno?... Le mie mani che si muovono? Il mio corpo? Il mio cuore che batte? Certo no!

Allora, bisogna verificare. Chi le vuole quelle cose? Ciò che è dentro la mia testa? E' qui dentro che c'è bisogno di quelle cose? E perché mai? La testa non funziona forse in modo equilibrato in questo momento? Sì, certo che funziona, e bene: sei un uomo intelligente, ragioni, sei coerente, hai sentimenti , sei equilibrato, sei corretto e perfetto dal punto di vista animale, biologico. E allora, chi vuole? IO! Ma "io" chi?..." (21).

L'anonimo autore di questo brano (citato da Di Simone) non dà la risposta, ma essa è implicita in quanto ha detto: si tratta del plus-valore dell'essere umano, ossia dell'anima spirituale!

c) Bakunin

Michail Aleksandrovic **Bakunin**, scrittore politico russo, fu teorico ed esponente dell'*anarchia*. Conobbe a Parigi (1844-47) Marx e Proudhon. Trasferitosi in Italia (1864-67) vi fondò (1868) l'Alleanza internazionale della democrazia socialista. Nel suo libro *Dio e lo Stato* così scrive:

"Gli idealisti di tutte la scuole aristocratiche e borghesi, teologi, metafisici... si offendono molto allorché si dice loro che l'uomo con la sua speciale intelligenza, le sue idee sublimi, e le sue aspirazioni infinite non è – come tutto ciò che esiste nel mondo – che un prodotto della *vile materia*.

Noi potremmo rispondere loro che la materia di cui parlano i materialisti – materia, spontaneamente, eternamente mobile, attiva, produttiva, materia chimicamente ed organicamente determinata e manifestata per le proprietà o le forze meccaniche, fisiche, animali e intellettuali, che le sono inerenti – che questa materia non ha niente di comune con la *vile materia* degli idealisti. Quest'ultima, prodotto della loro falsa astrazione, è effettivamente una cosa stupida, inanimata, immobile, incapace di dar vita al più piccolo risultato, un *caput mortuum*, una *brutta* immagine opposta alla immagine bella chiamata Dio.

Di fronte a quest'essere supremo, la materia, la loro materia, spogliata da loro stessi di ciò che ne costituisce la natura reale, rappresenta necessariamente il supremo nulla.

Essi hanno tolto alla materia l'intelligenza, la vita, tutte le qualità determinanti, i rapporti attivi o le forze, il movimento stesso, senza il quale la materia non sarebbe nemmeno pesante, non lasciandole altro che l'impenetrabilità e l'immobilità assoluta nello spazio.

Essi hanno attribuito tutte queste forze , proprietà e manifestazioni naturali, all'essere immaginario creato dalla loro fantasia astratta; poi, invertendo le parti hanno chiamato questo prodotto della loro immaginazione, questo fantasma, questo Dio che è il nulla, 'essere supremo'; e, per conseguenza necessaria, hanno dichiarato che l'essere reale, la materia, il mondo, era il nulla. Dopo di che vengono a dirci seriamente che questa materia è incapace di produrre qualcosa, persino di muoversi da sola, e che quindi che essa ha dovuto essere creata da Dio.

Chi ha ragione tra gl'idealisti e i materialisti? Senza dubbio gl'idealisti hanno torto, e ragione i materialisti" (22).

Bakunin ci dice che è stata la materia a produrre l'uomo e tutto ciò che esiste nel mondo, perché essa non è priva di proprietà reali, quali l'attività spontanea produttrice, la vita, l'intelligenza.

Certo la materia non può essere ridotta all'impenetrabilità e all'estensione, come voleva Cartesio. Essa è anche energia. Ma da questo ad attribuirle proprietà vitali e perfino l'intelligenza, come fa Bakunin, ce ne corre.

"Tutta la questione – dice giustamente Tresmontant – consiste nel sapere come va definita la materia e quali proprietà riconoscerle.

Vi sono due metodi per arrivarci.

O si procede secondo il metodo sperimentale, e si chiede al fisico di dirci che cos'è la materia, quand'essa non è ancora integrata in organismi viventi, animati, pensanti; oppure si procede a priori, in modo 'metafisico', e secondo un procedimento metafisico deduttivo, che non parte dall'esperienza. In questo caso si ragionerà nel modo seguente: fissiamo il principio che la materia è l'essere primordiale ed assoluto; poiché nel mondo sono apparsi degli esseri viventi e pensanti, vuol dire che la materia aveva la capacità di produrli da sola; bisogna perciò riconoscerle le proprietà creatrici, la vita, l'intelligenza.

E' in questo secondo modo che procede Bakunin…" (23).

Ma questo procedimento è giustificato? Vediamo.

Secondo i materialisti e secondo Bakunin si fissa il principio che la materia è l'essere primordiale ed assoluto. Ma tale principio non è valido, perché potrebbe esistere anche Dio. Ora se esistesse Dio, sarebbe lui l'essere assoluto e primordiale.

Per risolvere il problema bisogna dimostrare preliminarmente che Dio non esiste. Ma questo Bakunin non l'ha fatto. Ha affermato soltanto che l'*essere supremo*' non esiste, senza provare questa sua affermazione.

Una volta ammesso (ma ciò indebolisce la sua posizione) che la materia è l'unica realtà, il nostro scrittore aggiunge che, poiché sono apparsi nel mondo degli esseri viventi e pensanti, vuol dire che la materia aveva la capacità di produrli da sola e che, quindi, bisogna riconoscerle le proprietà creatrici, la vita e l'intelligenza.

Ma tali caratteristiche sono proprie di Dio. Quindi Bakunin, attribuendo alla materia le proprietà di Dio, in un certo senso divinizza la natura.

Certamente non è questo che pensa il nostro studioso, ma, suo malgrado, egli tende verso il *panteismo*. E anche se non giunge a questa affermazione esplicita, conserva tuttavia le determinazioni metafisiche implicate da questa affermazione.

Di fatto Bakunin , è unicamente preoccupato del suo materialismo, non di Dio, in cui non crede. Egli ha bisogno di alcuni caratteri per vivificare la materia, li toglie al supposto Dio dei teologi e immagina di vederli operanti nella natura.

Se qualcuno dei suoi amici gli avesse detto che egli aveva attribuito alla materia alcune proprietà di Dio, egli lo avrebbe negato. E avrebbe aggiunto che quello che aveva inteso fare era ristabilire le autentiche caratteristiche della materia , le quali non erano mai appartenute a Dio, ma a un fantasma immaginato dagli idealisti.

In realtà Bakunin non era un filosofo, ma un rivoluzionario politico e sociale. La sua preoccupazione fondamentale era la miseria e lo sfruttamento dei poveri. Ora, siccome per lui Dio era dalla parte dei ricchi, bisognava trovare qualcosa che fosse dalla parte della gran massa dei miserabili e degli schiavi: lo trovò nel materialismo e nella conseguente negazione di Dio.

Ovviamente Dio, che è infinitamente giusto, non può che essere dalla parte dei poveri e degli schiavi. Ma i sovrani e i nobili, sedicenti cristiani, e l'alto clero, erano dalla parte dei ricchi e degli sfruttatori. Nulla di più naturale, quindi, che Dio fosse erroneamente coinvolto nella condanna di coloro che opprimevano il popolo. Questo spiega perché Bakunin e gli altri studiosi di sinistra, che avevano a cuore le sorti delle classi diseredate, divennero atei. Ma Dio, e sarebbe assurdo pensare il contrario, non aveva alcuna colpa. La colpa risaliva al potere politico e in particolare alla Chiesa, alla quale spetta l'impellente dovere di riconoscere le proprie colpe.

In conclusione Bakunin, grande benefattore dell'umanità per le idee sociali che ha cercato di diffondere, non senza errori nella lotta intrapresa, ha elaborato una dottrina materialistica non giustificata. Il suo materialismo, infatti, si poteva fortemente revocare in dubbio, in quanto incorporava alcuni caratteri propri dello spirito. D'altra parte il suo sistema era equivoco in quanto fondato su una "materia" che non è più materia, senza tuttavia avere esplicitamente i caratteri dello spirito autentico.

d) Conclusione.

Il secondo tipo di ateismo, che introduce nella natura alcuni caratteri propri della divinità, presenta notevoli difficoltà:

1) Ammettendo che la natura abbia le caratteristiche in questione (vita, intelligenza, ecc.), la "materia" non sarebbe più materia, perché includerebbe in sé i caratteri propri dello spirito.

2) Ora, se la materia include in sé i caratteri dello spirito, dobbiamo distinguere in essa due aspetti. Come infatti nell'organismo psico-fisico, pur essendo un tutto unitario, si distinguono l'anima e il corpo, così anche in questo immenso organismo che è l'universo s'individuano un'anima e un corpo. Il corpo sarebbe il mondo o la natura, e l'anima sarebbe appunto l'anima del mondo.

E come nell'organismo psico-fisico è l'anima che dà l'informazione creatrice al corpo, così nell'universo è l'anima del mondo che dà l'informazione creatrice alla natura.

Se ne deve concludere che la "materia" è contemporaneamente materia e spirito , e che lo spirito agisce sulla materia plasmandola.

Dunque, anche nella concezione del secondo tipo di materialismo, la materia non è autosufficiente.

3) Secondo Ernest Haeckel (1834-1919), biologo tedesco che diede una sistemazione
filosofica alle teorie biologiche, la differenza tra il teismo (concezione che ammette un dio trascendente) e il panteismo (dottrina che afferma che dio e universo sono un essere solo) consiste in questo: nel teismo dio sta di fronte alla natura, creando e conservando, come essere estramondano o soprannaturale che agisce su quella dal di fuori; mentre nel panteismo dio, come essere intramondano, si trova dappertutto nella natura medesima ed è attivo dall'intimo di essa (24).

Haeckel, ovviamente, sostiene il panteismo, escludendo quindi l'esistenza di una divinità trascendente. Ma, nonostante questa esclusione, egli e gli altri panteisti ammettono un dio, anche se immanente nella natura; di conseguenza non possono qualificarsi come veri atei.

3. L'ateismo nel secolo XX e agli inizi del secolo XXI

L'anticlericalismo è un nome sorto nel secolo XIX sotto l'impulso dell'illuminismo, della rivoluzione francese e del positivismo, per indicare quella posizione secondo la quale ci si oppone all'ingerenza del potere ecclesiastico, e in particolare del cattolicesimo, nella vita politica e sociale. Ma la sostanza dell'anticlericalismo era già presente nei secoli precedenti, quando gli Stati e l'Impero lottavano contro la Chiesa per contrastarne la pretesa di egemonia. Si può quindi affermare che l'anticlericalismo è un fenomeno che si ripresenta in ogni epoca. Perché in ogni epoca c'è la tendenza della religione ad ingerirsi nella vita degli Stati. Nulla di strano quindi che l'anticlericalismo sia stato presente anche nel secolo scorso e continui ad operare agli inizi del nostro secolo.

Affine all'anticlericalismo è l'altro fenomeno detto laicismo, che propugna la completa indipendenza e autonomia dello Stato nei confronti di qualsiasi confessione religiosa. Ora, per difendere tale autonomia, lo Stato e i cittadini assumono spesso un atteggiamento ostile nei confronti del potere religioso e in particolare di quello della Chiesa cattolica, criticandone non solo l'ingerenza ma anche i gravi errori da essa commessi attraverso i secoli.

La critica nei confronti della Chiesa è senz'altro legittima, non solo perché siamo in democrazia, ma anche perché tali errori sono stati effettivamente compiuti e, quello che è peggio, si ripetono tuttora. E' vero che il Concilio Vaticano II ha riconosciuto che la Chiesa ha imparato anche dai suoi critici. Ma dobbiamo constatare che ha imparato assai poco.

Nulla da eccepire quindi circa le critiche alle religioni in generale e al cattolicesimo in particolare, provenienti dall'ambiente culturale e scientifico. E' necessario però aggiungere che tali critiche hanno passato il segno quando hanno attaccato l'esistenza stessa di Dio senza il sussidio di valide argomentazioni. Ci rendiamo ben conto che sarebbe tutto più semplice se Dio non esistesse, in quanto toglieremmo alle varie religioni la loro ragione di esistere. Ma non si può essere atei senza prove. Si è atei, in realtà, non perché sia stata dimostrata da qualcuno, oltre ogni ragionevole dubbio, l'inesistenza di Dio, ma perché non ne possiamo più dello strapotere e dell'arroganza della Chiesa e vorremmo cancellarla dalla faccia della terra.

Ma non è necessario che Dio non esista per sferrare i nostri legittimi attacchi a una Chiesa che si è allontanata totalmente dal messaggio di Gesù, il quale ha predicato l'amore verso tutti gli uomini, il perdono, la misericordia, la bontà e la giustizia.

In effetti la commistione tra anticlericalismo, laicità e ateismo non ha alcuna giustificazione. Meno che mai oggi, in cui l'ateismo si basa "su uno scientismo rozzo, che spesso vede nella teoria evoluzionistica la spiegazione di tutto" (25).

Il biologo **Richard Dawkins**, che è considerato dagli atei il più valido rappresentante dell'odierno ateismo, nel suo libro *L'illusione di Dio* (26), cerca di dimostrare l'inesistenza dell'Essere supremo criticando le varie prove elaborate dai teisti attraverso i secoli.

Noi ci occuperemo di due di esse, che consideriamo particolarmente probanti, ma alle quali (soprattutto alla seconda) il nostro studioso rivolge le sue critiche più serrate.

Tali prove sono quelle che conducono all'esistenza di Dio mediante gli argomenti della *prima causa* e del *finalismo* insito nell'universo (oggi chiamato preferibilmente *disegno intelligente*).

In linea generale procederemo così: prima presenteremo la nostra dimostrazione dell'esistenza di Dio, quindi faremo seguire le critiche di Dawkins, ed infine evidenzieremo i lati negativi delle sue argomentazioni.

a) L'argomento della prima causa.

Che Dio esista non è cosa evidente di per sé. Infatti ci sono molti uomini che affermano che Dio non esiste. Se l'esistenza di Dio fosse un fatto evidente, non sarebbe necessario dimostrarlo. Fatti evidenti sono per gli uomini principi del tipo "il tutto è maggiore della parte", oppure le cose percepite direttamente dai sensi. Ma che Dio esista non è evidente agli uomini in nessuno di questi due significati; gli uomini, infatti, non hanno una percezione diretta dell'esistenza di Dio, né hanno una nozione di Dio dalla quale scaturisca necessariamente che egli non può non esistere.

L'esistenza di Dio, quindi, va dimostrata. Per farlo dobbiamo partire, come già aveva sottolineato Aristotele, da quel che è più vicino a noi, ossia dalle cose sensibili, di cui abbiamo conoscenza diretta mediante i sensi.

In genere gli eventi non accadono per caso: sono in qualche modo collegati. Il sole sorge al momento giusto perché la terra gira in modo regolare. La caduta di un oggetto pesante è connessa al fatto che è stato precedentemente rilasciato da una certa altezza. Il vetro della finestra si rompe perché è stato colpito da un sasso. La quercia cresce perché precedentemente è stata sotterrata una ghianda. E così via. E' questa correlazione di eventi che genera la nozione di causa. La quale si riferisce ad un fatto di esperienza, dato il quale, dovrebbe conseguirne necessariamente uno successivo chiamato effetto. Da qui discende il concetto di *causalità*, che è il rapporto tra la causa e l'effetto.

L'argomento della *prima causa* poggia appunto sul principio di causalità:
- Risalendo da ogni effetto alla sua causa efficiente, si trova che questa è a sua volta effetto di una causa precedente, e quest'ultima effetto di una causa precedente ancora; e così via. L'impossibilità di procedere all'infinito induce

di necessità la mente ad ammettere l'esistenza di un principio delle cause, d'un principio causale originario e incausato, e cioè Dio.

Questa causa dell'universo, ovviamente, ossia la *prima causa*, deve essere indipendente da tutto, deve essere la *prima causa increata o ingenerata*. Altrimenti "si dovrebbe spostare l'esame" fino a trovare la *causa esistita da sempre*.

Questo schema sintetico, anche se sostanzialmente esauriente,   ha bisogno di alcuni chiarimenti:

1)   La *prima causa* è antecedente al tempo, allo spazio e alla materia; pertanto essa deve essere necessariamente diversa da tutto quanto cade sotto la nostra attenzione nel mondo del finito, del limitato e del transitorio. "Si può immaginare che il rapporto esistente fra questa prima causa ed il causato non è lo stesso che esiste fra causa ed effetto nello spazio-tempo. Anche senza addentrarci in considerazioni sul rapporto esistente fra causa ed effetto nella realtà fisica…, si può capire che causa ed effetto, azione e reazione quali la scienza li coglie, sono eventi spazio-temporali, che appartengono cioè ad un dato tipo di realtà, ma che di tutt'altra natura deve essere il rapporto che lega questi tipi di realtà con ciò che ne ha determinato l'esistenza" (27).

Perciò, solo per comodità di linguaggio si può chiamare *prima causa* la realtà antecedente alla realtà fisica. In altri termini, Dio non è, in senso proprio, la causa prima delle cause, perché egli non è il primo atto fisico dell'ordinamento e del divenire dell'universo. Egli è, bensì, colui che esprime il sistema e l'ordine delle cause dell'universo stesso, mediante un atto che i filosofi chiamano di *creazione* dal nulla. Quindi Dio è, propriamente, il *creatore* di tutta la realtà (28).

2) La creazione non è avvenuta di volta in volta di questo o di quell'essere singolo; essa è stata, immediatamente, creazione di *tutta la realtà*, con le sue leggi e i suoi svolgimenti, una volta per sempre con un atto indiviso.

3) Siccome la *prima causa* non può essere colta con i nostri sensi né con gli strumenti più sofisticati dei fisici, essa non è materiale. Ora, se è qualitativamente diversa dalla materia, essa è propriamente *immateriale*, ossia *spirituale*.

Di conseguenza non è vero il *materialismo* (concezione filosofica secondo la quale ogni aspetto della realtà si identifica con la *materia*), ma è vero lo *spiritualismo* (concezione filosofica che pone lo *spirito* a fondamento della realtà).

4) Osservando con quanto ordine e intelligenza si svolge la vita naturale del creato, è impossibile non ammettere che altrettanto ordine e intelligenza non siano in ciò che ne è stata la causa. Quindi tale causa, cioè Dio, è sommamente intelligente.

5) Ci si potrebbe domandare se la prima causa non sia insita nella materia. La risposta è no. Perché bisognerebbe sostenere che il mondo fisico sia intelligente, dotato cioè di una intelligenza riflessa e autocosciente (come quella che si attribuisce a Dio). Ma questo è escluso dagli stessi scienziati, i quali non nutrono alcun dubbio sul fatto che la materia sia incosciente e inanimata.

Stando così le cose, resta confermato che la *prima causa*, cioè Dio, non può che essere al di là dell'esperienza e del mondo materiale.

b) Critiche di Dawkins all'argomento della prima causa.

1) Dice Dawkins: l'argomento della prima causa (come quello cosmologico e quello del motore immobile) si basano "su un infinito processo a ritroso e invocano Dio come colui che vi pone fine, partendo dal presupposto arbitrario che Dio stesso sia immune da tale processo" (29).

Il nostro autore parla di "infinito processo a ritroso", ma ciò non è esatto; perché la dicitura usata è la seguente: "l'impossibilità di procedere all'infinito induce di necessità la mente ad ammettere...". Non si tratta quindi di un infinito processo, ma della impossibilità di un infinito processo. In altri termini, l'infinito processo non è reale, ma solo immaginario.

Dunque la mente riflette e conclude che non si può procedere all'infinito. Per quale motivo? Perché procedendo all'infinito non si risolverebbe mai il problema posto.

Anche un bambino lo capirebbe. Se noi immaginiamo una catena di anelli di ferro che pensola dal balcone del settimo piano di un palazzo e ci domandiamo chi sostiene l'ultimo anello, quello più in basso che quasi tocca terra, risponderemo che tale ultimo anello è sostenuto dal penultimo. E il penultimo da chi è sostenuto? Domanderà il bambino impertinente. Dal terzultimo, risponderemo. E il terzultimo? Insisterà il bambino. Da quartultimo. E così via. Quando il bambino si riterrà soddisfatto? Quando noi risponderemo che il primo anello, quello più in alto, è sostenuto da un gancio piantato sul bordo del balcone.

Quando si raggiunge il gancio, il bambino si acquieterà, perché intuirà che è tale gancio che sostiene tutti gli anelli. Senza di esso i vari anelli della catena sarebbero come sospesi in aria, senza che si possa comprendere da chi siano veramente sostenuti.

A questo punto Dawkins direbbe che il gancio non basta, perché ci si dovrà domandare chi sostiene il gancio. Al di fuori dell'esempio, il nostro autore vuol dire che non si può invocare Dio come colui che pone fine al processo, perché anch'egli fa parte del processo, e ci si deve domandare chi ha creato Dio.

2) A pagina 112 del suo libro, già citato, egli infatti si domanda esplicitamente: "Chi ha creato Dio"?

A tale quesito egli risponde in maniera astrusa e inadeguata, basandosi erroneamente su quella ch'egli ritiene essere la "selezione naturale", sulla quale in questo momento non ci soffermeremo. In definitiva egli afferma che Dio non può essere la spiegazione della complessità del mondo fisico, né colui che può arrestare il supposto "processo infinito".

In buona sostanza con la sua domanda egli mette in discussione la validità della *prima causa*. Evidentemente non ha le idee chiare in proposito. Perché, anche se è giusto, tornando all'esempio della catena, domandarsi chi sostiene il "gancio", dobbiamo chiarire che il gancio stesso non è la prima causa.

La *prima causa*, infatti, come abbiamo detto chiaramente più sopra, deve essere indipendente da tutto, deve essere la *prima causa increata o ingenerata*. Se non fosse tale, non sarebbe la prima causa. In questo caso "si dovrebbe spostare l'esame" fino a trovare la *causa esistita da sempre*.

Ora, la *causa esistita da sempre*, come discende chiaramente e necessariamente dalla definizione stessa, non può essere stata causata da nessuno, perché essa è eterna.

Dunque alla domanda: "Chi ha creato Dio?", si deve rispondere che Dio non è stato creato da nessuno. Perché egli è eterno.

Se ne deve concludere che Dio è *l'eterna prima causa* del tutto e che, essendo tale, egli deve necessariamente esistere.

3) A pagina 82 del suo libro il nostro autore si domanda: "Per tornare al processo infinito e all'inutilità di ricorrere a Dio per arrestarlo, non sarebbe più pratico, per esempio, evocare la 'singolarità del Big Bang' o qualche altro concetto fisico ancora sconosciuto?"

Strano modo di ragionare! Prima egli scrive che è arbitrario sostenere che Dio sia immune dal supposto processo infinito, poi afferma che l'iniziatore del processo a ritroso potrebbe essere il Big Bang. Evidentemente ha dimenticato la sua obiezione: "Chi ha creato Dio?". Allora noi, a nostra volta, gli domandiamo: "Chi ha prodotto il Big Bang?". Perché, evidentemente, questa grandiosa esplosione, essendosi verificata circa 15-20 miliardi di anni fa, deve avere avuto una causa generatrice. Inoltre avrebbe avuto un inizio e quindi non sarebbe eterna, come invece deve essere la *prima causa*.

Dawkins aggiunge poi che l'iniziatore del mondo potrebbe anche essere qualche altro fenomeno fisico ancora sconosciuto. Egli sembra dunque suggerire che la *prima causa* dell'universo sarebbe non un essere *spirituale*, ma un essere *fisico*, un grandioso fenomeno *fisico*.

Quindi egli accetterebbe l'idea che, risalendo la catena delle cause, non si può andare all'infinito, ma che ci si deve arrestare ad una *prima causa* non causata da nessuno e quindi eterna. Affermazione da lui precedentemente respinta.

Inoltre questo grandioso fenomeno fisico sarebbe incosciente e inanimato, come tutto ciò che è fisico. Ma come può ciò che è incosciente e inanimato dare origine ad un mondo ordinato, retto da leggi, nel quale si possono prevedere i fenomeni, e in cui sono presenti esseri viventi e organizzati? Un mondo che rivela chiaramente un disegno intelligente?

Dawkins risponderebbe che tutto è opera della *selezione naturale*. Ma, come vedremo, questa soluzione è assolutamente inaccettabile.

Il mondo fisico, come abbiamo spiegato precedentemente, data la complessità della sua struttura, non può che essere stato prodotto da un essere eminentemente intelligente. Pertanto il grandioso fenomeno fisico ipotizzato, essendo inintelligente e inanimato, non può essere all'origine di tutto quanto esiste.

Dunque il mondo fisico deve avere come *prima causa* una realtà ultra-fisica. Perché solo una realtà ultra-fisica può essere intelligente.

c) *L'argomento del disegno intelligente.*

Gli scienziati si entusiasmano tanto quando scoprono, ad es., utensili fatti da sassi insieme con delle ossa in una grotta. Per quale motivo? Perché tali rudimentali utensili ci parlano di un essere intelligente. Tutti riconoscono che questi utensili non possono essersi costruiti da soli, spontaneamente. Sono invece stati ideati e costruiti da un intervento intelligente.

Similmente, non si potrebbe mai pensare alla Grande Muraglia Cinese, alla basilica di S. Pietro e ad altri edifici del genere e concludere che essi si sono formati da una grande esplosione di una cava di sassi!

Nessuno crederebbe che le teste dei presidenti scolpiti sulla parete del Monte Rushmore (Sud Dakota – USA) siano il risultato di milioni di anni di erosione! Tutti penserebbero, immediatamente, che dietro a queste opere c'è stata un'intelligenza che l'ha ideate e costruite.

Vediamo dovunque oggetti fatti dall'uomo: case, aerei, automobili, computer, radio, elettrodomestici, orologi, ecc., eppure non ci verrebbe mai in mente l'idea che tali cose siano il prodotto del tempo e del caso. Il *disegno intelligente* si vede dappertutto.

Non ci passerebbe mai per la mente la strana idea che, se si abbandonasse in un luogo qualunque una sufficiente quantità di metallo, essa si trasformerebbe spontaneamente in motori, trasmissioni, ruote, e in tutti gli altri pezzi necessari per costruire le nostre automobili!

Alla stessa maniera, osservando il mondo fisico, in tutta la magnificenza della sua organizzazione, esaminando l'ordine che regna sia nell'infinitamente grande (vedi i sistemi solari e le immense nebulose), sia nell'infinitamente piccolo (vedi gli atomi e le loro parti costituenti), non possiamo non concludere che siamo di fronte a un geniale *disegno intelligente*, opera di una straordinaria *Mente ordinatrice*.

Nell'universo noi possiamo facilmente osservare che molti organismi privi di intelligenza sono orientati spontaneamente verso un *fine* e agiscono in vista di esso. Facciamo qualche esempio:
- La formica fa tutto in funzione del formicaio; l'ape fa tutto in funzione dell'alveare.
- Con la riproduzione la natura raggiunge il fine di sopravvivere e di perpetuarsi.
- Il colore e il profumo di un fiore, che attirano più gli insetti di una certa specie anziché altri, fanno aumentare le possibilità di impollinazione tra fiori della stessa pianta o di piante della stessa specie.
- La femmina del cervo perde le corna quando allatta per non arrecare danno ai propri cuccioli.
- Durante il periodo degli amori, ai cervi maschi aumentano la robustezza e la forza dei muscoli delle zampe, cosicché essi possono facilmente raggiungere le femmine in fuga.
Ora, questo orientamento verso un fine non può essere dovuto al *caso*;. anche se qualcuno lo sostiene, basandosi sull'idea che proprio il caso porterebbe a quella soluzione che la natura trova dopo tentativi infruttuosi. Ma a ciò si deve rispondere che, pur essendo innegabile che la natura proceda per tentativi, questo non può essere interpretato come un automatismo non finalistico della vita. Anzi, è proprio il suo tentare fino a riuscire che dà la prova del suo finalismo.

Aggiungiamo infine che, quando una freccia si dirige verso un bersaglio e lo raggiunge, ciò non è dovuto all'iniziativa della freccia stessa, ma all'intelligenza e all'abilità dell'arciere.
Alla stessa maniera, quando alcuni corpi naturali sono orientati a realizzare fini, ciò non è dovuto ad essi, che sono privi di intelligenza, ma a una mente ordinatrice, distinta da essi. Esiste pertanto un'*Intelligenza* che orienta ogni cosa verso il suo fine: essa è chiamata Dio.

d) Critiche di Dawkins all'argomento del *disegno intelligente.*

Nel suo libro *L'illusione di Dio*, già citato, alle pagine 121 e seguenti, Dawkins esamina alcuni esempi che illustrano il *disegno intelligente*, tratti da un libro pubblicato dalla Watch Tower Bible and Tract Society in sedici lingue e undici milioni di copie (30).

1° esempio. Si richiama l'attenzione sulla spugna *Euplectella aspergillum*, il "cestello di Venere", della quale viene detto: "Quando osserviamo lo scheletro di spicole silicee di una spugna complessa come il cestello di Venere, si prova un profondo stupore. Come possono microscopiche cellule quasi indipendenti secernere insieme un milione di fili vitrei e costruire un reticolo di tale complessità e bellezza? Non lo sappiamo". Subito però si aggiunge: "Ma una cosa sappiamo: il progettista non è il caso". Dawkins risponde: "Infatti: su questo siamo d'accordo... Ma le possibili soluzioni dell'enigma... non sono... il progetto e il caso, bensì il progetto e la selezione naturale. Il caso non è una soluzione, dati gli alti livelli di improbabilità che osserviamo negli organismi viventi, e nessun biologo sano di mente ha mai suggerito che lo fosse. Nemmeno il progetto è, come vedremo più avanti, una vera soluzione...".

Dunque il nostro autore esclude tassativamente il caso. Ma esclude anche il progetto (ossia il disegno intelligente). E questo lascia molto perplessi, perché la formazione di un organismo vivente si può spiegare solo o con il caso (da escludere tassativamente) o con il progetto di una mente intelligente.
C'è una terza soluzione - egli aggiunge - ; è la selezione naturale (per ora del tutto misteriosa).

2° esempio. "Girando pagina nel libro Watch Tower - scrive Dawkins -, troviamo una pianta meravigliosa, l'*Aristolochia trilobata,* le cui parti sembrano mirabilmente studiate per catturare insetti, coprirli di polline e inviarli su una pianta sorella. La complessa bellezza del fiore commuove gli adepti della Watch Tower, che si chiedono: 'Tutto questo è avvenuto per caso? O è da attribuirsi a un progetto intelligente?' ". "Ribadisco – continua il nostro autore -: è *evidente* che non è avvenuto per caso, ma il progetto intelligente non è l'alternativa giusta. La selezione naturale non è solo una soluzione economica, plausibile ed elegante, ma è anche l'unica alternativa concreta alla casualità che sia mai stata formulata".

Il caso è escluso, puntualizza Dawkins. Ma non ci si deve rivolgere alla classica alternativa del progetto intelligente. Esiste un'alternativa migliore: la selezione naturale. Però l'autore non ci spiega in che cosa consista.

3° esempio. Nel libro edito dalla Watch Tower si descrive la sequoia gigante (*Sequoiadendron giganteum*), un albero altissimo e dai poderosi rami. "Non è assurdo credere – scrivono gli autori – che questo maestoso gigante e il piccolo seme da cui è nato non siano dovuti a un progetto?". "Ribadisco – risponde Dawkins -: se si pensa che l'unica alternativa al progetto sia il caso, è assurdo; ma gli autori evitano di menzionare la vera alternativa, la selezione naturale, o perché non la capiscono o perché non vogliono nominarla".

Un piccolo seme viene gettato nel terreno e dopo decenni si può ammirare un maestoso gigante. Ovviamente non può essere opera del caso. Secondo il nostro biologo evolutivo ciò è dovuto alla selezione naturale, questa bacchetta magica che, peraltro, moltissimi scienziati non accettano.

4° esempio.   Scrivono quelli della Watch Tower: " 'La fotosintesi comporta una settantina di distinte reazioni chimiche', dice un biologo. 'E' un fenomeno assolutamente miracoloso'. Le piante verdi sono state chiamate le 'fabbriche' della natura: belle, silenziose e antiinquinanti, producono ossigeno, riciclano l'acqua e forniscono nutrimento al mondo. Si sono formate per caso? E' credibile che si siano formate per caso?". La risposta di Dawkins è categorica: "No, non è credibile; ma elencare tutti questi esempi non ci porta da nessuna parte. La 'logica' creazionista è sempre la stessa. Un dato fenomeno naturale è statisticamente troppo improbabile, complesso, bello e mirabile per essersi originato per caso. Il 'progetto intelligente' è l'unica alternativa al caso che il creazionista sa immaginare. Dunque dev'esserci stato un autore".
    E continua: "Anche la risposta della scienza [o più precisamente, la risposta di Dawkins] a questa logica fallace è sempre la stessa. Il progetto non è l'unica alternativa al caso. La selezione naturale è un'alternativa migliore. Anzi, il progetto non è una vera alternativa, perché solleva un problema ancora più grande di quello che risolve: chi ha progettato il progettista?".

Il nostro biologo, dunque, ribadisce che per spiegare le meraviglie degli organismi viventi è assurdo ricorrere al *caso* (**Ma in questo modo la sua battaglia è già perduta**: perché, se scartiamo il caso, bisogna necessariamente ricorrere al disegno intelligente). Secondo lui, invece, è necessario eliminare tale alternativa tradizionale (ossia il disegno o progetto intelligente), perché esiste un'alternativa diversa e migliore, la fantomatica *selezione naturale*, di cui però egli ancora non ci spiega il funzionamento. Quanto al *progetto intelligente* egli crede di sbarazzarsene con la solita obiezione: "Chi ha progettato il progettista?". Obiezione che ora non discutiamo in quanto identica all'altra già da noi respinta: "Chi ha creato Dio?".   Ribadiamo soltanto che il progettista (ossia Dio) non è stato progettato da nessuno perché egli è eterno.

e) La selezione naturale.

Prima di andare avanti nella rassegna del pensiero di Dawkins, è opportuno chiarirci le idee sulla "selezione naturale" ideata da Charles Darwin (31), seguendo la spiegazione datane da Carla Castellacci, un' attenta studiosa del problema in questione (32).

"Per Darwin, e per gli studiosi di oggi – afferma la nostra divulgatrice scientifica -, **la selezione naturale** *è la principale spiegazione* **dell'evoluzione**. L'idea, per sommi capi, è abbastanza semplice: gli individui di una popolazione non sono identici tra loro; in secondo luogo c'è sempre una differenza, a volte molto grande, tra il numero di individui che nascono e il numero di individui che giungono a maturità e riescono a riprodursi. Date queste premesse, anche se le differenze tra due individui sono piccole possono comunque determinare il successo nella sopravvivenza e nella riproduzione.
Se le caratteristiche favorevoli sono ereditabili, esse tenderanno a essere trasmesse a un maggior numero di individui e quindi a diffondersi nella popolazione. Viceversa, le caratteristiche meno favorevoli o addirittura dannose tenderanno a scomparire assieme agli individui che le possiedono, che lasceranno pochi o nessun discendente".

Riassumendo possiamo dire che i caratteri principali della *selezione naturale* sono i seguenti:
1) gli individui di una popolazione non sono tutti identici tra loro, perché intervengono delle *variazioni* (o *mutazioni*), le quali si fissano nel loro sangue, o meglio nel loro DNA, come dicono più precisamente i biologi di oggi;
2) non tutti gli individui che nascono riescono a raggiungere la maturità e quindi a riprodursi, perché una buona parte muore prima;
3) normalmente muoiono prima quelli che presentano una *variazione* che li rende inadatti all'ambiente in cui vivono;
4) da ciò discende che le differenze fra due individui possono determinare il successo di un individuo rispetto all' altro, sia nella sopravvivenza, sia nella riproduzione;
5) se le caratteristiche favorevoli sono ereditabili, esse tenderanno ad essere trasmesse a un maggior numero di individui (attraverso la riproduzione) e quindi a diffondersi nella popolazione;
6) invece, le caratteristiche meno favorevoli o addirittura dannose tenderanno a scomparire, assieme agli individui che le possiedono.

In conclusione la *selezione naturale* è un processo automatico che, nel suo faticoso procedere, non esclude arresti, regressioni e prevalenza di caratteristiche meno positive o addirittura negative (in presenza di variazioni prevalentemente sfavorevoli). Darwin, infatti, non pensava che evoluzione volesse dire *progresso*.

La Castellacci così continua: "La teoria di Darwin non pretende di spiegare *l'origine della vita*, e neanche l'origine delle *variazioni*. La selezione naturale agisce 'scegliendo' alcune variazioni a scapito di altre, ma non è la causa delle variazioni. La causa delle variazioni è un miscuglio molto complicato di cambiamenti nel DNA (mutazioni genetiche), cambiamenti nei processi di sviluppo embrionale, e cambiamenti negli ambienti".

In questo brano, tre punti devono richiamare la nostra attenzione:
1) *l'origine della vita* non dipende dalla *selezione naturale*;
2) anche le *variazioni* non dipendono dalla *selezione naturale*; e, caratteristica da considerare attentamente, esse sono del tutto **casuali**;
3) quando la Castellacci dice che "la selezione naturale agisce 'scegliendo' alcune variazioni (con la parola 'scegliendo' opportunamente posta tra virgolette), non intende dire che la *selezione naturale* sia come un soggetto intelligente che sceglie a ragion veduta; vuol significare soltanto che così avviene naturalmente; in altre parole, tale selezione è un processo automatico in cui gli individui di una popolazione adatti all'ambiente, per particolari variazioni, sopravvivono, quelli invece non adatti all'ambiente, a causa di variazioni sfavorevoli, soccombono o tendono a soccombere.

"La selezione naturale – soggiunge la nostra studiosa – è spesso stata associata a termini come 'lotta per la vita' (per l'esistenza, per la sopravvivenza), e all'idea della 'sopravvivenza del più adatto'. In gran parte è così, ma è importante non esagerare con queste immagini. Oggi i genetisti delle popolazioni pensano alla selezione naturale… come risultato di molti fattori uno dei quali (ma non l'unico) è la lotta per la vita".

Carla Castellacci quindi aggiunge: "Il paleontologo Stephen Jay Gould [di recente scomparso]… ha scritto che se potessimo riavvolgere il film dell'evoluzione, indietro di centinaia di milioni di anni, e poi farlo ripartire da quel momento, difficilmente assisteremmo allo stesso spettacolo: la storia della vita è stata determinata da troppi eventi casuali perché tutto possa ripetersi allo stesso modo".

"Non tutti però - continua la studiosa - condividono questa idea: c'è chi pensa che la storia della vita, presa nel suo insieme, mostri una direzione. I dettagli possono essere affidati al caso... ma l'evoluzione di caratteri complessi, e anche dell'intelligenza, sono un risultato che sarebbe stato raggiunto comunque, anche prendendo una strada diversa".

Il problema è serio. Perché un conto è dire che la storia della vita è stata determìnata da troppi eventi casuali perché tutto possa ripetersi allo stesso modo, un altro conto è sostenere che la storia della vita, presa nel suo insieme, mostri una direzione e che l'evoluzione di caratteri complessi è un risultato che sarebbe stato raggiunto comunque.

Stando a quello che la dottoressa Castellacci ci ha spiegato sul funzionamento della selezione naturale, sembra più plausibile la conclusione che, essendo le variazioni totalmente affidate al caso, anche il risultato non può essere che fortuito e imprevedibile.

Ma questo contrasta con i risultati che ci mostra effettivamente la nostra esperienza. Noi riscontriamo infatti le meraviglie citate da Dawkins, come il "cestello di Venere", l'*Aristolochia trilobata,* "la sequoia gigante" e la "fotosintesi" delle piante; inoltre possiamo ammirare la complessità dell'occhio e dell'orecchio, quella degli organismi viventi e senzienti ed infine quella degli esseri intelligenti e razionali. Come spiegare tutto questo? E' sufficiente la selezione naturale? Certamente no.

La nostra studiosa, avviandosi alla conclusione, afferma quanto segue: "Darwin non pensava che evoluzione volesse dire *progresso*. Un po' perché la materia prima dell'evoluzione, le *variazioni*, sono un prodotto del caso, ma soprattutto perché non bisogna dimenticare che molti organismi 'inferiori' esistono da molto più tempo di noi, hanno alle spalle una storia evolutiva non meno lunga della nostra, e vivono benissimo come sono. Inoltre, molti adattamenti si rivelano soluzioni piuttosto scadenti, soluzioni di compromesso... Per questo motivo il percorso dell'evoluzione non è lineare, non è un passaggio da una specie più primitiva a una specie più perfetta, ma è caratterizzato da continue ramificazioni, tentativi di raggiungere un nuovo compromesso che quando riescono diventano il punto di partenza di una ulteriore ramificazione"..

La dottoressa Castellacci, mette in evidenza le difficoltà della *selezione naturale*:
1) l'*evoluzione* non significa *progresso*;
2) la materia prima dell'evoluzione, le *variazioni*, sono un prodotto del *caso*;

3) molti organismi "inferiori", che esistono da molto tempo e hanno una storia evolutiva non meno lunga della nostra, restano così come sono e non danno luogo ad organismi "superiori";

4) molti adattamenti si rivelano soluzioni *scadenti*, di compromesso, per cui il percorso dell'evoluzione non è *lineare*, ossia non è un passaggio da una specie più primitiva a una specie più perfetta;

5) pertanto tale percorso è caratterizzato da continue ramificazioni, le quali a loro volta danno luogo ognuna a nuove ramificazioni.

Come possiamo agevolmente constatare, l'evoluzione è affidata completamente al *caso*: infatti sono casuali le *variazioni* ed è casuale, di conseguenza, la stessa *selezione naturale*. Pertanto l'accoppiata *variazioni + selezione naturale* non può portare mai non diciamo alla perfezione ma neanche a consistenti miglioramenti.

f) La perfezione dell'occhio umano.

Dopo questi necessari chiarimenti, torniamo al biologo Richard Dawkins. Abbiamo già detto che egli parla della *selezione naturale* come di un processo che spiega esaurientemente la complessità di certi fenomeni naturali come la miracolosa fotosintesi delle piante e la perfezione dell'occhio umano, laddove fallirebbero il *caso* e il *progetto intelligente*.

Ma egli non ci spiega come funziona questa prodigiosa *selezione*. Egli, in certo qual modo, si scusa affermando che ha approfondito il problema in un altro suo libro; infatti scrive   testualmente: "Siccome in *Alla conquista del Monte Improbabile* ho dedicato un capitolo all'occhio e uno all'ala, dimostrando quanto sia stato facile per questi organi evolversi lentamente (o forse neanche tanto lentamente) per gradi, non ne parlerò oltre in questa sede" (33).

Sarebbe stato invece molto opportuno che egli ne avesse parlato, per consentire al lettore di capire il suo pensiero. Quel poco che dice, e che a fatica si comprende, lascia intravedere che la selezione naturale sarebbe, secondo lui, un processo *accumulativo* (34) in grado di raggiungere un prodotto finale di elevata complessità (come nel caso dell'occhio umano). Si passerebbe infatti da occhi che vedono, poniamo, al 1% dell'occhio umano a occhi che vedono al 10, al 20, al 30% e così via. Si arriverebbe quindi al "platelminta che ha un occhio il quale, in base a qualsiasi unità di misura, è meno della metà dell'occhio umano [50% circa]". E si concluderebbe con il nautilus che – sempre al dire di Daukins – "ha un occhio di qualità intermedia tra quello del platelminta e quello dell'essere umano. Diversamente dall'occhio del platelminta, che distingue la luce e l'ombra *ma non vede immagini*, la 'fotocamera a spillo' del nautilus *produce un'immagine, che però è confusa e indistinta* rispetto alla nostra [75%]"

(35); e finalmente si attingerebbe la perfezione dell'occhio umano (che vede al 100%).

Ma in questo ipotetico scenario, più della metà degli occhi degli esseri viventi succedutisi nel tempo non vedrebbero quasi nulla o sarebbero ciechi del tutto. E quindi sarebbero inservibili. Pertanto tale modalità di evoluzione è da respingere.

Sempre per cercare di capire, vediamo che cosa dice dell'evoluzione dell'occhio il professor Christian de Duve, Premio Nobel per la medicina, in un intervista del 6-10-2006:

"L'occhio? Ce ne sono almeno sette qualità differenti: andate a vedervi gli occhi di un polipo, di una mosca o di un uomo. Sono avvenute delle evoluzioni con degli adattamenti differenti. Possiamo trovare dei rappresentanti di esseri viventi primitivi che hanno delle forme primitive di occhio, che avrebbero potuto essere precursori dell'occhio. Ad esempio, su alcuni batteri voi potete riscontrare delle piccole tracce che sono sensibili alla luce".

"Dunque la reazione alla luce - continua il nostro Premio Nobel - appare molto presto. Possiamo ricostruire la storia dell'occhio a partire dall'evoluzione progressiva di questa piccola macchia foto-sensibile. Abbiamo avuto numerosissime tappe, che si sono succedute, lo dimentichiamo troppo spesso, attraverso tempi assolutamente lunghi, che si possono conteggiare in migliaia di millenni" (36).

Ma dobbiamo domandare ai due scienziati come si spiega questa **evoluzione progressiva**, la quale ovviamente non può essere affidata al caso.

Essi sostengono che è dovuta alla *selezione naturale*. Ma questo non è possibile, perché tale selezione, come ci ha spiegato la dottoressa Castellacci, presenta difficoltà insormontabili. Infatti:

1) la selezione in questione non è un soggetto intelligente, ma un processo automatico, che non esclude arresti, regressioni e prevalenza di caratteristiche meno positive o addirittura negative (in presenza di variazioni prevalentemente sfavorevoli). Tant'è vero che Darwin non pensava che evoluzione volesse dire **progresso**;
2) la materia prima dell'evoluzione, ossia le **variazioni**, sono un prodotto del *caso*;
3) molti adattamenti si rivelano soluzioni *scadenti*, di compromesso, per cui il percorso non è **lineare**, ossia non è un passaggio da una specie primitiva a una specie più perfetta.

Come possiamo agevolmente constatare, l'evoluzione non è *lineare* ed è affidata, per di più, completamente al *caso*: infatti sono casuali le *variazioni* ed è casuale, di conseguenza, la stessa *selezione naturale*. Pertanto l'accoppiata *variazioni + selezione naturale* non può portare mai non diciamo alla perfezione ma neanche a consistenti miglioramenti; né può aver determinato in alcun modo i caratteri straordinari degli organismi viventi attuali, né di loro parti importanti come l'occhio.

Se ne deve concludere che tali caratteri straordinari non possono essere dovuti che a una **Mente** ordinatrice, la quale creando il mondo li ha inseriti, **in forma implicita**, nella realtà biologica iniziale.

Dobbiamo inoltre evidenziare un fatto molto grave. Richard Dawkins, nel solito libro, non nomina mai le *variazioni* (anche se non può non averne nozione). Mentre, come ci ha spiegato la dottoressa Castellacci (e come ha confermato il professor de Duve nell'intervista più sopra menzionata), esse sono elementi importantissimi dell'evoluzione, addirittura la sua materia prima.

Perché non ne parla? Ma perché queste modificazioni genetiche, postulate da Darwin, si realizzano in maniera accidentale, sono cioè un prodotto del caso.

Ora, se la selezione naturale (è bene ripeterlo) "opera" sulle variazioni, significa che "opera" su prodotti del caso. Di conseguenza il risultato di tale selezione non può che essere casuale anch'esso.

Pertanto la selezione naturale non è uno strumento adatto per spiegare l'evoluzione degli organismi viventi e di parti importanti di essi. E proprio per non far scoprire al lettore questo esito profondamente negativo (e con esso la distruzione del suo castello in aria) Dawkins non cita mai le suddette variazioni, pur essendo parti integranti e indispensabili della teoria di Darwin.

Ma ascoltiamo, per concludere, quanto afferma giustamente lo studioso Fiorenzo Fiacchini su Internet (37), "... è da criticare come alcuni scienziati darwinisti abbiano assunto l'evoluzione in senso totalizzante, passando dalla teoria alla ideologia, in una visione che pretende di spiegare tutta la realtà vivente, compreso il comportamento umano, in termini di selezione naturale escludendo altre prospettive, quasi che l'evoluzione possa rendere superflua la creazione e tutto possa essersi autoformato e possa essere ricondotto al caso. La scienza in quanto tale, con i suoi metodi, non può dimostrare ma neanche escludere che un disegno superiore si sia realizzato".

In altri termini, Fiacchini dichiara di accettare il naturalismo metodologico come proprio della scienza. E suggerisce, addirittura, che "Se il modello proposto da Darwin viene ritenuto non sufficiente, se ne cerchi un altro", ma si rimanga nell'ambito della natura. Senza andare a indagare al di là dell'esperienza, cosa che non le compete e che potrebbe fare solo in maniera del tutto superficiale ed erronea.

Sarà poi compito specifico della filosofia andare oltre il mondo sensibile per individuare il progettista intelligente che ha introdotto negli organismi viventi la loro eccelsa struttura.

In altre parole, se ci domandiamo perché un dato fenomeno biologico è complesso, bello e meraviglioso, rispondiamo, in opposizione a Daukins, che, lungi dall'essere opera del *caso* o della *selezione naturale*, che è un caso mascherato, esso è stato predisposto in potenza fin dalle sue remotissime origini da una *Mente* intelligente e ordinatrice, cioè da Dio.

Nota.

Quanto al problema del rapporto tra scienza e fede, Christian de Duve, nella solita intervista, ci spiega che non è la religione ad essere messa in questione. E aggiunge: "Io mi sono sentito in dovere di dire: là, dove quello che ci si propone di credere è in contraddizione con quello che la scienza ha stabilito senza ombra di dubbio, là bisogna cambiare il testo [sacro], questo è tutto".

Tutti gli esseri viventi, egli soggiunge, derivano da una forma ancestrale unica e l'uomo discende dalla scimmia. Ora le Scritture dicono, invece, che Dio avrebbe creato direttamente il primo uomo e la prima donna. Ebbene, in questo caso, il testo sacro sbaglia e ha ragione la scienza (38).

Anche se le affermazioni di de Duve sono ancora materia di discussione fra gli scienziati, è pur sempre vero che non ci si può appellare alle Scritture se, eventualmente, le si volesse respingere.

Perché la Bibbia (come spiegheremo nell'ottavo capitolo) non è un testo sacro, in quanto non è stato rivelato e nemmeno ispirato da Dio. Essa è un comune testo scritto da uomini e presenta gli stessi possibili errori degli altri libri. Quindi non si deve mai mettere la Bibbia contro la scienza. Non dimenticando, peraltro, che anche gli scienziati possono sbagliare. Come in effetti stanno sbagliando oggi, quando sostengono che tutto l'universo può essere spiegato con la *selezione naturale* di Darwin.

g) L'orologiaio cieco

Se vogliamo saperne di più sulla selezione naturale (secondo Dawkins) dobbiamo ricorrere a un suo libro precedente intitolato *L'orologiaio cieco,* nel quale sostiene un assurdità veramente unica: ossia che non esiste alcun Dio che abbia progettato la realtà, ma esistono soltanto **le cieche forze della natura** e che sono state esse (questo è il punto!) che hanno originato l'ordine e la meravigliosa struttura del nostro mondo.

(Vedi su Internet *L'orologiaio cieco* di Richard Daukins [curato da Maurizio nel suo blog]).

"*L'orologiaio* del mio titolo – scrive Dawkins - è preso in prestito da un famoso trattato del teologo del diciottesimo secolo William **Paley**. La sua opera *Teologia naturale – o evidenza dell'esistenza e degli attributi della divinità tratte dalle sembianze della natura*, pubblicata nel 1802, è la più nota esposizione dell' **"argomento del disegno intelligente"**, che è sempre stato l'argomento più influente in favore dell'esistenza di Dio" [...].

Paley illustra – continua Dawkins – "la precisione con cui sono costruiti gli ingranaggi e le molle di un orologio e la complessità con cui sono montati. Se noi trovassimo in una brughiera un oggetto come un orologio, anche se non sapessimo in che modo esso avesse avuto origine, la sua stessa precisione e l'intricatezza del suo progetto ci costringerebbero a concludere che **l'orologio deve avere avuto un artefice**" [...].

"L'argomentazione di Paley – conclude Dawkins – viene condotta con appassionata sincerità e si avvale delle migliori conoscenze biologiche del tempo, ma [*il neretto è suo*] **è sbagliata, clamorosamente e completamente sbagliata. L'analogia fra il telescopio e l'occhio, fra l'orologio e l'organismo vivente, è falsa.** Nonostante tutte le apparenze dicano il contrario, **l'unico orologiaio in natura sono le cieche forze della fisica,** sebbene impiegate in un modo molto speciale".

"**Un vero orologiaio** – dice ancora – **ha la lungimiranza, la capacità di prevedere**: progetta i suoi ingranaggi e le sue molle e pianifica le loro interconnessioni **avendo in mente uno scopo futuro**".

"**Invece la selezione naturale** – annota egli puntigliosamente - , **quel processo cieco, inconsapevole, automatico, che fu scoperto da Darwin e che oggi sappiamo essere la spiegazione dell'esistenza e dello scopo apparente di tutte le forme di vita, non ha in mente alcuno scopo. Anzi non ha alcuna mente, né alcuna forma di coscienza. Non fa progetti per il futuro, non ha una visione, non ha capacità di previsione, non ha alcun tipo di vista. Se si può dire che essa svolge il ruolo di orologiaio in natura, allora è un orologiaio cieco**".

Dunque, secondo Daukins, la *selezione naturale* è un processo *cieco, inconsapevole, automatico*. Ma se è tale non può nel suo procedere determinare, come lui pretende, un mondo ordinato, degli esseri viventi e intelligenti e parti di essi, come i meravigliosi occhi umani o la ineguagliabile perfezione dell'udito.

La selezione naturale, che andrebbe chiamata più propriamente selezione ambientale (perché è l'ambiente che seleziona), effettivamente esiste, ma essendo cieca e automatica, non può essere che casuale. E quindi, come tutto ciò che opera per caso, non può che produrre instabilità e disordine.

La selezione naturale, dunque, tanto sbandierata dagli evoluzionisti, non è che un **caso** mascherato. Di conseguenza la complessità del reale, che non può essere spiegata con il caso, non può essere spiegata neanche con la selezione naturale.

Non resta che prendere atto, in opposizione a Dawkins, che la realtà è frutto di un progetto o disegno intelligente, e quindi di Dio.

La vana presunzione di Daukins è stata quella di abolire Dio in quanto superfluo. Ma la selezione naturale, che lui ha peraltro analizzato senza barare, non può essere invocata come l'artefice del mondo ordinato e relativamente perfetto nel quale viviamo e che richiede un progettista estremamente intelligente, esistito da sempre.

Tuttavia egli bara pesantemente e si arrampica sugli specchi quando passa ad esemplificare e pretende di farci credere che la realtà biologica evolverebbe verso il meglio proprio ad opera di una selezione naturale cieca e casuale. La qual cosa è manifestamente impossibile. Talmente che egli stesso a volte dimentica di avere a che fare con una selezione siffatta, e cioè completamente cieca. E la immagina operante, suo malgrado, come un **soggetto intelligente** (!) (rinnegando così, anche se inconsciamente, il punto fondamentale della sua teoria).

h) L'origine della vita.

L'esperimento "vita" non si può ripetere in laboratorio. La vita si constata soltanto. Solo se si conoscessero le sue origini e quindi il suo segreto, la si potrebbe riprodurre artificialmente, mettendo insieme i suoi ingredienti. A quel punto si potrebbe creare un batterio, un'alga, un embrione di topo, e addirittura anche un embrione umano.

E' vero che la vita viene compresa così bene che adesso possiamo intervenire nei suoi ambiti e compiere delle manipolazioni. Tutti conoscono infatti le manipolazioni, l'ingegneria genetica, la biotecnologia, ecc. Ma, a tuttora, una nuova vita può discendere solo da una vita preesistente. L'origine della vita rimane del tutto misteriosa.

Né giova ricorrere alla teoria della "panspermia", intendendo dire che la vita sarebbe sparsa in tutto l'universo. Il difetto di tale teoria sta nella mancata spiegazione dell'origine vera e propria della vita: se gli esseri viventi derivano necessariamente da altri esseri viventi, allora la vita non sarebbe mai nata, ma sarebbe esistita da sempre.

"Tuttavia l'idea che la vita sia eterna (come afferma Antonio Vecchia su *Internet*) non piace alla maggior parte dei biologi così come non piace alla maggior parte degli astronomi l'idea di un universo che esiste da sempre...[Poiché] se la vita e l'universo esistessero da sempre verrebbero violate alcune leggi fondamentali della fisica come ad esempio il secondo principio della termodinamica che prevede un aumento continuo e incessante dell'entropia, ossia del disordine generale. Ora, se l'universo esistesse da sempre, questo disordine generale sarebbe stato raggiunto da un tempo infinito e oggi non ci sarebbero le strutture ordinate che possiamo osservare in esso, a cominciare appunto dalla vita" (39).

Di conseguenza, se l'universo non è eterno, esso deve avere avuto una causa generatrice (cioè Dio). E se la vita non c'è sempre stata, la sua origine deve essere collocata nel tempo. Può essere il risultato di reazioni chimiche e di strutture chimiche? Gli scienziati lo hanno ipotizzato. Ma i loro esperimenti non hanno dato esito positivo. Perché gli aggregati che sono riusciti a costruire, i quali sono piccole gocce di composti organici avvolti da molecole d'acqua, chiamati "coacervati" (dal latino *cum acervo* = ammucchio insieme), sebbene molto simili alle cellule degli organismi viventi, non sono in realtà cellule.

Ora, se per vita (continua Antonio Vecchia) intendiamo una forma di materia e di energia altamente organizzata, il coacervato potrebbe già essere considerato un organismo vivente. Se per vita intendiamo invece, come è logico che sia, un organismo che sia in grado di *svilupparsi* e di *riprodursi*, il coacervato non è un organismo vivente, mentre il virus lo è (40).

Si potrebbe ipotizzare, come fanno alcuni scienziati, che la vita sia opera del caso e che all'inizio dei tempi, con l'accostamento casuale di vari fattori, l'organismo vivente si sia composto e sia messo a funzionare (come abbiamo già detto nel paragrafo primo, parlando di Monod). Proprio come un orologio di cui si smontassero tutte le sue parti costituenti e si mettessero in una scatola, la quale cominciasse a ruotare, finché, dopo miliardi di tentativi, per la legge di probabilità, l'orologio stesso si ricomponesse e incominciasse ad andare. Senza dubbio – teoricamente – questo potrebbe accadere. Ma è altrettanto certo che se nella scatola non si mettessero i pezzi dell'orologio concepito per funzionare, ma delle piccole pietre, la scatola potrebbe girare all'infinito, ma l'orologio non si comporrebbe mai.

Questo è il punto. Anche lasciando al caso l'accostamento dei fattori che costituirono il primo organismo vivente, *se questi fattori non avessero contenuto in potenza gli elementi per comporre una vita* (cioè qualcosa capace di **svilupparsi** e di **riprodursi**), il caso non avrebbe *mai* potuto originarla.

Pertanto la vita ha una ragione ultra-fisica. E sostenere che essa sia opera del caso, è fare affermazione più illogica, infondata e fideistica di quella che si vuole demolire (41).

g) La posizione di Dawkins sull'origine della vita e della coscienza.

1) Anche il biologo Dawkins ammette che l'origine della vita è un mistero. Ma invece di tentare di risolvere il problema, cerca di evitarlo perdendosi dietro le statistiche.

Egli incomincia affermando quanto segue: "… non mi stupirei se nell'arco dei prossimi due o tre anni, i chimici annunciassero di aver creato in laboratorio le condizioni per una nuova origine della vita. Ma questo per il momento non è accaduto e si può ancora sostenere che la vita, pur essendosi originata una volta, abbia e abbia avuto pochissime probabilità di comparire" (*L'illusione di Dio*, pp.139-140).

E continua: "Si calcola che vi siano tra uno e trenta miliardi di pianeti nella nostra galassia, e cento miliardi di galassie nell'universo. Togliendo qualche zero per motivi di ordinaria cautela, un miliardo di miliardi è una stima prudenziale del numero di probabili pianeti. Ora, supponiamo che l'origine della vita, il formarsi spontaneo di qualcosa di equivalente al Dna, sia stato effettivamente un evento del tutto improbabile. Supponiamo sia stato così improbabile da verificarsi solo in un pianeta su un miliardo… Se le probabilità che la vita si originasse spontaneamente su un pianeta fossero una su un miliardo, questo evento molto, molto improbabile si verificherebbe in ogni caso su un miliardo di pianeti" (*Ivi*, p. 140).

E conclude: "… a un modello chimico basta predire che la vita nasca in *un solo* pianeta su un miliardo di miliardi per spiegare in maniera plausibile e del tutto soddisfacente la presenza della vita sulla Terra… Se anche accettassimo le stime più pessimistiche sull' origine spontanea del fenomeno, l'argomento statistico demolisce completamente l'idea che dovremmo postulare il 'progetto' per colmare la lacuna" (*Ivi*, p. 141).

Richiamiamo l'attenzione sui seguenti punti del brano di Dawkins:
- la vita si sarebbe originata spontaneamente;
- anche ammettendo che la vita nasca in *un solo* pianeta su un miliardo di miliardi, si spiegherebbe in maniera soddisfacente la presenza della vita sulla Terra;
- l'argomento statistico demolisce completamente l'idea che dovremmo ammettere il "progetto" per colmare la lacuna.

a) Quanto al primo punto, è da escludere tassativamente che la vita possa sorgere dalla terra come un fungo. Ammesso che un fungo si origini spontaneamente dal terreno. Il che non è vero neanche per lui.

b) La vita è certamente presente sulla terra, nessuno lo mette in dubbio; ma non è questo che si vuole sapere. Noi vogliamo conoscere l'origine della vita; ma a questa richiesta Dawkins non risponde.

c) L'argomento statistico è ininfluente per dimostrare l'origine della vita. Neppure se la vita fosse presente in tutti i pianeti sarebbe risolto tale problema.

2) Secondo Dawkins inoltre, la *selezione naturale*, procedendo nella sua opera di continuo miglioramento e perfezionamento [il che, peraltro, non è vero] , darebbe infine origine alla coscienza riflessa dell'uomo (*Ivi*, p.143).

Ora, come sappiamo, tale coscienza è un evento straordinario che non ha eguali nella vita della natura. Perciò dobbiamo domandarci come sia possibile che una natura inanimata e inconscia possa, ad un certo momento, dare origine a ciò che è animato e cosciente.

Per il nostro biologo non ci sarebbe nulla di strano, in quanto tutto dipenderebbe dalla *selezione naturale* la quale, dopo numerosissime tappe che si sono succedute attraverso tempi da conteggiarsi in miliardi di millenni, avrebbe infine dato luogo alla coscienza e all'intelligenza dell'uomo.

Tuttavia è manifestamente impossibile che da una materia inerte e passiva possa essere scaturito ciò che inerte non è, ossia gli organismi viventi e pensanti. Ma Dawkins non indietreggia e polemizza decisamente contro il filosofo Daniel Dennet, ottimo conoscitore della scienza, che aveva notato la contraddizione tra l'evoluzione e una delle nostre idee più radicate, ossia che occorre una cosa bella e grandiosa per produrne una più piccola. Dennet infatti afferma: "Non si vedrà mai una lancia che fabbrica un fabbricante di lance, né un ferro di cavallo che fabbrica un fabbro o un vaso che fabbrica un vasaio". Dawkins ,però, non si scompone e scrive testualmente: "Darwin ha scoperto un processo concreto che agisce proprio in tale modo controintuitivo ed è questo che rende il suo contributo al pensiero umano così rivoluzionario e così capace di risvegliare le coscienze" (*Ivi*, p. 119).

Come possiamo constatare, Dawkins , ammettendo che **il più deriva dal meno,** non si ferma neanche di fronte all'assurdo!

Palesemente, l'occhio che vede al 5% non può essere la causa sufficiente della perfezione dell'occhio umano attuale. E non lo sarebbe neanche un *accumulo* di occhi che vedono, in successione, al 10, al 20, al 30% e così via fino al 99%; perché sarebbero sempre inferiori all'occhio di oggi; e perché il meno non può produrre il più, checché ne dica il biologo Mr. Dawkins.

Un simile discorso, che esamina la storia dell'occhio attraverso i millenni, sarebbe giustificato soltanto se si affermasse, applicando al nostro caso un insegnamento di Aristotele, che l'occhio o gli occhi inferiori contengono *in potenza* la perfezione dell'occhio attuale. Ma questo ci porterebbe a concludere che esiste nella natura un disegno intelligente; cosa che Dawkins respinge.

Ovviamente non si vuole sostenere che lo scienziato debba andare al di là dell'esperienza. Egli deve rimanere scienziato e confessare che, allo stato attuale, la perfezione dell'occhio umano "non è spiegabile"; senza impelagarsi in teorie insostenibili.

Il problema di fondo da chiarire è, comunque, quello della sensazione e del pensiero, che non possono essere ridotti a reazioni chimiche e a strutture chimiche; e neppure ,come affermava Democrito, a un mero contatto di atomi. Perché se si toccano due atomi qualunque non si ha sensazione; se invece un atomo dell'anima tocca un oggetto si ha sensazione. Come spiegare ciò?. La scienza non lo spiega o lo fa in maniera errata. Ed allora bisogna ricorrere alla filosofia, la quale ci insegna che l'anima sente proprio perchè è diversa dalla materia. C'è infatti un salto incolmabile tra le proprietà geometriche e meccaniche della materia e una *sensazione*: ad es. di sapore, di colore, di suono.

Il *pensiero*, a sua volta, non può essere ridotto a una secrezione del cervello, che è una serie di ponti bio-elettrici raffinati ma pur sempre materiali. Il pensiero trae la sua origine da qualcosa di superiore e di completamente diverso dalla materia, che viene chiamato anima. Tale anima è di natura spirituale (per questo può avere sensazioni e pensare).

Dunque nella realtà devono esistere non solo le *sostanze materiali*, ma anche le *sostanze spirituali* (e quindi il mondo dello spirito).

Come conclusione di questo paragrafo, scritto per dimostrare l'esistenza di Dio con l'argomento della *prima causa* e attraverso il *finalismo* insito nella natura, possiamo affermare che Dio esiste, in quanto è **l'eterna intelligenza organizzatrice** di tutta la realtà.

Note al primo capitolo

1. Filosofo contemporaneo di Democrito.
2. Cfr. A. Agazzi, *Problemi e Maestri del pensiero e dell'educazione*, III, La Scuola Editrice, Brescia 1955, pag. 29.
3. Cfr. V. Mathieu, *Storia della filosofia*, I, La Scuola Editrice, Brescia 1966, p. 51.
4. Cfr. C. Tresmontant, *I problemi dell'ateismo*, Edizioni Paoline, Roma 1973, pag. 53.

5. J. Monod , *Il caso e la necessità*, Mondadori, Milano 1971, pp. 29-30.
6. E. P. Lamanna, *Nuovo sommario di filosofia*, II, Felice Le Monnier, Firenze 1970, pp. 259-260.
7. Cerchio Firenze 77, *La Fonte Preziosa*, Edizioni Mediterranee, Roma 1987, pp. 114-115.
8. Le citazioni del pensiero dei suddetti scrittori sono state tratte da C. Tresmontant, *I problemi dell'ateismo*, Edizioni Paoline, Roma 1973.
9. D. Diderot, Lettera a Sophie Volland, 15 ottobre 1759, *Corrispondance*, ed. Roth, II, p. 282.
10. D. Diderot , *La Promenade du sceptique,* in *Oeuvres complètes,* éd. Assézat-Tourneux, I, p.234.
11. D'Holbach , *Système de la nature...,* Parigi 1820, I, pp. 75, 86, 88.
12. *Ibid.,* p. 90.
13. *Ibid.,* pp. 92, 121.
14. *Ibid.*, pp. 133, 135.
15. D'Holbach, *Système de la nature...,* II, p. 115s.
16. *Ibid.,* pp. 159 e 165.
17. *Ibid.,* p. 168s.
18. *Ibid.,* p. 198.
19. D'Holbach, *op. cit.*, I, p. 146.
20. *Ibid.,* p. 147s.
21. G. Di Simone, *Il Cristo vero*, Edizioni Mediterranee, Roma 1975, pp. 172-174.
22. M. A. Bakunin, *Dio e lo Stato*, Edizioni RL, Genova 1966, p. 35s.
23. C. Tresmontant, *op. cit.,* p. 231.
24. Cfr. E. Haeckel, *I problemi dell'universo*, UTET, Torino 1904, p. 391s.
25. Cfr. Vittorio Possenti in *Repubblica* del 18-1-08, p. 41.
26. Richard Dawkins, *L'illusione di Dio*, Mondadori, Milano 2007.
27. Cfr. Cerchio Firenze 77, *Dai mondi invisibili*, Edizioni Mediterranee, Roma 1977.
28. Sappiamo bene che il neoplatonismo (Plotino) e qualche concezione filosofica orientale (come, ad es., il brahmanesimo) parlano di *emanazione* invece di *creazione*, intendendo dire che il mondo sarebbe derivato da Dio per una necessità intrinseca alla sua natura, come i raggi del sole scaturiscono dal sole. Ma anche se il mondo fosse *emanato* da Dio, e non da lui *creato*, questo non cambierebbe i termini del discorso che stiamo facendo.
29. Richard Dawkins, *op. cit.*, p.82.
30. Si tratta del libro *Life: How Did It Get Here,* privo di autore dichiarato ma pubblicato dalla Watch Tower Bible and Tract Society; di tale libro non si forniscono né il luogo né l'anno della pubblicazione.
31. Charles Darwin, *L'origine della specie*, Bollati Boringhieri, Torino 1967.
32. Si veda su Internet, Carla Castellacci, *Sulla rotta di Darwin.*
33. Richard Dawkins, *op. cit.*, p. 126.
34. *Ivi*, p. 123.
35. *Ivi*, pp. 125-126.
36. Si veda su Internet, Christian de Duve, *Darwin, il "disegno intelligente" e la scienza*, 6 ottobre 2006.
37. Si veda su Internet, *Disegno intelligente*, in Wikipedia, l'enciclopedia libera.
38. Si veda su Internet, Christian de Duve, *Darwin, il "disegno intelligente" e la*

scienza, 6 ottobre 2006.

39. Cfr. su Internet "Cose di Scienza", *L'origine della vita* di Antonio Vecchia.
40. *Ivi.*
41. Cfr. Cerchio Firenze 77, *La fonte preziosa*, Edizioni Mediterranee, Roma 1987, pp. 114-115.

Capitolo secondo

LE CAUSE DELL'ATEISMO

Premettiamo a questo capitolo un brano molto significativo di Claude Tresmontant, il quale, nel suo libro *I problemi dell'ateismo,* così scrive:

"Se l'ateismo non è mai riuscito a pensare correttamente se stesso, per la semplice ragione che in realtà l'ateismo assoluto è impensabile, come spiegare allora l'esistenza dell'ateismo, l'esistenza di una serie di pensatori molto notevoli, a volte scienziati, onesti, intelligenti e in buona fede, che professano l'ateismo?

Se l'ateismo in se stesso è impensabile, e non mai stato pensato in modo coerente, razionale, senza petizione di principio o paralogismo, deve tuttavia avere delle ragioni, e in ogni caso ha delle cause" (1).

1. Le critiche di Freud

Sigmund **Freud** (1856-1939), medico austriaco, fondatore della psicoanalisi, nel 1927, nella sua opera intitolata *Die Zukunft einer Illusion* (*L'avvenire di un'illusione*), parlando dei dogmi religiosi, così scriveva (2):

"Domandiamoci su cosa si fondi la loro pretesa alla nostra credenza: riceveremo tre risposte che s'accordano abbastanza male tra loro. In primo luogo, meritano fede perché già ci credevano i nostri primi antenati; in secondo luogo, abbiamo delle prove risalenti appunto a quei tempi primitivi e che sono state trasmesse fino a noi; in terzo luogo, è comunque proibito mettere in questione la loro autenticità: quest'atto temerario era punito, in passato, con le pene più severe...

Il terzo punto è fatto apposta per sollevare al massimo i nostri sospetti. Una simile interdizione, infatti, non può avere che un motivo: la società sa molto bene quali incerte basi abbiano le sue dottrine religiose. Se fosse diversamente, certamente metterebbe volentieri il materiale necessario a disposizione di chiunque voglia farsi una convinzione personale. E' per questo che affrontiamo, con un senso di diffidenza che è difficile mettere a tacere, l'esame degli altri due argomenti. Bisogna credere, perché i nostri padri hanno creduto. Ma questi padri erano molto più ignoranti di noi, credevano a cose che oggi ci è impossibile ammettere. E' quindi possibile che anche le dottrine religiose rientrino in questa categoria. E le prove che ci hanno tramandato sono affidate a scritti che sono a loro volta affetti da tutti i caratteri dell'incertezza: sono scritti pieni di contraddizioni, revisioni, interpolazioni; e dove parlano di conferme autentiche, non sono neppur essi degni di fede. Il fatto che alleghino come origine del loro testo, o almeno del loro fondo, una rivelazione divina, non ha un gran peso, perché quest'affermazione fa parte anch'essa di questo corpo di dottrine del quale si vuole esaminare l'autenticità, e nessuna proposizione può provare se stessa"(3).

In questo brano Freud esamina i motivi per cui i dogmi religiosi non sono credibili.
Egli fa notare giustamente che , in primo luogo, essi debbono essere accettati senza discutere; addirittura, nel passato, coloro che si arrischiavano a metterli in dubbio venivano puniti con pene severissime, compresa la morte; e che, in secondo luogo, tali dogmi si basano su una rivelazione divina che non è verificabile e che non può fondare se stessa.

Tresmontant non è d'accordo con queste conclusioni di Freud, particolarmente per quanto riguarda il problema della rivelazione divina; infatti così risponde:

"In proposito bisogna ricordare … che non c'è una sola, ma due tradizioni di pensiero riguardanti il fondamento della teologia: secondo la prima di queste tradizioni di pensiero, quella nota a Freud, la teologia è fondata sulla rivelazione, e la rivelazione è a sua volta oggetto di un puro atto di fede, nel quale la nostra intelligenza non c'entra: il fondamento della teologia non è verificabile. E' la tradizione fideista, dominante sia in Germania che in Francia durante tutto il secolo XIX e l'inizio del XX…
Ma un'altra tradizione di pensiero afferma che la teologia è una scienza, una scienza ben fondata, dal punto di vista epistemologico […] …per quest'altra tradizione del pensiero teologico, l'esistenza di Dio non è soltanto l'oggetto di una credenza, e nemmeno il fatto della rivelazione è semplicemente una credenza in cui la ragione non ha niente da fare. Questa tradizione teologica afferma che l'esistenza di Dio può essere conosciuta con l'intelligenza, in modo certo, e il fatto della rivelazione può essere positivamente dimostrato, tenendo conto dei dati della critica biblica, ai quali Freud fa allusione" (4).

Dunque secondo la prima tradizione Freud avrebbe ragione, ma per la seconda – al dire di Tresmontant - egli ha torto. Perché? Cosa dice la seconda tradizione? Dice che il fatto della rivelazione può essere positivamente dimostrato.

Ma non è così. Dal punto di vista della critica biblica, a cui Tresmontant fa riferimento, non si può assolutamente provare che Dio si sia mai rivelato. Forse qualche profeta ebreo ha creduto in buona fede che Dio gli abbia parlato. Ma non può essersi trattato che di una sua illusione.

Altra cosa è la dimostrazione dell'esistenza di Dio. Essa infatti non si basa sulla rivelazione ma sulla ragione, la quale partendo dall'esame dei fatti dell'esperienza è in grado di provare che *l'Essere supremo* esiste. (5).

Nel 1928, in *Mosè e il Monoteismo*, Freud scrive:
"Le nostre ricerche c'inducono a concludere che la religione non è che una nevrosi dell'umanità, (…) e ci mostrano che la sua formidabile potenza si esplica allo stesso modo dell'ossessione nevrotica di certi nostri pazienti (…)
Rimango persuaso che i fenomeni religiosi sono paragonabili ai sintomi nevrotici individuali, sintomi che ci sono ben noti in quanto sono ricordi di avvenimenti importanti, da gran tempo dimenticati, accaduti nel corso della storia primitiva della famiglia umana. E' appunto da questa origine che i fenomeni traggono il loro carattere ossessivo ed è alla parte di verità *storica* in essi contenuta che debbono la loro azione sugli uomini" (6).

Freud spiega che le nozioni cristiane (di paternità divina, di peccato originale , di redenzione , ecc.) sono state a volte intese in modo nevrotico, e assimila tali nozioni a quelle di antiche religioni di tipo animista e magico.
A tal proposito Tresmontant afferma:

"E' perfettamente esatto che la religione cristiana o la religione ebraica sono state spesso vissute e pensate , in passato come oggi, in modo nevrotico, e che è sempre in atto un ritorno alle rappresentazioni arcaiche, alle forme inferiori di vita religiosa. Ma non è meno esatto che tutta l'opera e l'azione dei profeti d'Israele e dell'ultimo di essi, Gesù, costituisce uno sforzo per tirarci fuori dalle forme elementari della vita religiosa, e per condurci ad una teologia intelligibile, liberata dalle mitologie sanguinarie" (7).
"E' qui che dobbiamo rintracciare – continua il nostro teologo – *le vere cause dell'ateismo moderno*, "ed è vero che una lettura nevrotica del cristianesimo ha provocato una reazione violenta, normale, da parte di persone che non volevano lasciarsi rinchiudere in una religione ridiventata arcaica e mitica, malsana, sotto l'influsso di certe teologie che l'hanno snaturata" (8).

"Su questo punto, dunque, – prosegue giustamente Tresmontant – Freud ha ragione. Il cristianesimo, *come l'ha conosciuto lui,* attraverso i malati che curava, era senza dubbio vissuto e compreso in modo nevrotico, e quel cristianesimo lì somigliava molto alle vecchie religioni dei sacrifici umani che la teologia dei profeti d'Israele ha giustamente combattuto.

Ma Freud sbaglia se crede di aver conosciuto l'ebraismo autentico, o il cristianesimo autentico: non ne ha conosciuto che una maschera, una caricatura, una mostruosa deformazione. Ha letto i testi di Paolo attraverso i fantasmi di cui gli davano spettacolo i suoi malati" (9).

Tresmontant, poi, sostiene contro Freud la falsità dell'ateismo. Ecco infatti quanto afferma:

"Inoltre, il fatto che il monoteismo ebraico e cristiano sia stato compreso in modo nevrotico da molti, non prova che sia vero l'ateismo. Il monoteismo ebraico e cristiano, infatti, non è fondato sulla psicologia, ma sul creato: non è fondato su fantasmi, ma sul fatto che esiste un mondo, che questo mondo è un insieme di poemi, e che questa composizione non può essersi pensata da sola. Il mondo è l'espressione di un pensiero, di una parola, e questa parola qualcuno l'ha pronunciata" (10).

In conclusione - come afferma giustamente Tresmontant - Freud ha fondato la psicanalisi, ha curato i malati nevrotici ed è venuto a conoscenza dei loro pensieri deformati, relativi alle problematiche del cristianesimo. Ebbene egli ha creduto che il cristianesimo stesso fosse una religione nevrotica. Ma si è sbagliato perché quello da lui conosciuto attraverso i malati non era il cristianesimo autentico. In ogni caso, fosse autentico o no il cristianesimo da lui conosciuto, egli non era abilitato a concludere, partendo dalla psicologia, che Dio non esiste. Poiché l'esistenza dell'*Essere supremo* si può agevolmente provare partendo dall'universo in cui viviamo e risalendo a Dio come causa prima, come essere necessario e come mente ordinatrice.

Quanto ai dogmi religiosi, invece, in opposizione a Tresmontant, affermiamo che Freud ha ragione nel sostenere che essi sono infondati e insostenibili; e che, anche risalendo ad una supposta rivelazione divina, le cose non cambiano perché tale rivelazione è anch'essa un dogma infondato e inverificabile.

Tuttavia egli, basandosi sulla infondatezza dei dogmi religiosi, non può in alcun modo sostenere la verità dell'ateismo.

In estrema sintesi Freud si dichiara ateo perché i dogmi religiosi sono infondati e perché il cristianesimo è, a suo dire, una religione nevrotica; ma tali motivazioni sono assolutamente insufficienti per concludere che Dio non esiste.

2. Le cause politiche dell'ateismo

Tresmontant esamina le cause politiche dell'ateismo:
"Le cause politiche sono ben note - egli dice -, e non vi insisteremo. Lo si è detto e ripetuto, soprattutto da alcuni anni: nazioni che si professavano cristiane, o passavano per cristiane, classi sociali che avevano reputazione di appartenere a chiese cristiane, una civiltà che è stata detta cristiana, hanno praticato, da secoli, il massacro di popoli meno armati, meno sviluppati dal punto di vista economico, lo sfruttamento di tali popoli, lo sfruttamento di classi sociali sottoposte a un regime economico criminale. Non solo han praticato il massacro, ma anche la tortura, lo schiavismo, l'asservimento in tutte le sue forme, l'umiliazione: hanno degradato l'uomo in tutti i modi.
E' chiaro che, in tali condizioni, i popoli, conquistati, colonizzati, massacrati, oppressi da nazioni che godevano fama di essere cristiane, abbiano preso in orrore il cristianesimo. E' chiaro che le classi sociali oppresse dalle classi privilegiate che inalberavano il vessillo della "religione", abbiano concepito disgusto per tale religione. Tutto ciò è normale, inevitabile e logico. Lo si è detto, lo si sa: la cristianità si è disonorata in molte circostanze, per parecchi secoli, in molti paesi; ha disonorato quel Dio che pretendeva di invocare" (11).

Una condanna senza appello delle colpe del cristianesimo. Che non ha bisogno di commenti. Peccato che Tresmontant non sia stato altrettanto obiettivo esaminando il problema *dell'ordine stabilito*.
Il problema è questo: la Chiesa attraverso i secoli si è fatta garante dell'ordine stabilito, ossia del potere, il quale per lo più era esercitato nell'interesse delle classi privilegiate da regimi autoritari e assoluti.
Tresmontant cerca di minimizzare la responsabilità della Chiesa richiamandosi all'insegnamento dei profeti ebrei e dei quattro Vangeli; infatti così si esprime:

"Basta leggere Amos, Osea, Isaia, Geremia, i Salmi e i quattro Vangeli, per constatare che il Dio d'Israele non è per nulla il garante dell' "ordine stabilito", ma anzi colui che giudica l'ingiustizia e il crimine di tale ordine stabilito, ed esige che sia trasformato" (12).

Ammettiamo che il Dio d'Israele fosse dalla parte della giustizia (anche se i profeti lo dipingevano, erroneamente, spietato contro i suoi nemici). Ciò non toglie che la Chiesa si sia alleata con il potere, contribuendo così all'oppressione delle classi diseredate, e dando lo spunto ai rivoluzionari di ripetere in tutti i toni che il cristianesimo è strumento di vessazione nelle mani degli sfruttatori del popolo:

"C'è una categoria di persone - afferma, ad es., Bakunin –, che, se non credono, devono almeno *fare sembiante di credere*. Sono tutti i tormentatori, tutti gli oppressori, e tutti gli speculatori dell'umanità: preti, monarchici, uomini di stato, uomini di guerra, finanzieri pubblici e privati, funzionari d'ogni sorta, poliziotti, gendarmi, carcerieri e carnefici, monopolisti, capitalisti, usurai, appaltatori e proprietari, avvocati, economisti, politicanti d'ogni colore, fino all'ultimo venditore di droghe, tutti insieme ripeteranno queste parole di Voltaire: *Se Dio non esistesse bisognerebbe inventarlo"* (13).

Ed ecco ciò che ne pensava Proudhon:
"Se avesse risolutamente abbracciato la causa della Giustizia, la Chiesa sarebbe stata sempre la regina; il cuore dei popoli sarebbe rimasto con lei; non si sarebbero visti nel suo seno né eretici né atei (…). Nessuno avrebbe messo in dubbio l'autorità del sacerdozio, e nemmeno la certezza della sua rivelazione; … Non vedete che in questo momento il vostro gregge si compone esclusivamente di ricchi, e che quelli che vi abbandonano sono i poveri? (…). Oh Santa Chiesa, cattolica, apostolica, romana e gallicana, Chiesa nella quale sono stato allevato, e che ha ricevuto il mio primo giuramento! Sei tu che mi hai fatto perdere la fede e la confidenza… Perché, sposa di Cristo redentore dei proletari, tu hai fatto alleanza con i nemici di Cristo, sfruttatori del proletariato?" (14).

3. Le critiche di Diderot, d'Holbach e Bakunin

"Se si cerca di comprendere – afferma Tresmontant – le cause dell'orrore e dell'odio che il cristianesimo ha ispirato a quegli uomini del secolo XVIII che sono Diderot, d'Holbach, e molti altri, si rileggano i loro scritti. Si vedrà che la causa principale di quell'orrore e di quell'odio deriva dal modo in cui il cristianesimo è stato insegnato, dalla teologia cristiana così com'era intesa da coloro che la professavano e da coloro che ricevevano l'insegnamento.
A causa dei dogmi del peccato originale, della predestinazione, del giudizio finale, delle pene eterne dell'inferno, così come erano insegnati, il dio del cristianesimo è apparso a quegli uomini come un despota, un tiranno assetato di sangue, un mostro di odio e di furore" (15).

Il nostro teologo vorrebbe accreditare l'idea che la colpa è di quei teologi che spiegavano in modo errato il contenuto dei dogmi del peccato originale, della predestinazione, del giudizio finale e delle pene eterne dell'inferno. Ma non è così. Perché tali dogmi hanno un solo inequivocabile significato, che scredita inevitabilmente il Dio del cristianesimo. Non esiste un'interpretazione diversa e migliore. Quindi tali dogmi sono inammissibili.

Il peccato originale significa infatti che Adamo ed Eva hanno disubbidito a Dio, per cui egli li ha puniti severamente, estendendo la sua punizione a tutti i loro discendenti. Punizione, quest'ultima, assolutamente inaccettabile.

La predestinazione sta ad indicare che Dio ha stabilito da sempre coloro che vuole salvare e coloro che vuole condannare, indipendentemente dalle colpe commesse. Condanna che viola le regole della più elementare giustizia e che solo un despota capriccioso e crudele può comminare.

Nel giudizio finale Dio, supremo giudice, sarà di una severità inaudita. Basterà un'inezia per essere inesorabilmente condannati. Ma, se ciò fosse vero, non sarebbe degno della divinità.

Quanto alle pene eterne dell'inferno, esse sono incompatibili con l'essenza di Dio, che è bontà infinita. Se egli avesse creato l'inferno (cosa assurda), sarebbe l'essere più sadico e più feroce che si possa immaginare. (16).

a) *Diderot.*

Nel suo libro *Oeuvres philosophiques* (opere filosofiche) **Diderot** così parla del
cristianesimo.

Pensiero III: "Quando Dio, dal quale abbiamo la ragione, ne esige il sacrificio, è un giocatore di bussolotti che fa sparire ciò che ha dato" (17).

E' proprio così. Il Dio del cristianesimo esige il sacrificio della ragione. Tresmontant non è d'accordo, ma così facendo nega l'evidenza. Basta infatti meditare sui quattro dogmi poco fa ricordati per rendersi conto della loro assurdità: è assurdo il dogma del peccato originale, quello della predestinazione, quello del giudizio finale e quello delle pene eterne dell'inferno. Ma essi sono imposti in modo autoritario a tutti i cristiani, i quali devono credere in essi ciecamente.

Nel pensiero IV, Diderot scrive: "Se rinuncio alla mia ragione, non ho più una guida: bisogna che adotti un principio secondario, e che supponga ciò che è in questione".

Tresmontant replica: "Soprattutto, non rinunciate alla vostra ragione! Soprattutto non adottate niente alla cieca, e non supponete ciò che è in questione! Tutto deve essere verificato, in modo razionale: e l'esistenza di Dio, e il fatto della rivelazione, e il contenuto di questa rivelazione. Dio non ci chiede affatto un assenso cieco, che non sarebbe un assenso umano. Ci chiede un assenso intelligente, un assenso della ragione e della libertà, non della cecità e della costrizione" (18).

Sembrerebbe una risposta convincente. Ma non è così. Supponiamo infatti che, dopo maturo esame, si concluda che il fatto della rivelazione sia insostenibile e inverificabile, come in effetti è. Pensate voi che la Chiesa sarebbe d'accordo? No, certamente.

E sapete perché? Perché, secondo la Chiesa, la ragione può esaminare quanto vuole il fatto della rivelazione, ma solo per accettarlo; mai per respingerlo. Ma allora la ragione non è libera; anche se Tresmontant vorrebbe farci credere il contrario.

Pensiero V: "Se la ragione è un dono del cielo, e si può dire altrettanto della fede, il cielo ci ha fatto due doni incompatibili e contraddittori".

E' l'annoso problema del rapporto tra ragione e fede. In caso di contrasto tra le due chi deve prevalere? La fede, afferma la Chiesa. No, la ragione, ribattono i razionalisti.

Il contrasto sembra insanabile. Tuttavia la fede di cui parla la Chiesa è una fede cieca, è un vero e proprio fideismo. Mentre la ragione si propone di rendersi conto di tutto con la massima chiarezza; e ciò ne decreta la superiorità. Proprio come pensa Diderot.

Pensiero VIII: "Sperduto di notte in un'immensa foresta, non ho che una piccola luce per guidarmi [la ragione]. Sopravviene uno sconosciuto e mi dice: *Amico, spegni la candela per trovar meglio la strada*. Questo sconosciuto è un teologo".

Pensiero IX: "Se la mia ragione viene dall'alto, è la voce del cielo che mi parla: bisogna che l'ascolti per mezzo di essa".

In questi pensieri Diderot ribadisce che la ragione è insostituibile.

Ecco, infine, come il nostro filosofo critica la nozione del peccato originale:

"Il Dio dei cristiani è un padre che fa gran caso delle sue mele, e molto poco dei suoi figli" (19).

"Non c'è nessun buon padre che vorrebbe somigliare al nostro padre celeste" (20).

Secondo la Bibbia, Dio non punisce solo Adamo per la disubbidienza di quest'ultimo, ma tutti gli uomini. Per evidenziare tale assurdità Diderot fa l'esempio del buon padre che nel rapporto con i suoi figli non vorrebbe somigliare al nostro padre celeste.

In realtà Dio, che è infinitamente giusto, mai avrebbe condannato l'umanità innocente. L'episodio riferito dalla Bibbia è una pura e semplice leggenda. Nella quale, peraltro, i cristiani devono credere ciecamente.

b) D'Holbach.

Il barone **d'Holbach** ci parla di Dio proprio come lo presentavano i teologi nel periodo dell'illuminismo. Ascoltiamolo:

"La superstizione, infatti, si è compiaciuta nel mostrare la morte sotto gli aspetti più raccapriccianti; ce la presenta come un momento temibile che non soltanto mette fine ai nostri piaceri, ma che ci abbandona anche senza difesa agli inauditi rigori di un despota spietato, la sentenza del quale non sarà addolcita da nulla: secondo essa, l'uomo più virtuoso non è mai sicuro di piacergli, ha motivo di tremare per la severità dei suoi giudizi; supplizi spaventosi e senza fine puniranno le vittime del suo capriccio per le involontarie debolezze o per le colpe necessarie che avranno dato esca al suo furore. Questo tiranno implacabile si vendicherà delle loro debolezze, dei loro delitti momentanei, delle tendenze ch'egli ha dato al loro cuore, degli errori del loro spirito, delle opinioni, delle idee, delle passioni che avranno ricevuto nella società in cui le ha fatte nascere; ..." (21).

D'Holbach presenta Dio come un despota spietato, le cui sentenze sono per lo più di condanna e le cui pene sono quelle del fuoco infernale. Ora, dalla supposta spietatezza di Dio, il nostro filosofo conclude che tale Dio non può esistere.

Quindi l'ateismo di D'Holbach è da addebitarsi non solo all'opera dei teologi, ma anche e principalmente alla dottrina cattolica che sostiene il dogma dell'esistenza dell'inferno.

Nel seguente brano il barone d'Holbach insiste sulla supposta crudeltà del Dio del cristianesimo, che ci punisce a causa delle tendenze che lui stesso ha messo nella nostra natura:

"In ogni paese gli uomini hanno adorato dèi bizzarri, ingiusti, sanguinari, implacabili, dei quali non osarono mai discutere i diritti ... E' un dio con questo spaventoso carattere che ci si fa adorare ancora oggi: il dio dei cristiani, come quelli dei Greci e dei Romani, ci punisce in questo mondo, e ci punirà nell'altro, per le mancanze alle quali ci ha resi soggetti la natura ch'egli ci ha dato. Simile monarca inebriato del suo potere, fa una vana ostentazione della sua potenza, e non sembra interessarsi che al piacere puerile di mostrare che lui è il padrone e non è soggetto a nessuna legge" (22).

Nel passo che segue D'Holbach osserva che non solo la dottrina cattolica ci presenta Dio come un tiranno, ma esercita tirannia la stessa religione:

"... la maggior parte degli uomini che pensano, stomacati dai clamorosi abusi della religione, dalla moltitudine delle sue follie, dalla corruzione, dalla tirannia dei suoi preti, dalle catene che impone, credono con ragione di non potersi allontanare mai abbastanza dai suoi princìpi; il Dio che serve da fondamento a una simile religione diventa loro altrettanto odioso della stessa religione. Se questa li opprime, se la prendono con Dio: sentono che un Dio terribile, geloso, vendicativo vuol essere servito da ministri crudeli; per conseguenza, questo Dio diventa un oggetto detestabile per tutte le anime oneste e illuminate, nelle quali si trovano sempre l'amore dell'equità, della libertà, dell'umanità, e l'indignazione contro la tirannia"(23).

Il nostro filosofo conclude che non ci sono motivi validi per credere nel Dio del cristianesimo:

"Queste riflessioni e questi fatti forniranno materia di risposta a coloro che chiedono che interesse hanno gli uomini a non ammettere un Dio. Le tirannie, le persecuzioni, le innumerevoli violenze esercitate in nome di questo Dio, l'abbrutimento e la schiavitù in cui i suoi ministri immergono i popoli dovunque; le dispute sanguinose che questo Dio suscita... non sono dunque motivi abbastanza forti, abbastanza interessanti per far decidere ogni uomo sensibile e capace di pensare, a verificare i titoli di un essere che fa tanto male agli abitanti della terra?"(24).

In conclusione l'ateismo di d'Holbach e di molti suoi contemporanei va ricercato
nel fatto che la dottrina cristiana veniva insegnata in modo tale da far apparire il Dio del cristianesimo come un tiranno egoista e crudele.
Va ricercata inoltre negli assurdi dogmi religiosi del peccato originale, della predestinazione, del giudizio finale e delle pene eterne dell'inferno, i quali contengono nella loro struttura concettuale l'idea di un Dio ingiusto e spietato.
Va ricercata infine nella tirannia dei preti di allora, nella corruzione dilagante e nei
clamorosi abusi della religione.
In margine all'esame dell'ateismo di d'Holbach, inseriamo un brano di **Voltaire** (1694-1778), scrittore e filosofo francese, il quale così ha compreso la genesi e le cause dell'ateismo moderno:

"Ma, se ci sono atei, di chi è la colpa se non di quei tiranni mercenari delle anime, che, obbligandoci a ribellarci contro le loro furfanterie, spingono alcuni cervelli deboli a negare Dio che quei mostri disonorano? Quante volte le sanguisughe del popolo hanno spinto i sudditi oppressi a ribellarsi contro i loro re!

Certi uomini, ingrassati a spese nostre, vanno gridandoci: 'Dovete credere che un'asina ha parlato (25); che un pesce ha inghiottito un uomo e, tre giorni dopo, lo ha risputato sulla riva vispo e sano (26); che il Dio dell'universo ha ordinato a un profeta ebreo di mangiare della merda (*Ezechiele*) e a un altro di comperare due puttane e di far con loro dei figli di puttana (*Osea*) (son le precise parole che vengon fatte pronunciare dal Dio di verità e di purezza); dovete credere a cento cose o francamente abominevoli o matematicamente impossibili: altrimenti, il Dio di misericordia vi brucerà non solo per milioni di miliardi di secoli nel fuoco infernale, ma per tutta l'eternità, sia che abbiate un corpo sia che non l'abbiate'.

Queste incredibili stupidaggini muovono a ribellione le menti deboli e temerarie, al pari di quelle salde e sagge. Esse dicono: 'I nostri maestri ci dipingono Dio come il più insensato e il più barbaro degli esseri; dunque Dio non esiste'. Mentre dovrebbero dire: 'Dunque, i nostri maestri attribuiscono a Dio le loro assurdità e i loro furori; dunque, Dio è l'opposto di quel che essi insegnano; dunque, Dio è tanto buono e saggio quanto costoro lo dicono pazzo e malvagio' " (27).

Come si può agevolmente vedere, di fronte allo spettacolo vergognoso di un clero corrotto e tirannico, e di fronte a innumerevoli teologi che dipingono Dio come un despota assetato di sangue e come un mostro di odio e di furore, Voltaire riesce a mantenere intatta la figura del vero Dio, il quale ha in sé tutte le perfezioni, tra cui spiccano la sua infinita bontà e la sua infinita saggezza.

c) Bakunin.

In questo brano **Bakunin** ci narra la leggenda dal peccato originale, mettendo in evidenza la sua assurdità:

"Sì, i nostri primi antenati, i nostri Adamo ed Eva, furono se non dei gorilla, almeno dei cugini prossimi dei gorilla, dei carnivori, delle bestie intelligenti e feroci dotate in maggior grado degli altri animali d'ogni specie, delle due preziose facoltà: *la facoltà del pensiero e il bisogno di ribellarsi.*

Queste due facoltà combinando la loro azione progressiva nella storia rappresentano la potenza negativa nello sviluppo positivo dell'animalità umana, e creano di conseguenza tutto ciò che costituisce l'umanità degli uomini.

La Bibbia che è un libro interessantissimo e qua e là sublime (...), esprime questa verità in modo molto ingenuo nel suo mito del peccato originale. Jehovah, che fra tutti gli Dei adorati dagli uomini fu certamente il più geloso, il più vanitoso, il più ingiusto e sanguinario, il più despota e il più nemico della dignità e della libertà umana, Jehovah creò Adamo ed Eva non si sa per quale capriccio, forse per darsi nuovi schiavi.

Egli mise generosamente a loro disposizione tutta la terra con tutti i suoi frutti ed animali e non pose che un solo limite a questo completo godimento: vietò loro espressamente di toccare il frutto della scienza. Esso voleva dunque che l'uomo, privato interamente della coscienza di se stesso, restasse eternamente una bestia, sempre a quattro zampe davanti a Dio suo creatore e padrone. *Ma ecco che viene Satana, l'eterno rivoltoso, il primo libero pensatore ed emancipatore dei mondi.* Egli fa vergognare l'uomo della sua ignoranza e della sua bestiale obbedienza, lo emancipa, imprime sulla sua fronte il marchio della libertà e della umanità, spingendolo a disubbidire e a mangiare il frutto della scienza.

Il resto è noto. Il buon Dio (…) entrò in un terribile e ridicolo furore, maledisse Satana, maledisse l'uomo e il mondo creato da lui stesso, colpendosi, per così dire, nella sua propria creazione come fanno i fanciulli allorché montano in collera; e non pago di colpire i nostri antenati nel presente, li maledisse in tutte le generazioni future, *innocenti del delitto commesso da quelli.*

I nostri teologi, cattolici e protestanti, trovano ciò sublime e giustissimo, precisamente perché è *mostruosamente iniquo e assurdo*" (28).

Ci sono quattro punti da evidenziare in questo passo di Bakunin:
- Il Dio degli ebrei è capriccioso, vanitoso e nemico della dignità e della libertà umana.
- Di fronte a questo Dio, il 'più ingiusto e sanguinario', gli atei assumono come loro campione il Satana ribelle, il *primo libero pensatore* del mondo.
- La punizione dei discendenti di Adamo, per una colpa commessa da quest'ultimo, evidenzia un Dio eminentemente malvagio e ingiusto.
- Il racconto biblico del peccato originale è *iniquo e assurdo.*

Ci sarebbe da rimanere veramente esterrefatti, se non si sapesse che questi quattro punti, ritenuti veri da Bakunin e quindi fortemente da lui criticati, sono del tutto leggendari.

Bakunin si occupa anche della dottrina cristiana della redenzione:
"Poi, ricordando che esso non era soltanto un Dio di vendetta e di collera, ma anche un Dio d'amore, dopo aver tormentato l'esistenza di qualche miliardo di poveri esseri umani e averli condannati eternamente ad un inferno, ebbe pietà del resto, e per salvarli, per riconciliare il suo amore eterno e divino con la sua collera eterna e divina, sempre avido di vittime e di sangue, inviò al mondo come vittima espiatoria, suo figlio affinché fosse ucciso dagli uomini.

Questo si chiama il mistero della Redenzione, base di tutte le religioni cristiane...

Tali sono le storie assurde che si spacciano e le dottrine mostruose che si insegnano, in pieno secolo XIX, [in] tutte le scuole popolari d'Europa, dietro ordine espresso dei governi" (29)..

Bakunin critica duramente la dottrina della redenzione, per i seguenti motivi:
- Dio è ingiusto e crudele per aver condannato all'inferno qualche miliardo di poveri esseri umani e per aver favorito tutti gli altri;
- Dio invia al mondo suo figlio per redimere l'umanità e, tanto per non smentirsi, decreta che la vittima designata sia uccisa barbaramente dagli uomini;
- Dio, dopo aver condannato qualche miliardo di uomini, ha incominciato ad amare tutti gli altri e ha deciso di redimerli, ma non ha amato per nulla suo figlio, ch'egli condanna all'atroce supplizio della croce; quindi egli è iniquo e spietato.

Pertanto la dottrina della redenzione è insostenibile e assurda, e deve relegarsi tra le peggiori leggende, insieme al Dio malvagio dei teologi.

In conclusione, le critiche mosse da Bakunin al racconto biblico del peccato originale e alla dottrina della redenzione, essendo sostanzialmente giuste, non potrebbero che portare all'ateismo.

Tuttavia si può dimostrare che esiste un Dio infinitamente buono e saggio (di cui quello delineato nei Libri Sacri è una deformazione infamante), il quale non può aver compiuto i suddetti misfatti narrati nella Bibbia, che pertanto non si sono mai verificati.

4. Renan e la critica biblica

Ernest **Renan,** storico, filosofo e scrittore francese (1823-1892), fu esponente del positivismo. E' celebre la sua *Vita di Gesù* (1863), prima parte di una *Storia delle origini del cristianesimo* (1863-1881), in cui la personalità e la predicazione di Gesù vengono considerate in termini umani e storici.

Nei brani che citeremo, tratti dai suoi *Ricordi d'infanzia e di giovinezza,* egli critica il concetto di "ispirazione", che implica l'intervento del soprannaturale nella composizione della Bibbia e dei Vangeli.

Leggiamo il primo brano:

"In un libro divino... tutto è vero, e poiché due contraddittorie non possono essere contemporaneamente vere, non vi si deve trovare alcuna contraddizione. Ma l'attento studio che facevo della Bibbia, mentre mi rivelava dei tesori storici ed estetici, mi dimostrava che questo libro non è più esente di qualsiasi altro libro antico da contraddizioni, inavvertenze, errori. Vi si trovano favole, leggende, tracce di composizioni molto umane. Non è più possibile sostenere che la seconda parte d'*Isaia* sia d'Isaia. Il *Libro di Daniele*, che tutta l'ortodossia fa risalire al tempo della cattività, è un apocrifo composto nel 169 o 170 avanti Cristo. Il *Libro di Giuditta* è un'impossibilità storica. L'attribuzione del *Pentateuco* a Mosè è insostenibile, e negare che parecchie parti della *Genesi* abbiano un carattere mitico, significa interpretare come reali racconti quali quello del paradiso terrestre, del frutto proibito, dell'arca di Noè (...)".

"L'ortodossia obbliga a credere – continua Renan - che i libri biblici sono opera di coloro cui li attribuiscono i titoli. Le dottrine cattoliche [non] meno esigenti sull'ispirazione non permettono di ammettere nel testo sacro alcun errore notevole, alcuna contraddizione, neppure in cose che non riguardano né la fede né i costumi. Ora, ammettiamo pure che fra mille scaramucce che nascono tra la critica e l'apologetica ortodossa sui particolari del testo preteso sacro, ve ne siano alcune in cui , per un caso fortuito e contrariamente alle apparenze, l'apologetica abbia ragione: è impossibile che nella sua impresa abbia ragione mille volte, e basta che abbia torto una volta perché la tesi dell'ispirazione sia ridotta a nulla. Questa teoria dell'ispirazione, implicante un fatto soprannaturale, diventa insostenibile di fronte alle consolidate idee del buon senso moderno. Un libro ispirato è un miracolo: dovrebbe presentarsi in condizioni eccezionali rispetto a qualsiasi altro libro. Si dirà: 'non siete così esigenti per Erodoto, per i poemi omerici'. Senza dubbio; ma Erodoto e i poemi omerici non sono spacciati per libri ispirati" (30).

Parole chiarissime e indiscutibilmente vere. Che non hanno bisogno di commento.
Ma Tresmontant non è d'accordo. Infatti così replica:

"Tutto il ragionamento [di Renan], come si vede, poggia sul presupposto arbitrario
ammesso in partenza, ossia che la Bibbia non possa essere insieme opera umana e opera divina, opera umana interiormente lavorata dallo Spirito Santo, un'opera dell'intelligenza umana informata da Dio.
Cosa resta oggi dell'alternativa nella quale si era chiuso Renan? Nulla. Tutti gli esegeti cristiani competenti sanno e scrivono che effettivamente nei primi capitoli della Genesi si trovano leggende, poesie epiche, favole. Tutti sanno che , a partire dal capitolo 40, il rotolo d'Isaia riporta oracoli di profeti

che non sono dell'VIII secolo avanti la nostra era. E così di seguito. Ma questo non cambia nulla nel problema dell'ispirazione, perché delle poesie epiche, delle leggende, o anche delle favole, come quelle composte da un La Fontaine teologo, possono essere molto bene ispirate e contenere un insegnamento teologico autentico".

Tresmontant continua: "Non è vero, contrariamente a ciò che scrive Renan, che "l'ortodossia obbliga a credere che i libri biblici sono opera di coloro cui li attribuiscono i titoli". L'ortodossia, in quanto tale, non si è mai pronunciata su questo punto. Oggi, e già da molto tempo, tutti gli esegeti e i teologi sanno che la questione dell'autore è distinta da quella dell'ispirazione. Non è stato Mosè a scrivere il Pentateuco; ma questo non impedisce al Pentateuco di essere ispirato. I capitoli 40 e seguenti del rotolo d'Isaia non sono opera del profeta Isaia del secolo VIII avanti la nostra era, ma ciò non impedisce a quest'opera di appartenere a un teologo ispirato, sconosciuto, di primaria importanza" (31).

Dunque Renan ha torto. Ma lo stesso Tresmontant smentisce se stesso in un passo successivo del suo libro; infatti così scrive:

"Tuttavia, Renan, ed altri che con lui hanno seguito la stessa via, hanno una scusa. E' vero, infatti, che alcuni, al tempo di Renan, come più tardi, al tempo di Loisy, insegnavano che l'ortodossia implica il riconoscimento che la Genesi è stata composta da Mosè, che il libro d'Isaia ha un solo autore, che Daniele è un profeta al tempo di Nabucodonosor [periodo della cattività babilonese], ecc." (32).

Quindi Renan non combatte contro i mulini a vento, come voleva far credere Tresmontant nel brano precedente. Ma combatte contro un convincimento reale ed effettivo dell'ortodossia, secondo il quale la Bibbia è un libro divino e di conseguenza in essa tutto deve essere vero.

Non solo. Proprio perché Renan, ed altri che con lui hanno seguito la stessa via, hanno combattuto contro le contraddizioni, le inavvertenze e gli errori contenuti nella Bibbia, oggi gli esegeti cristiani competenti sanno e scrivono ciò che i teologi del tempo di Renan non sapevano o rifiutavano di riconoscere, e cioè che nei primi capitoli della Genesi si trovano leggende, poesie epiche e favole. Oggi tutti sanno che, a partire dal capitolo 40, il rotolo di Isaia non è di Isaia, ma di profeti che non sono dell'VIII secolo a.C.; ma lo sanno e lo riconoscono perché un secolo fa l'ha sostenuto Renan. Tutti sanno che i cinque libri del Pentateuco non sono stati scritti da Mosè; ma lo sanno perché un secolo fa l'ha evidenziato Renan. In conclusione, i teologi di oggi scrivono ciò che scriveva Renan più di cento anni fa, con ciò riconoscendo la verità indiscutibile di quanto da lui sostenuto.

Ed infine ripetiamo l'ultima critica di Tresmontant al pensiero di Renan:

"Non è stato Mosè a scrivere il Pentateuco – dice Tresmontant -, ma questo non impedisce al *Pentateuco* di essere ispirato. I capitoli 40 e seguenti del rotolo di Isaia non sono opera del profeta Isaia del secolo VIII avanti la nostra era, ma ciò non impedisce a quest'opera di appartenere a un teologo ispirato, sconosciuto, di primaria importanza".

Tresmontant afferma dunque che, nonostante gli errori umani contenuti nel libro sacro, e nonostante che talvolta l'autore citato non sia quello effettivo, l'ispirazione rimane. Ma attenzione a quanto dice Renan: "Questa teoria dell'ispirazione, implicante un fatto soprannaturale, diventa insostenibile di fronte alle consolidate idee del buon senso moderno". Qui Renan critica l'ispirazione in quanto tale. In effetti, uno stesso destino accomuna l'ispirazione e la rivelazione: entrambe sono *insostenibili* e *inverificabili*. Possono essere accettate solo per fede. E, per di più, per una fede completamente cieca; il che porta al fideismo nel significato peggiore del termine.

Anche i quattro Vangeli, secondo l'ortodossia, sarebbero stati scritti sotto l'ispirazione dello Spirito Santo.

Ma sentiamo che cosa dice in proposito il teologo cattolico Hans Küng: "Ai fini dell'interpretazione [dei Vangeli], ciò significa che le mutazioni, le rielaborazioni e le discordanze della tradizione neotestamentaria precludono la comoda supposizione che Gesù stesso (o lo Spirito Santo) abbia provveduto a un'esatta percezione e trasmissione del suo predicare e del suo agire" (33). Quindi, anche in ambiente cattolico, si comincia a criticare l'ispirazione in quanto tale.

In un altro passo Renan scrive:

"Nel loro modo di presentare il cristianesimo, quei signori di S. Sulpizio [presso i quali egli ha studiato teologia], non dissimulando nulla della lista di ciò che bisogna credere, erano semplicemente delle persone oneste. Non sono stati loro ad aggiungere la qualifica: *Est de fide* (è di fede) sotto tante proposizioni insostenibili. Una delle peggiori disonestà intellettuali è quella di giocar sulle parole, di presentare il cristianesimo come se non imponesse quasi alcun sacrificio alla ragione, e, con quest'artificio, di attrarvi persone che non conoscono ciò cui in fondo s'impegnano..." (34).

Renan dice qui che sono tante le proposizioni cristiane insostenibili da accettare ciecamente. La formula *Est de fide* (e' di fede) è ancora oggi in uso presso i teologi per significare che qualcosa è da accettare senza discutere.

In realtà, l'imposizione del sacrificio della ragione (checché ne dica Tresmontant) è stato sempre uno dei tratti distintivi del cristianesimo e persiste ancora oggi imperturbabilmente.

Ed infine un ultimo brano di Renan:

"La Chiesa cattolica non abbandonerà mai nulla del suo sistema scolastico e ortodosso: non può farlo... Vi saranno delle scissioni, è più che mai credibile, ma il vero cattolico dirà inflessibilmente: 'Se bisogna abbandonare qualcosa , abbandono tutto; perché io credo a tutto per il principio dell'infallibilità, e il principio dell'infallibilità è ferito sia da una piccola concessione che da diecimila grandi'. Da parte della Chiesa cattolica , confessare che Daniele è un apocrifo del tempo dei Maccabei significherebbe confessare che si è ingannata; e se si è ingannata in questo, ha potuto ingannarsi in altro: essa non è più divinamente ispirata" (35).

Renan si è effettivamente sbagliato nella sua predizione: la Chiesa ha riconosciuto di essersi ingannata su Daniele.

A questo punto, però, dobbiamo trarre la conclusione di Renan: Se la Chiesa sì è ingannata in questo, ha potuto ingannarsi anche in altro (come in effetti è stato): essa, quindi, non è più divinamente ispirata.

Concludendo, Renan, usando quella scienza che è la *critica biblica*, ha chiarito che nella Bibbia come nei Vangeli esistono numerose parti che non possono più essere accettate dal punto di vista storico: esse, pertanto, vanno relegate senza esitazione tra le leggende.

Questo, fa capire indirettamente Renan, non ha niente a che fare con l'ateismo, perché il metodo suddetto non mette in discussione l'esistenza di Dio. Certamente ridimensiona i quattro Vangeli, perché non sono più sostenibili concezioni come la Trinità, l'incarnazione, la divinità di Cristo, la concezione verginale di Maria, la resurrezione corporea di Gesù. Ma l'esistenza di Dio non è toccata dal metodo in questione: essa infatti si può dimostrare con valide argomentazioni; ed è necessaria, tra l'altro, per spiegare gli aspetti più caratteristici dell'universo.

5. Il caso Galilei

Claude Tresmontant nel suo libro *I problemi dell'ateismo,* capitolo sesto (*La scienza e il monoteismo*), così si esprime:

"Appena si esamina un po' da vicino questo problema [della pretesa opposizione tra 'la scienza' e 'la fede'], si vede ch'esso non esiste, e che in realtà non è mai esistito. Non c'è, e non ci può essere, opposizione tra la scienza della natura, del mondo e di tutto ciò ch'esso contiene, da una parte, e la teologia monoteista dall'altra, semplicemente perché le scienze della natura, per se stesse, non sono un'ontologia, mentre il monoteismo è un affermazione ontologica, fondata sull'esperienza studiata dalla scienza, ma risultante da un'analisi induttiva che le scienze della natura in quanto tali non forniscono.

Le scienze della natura studiano ciò che il mondo è, com'è costituito, quale ne è la struttura, quale ne è l'evoluzione. Esse studiano la costituzione, la struttura della materia; la costituzione , la struttura e l'evoluzione degli esseri viventi.

In quanto tali, le scienze della natura non rispondono né sì né no alla domanda se il mondo è increato, come assicura l'ateismo, o se è creato, come sostiene il monoteismo.

Le scienze della natura, in quanto tali, non si possono opporre all'affermazione monoteista, perché esse non sono qualificate per trattare la questione alla quale il monoteismo dà la sua risposta." (36).

Tresmontant ci dice, dunque, che non ci può essere opposizione tra le scienze della natura (che si occupano del mondo dell'esperienza) e il monoteismo (che si occupa di ciò che è al di là dell'esperienza). In teoria ha ragione.

Ma allora perché l'ateismo militante afferma che tra "la scienza" e "la fede" c'è un contrasto insanabile, aggiungendo che la religione si trova sempre schierata contro la scienza?

E' il problema che dobbiamo esaminare.

Notiamo che in questa lotta, l'ateismo difende la scienza; e si fa forte di questa difesa per sostenere che esso è scientifico, mentre la religione è il regno dell'oscurantismo.

Tresmontant insiste nel dire che questa lotta non ci dovrebbe essere. Ma in effetti essa c'è. Allora dobbiamo domandarci: 'Chi attacca?'.

Dobbiamo riconoscere che è la Chiesa ad attaccare.

Prendiamo il caso Galilei. L'illustre scienziato bada a fare lo scienziato: dopo profondi studi e matura riflessione si convince che ha ragione Copernico a sostenere che la terra gira intorno al sole e scrive appositamente un libro sull'argomento. Ma a questo punto la Chiesa lo ferma e gli ingiunge di uniformarsi al sistema tolemaico, secondo il quale è il sole che gira intorno alla terra. Galilei cerca di resistere a questa assurdità, ma viene arrestato e processato dal tribunale dell'Inquisizione; e si salva dal rogo perché ritratta.

Tresmontant afferma che è un falso problema. Ah, sì! Un esimio scienziato si salva a stento dal rogo, e si osa dire che è un problema da nulla? Questa deplorevole intromissione della Chiesa è un semplice equivoco? No, di certo.

Qui si tratta di una Chiesa che invade pesantemente la sfera della scienza. Hanno ragione gli atei a parlare di oscurantismo della medesima. Perché qui non si tratta di quattro teologi che si sono ingannati a proposito di Galilei, come vorrebbe far credere Tresmontant; qui si tratta di vescovi, cardinali e lo stesso Papa, che prendono posizione contro di lui. E quel che è peggio è che tutti costoro hanno torto marcio.

Non ci sono scuse. La Chiesa deve ammettere pubblicamente le sue colpe. Ancora non l'ha fatto come si deve. Ma che cosa aspetta?

E' in casi come questo che l'ateismo si diffonde e divampa dappertutto.

Intanto Tresmontant continua a discettare sul falso problema:

"Che la terra giri o non giri intorno al sole, ciò non ha davvero nessuna importanza dal punto di vista di quella che è l'affermazione essenziale del monoteismo: il mondo intero, quale che sia, quale ne sia la struttura e la composizione, quale che ne sia la grandezza, l'evoluzione, ecc., non è l'unico essere, non è l'essere assoluto, ma è opera dell'assoluto" (37).

Dovrebbe dirlo alla Chiesa; è lei che non l'ha capito.

E non scarichi la colpa sui teologi; la colpa è direttamente della Chiesa.

In effetti Tresmontant, pur essendo consapevole che la colpa è della medesima, evita, per prudenza, di accusarla.

Come appare nel seguente brano:

"Che dei teologi si siano ingannati a proposito del caso Galilei, che abbiano creduto, a torto, che il monoteismo in quanto tale fosse legato a una certa cosmologia, , è fuor di dubbio. Ma questo errore commesso da alcuni uomini non compromette il monoteismo in quanto tale "(38).

Il monoteismo, ossia l'esistenza di un solo Dio – afferma Tresmontant – non dipende dalla struttura del sistema solare (sia essa copernicana o tolemaica), ma dipende dalla dimostrazione che si riesce a dare dell'esistenza di questo Dio. Il che significa dire che la scienza deve essere lasciata libera nel suo ambito. Lo dice Tresmontant. Ma lo dovrebbe dire anche, e soprattutto, la Chiesa.

Il nostro esame circa le cause dell'ateismo ci ha condotto alla seguente conclusione: **la responsabilità della sua diffusione ricade interamente sulla Chiesa e su alcuni suoi teologi**, che hanno assunto, l'una e gli altri, nel corso dei secoli, atteggiamenti tali da allontanare da Dio centinaia di migliaia, se non addirittura milioni di persone (come è accaduto nella Russia sovietica).

E ciò in contraddizione con l'insegnamento di Gesù, il quale ha costantemente propugnato **la causa di Dio** e il bene degli uomini.

Note al secondo capitolo

1. C. Tresmontant, *I problemi dell'ateismo*, Edizioni Paoline, Roma 1973, p. 372.
2. Tutti i brani degli autori citati in questo capitolo sono stati tratti da C. Tresmontant, *op. cit.*
3. S. Freud, *L'Avenir d'une illusion*, trad. francese di Marie Bonaparte, p. 37.
4. C. Tresmontant, *op. cit.*, pp. 347-348.
5   Si veda Cap. I, paragrafo 3.
6. S. Freud, *Moise* [dierisi sulla i] *et le Monotheisme*, trad. francese, pp. 87 e 90 (vers. it., *Mosè e il Monoteismo*, ed. Pepe Diaz, Milano 1952).
7 C. Tresmontant, *op. cit.*, p. 359.
8. *Ibid.*, p. 358.
9. *Ibid.*, pp. 358-359.
10. *Ibid.*, p.359.
11. C. Tresmontant, *op. cit.*, p. 397.
12. C. Tresmontant, *op. cit.*, p. 399.
13. M. Bakunin, *Dio e lo Stato*, Edizione RL, Genova 1966, p. 43.
14. P.J. Proudhon, *La giustizia nella rivoluzione e nella Chiesa*, vers. it., UTET, Torino 1968, p. 425s..
15. C. Tresmontant, *op. cit.*, pp. 446-447.
16. Ma siccome egli è infinitamente buono e giusto, non può aver creato un luogo così terribile di perdizione e di durata eterna. Tutte le anime pertanto, dopo un periodo più o meno lungo di purificazione, nel corso del quale si pentiranno dei loro colpe, torneranno a Dio (come afferma giustamente il grande Origene).
17. D. Diderot, *Oeuvres philosophiques*, ed. Paul Vernière, Parigi 1964, p. 58.
18. C. Tresmontant, *op. cit.*, pp. 448-449.
19. D. Diderot, *op. cit.*, p. 60.
20. D. Diderot, *op. cit.*, p. 67.
21. D'Holbach, *Système de la nature*, I, p. 341.
22.   *Ibid.*, II, p. 53.
23.   *Ibid.*, I, p. 377.
24.   *Ibid.*, I, p. 378.
25.   Accenna all'asina di Balaam, Numeri 22,28ss.
26.   Cfr. Giona 1-2.
27.   Voltaire, *Dizionario filosofico*, alla voce *Ateo, ateismo,* Mondadori editore, Milano 1970, pp. 100-101.
28.   Bakunin, *Dio e lo Stato*, Edizioni RL, Genova 1966, p. 37s.
29.   *Ibid.*, p. 38s.
30.   E. Renan, *Souvenirs d'enfance et de jeunesse*, ed. Calman-Lévy, p. 159 (ver. it. *Ricordi d'infanzia e di giovinezza*, UTET, Torino 1963, p. 160s).
31.   C. Tresmontant, *op. cit.*, pp. 508-509.
32.   *Ibid.*, p. 514.
33.   H. Küng, *Essere cristiani*, Mondadori Editore, Milano 1976, p. 168.
34.   E. Renan, *op. cit., p. 163.*
35.   *Ibid.,* p. 164.
36.   C. Tresmontant, *op. cit.*, pp. 499-500.
37.   *Ibid.*, p. 500.
38.   *Ibid.*, p. 500.

Capitolo terzo

IL RAPPORTO TRA GESU' E LA CHIESA

1. L'universalismo

C'è un problema ancora molto dibattuto, ma che la critica indipendente ha da

tempo risolto; è il seguente: a chi Gesù destinava il suo insegnamento? Ai suoi compatrioti o a tutto il mondo? Solo ai contemporanei o anche agli uomini dell'avvenire?

In un certo senso la risposta potrebbe essere scontata, in quanto da Gesù è sorto il

cristianesimo, religione professata da centinaia di milioni di uomini. Ma per sostenere il punto di vista degli universalisti, bisognerebbe ammettere che Gesù abbia voluto e preparato il cristianesimo stesso e fondato una Chiesa con il preciso scopo di diffondere tale nuova religione, cosa che, come vedremo, non è sostenibile dal punto di vista storico.

D'altra parte molti sono restii ad ammettere che Gesù destinasse il suo insegnamento ai soli ebrei, perché bisognerebbe ammettere in pari tempo che egli abbia voluto una cosa (rivolgersi ai soli ebrei) e che invece ne è capitata un'altra (ossia che il suo messaggio, respinto dai giudei, è stato accettato dai gentili); ma non bisogna dimenticare che egli era un tipico figlio del suo tempo e che quindi era più che naturale per lui rivolgersi ai soli ebrei, e non ai gentili, cosa che non poteva significare nulla per lui.

In effetti, stando alle sue affermazioni, egli era venuto ad annunziare che le "promesse " fatte ad Israele stavano per compiersi e che la "grande speranza" stava per realizzarsi. Ora un simile annunzio che cosa poteva significare per i gentili? Esso non poteva che essere rivolto al suo popolo, il quale era in grado di capire ed apprezzare il significato tutto particolare delle sue parole.

Ciò è confermato da alcuni detti di Gesù, sicuramente autentici, in quanto in contrasto con quanto pensano effettivamente gli evangelisti circa la missione del Maestro. In uno di essi, che fa parte delle istruzioni impartite ai suoi discepoli quando li manda in missione, egli dice: "Non andate fra i gentili e non entrate in una città dei samaritani; ma andate piuttosto alle pecore smarrite della casa d'Israele" (Mt 15,5-6).

Similmente, nel contesto del dialogo con la cananea, egli afferma: "Non sono stato mandato che alle pecore disperse della casa d'Israele" (Mt 15,24). E quando questa donna straniera lo implora di guarire sua figlia, egli le risponde: "Non è bene prendere il pane dei figli e gettarlo ai cani" (Mt 15,26). Espressione che riflette verosimilmente lo stato d'animo di Gesù, il quale, nella similitudine, chiama "cani" i gentili, in quanto esclusi dal banchetto messianico, riservato ai soli "figli", ossia agli ebrei.

Ed infine, in un episodio ambientato ad Antiochia, si legge: "Or alcuni, venuti dalla Giudea, insegnavano ai fratelli: 'Se non vi fate circoncidere secondo la Legge di Mosè, non potete essere salvi'" (Atti 15,1).

Ciò fa capire che i discepoli diretti di Gesù e i giudeo-cristiani erano fermamente convinti che i gentili, se volevano diventare cristiani, dovevano farsi circoncidere. Ma i gentili erano restii a sottomettersi al rito della circoncisione e agli altri riti degli ebrei. Stando così le cose, la diffusione del cristianesimo nel mondo pagano sarebbe stata bloccata sul nascere.

Ora, se ipotizziamo che Gesù avesse dato ordine ai suoi discepoli di diffondere il suo messaggio anche tra i gentili, i discepoli stessi, ostacolando la conversione dei pagani, avrebbero contravvenuto palesemente a un ordine formale del Maestro. Cosa manifestamente impossibile. Quindi egli non può aver ordinato ai suoi di estendere il loro raggio d'azione in ambiente pagano.

Fin da quando furono redatti i Vangeli, la nuova fede si era completamente trapiantata in ambiente greco e non faceva più proseliti in Palestina, in cui incontrava una tenace resistenza. Anzi si può affermare che in quel periodo, tra il 70 e il 90, il cristianesimo si era completamente separato dal giudaismo. Era pertanto più che naturale che i gentili, divenuti la stragrande maggioranza, immaginassero che Gesù avesse previsto che il suo messaggio, respinto dai giudei, avesse trovato buona accoglienza tra i pagani. Come infatti ammettere che egli non avesse previsto né predetto tale situazione?

Ed ecco allora la tradizione ellenistica, o gli evangelisti, immaginare le famose parabole allegoriche che Gesù non può mai aver narrato.

Leggiamo infatti in Marco:

E cominciò a parlar loro in parabole: "Un uomo piantò una vigna, la circondò di una siepe, vi scavò un frantoio, vi costruì una torre, poi affittò a dei coloni e se ne andò lontano. A suo tempo mandò un servo dai coloni per ricevere da loro la sua parte dei frutti della vigna. Ma quelli lo presero, lo bastonarono e lo rimandarono a mani vuote. Mandò loro di nuovo un altro servo e questo lo percossero alla testa e l'oltraggiarono. Ne mandò un altro e l'ammazzarono; e così fecero a molti altri: alcuni li percossero, altri li uccisero. Gli rimaneva ancora l'unico figlio diletto. Lo mandò per ultimo da quelli, dicendo: 'Rispetteranno mio figlio'. Ma quei coloni dissero tra loro: 'E' l'erede! Suvvia, uccidiamolo e l'eredità sarà nostra!'. Lo presero, lo uccisero, poi lo gettarono fuori della vigna. Che farà dunque il padrone della vigna? Verrà, farà perire i coloni e darà la vigna ad altri" (Mc 12,1ss.; cfr. Mt 21,33ss.; Lc 20,9ss.).

In questa parabola i vignaioli omicidi simboleggiano i giudei; i servitori del padrone ch'essi maltrattano o uccidono l'uno dopo l'altro, sono i profeti; il figlio, erede della vigna, da loro preso e ucciso, è Gesù; e infine gli "altri", che subentrano nell'affitto della vigna, sono i gentili.

Allo stesso modo, nella parabola del festino (Mt 22,1ss.; Lc 14,16ss.), l'insegnamento di Gesù, simboleggiato appunto dal festino, fu preparato per i giudei, ma essi non vollero parteciparvi, allora ne approfittarono gli estranei.

Ma tali parabole allegoriche, che sono in contrasto con la tradizione più antica, non possono essere state narrate da Gesù. Esse furono inventate dai cristiani di estrazione ellenistica, perché esse s'imponevano loro come giustificazione indispensabile.

Analoghe considerazioni si possono fare per quanto riguarda il noto passo di Matteo, il quale mette in bocca a Gesù risorto, come ultima istruzione, le seguenti parole: "Andate e insegnate a tutte le genti" (Mt 28,19). Tale detto è assolutamente inattendibile, per due motivi: primo, perché sarebbe un detto del Risorto; Gesù, però, non è corporeamente risorto, né è apparso ai suoi discepoli, quindi non può averlo pronunciato. Si tratta quindi di un invenzione della tradizione o dello stesso Matteo. Secondo, perché è in contrasto con quanto affermato da Gesù vivo e con il suo comportamento effettivo (1).

2. Gesù non ha fondato la Chiesa

Secondo molti teologi, l'universalismo di Gesù sarebbe provato dall'esistenza della Chiesa, che egli avrebbe voluto e fondato. Ma dobbiamo domandarci: Gesù ha effettivamente fondato la Chiesa?

Consultando i testi, noi troviamo due sole volte la parola Chiesa e addirittura una volta sola nel senso di Chiesa universale, laddove Gesù dice a Pietro: "Tu sei Pietro e su questa pietra edificherò la mia Chiesa" (Mt 16,18) (2). Ora un'affermazione così impegnativa avrebbe dovuto essere convalidata da altri passi dei sinottici che, purtroppo, non esistono. Già per questo motivo bisognerebbe essere guardinghi e non trarre conclusioni affrettate. Ma di questo parere non sono molti teologi cattolici i quali, a differenza di quelli protestanti, ritengono decisivo il passo di Matteo testé citato.

Pertanto ad esso dobbiamo ora rivolgere la nostra attenzione. Tale detto si trova inserito nella cosiddetta *confessione di Pietro*. A una domanda di Gesù, l'apostolo risponde:

"Tu sei il Cristo, il Figlio del Dio vivente". E Gesù a lui: "Beato te Simone, figlio di Giona, perché non la carne né il sangue [ossia un uomo] ti ha rivelato questo, Ma il Padre mio che è nei cieli. E io dico a te, che tu sei Pietro e su questa pietra edificherò la mia Chiesa e le porte dell'inferno mai prevarranno contro di essa. A te darò le chiavi del regno dei cieli: qualunque cosa legherai sulla terra sarà legata anche nei cieli; e qualunque cosa scioglierai sulla terra sarà sciolta anche nei cieli" (Mt 16,16-19).

Il testo presuppone indiscutibilmente in Gesù la volontà deliberata di fondare sulla terra una Chiesa, la *sua Chiesa*, retta da uomini ai quali egli dà la piena autorità di fare ciò. Una Chiesa che nemmeno le porte dell'inferno (ossia le porte della morte) potranno distruggere. In tale testo Gesù assicura a Pietro: Io ti darò le chiavi del regno di Dio: tutto ciò che tu sulla terra dichiarerai proibito, sarà proibito anche in cielo; tutto ciò che tu permetterai sulla terra, sarà permesso anche in cielo.

Ma a un più attento esame, questo brano, apparentemente così solido, rivela difficoltà molto gravi, ammesse oggi anche da alcuni studiosi cattolici, i quali convengono che esso, nonostante il carattere semitico del suo linguaggio, non si inquadra in un annunzio, come quello di Gesù, tutto basato sull'attesa di una prossima fine.

Fermiamoci innanzi tutto a considerare l'espressione "la mia Chiesa". Per noi essa è chiara, perché sappiamo benissimo che cosa significa, in quanto la Chiesa di Cristo l'abbiamo dinanzi a noi. Ma per i discepoli, la parola, che non si spiegava con l'oggetto, avrebbe certamente avuto bisogno di chiarimenti. Dal momento che qui essi mancano, dobbiamo supporre che siano altrove, e rispondano a uno degli ammaestramenti essenziali di Gesù. Orbene, in nessun altro passo, *in tutto il Nuovo Testamento,* si trova, non diciamo una spiegazione, ma soltanto un equivalente di questa espressione: "La mia Chiesa" (3). Gesù annuncia soltanto il regno di Dio, che per lui non s'identifica certamente con una Chiesa. Neppure nei momenti più solenni del suo apostolato, quando fissa le condizioni per essere ammessi al regno, Gesù parla di una Chiesa, né tanto meno dice che sia necessario appartenere ad essa (4). Pertanto l'espressione in causa non può appartenere a lui.

Confrontiamo ora il passo di Matteo con quelli degli altri due sinottici.

Leggiamo in Marco: "Poi domandò loro: 'Ma voi, chi dite che io sia?'. Pietro rispondendogli disse: 'Tu sei il Cristo!'. E ordinò loro di non dir nulla a nessuno" (Mc 8,29).

A sua volta Luca riporta: " 'E voi - domandò loro – chi dite che io sia?'. Pietro, rispondendo, disse: 'Il Cristo di Dio'. E Gesù intimò loro severamente di non dirlo a nessuno" (Lc 9,20).

Come si può constatare, in questi due testi paralleli manca completamente il brano riguardante la Chiesa. E già questo depone contro la sua autenticità. Come mai – possiamo infatti domandarci – tale brano è riferito dal solo Matteo, mentre è ignorato da Marco e da Luca? Ciò che soprattutto sconcerta è il silenzio di Marco. Com'è possibile ch'egli, ritenuto compagno di Pietro, avrebbe passato sotto silenzio un simile passo così favorevole per il suo maestro, se lo avesse trovato nella tradizione dei discepoli? (Non dimentichiamo infatti l'enorme potere che, al dire di Matteo, Gesù avrebbe dato a Pietro: "... tu sei Pietro e su questa pietra edificherò la mia Chiesa... A te darò le chiavi del regno dei cieli, ecc...).

D'altra parte è assurdo pensare che Pietro, il quale doveva ben conoscere il passo in questione, glielo avrebbe taciuto. Se ne deve concludere che non c'era nulla da ricordare (5), e che tutto il brano è un'invenzione dell'evangelista Matteo.

Va inoltre tenuto presente - come afferma H. Küng - che Gesù attendeva la fine del mondo e l'avvento del regno di Dio per un tempo quanto mai prossimo, quasi certamente già durante la sua vita. Non è verosimile quindi pensare che egli abbia voluto fondare una comunità particolare, distinta da Israele, una comunità con un proprio culto, una propria regolamentazione e cariche proprie. In tutta la sua predicazione egli non si rivolge mai a un gruppo particolare, ma chiama a raccolta l'intero suo popolo. Gesù, quindi, non fu quello che comunemente si definisce il fondatore di una religione o di una Chiesa (6).

Per tutti questi motivi quindi, la Chiesa, come società particolare distinta da Israele, non fu fondata da Gesù; essa comincia inequivocabilmente ad esistere solo dopo la sua morte.

3. Conseguenze

Dal fatto che Gesù non ha fondato la Chiesa scaturiscono conseguenze piuttosto gravi:

- La Chiesa non è stata fondata su Pietro, quindi quest'ultimo non è il capo della comunità che è sorta dopo la morte del Maestro. In ogni caso, non è stato Gesù a conferirgli il primato.
- Pietro non ha ricevuto da Gesù il potere di sciogliere e di legare, cioè di dichiarare proibito o permesso sulla terra qualsiasi cosa, nella certezza che tali atti sarebbero stati confermati nei cieli. In altri termini, il Papa e la Chiesa non possono pretendere che le loro azioni siano avallate da Dio o da lui rese infallibili. La Chiesa, pertanto, è un società terrena soggetta a sbagliare come tutte le altre.
- Se Gesù non ha mai fondato una società distinta da Israele, non può aver istituito per tale società inesistente nessun sacramento comportante la concessione di una speciale grazia soprannaturale.

Per quanto riguarda quest'ultimo punto, c'è da aggiungere che la tradizione, o gli evangelisti, hanno tentato di far credere che Gesù, in varie circostanze, abbia provveduto ad istituire opportuni riti sacramentali. Ma ciò non è sostenibile dal punto di vista storico. Si può infatti dimostrare, a sostegno di quanto già detto, che Gesù non ha istituito nessun nuovo rito, neppure il battesimo e l'eucarestia.

Esaminiamone alcuni.

a) *Il battesimo.* Nessun passo dei sinottici ci mostra Gesù in atto di battezzare o di raccomandare il battesimo, con una sola eccezione, in Matteo, laddove l'evangelista fa dire a Gesù risorto: "Andate dunque e insegnate a tutte le genti, battezzandole nel nome del Padre, del Figlio e dello Spirito Santo" (Mt 28,19); passo la cui autenticità non è più sostenuta da nessuna critico ragionevole (7). I detti del Risorto, infatti, sono opera della tradizione e non appartengono a Gesù; il quale, non essendo fisicamente risuscitato né essendo apparso ai discepoli, non può averli pronunciati (8). Inoltre abbiamo una decisiva conferma nel quarto Vangelo, dove si afferma: "Gesù non battezzava, ma soltanto i suoi discepoli" (Gv 4,2). Affermazione che mai l'evangelista avrebbe fatto se non vi fosse stato costretto dalla forza della tradizione; dato che il battesimo era diventato nel frattempo il rito fondamentale di iniziazione cristiana.

b) *La remissione dei peccati.* I passi contenuti in Mc 2,10, Mt 9,6 e Lc 5,24, in cui si asserisce che il "Figlio dell'uomo [= Gesù] ha il potere sulla terra di rimettere i peccati" non appartengono al Maestro, ma sono opera della chiesa primitiva, la quale ha creduto bene di conferire al Gesù terreno tale autorità per giustificare il diritto, che a sua volta ella pretendeva per sé, di perdonare i peccati.

Vediamo il contesto dell'episodio riferito dai sinottici. Un paralitico è stato portato a Gesù per essere guarito e questi gli dice: "Figlio, ti sono rimessi i tuoi peccati" (Mc 2,5). Come ognuno può constatare, Gesù non dice "Io ti rimetto i tuoi peccati", affermazione del resto incomprensibile per tutti, ma "Mi faccio garante che Dio te li ha rimessi". In altre parole, Gesù afferma che un uomo (cioè lui stesso) può, in un sentimento di fiducia filiale in Dio, farsi garante del perdono dei peccati da parte di Dio (9). Certamente non è questo che pensano gli evangelisti, ma essi non sono abilitati per stabilire l'esatto tenore del detto di Gesù, ammesso che egli, com'è probabile, abbia pronunciato tali parole.

In conclusione, Gesù ha pronunciato soltanto le parole "Figlio, ti sono rimessi i tuoi peccati". Ma non ha detto "Il Figlio dell'uomo ha sulla terra il potere di rimettere i peccati", che è l'interpretazione errata e tendenziosa degli evangelisti.

Da ciò scaturiscono le seguenti conseguenze:

1) Gesù non ha conferito alla Chiesa il potere di redimere i peccati;

2) Ammesso e non concesso che glielo avesse conferito, esso non sarebbe valido, in
   quanto Gesù non è Dio;

3) Quindi quando il confessore dà l'assoluzione non assolve da nulla, e il penitente rimane con i suoi peccati; per essere assolto egli si deve rivolgere direttamente a Dio e non a un delegato della Chiesa;

4) Paolo non sa ancora nulla di questo potere che avrebbe la Chiesa. Ora, il fatto che Paolo non ne parli, conferma che Gesù non ha personalmente perdonato i peccati né, tanto meno, ha conferito ad altri il potere di assolverli.

c) *L'eucaristia.* Come attestano gli *Atti* (2,42.46), i primi gruppi cristiani di Gerusalemme solevano consumare in comune il pasto principale di ogni giorno (= la cena), che si svolgeva in forma festosa e solenne. Esso veniva designato come "lo spezzare il pane", ed esteriormente assomigliava ai pasti giudaici, che iniziavano con l'atto di spezzare il pane e con la relativa benedizione. Pertanto il nome con cui tale cena veniva designata attesta abbastanza chiaramente che agli elementi del pasto non si annetteva alcun significato speciale.

Gli Atti non accennano alla coppa del vino; ciò lascia supporre che il vino, pur essendo ammesso, non vi era indispensabile, e che spesso se ne faceva a meno. D'altronde, se il vino avesse rivestito la stessa importanza del pane, il pasto non si sarebbe potuto chiamare semplicemente lo "spezzare il pane".

L'origine di questi pasti festosi si trova senza dubbio nei pasti consumati un tempo da Gesù con i suoi discepoli. Ma in tali pasti collegiali dei primi cristiani non si trova alcun riferimento all'ultima cena di Gesù. In essi, il rito caratteristico è soltanto lo "spezzare il pane". Il vino non vi ha alcuna importanza, e neppure una parola collega questo rito con la persona o anche soltanto con il ricordo di Gesù.

Dunque, stando alla testimonianza degli Atti, i primi gruppi cristiani di Gerusalemme non celebravano il rito della "cena del Signore" delle comunità ellenistiche e paoline. Il quale, pertanto, non può essere stato istituito da Gesù. Altrimenti sarebbe stato certamente celebrato anche a Gerusalemme immediatamente dopo la morte del Maestro.

Si aggiunga che Giovanni, nel quarto Vangelo, non parla della pretesa istituzione dell'eucaristia nel racconto dell'ultimo pasto di Gesù (Gv 13,2ss.). Ora il fatto che Giovanni *non conosca* l'episodio dell'ultima cena in cui Gesù avrebbe eseguito gesti e pronunciato parole di grande significato, è molto preoccupante. Come mai egli non l'ha trovato nella sua tradizione? E perché l'avrebbe taciuto se c'era? Se ne deve concludere che su questo punto importantissimo la tradizione non era unanime, e ciò costituisce un'ulteriore motivo per dubitare della sua fondatezza. E che essa non fosse fondata risulta definitivamente chiaro esaminando il contenuto dei testi tramandati, come abbiamo fatto in un altro lavoro, al quale rimandiamo il lettore (10).

In questa sede, ci limitiamo a riassumere sinteticamente i motivi per cui Gesù non può aver istituito l'"eucaristia". Essi sono i seguenti:

1) perché i primi gruppi cristiani di Gerusalemme non ne sanno nulla;
2) perché Giovanni non ne parla nel suo racconto dell'ultima cena;
3) perché l'idea della comunione sacramentale sarebbe stata incomprensibile per i discepoli;
4) perché Gesù non può aver parlato di "sacrificio espiatorio"; in quanto i detti che di lui ci sono stati tramandati non portano traccia di una sua coscienza di essere il servo sofferente di Dio, di cui parla Is 53;
5) perché, infine, Gesù non può aver ordinato di "rinnovare" la celebrazione della cena; in quanto tale invito, pur ricorrendo ben due volte in Paolo, manca del tutto in Marco.

In conclusione, i sette sacramenti amministrati dalla Chiesa non sono stati istituiti da Gesù. Essi sono opera delle primitive comunità cristiane le quali, del tutto arbitrariamente, hanno creduto bene di farli risalire a Gesù stesso.

4. Hans Küng sottolinea gli errori della Chiesa

Hans Küng nel suo libro *Essere cristiani* esamina alcuni gravi errori commessi dalla Chiesa, i quali, ovviamente, contrastano con quanto voluto e insegnato da Gesù. .

La Chiesa – afferma Küng - è, in sintesi, la comunità di coloro che credono in Cristo. Non la fondò Gesù; essa sorse dopo la sua morte richiamandosi a lui: è dunque *la comunità di coloro che hanno abbracciato la causa di Gesù Cristo e la testimoniano come speranza per tutti gli uomini.*

Ma qual'è la causa di Gesù Cristo? E' la causa stessa di Dio e quindi la causa dell'uomo, è la volontà di Dio e quindi il bene integrale dell'uomo.

Unico compito della Chiesa sarebbe dunque quello di servire la causa di Gesù, quanto meno di non snaturarla. Lo sta realmente facendo? E' una domanda che ogni cristiano dovrebbe rivolgere spontaneamente a se stesso in quanto membro della Chiesa, e soprattutto la dovrebbe rivolgere alla Chiesa stessa (11).

E qui si configurano - afferma il teologo svizzero - alcuni suoi errori fondamentali, in quanto essa si è palesemente allontanata da Gesù.

1) Innanzi tutto la Chiesa non è *fautrice di libertà*. Essa è un centro di potere e nel   passato, è stata addirittura una "Santa Inquisizione". Quando si rivolge agli altri
(agli Stati e alle autorità del mondo) essa fa volentieri appello alla libertà e la pretende per se stessa, ma nelle sue strutture, nelle sue istituzioni e costituzioni, la
Chiesa assume un carattere oppressivo o repressivo.

Se si volesse seguire l'insegnamento di Gesù, nella Chiesa nessuno   dovrebbe
avere il diritto di conculcare o sopprimere, scopertamente o velatamente, la libertà fondamentale dei figli di Dio. Cosa che, purtroppo, normalmente avviene all'interno della Chiesa. In altre parole, la Chiesa ha una struttura centralizzata e verticistica, per cui essa tende a rendere schiavi tutti i fedeli, i quali devono eseguire passivamente e senza discutere i suoi ordini. Quando essa si rivolge al mondo fa appello alla libertà che tutti le nazioni dovrebbero concedere ai propri sudditi, ma essa stessa si guarda bene dal concederla ai propri affiliati (12).

2) Secondo Küng, la Chiesa può e deve essere, a tutti i livelli, una *comunità di fratelli e sorelle;* se vuole servire la causa di Cristo, non potrà mai essere una struttura di potere a regime patriarcale. Uno solo è qui il Santo Padre, Dio stesso; tutti i membri della Chiesa sono figli adulti che non si possono risospingere nell'immaturità. In questa comunità è lecito far valere solo un autorità veramente fraterna, non un'autorità paternalistica. Norma suprema in questa comunità non è la volontà del papa e dei vescovi, ma quella volontà di Dio che secondo il messaggio di Cristo mira al bene dell'umanità, cioè di tutti gli uomini.

Una fratellanza così intesa, nella Chiesa, non va solamente evocata con parole impegnative come "spirito" di fratellanza (di fatto si tratta spesso di uno spirito di sudditanza), ma va attuata proprio negli ordinamenti e nei rapporti sociali della comunità ecclesiale.

Purtroppo non avviene così. Di fatto la Chiesa si è arrogata il diritto di sostituire questa fratellanza con il paternalismo e il culto della persona, consolidando così ulteriormente il potere di certi uomini (il papa e i vescovi) su altri uomini (i fedeli) (13).

Sulla scia del teologo svizzero, possiamo aggiungere che tale autoritarismo della Chiesa si manifesta in ogni circostanza. Si veda ad esempio il problema delle coppie di fatto, che lo Stato italiano vuole regolamentare, ma che il Vaticano ostacola in tutti i modi, giungendo fino a minacciare l'emanazione di un ordine vincolante per tutti i cattolici e segnatamente per i cattolici parlamentari, i quali sarebbero tenuti a votare contro la proposta di legge del governo, con l'intento di affossarla.

A parte la palese ingerenza nei problemi dello Stato italiano, si deve biasimare qui il maldestro tentativo di risospingere i cattolici adulti italiani nell'immaturità, quasi fossero incapaci di decidere secondo la propria coscienza ed avessero bisogno di un'autorità che dall'alto indichi loro come comportarsi nella loro attività politica.

Si noti, inoltre, che l'avversione della Chiesa per le coppie di fatto in generale e per gli omosessuali in particolare è in netto contrasto con l'insegnamento fondamentale di Gesù, il quale in ogni circostanza ha ribadito la necessità dell'amore per il prossimo.

La Chiesa non ama le coppie di fatto e vuole ostacolarle in ogni modo, giungendo a sostenere che esse devono essere confinate ai margini della società ed essere riprovate da tutti, escludendo infine per esse la pur minima garanzia giuridica che venga incontro alle loro inevitabili difficoltà.

Quanto agli omosessuali, la Chiesa, non solo non vuole per essi alcun riconoscimento giuridico ma, se potesse, non esiterebbe a torturarli, ad aprire ad essi le porte del carcere e a condannarli al rogo, come avveniva nel medioevo. E ciò perché non vuole riconoscere quello che è ormai un convincimento unanime. E cioè che la persona omosessuale è così per natura, e quindi è altrettanto rispettabile delle persone eterosessuali.

3) Un altro errore della Chiesa è, secondo Küng, quello di *propagandare se stessa*.

Invece essa deve allontanare da sé l'attenzione e polarizzarla su Dio. Perciò non deve apparire fine a se stessa. Come se fosse un astro e non un semplice pianeta che ruota intorno al sole (cioè a Dio). E non deve assolutamente pretendere che l'uomo, anziché sottomettersi ai comandamenti di Dio, come ha insegnato Gesù, si sottometta ai suoi decreti. "Come se *essa* fosse la realtà definitiva, termine e compimento della storia. Come se fossero le *sue* definizioni e dichiarazioni, e non la parola del Signore, a restare in eterno. Come se fossero le sue istituzioni e costituzioni, e non la sovranità di Dio, a sopravvivere al tempo. Come se potesse ricorrere a tutti i metodi caratteristici di una politica secolare, alla strategia e all'intrigo. Come se, da vero establishment religioso, potesse ostentare fasto e prodigalità mondani, conferire a destra e a sinistra titoli e onorificenze, accumulare insensatamente, oltre il necessario, denaro e proprietà. Come se fossero gli uomini a esistere per la Chiesa, e non la Chiesa per gli uomini e per la causa di Dio" (14).

Requisitoria precisa e puntuale. Alla quale non c'è nulla da aggiungere.

4) *E' lecito criticare la Chiesa*? Il teologo svizzero non ha esitazioni.

"Guardando al messaggio di Gesù – egli afferma -, il cristiano ecclesialmente impegnato non ha motivo di rifuggire dalla critica alla Chiesa e di lasciarne l'iniziativa a 'quelli di fuori'. Nessuna critica dal 'di fuori', per quanto radicale, può sostituire o addirittura sopraffare la critica dal 'di dentro'. La critica più severa scaturisce non dalle numerose obiezioni storiche, filosofiche, psicologiche, sociologiche, ma da quel medesimo Vangelo di Gesù Cristo a cui la Chiesa costantemente si richiama. In tal senso non ci si dovrà lasciare proibire neppure dal 'di dentro' – neppure dal papa e neppure dai molti piccoli papi – di esercitare una critica nei confronti della Chiesa" (15).

Küng passa quindi in rassegna i più macroscopici errori compiuti dalla Chiesa nel passato:
-   le persecuzioni degli ebrei e le crociate;
-   i processi contro gli eretici e i roghi riservati alle streghe;
-   il colonialismo e le "guerre di religione";
-   le errate condanne di uomini e le errate soluzioni di problemi;
-   le compromissioni con determinati sistemi sociali, apparati governativi e ambienti intellettuali;
-   i molteplici insuccessi riguardo ai problemi della schiavitù, della guerra, della donna, della società e riguardo a questioni storiche o scientifiche come la teoria dell'evoluzione... (16).

Come possiamo constatare, si tratta di misfatti che disonorano e squalificano la Chiesa, specialmente quelli perpetrati con spargimento di sangue, con sterminio di massa e con sistematiche uccisioni di persone innocenti.

Venendo a tempi a noi più vicini, l'illustre teologo enumera alcune delle infinite
obiezioni mosse alla Chiesa dagli scienziati e dai medici, dagli psicologi e dai sociologi, dai giornalisti e dai politici, dai lavoratori e dagli intellettuali:
-   una dogmatica autoritaria e incomprensibile;

- una morale avulsa dalla vita concreta, frantumata dalla casistica in una costellazione di minuzie:
- opportunismo e intolleranza;
- legalismo e arroganza dei funzionari ecclesiastici e dei teologi a tutti i livelli;
- frequente connivenza con i potenti;
- indifferenza per i disprezzati, i calpestati, gli oppressi, gli sfruttati;
- religione come oppio del popolo;
- un cristianesimo preoccupato solo di se stesso, internamente lacerato;
- affossamento del *Concilio Vaticano II* … (17).

Per quanto riguarda quest'ultimo punto, Küng dice testualmente:
" (La Chiesa cattolica), dopo aver acceso con il *Concilio Vaticano II* grandi speranze all'esterno non meno che al suo interno, ha procurato in epoca postconciliare non poche delusioni. Il Concilio aveva tracciato un programma ad ampio respiro per una rinnovata Chiesa del futuro. E innumerevoli comunità e diocesi sparse in tutto il mondo ne avevano intrapreso con energia la realizzazione. In breve tempo nella Chiesa cattolica si affermò almeno teoricamente una nuova concezione della Chiesa (come popolo di Dio) e del ministero ecclesiastico (come servizio per questo popolo). La riforma liturgica e l'introduzione della madrelingua con l'elaborazione di nuovi lezionari rappresentarono un progresso difficilmente sopravvalutabile […]. Si avviò in parte un energica riforma dei seminari e degli ordini religiosi. Si fondarono consigli diocesani e parrocchiali che, confortati da una consistente partecipazione laica, cominciarono a funzionare attivamente. Sintomi di una nuova vitalità si annunciarono nel campo teologico, in coincidenza con il manifestarsi di una nuova apertura della Chiesa ai problemi dell'uomo e della società contemporanea".

"Senonché nel frattempo – continua l'illustre teologo, - per il comportamento del papa [Paolo VI] e dei vescovi, che allora non protestarono, importanti problemi interni erano rimasti irrisolti nell'ambito del Concilio. E furono questi problemi a trascinare la Chiesa cattolica in una complessa crisi di conduzione e di fiducia" (18).

In breve – conclude Küng, - nell'attuale *periodo postconciliare,* tali problemi, di vitale importanza, non sono stati ancora risolti, perché la Chiesa sembra incapace di risolverli. Essi sono l'instaurazione di una maggiore democrazia nella Chiesa, la regolazione delle nascite, la giustizia e la pace nel mondo, una nuova procedura nell'elezione del papa e dei vescovi, la legge del celibato, nonché la partecipazione dei laici e della donna alla vita della Chiesa (19).

A questo punto il nostro teologo, a mo' di conclusione, analizza più da vicino le istanze di riforma appena citate, rimaste incompiute nel Vaticano II, ma che poggiano sul Vangelo:

- *Gli organi direttivi della Chiesa* devono instaurare maggiore democrazia, autonomia e umanità a tutti i livelli ecclesiastici e migliorare la collaborazione tra clero e laici. Essi devono inoltre trovare il coraggio di impegnarsi più per gli uomini che per l'istituzione.
- *I vescovi* devono essere designati, in ordine alle esigenze di ciascuna diocesi, da organi rappresentativi del clero e del laicato.
- *Il papa* deve essere eletto da un organo che riunisca vescovi e laici e che, a differenza del collegio dei cardinali di nomina papale (e dunque unilaterale), sia veramente rappresentativo della Chiesa intera.
- *I sacerdoti* devono poter decidere in piena autonomia, con la libertà che il Vangelo garantisce proprio in questa materia, se sposarsi o rimanere celibi, conformemente alla propria personale vocazione.
- *I laici* devono avere il diritto di partecipare insieme con i loro sacerdoti non solo al momento consultivo, ma anche a quello deliberativo.
- *Le donne* dovrebbero avere nella Chiesa almeno quella dignità, libertà e responsabilità che sono loro assicurate nella società contemporanea: parità giuridica nel diritto canonico, negli organi deliberativi della Chiesa, e inoltre la possibilità pratica dell'accesso agli studi teologici e all'ordinazione sacerdotale.
- In questioni attinenti la *morale* nessuna legge o decreto ecclesiastico dovrà usurpare il posto della libertà e della coscienza. In altre parole, non si dovrà perpetuare, com'è sempre avvenuto nel passato, una vera e propria schiavitù da parte della Chiesa nei confronti dei fedeli, obbligandoli a seguire le di lei direttive a scapito della loro insostituibile coscienza individuale.
- Quanto al problema della *regolazione delle nascite* anche con l'impiego di mezzi "artificiali" (compresa la pillola), la sua soluzione deve essere interamente affidata alla coscienza dei coniugi sulla base di criteri clinici, psicologici e sociali. Da parte sua il governo della Chiesa dovrà rivedere le proprie posizioni, eliminando le proibizioni, del tutto ingiustificate, contenute nell'enciclica *Humanae vitae* emanata a suo tempo da Paolo VI (20).

Per la verità, il nostro teologo non si fa soverchie illusioni circa la realizzazione di tali improrogabili riforme, tant'è vero che si pone, a nome di tutti, un'immediata obiezione: "Lo strapotere e la compattezza dello stesso sistema ecclesiastico non frustano ogni serio tentativo di riforma?"

L'obiezione è seria. Ma – dice Küng – ridursi ad aspettare un mutamento al vertice e l'avvento di una nuova generazione sarebbe quanto mai idiota. E allora egli suggerisce alcuni comportamenti pratici da adottare in simili frangenti. Noi ci limiteremo a citarne solo alcuni, anche perché purtroppo o non è stato possibile metterli in pratica o non sono risultati efficaci per scarso impegno.

a) Quei vescovi – spesso una forte minoranza se non addirittura la maggioranza all'interno delle conferenze episcopali – che ritengono pregiudizievoli determinate leggi, disposizioni e misure, dovrebbero dichiarare pubblicamente il proprio dissenso ed esigere in maniera sempre più esplicita un nuovo corso. Oggi non è più ammissibile che si tengano celati all'opinione pubblica religiosa gli effettivi rapporti di maggioranza e minoranza determinatisi nelle conferenze episcopali in ordine a ciascuna deliberazione.

b) Agire personalmente: troppi cattolici recriminano e brontolano contro Roma e i vescovi, senza muovere personalmente un dito.

c) Procedere insieme: un membro della comunità che si presenta al parroco non conta nulla, cinque possono diventare molesti, cinquanta cambiano la situazione. Un parroco attivo nella diocesi non conta nulla, cinque vengono seguiti con attenzione, cinquanta sono invincibili.

d) Non desistere: la tentazione più forte ovvero, spesso, l'alibi più comodo in sede di rinnovamento della Chiesa è quel concludere che tutto quanto non ha senso, che non si fanno passi avanti e che quindi è meglio lasciar perdere… (21).

H. Küng ha scritto il suo libro *Essere cristiani* (titolo originale dell'opera: *Christ sein*) nel 1974. Una trentina d'anno dopo ha dovuto ammettere che le riforme impellenti della Chiesa non erano state realizzate e che i molti gravi problemi, che egli aveva evidenziato, erano rimasti sulla carta, proprio per lo strapotere e la compattezza delle forze ecclesiastiche conservatrici.

In un'intervista di alcuni anni fa (citiamo a memoria) ha dovuto concludere con profonda delusione che, per realizzare le riforme in questione, non c'era altro da fare che aspettare l'elezione di un papa progressista, un Giovanni XXIV. Con chiaro riferimento al promotore del Concilio Vaticano II, l'indimenticabile *Giovanni XXIII* (22).

Note al terzo capitolo

1. Cfr. Lino Pierozzi, *Gesù è risorto?*, Firenze Atheneum, Firenze 2005, pp. 137-140.
2. La parola "chiesa" compare un'altra volta soltanto nei sinottici, in Mt 18,17. Ma in questo caso significa assemblea dei fedeli.
3. Ch. Guignebert, *Gesù*, Giulio Einaudi Editore, Torino 1950, p. 384.
4. H. Küng, *Essere cristiani*, Mondadori Editore, Milano 1976, p. 316; cfr. G. Bornkamm, *Gesù di Nazareth*, Claudiana Editrice, Torino 1981, pp. 182-183.
5. Cfr. Ch. Guignebert, *op. cit.*, p. 386.
6. H. Küng, *op. cit.*, pp. 316-317.
7. Ch. Guignebert, *op. cit.*, pp. 194-195; cfr. H, Küng, *op. cit.*, p. 359.
8. Cfr. Lino Pierozzi, *op. cit.*, pp. 239-284.
9. Ch. Guignebert, *op. cit.*, p. 335; cfr. J. Wellausen, *Das Evangelium Marci*, p. 17.
10. Cfr. Lino Pierozzi, *op. cit.*, pp. 205-214.
11. H. Küng, *op. cit.*, p. 542.
12. *Ibid.*, p. 547.
13. *Ibid.*, pp. 548-549.
14. *Ibid.*, p. 573.
15. *Ibid.*, p. 587.
16. *Ibid.*, p. 588.
17. *Ibid.*, p. 588.
18. *Ibid.*, p. 590.
19. *Ibid.*, p. 590.
20. *Ibid.*, pp. 597-598.
21. *Ibid.*, pp. 599-601.
22. Purtroppo dobbiamo registrare con rammarico che all'interminabile papato di Giovanni Paolo II, pontefice notoriamente conservatore, è successo Benedetto XVI, che sta ricalcando decisamente le sue orme .

Capitolo quarto

IL FALLIMENTO SUL SESSO

1. Il sesso non è peccato

Su "la Repubblica" del 27 gennaio 2007 è stata pubblicata una notizia interessante e significativa. In risposta a un pressante desiderio di fare sesso, le suore di un ospizio di Oxford hanno partecipato alla ricerca di una prostituta per un ragazzo malato terminale.

Nick Wallis, 22 anni, malato di distrofia muscolare e costretto in carrozzella, aveva espresso il desiderio di avere almeno una volta nella vita un rapporto intimo con una donna. Le suore si sono riunite, hanno dibattuto a lungo sul da farsi e sono arrivate alla conclusione che era giusto "sostenere Nick sotto il profilo emozionale e aiutarlo a garantirsi la sua sicurezza fisica". Così ha spiegato suor Frances responsabile del Douglas House Hospice, un ospizio da lei fondato nella celebre città universitaria inglese per l'assistenza a bambini e ragazzi affetti da devastanti malattie.

La religiosa ha raccontato alla Bbc che in un primo tempo si era sentita totalmente spiazzata quando uno dei giovani invalidi che non arriverà a trent'anni, Nick Wallis, ha chiesto il loro aiuto nella ricerca di una prostituta. Oltre alle suore, la superiora ha deciso di sentire anche il "comitato etico" dell'ospizio, il quale non ha avanzato obiezioni sostanziali, quando è stato informato che le gravi condizioni di salute non permettevano a Nick di farsi una fidanzata e di poter quindi conoscere le gioie di un'intimità basata su un legame di amore e di reciproca attrazione.

Ebbene la donna è stata trovata, l'incontro con Nick è avvenuto e l'interessato ha poi voluto dire: "Tutto è andato per il meglio; lei si è rivelata una donna affascinante, intelligente e piacevole. Aveva circa trent'anni. Mi ha dato fiducia e un certo grado di normalità".

L'episodio si presta a due considerazioni essenziali:
1) Anche i disabili hanno diritto all'amore e al sesso. A tal uopo è fondamentale l'approvazione della Convenzione sui Diritti delle Persone con Disabilità, da parte dell'Assemblea Generale delle Nazioni Unite, avvenuta il 13 dicembre 2006. Ma altrettanto fondamentale dovrà essere

che a questo importante documento seguano dei veri e propri impegni e azioni concrete da parte degli Stati e dei Governi.

2) Va approvata incondizionatamente la decisione delle suore di Oxford, le quali hanno dimostrato con la loro meritoria azione che le idee sul sesso sono radicalmente cambiate. Si è passati da una visione retrograda e avvilente del

rapporto sessuale a una sua valutazione moderna e chiaramente positiva. In altri termini, le suore dell'ospizio inglese hanno implicitamente ammesso che il sesso, nella svariata gamma delle sue manifestazioni, non è mai peccato. Se non è biasimevole, infatti, quando lo si fa con una prostituta, tanto meno lo sarà quando gli incontri intimi avverranno nell'ambito delle normali coppie, siano esse unite dal vincolo matrimoniale o siano semplicemente coppie di fidanzati o di conviventi (omosessuali compresi).

In effetti il rapporto sessuale è stato chiaramente previsto e voluto da Dio affinché un uomo e una donna possano donarsi ed amarsi reciprocamente. Esso è un esigenza naturale come il mangiare e il bere. Pertanto bisogna respingere totalmente quanto la Chiesa ha insegnato fino ad oggi, e cioè che il sesso sarebbe una cosa "sporca", biasimevole e impura; e che il relativo piacere non sarebbe mai esente da peccato. Essa infatti non si è resa minimamente conto, nel corso dei duemila anni della sua esistenza, che il suo insegnamento su questo problema è del tutto opposto a quanto palesemente stabilito dall'Essere supremo.

Ci voleva una rivoluzione per vincere quanto i padri della Chiesa e i suoi teologi hanno pervicacemente sostenuto e ribadito nel corso dei secoli. Ma la battaglia, checché ne dicano gli ultimi monsignori, è ormai definitivamente vinta.

E possiamo dedicarci alla stesura dei diritti sessuali, che rientrano nei diritti dell'individuo che sono stati già riconosciuti nei documenti internazionali e in alcune leggi nazionali, nonché in altri documenti.

Anche in Italia è sorta un'associazione per vedere riconosciuti i diritti ad una vita sessuale consapevole e libera da coercizioni (AIDASS = Associazione per i Diritti alla Salute Sessuale), che trae lo spunto dai lavori della conferenza tecnica organizzata dall'Organizzazione Mondiale della Sanità (OMS) a Ginevra nel 2002.

L'AIDASS si è fatta portavoce dei diritti fondamentali riguardanti la vita sessuale. Essi sono i seguenti:

- diritto di avere il più alto standard di salute sessuale possibile e di avere accesso ai servizi di salute sessuale e riproduttiva;
- diritto di cercare, ricevere e dare informazioni relative alla sessualità (educazione sessuale);
- diritto al rispetto dell'integrità del proprio corpo;

- diritto di scegliere il/la partner;
- diritto di decidere di essere sessualmente attivi o inattivi;
- diritto di avere relazioni sessuali consensuali;
- diritto di perseguire e soddisfare una piacevole e sicura vita sessuale (1).

2.   La malformazione mentale della Chiesa sul sesso

Gesù non fu un asceta e non esaltò mai la verginità. Quindi i padri e i teologi della Chiesa cattolica che hanno diffuso l'ideale della verginità e l'avversione al sesso, giungendo a sostenere i più incredibili paradossi, sono in netto contrasto con l'insegnamento di Gesù.

Fin dal II secolo d.C., essi hanno iniziato la loro battaglia contro il piacere sessuale. E nel V secolo, con l'arrivo di Agostino, sono state rese stabili le basi di tale avversione, che si è protratta fino ai nostri giorni.

a) I padri della Chiesa fino ad Agostino.

Intorno al 150 d.C. il martire *Giustino* scrive: "Fin dall'inizio o ci sposiamo con il solo fine di allevare i figli o rinunciamo alle nozze e rimaniamo completamente casti" (*Apologia I, 9*) (2).

"Il più erudito dei padri", come più tardi lo chiamò Girolamo, cioè *Clemente Alessandrino*, intorno al 200 espone questi pensieri: "Non è cosa giusta se uno indulge al piacere amoroso ed è avido di soddisfare i suoi desideri, e tanto meno se si abbandona a passioni irragionevoli coltivandone il desiderio e finendo per contaminarsi. Come al contadino, così è consentito a chi è sposato di spargere il seme solo se è il tempo della semina" (Paedagogus II,10,99,1) (3).

Il maggior teologo della Chiesa greca, *Origene* (morto nel 253), afferma che parecchie donne... sono continuamente preda del piacere, sono peggio degli animali, perché questi dopo la fecondazione non hanno più rapporti sessuali. Secondo la parola dell'apostolo [Paolo] anche le opere del matrimonio devono essere compiute a gloria di Dio. Così avviene quando hanno luogo soltanto in vista di una procreazione (*In Genesim homiliae 5, n. 4*) (4).

Sotto l'influsso di Origene è *Gregorio di Nissa* (morto nel 395), il quale si domanda: "Adamo ed Eva hanno avuto rapporti sessuali già in paradiso?". Egli risponde di no, perché la vita prima del peccato originale era piuttosto una vita angelica. Se non fosse sopravvenuto il peccato originale , Adamo ed Eva si sarebbero moltiplicati alla maniera degli angeli. Gli angeli crescono di numero anche senza matrimonio e senza la procreazione sessuale. Come potesse avvenire questo moltiplicarsi senza matrimonio e di forma angelica, non possiamo immaginarlo, "ma è un fatto" [sic!] (*De opificio hominis 17*) (5).

Giovanni Crisostomo (morto nel 407), il più grande predicatore della Chiesa orientale (per cui gli fu dato fin dal sesto secolo il nome di Crisostomo, cioè bocca d'oro), si attiene, per quanto riguarda il fine del matrimonio, al testo paolino più rigidamente degli altri padri della Chiesa. Egli sostiene infatti che il matrimonio è stato certo costituito anche per "la procreazione dei figli", ma molto più per spegnere il fuoco della natura. Come dice lo stesso Paolo, ciascuno abbia la propria moglie per vincere l'incontinenza e non per generare figli; i coniugi devono avere rapporti non per diventare genitori di molti figli, ma perché Satana non li tenti. Poiché ora la terra è popolata di uomini, "rimane soltanto uno scopo: impedire la dissolutezza e la concupiscenza" (*De virginitate* 17 e 19) (6).

Come dice argutamente il filosofo inglese Bertrand Russell , Paolo [e con lui Crisostomo] "non insinua che [il matrimonio] sia piacevole quanto la fornicazione [= l'adulterio], ma crede che renda i fratelli più deboli capaci di resistere alla tentazione; non accenna nemmeno alla possibilità di un bene positivo nel matrimonio, o che l'affetto tra moglie e marito possa essere cosa bella e desiderabile; né s'interessa minimamente alla famiglia" (7).

Secondo *Ambrogio*, vescovo di Milano (morto nel 397), il vero fine del matrimonio è la procreazione. Egli condanna perciò con grande severità il rapporto sessuale con una donna incinta e, come prima di lui avevano fatto gli stoici, porta come modello da imitare gli animali: "Persino gli animali con muto linguaggio fanno capire il loro comportamento, perché essi sono guidati dall'istinto alla conservazione della specie e non dalla concupiscenza verso l'unione sessuale. Infatti non appena si accorgono che il loro utero è pregno, non si abbandonano più al rapporto sessuale e alla brama dell'amante, ma assumono le funzioni di genitori. Gli uomini invece non conoscono alcun riguardo, né nei confronti di chi è stato concepito né nei confronti di Dio…" (*Expositio evangelii secundum Lucam* 1,44) (8).

Nessun padre della Chiesa ha scritto in maniera più offensiva sul matrimonio, nessuno ha disprezzato la sessualità più di *Girolamo* (morto nel 420). Egli arriva paradossalmente a sostenere: "Chi ama troppo appassionatamente la propria moglie è un adultero" (*Adversus Iovinianum* 1,49). Ma non è il solo. Altri lo sostennero dopo di lui. Nell'udienza generale dell'8 ottobre 1980 anche Giovanni Paolo II riprende l'idea di adulterio e la conferma ("Der Spiegel", n. 47, 1980, p. 9).

Secondo Girolamo, è concesso nel matrimonio procreare figli, "ma i piaceri sessuali, che si trovano negli amplessi sessuali con le prostitute, sono riprovevoli con la moglie". Egli afferma inoltre che dopo che è avvenuto il concepimento i coniugi devono piuttosto dedicarsi alla preghiera e non all'intimità dei corpi (*Commentarius ad Ephesios* III, 5,25) (9).

b) Sant'Agostino.

Colui che concepì la più totale avversione al piacere e alla sessualità fu il più grande padre della Chiesa, sant'Agostino (morto nel 430). Egli ha una importanza fondamentale per la formazione della morale sessuale cristiana ed è stato colui che, con le sue   errate idee sul sesso, ha influito profondamente sull'azione di molti papi. Basti ricordare che il suo influsso è stato decisivo per la condanna della pillola da parte di Paolo VI (1968) e di Giovanni Paolo II (1981).

I capisaldi della sua dottrina in campo sessuale sono legati alla leggenda del peccato originale, diffusa da Paolo di Tarso (Rom 5,12-21), alla quale è collegata l'idea della morte eterna, riservata a coloro che muoiono senza essere stati battezzati. Noi ci occuperemo dei punti seguenti:
- il peccato originale;
- l'esistenza dell'inferno;
- i bambini non battezzati;
- il modo in cui il peccato originale si trasmette a tutti gli uomini;
- la riprovazione del piacere sessuale;
- la condanna della contraccezione.
1) Quanto alla teoria del leggendario peccato originale, ammesso e non concesso che
sia stato commesso, diciamo chiaramente che i discendenti di Adamo non possono essere ritenuti responsabili del suo peccato. Ha perfettamente ragione Celestio, un seguace del pelagianesimo, il quale afferma che, se il peccato presuppone un atto di libera volontà, gli uomini evidentemente non possono aver commesso il peccato di Adamo, e pertanto solo lui è il responsabile. Nessun ordinamento giuridico umano prevede la condanna dei suoi figli per un delitto commesso dal loro padre. Come possiamo pensare che lo prevedano i decreti di Dio? Se lo prevedessero egli non sarebbe né *buono* né *giusto*. Pertanto, pensare che il Creatore possa aver condannato tutta l'umanità per un peccato commesso dal progenitore Adamo è una grave offesa a Dio.

Se ne deve concludere che il peccato originale non è mai esistito; e già questo distrugge tutte le conseguenze che ne trae Agostino.

2) Per quanto riguarda l'esistenza dell'inferno, diciamo che l'illustre teologo ne è assolutamente convinto. Infatti in un passo dei suoi scritti così si esprime: "Quale cristiano cattolico, dotto o ignorante, non respinge con tutte le sue forze quella che si dice la santificazione dei cattivi, secondo cui anche coloro che trascorsero tutta una vita in onori, delitti, sacrilegi, empietà... purificati e liberati vengono restituiti al regno di Dio e della luce?... Di questa sciocca empietà discussi diligentemente contro i filosofi, da cui l'apprese Origene, nei libri 'De Civitate Dei'" (10).

La frase "la santificazione dei cattivi", usata da Agostino, lascia intendere che i peccatori sarebbero liberati dall'inferno per un dono gratuito di Dio. Ma non è così. Secondo Origene infatti, è ovviamente necessario, innanzi tutto, che l'anima colpevole si penta sinceramente ed espii adeguatamente gli errori commessi.

Quanto a coloro che commettono delitti, sacrilegi ed empietà, Agostino sa benissimo che, nonostante la gravità delle loro colpe, essi possono salvarsi se si pentono prima di morire. Perché, allora, si meraviglia se essi sono ammessi alla salvezza, pentendosi dopo la morte? Forse Dio mette un limite di tempo al pentimento dell'uomo? E' vero che la Chiesa sostiene questo. Ma si tratta di un grave errore. Infatti, se Dio non usasse misericordia a chi si pente dopo la morte, la sua bontà non sarebbe infinita. Il che è impossibile.

D'altra parte, l'esistenza dell'inferno è incompatibile con l'essenza di Dio; il quale, ripetiamolo, è bontà infinita. Ora il supposto inferno non solo è un luogo di sofferenze inenarrabili, ma in esso non c'è proporzione tra la colpa e la pena, né sussiste possibilità di redenzione. Quindi Dio non può averlo creato.

Dobbiamo concluderne che nessuno è condannato alla morte eterna; ma dopo una adeguata espiazione, a volte profondamente dolorosa, tutti raggiungeranno la salvezza. Una ragione di più per ritenere non valide le argomentazioni di Agostino (11).

3) Secondo il nostro teologo, non tutti gli uomini usufruiranno della grazia di Dio. Anzi per lui l'umanità è una "massa dannata" e saranno pochissimi coloro che si salveranno, per un dono completamente gratuito dell'Essere supremo. A suo parere, inoltre, esiste una particolare categoria che sicuramente andrà all'inferno: si tratta dei bambini non battezzati.

Contro Agostino insorge il vescovo pelagiano Giuliano di Eclano, il quale lo contrasta decisamente: "Tu, Agostino, ti sei allontanato assai dal sentimento religioso, dalla mentalità civilizzata e anche da un sano buon senso, se pensi che il tuo Dio sia capace di commettere crimini contro la giustizia che anche per i barbari sono difficilmente immaginabili " [...]. Il tuo Dio è "un persecutore di neonati, che getta dei piccolissimi lattanti nel fuoco eterno" (12).

L'argomentazione di Giuliano è molto chiara: se si comportasse come pensa Agostino, Dio sarebbe ingiusto e crudele. Ma ciò è assurdo; perché egli è bontà e giustizia infinita. Quindi i bambini non battezzati si salveranno (13).

4) E veniamo al modo in cui, secondo Agostino, si trasmetterebbe il peccato originale a tutti gli uomini. La sua risposta è strabiliante: il peccato originale si tramanda di generazione in generazione attraverso il rapporto sessuale, e più precisamente attraverso il piacere sessuale. Egli arriva a questa conclusione leggendo quel passo della Bibbia in cui si racconta che quando Adamo ed Eva disubbidirono a Dio e mangiarono il frutto proibito, "si vergognarono e coprirono i loro organi sessuali con foglie di fico".

Ecco dunque individuato, secondo Agostino, il supposto luogo di trasmissione del peccato originale. Tale peccato, egli precisa, si propaga attraverso un altro peccato: quello della carne. Solo "Cristo – egli aggiunge – fu generato e concepito senza piacere carnale e perciò rimase puro anche da ogni macchia derivante dal peccato originale" (*Enchiridion* 41).

Immaginiamo il dramma di quei devoti cristiani che nel corso dei secoli si trovarono a dover decidere se mettere al mondo o meno un figlio, sapendo che se evitavano la procreazione cadevano nel peccato mortale della contraccezione, se concepivano il figlio gli trasmettevano il peccato di Adamo! Essi, purtroppo, ignoravano che il peccato originale non esiste, né tanto meno può trasmettersi attraverso gli organi sessuali, essendo unicamente legato alle fantasticherie agostiniane contro il piacere (14).

5) Agostino condanna il piacere sessuale senza esitazioni. Egli infatti afferma che tale piacere è un "male" e quindi un "peccato" (come, del resto, sostengono ancora certi monsignori), "perché esso è esistito attraverso il peccato e tende al peccato" (15). Ma egli aggiunge che, poiché nessun bambino può essere generato diversamente, i coniugi che hanno un rapporto sessuale per la procreazione fanno "un buon uso di questo male" (*Contra Iulianum* 5,46). E altrove precisa: "Ciò che non può avvenire senza piacere, non deve tuttavia avvenire per il piacere" (*De civitate Dei* 5,9). In altri termini, ogni volta che si ha un rapporto sessuale si deve avere l'intenzione di generare un figlio. E' quindi vietato nel modo più assoluto far ricorso alla contraccezione.

Egli chiarisce, inoltre, che nel paradiso terrestre il rapporto sessuale avveniva in modo diverso da oggi: il piacere in paradiso o non esisteva affatto, poiché il piacere è un vizio, o esisteva, ma sottomesso al cenno della volontà; poi si è guastato attraverso il peccato.

La condanna del piacere sessuale da parte di Agostino non è però sostenibile. Tale piacere infatti è un esigenza naturale come il piacere che si prova quando si mangia un cibo. Come nessuno si sognerebbe di condannare quest'ultimo, alla stessa maniera va giustificato il primo. Il piacere sessuale è stato voluto espressamente da Dio, affinché un uomo e una donna possano amarsi con tutti se stessi. Esso è quindi un'espressione d'amore e, come tale, perfettamente legittimo.

Si deve aggiungere, peraltro, che il piacere sessuale è pienamente giustificato anche nel caso limite di un piacere del tutto privo di risvolti affettivi. Ovviamente è inammissibile qualsiasi forma di violenza, come lo stupro, la pedofilia e l'incesto.

Già il vescovo pelagiano Giuliano di Eclano, contro cui Agostino polemizza costantemente, aveva un atteggiamento positivo nei confronti del piacere sessuale. Egli sosteneva infatti che l'istinto sessuale odierno è uguale a quello esistente in paradiso; e considerava il piacere come naturale, in nessun caso come peccaminoso: lo riteneva piuttosto un bene speciale del matrimonio (16). Noi, in opposizione ad Agostino e ad integrazione di quanto detto da Giuliano, lo consideriamo un bene speciale per tutte le coppie, siano esse sposate o meno.

6) Sant'Agostino condanna risolutamente ogni forma di contraccezione. Egli enumera e combatte tre metodi in particolare:

- quello basato sul computo dei giorni sterili della donna;
- i cosiddetti metodi artificiali;
- e il *coitus interruptus.*

a) Il primo metodo è stato usato direttamente da lui quando era manicheo ed aveva un'amante. Consisteva nella ricerca dei giorni sterili della donna, ma non funzionò, per un errore nel computo dei giorni in questione. Per cui la sua donna diede alla luce un bambino al quale diedero il nome di Adeodato.

I manichei erano una setta che permetteva il matrimonio a patto che non si generassero dei figli, perché secondo loro la nascita d'un figlio significava l'imprigionamento di un essere spirituale nella materia. Rifiutavano pertanto la procreazione. Agostino aveva cercato di adeguarsi ma, come abbiamo appena detto, senza successo.

Quando egli si converte al cristianesimo, in polemica con i manichei, diventa un rigido sostenitore della procreazione e uno strenuo oppositore della contraccezione. Il suo ragionamento è semplice: il piacere sessuale è un "male", ma può essere tollerato soltanto se nel rapporto sessuale si persegue il fine della generazione dei figli. Diversamente da così, "i mariti non sono altro che turpi amanti [delle loro mogli], le mogli prostitute [dei loro mariti], il talamo un bordello e i suoceri dei ruffiani" (*Contra Faustum* 15,7).

Il secondo metodo per evitare figli è artificiale: consiste "nel procurarsi veleni che
causano la sterilità". Tale metodo fu richiamato esplicitamente dal cardinale Ernesto Ruffini, all'epoca arcivescovo di Palermo, durante il Concilio Vaticano II, a condanna della *pillola* (17).

c) Il *coitus interruptus* (= coito interrotto) è il terzo metodo citato da Agostino. Egli scrive: " E' illecito e turpe avere un rapporto sessuale con la propria moglie per poi evitare il concepimento della prole; questo fece Onan, il figlio di Giuda, e perciò Dio lo fece morire" (*De adulterinis coniugiis,* 2,12). La storia di Onan è narrata nella *Genesi*: Dio fece morire il primo figlio di Giuda. "Allora Giuda disse a Onan: unisciti alla moglie di tuo fratello e compi con lei il dovere del matrimonio in modo da assicurare una discendenza a tuo fratello. Ma poiché Onan sapeva che i figli non sarebbero stati considerati suoi, quando si univa alla moglie di suo fratello *disperdeva per terra il suo seme* per non dare una posterità al fratello. Ma quello che faceva dispiacque molto al Signore, che fece morire anche lui" (*Genesi* 38, 8-10).

Conclusione: per sant'Agostino è vietata ogni forma di contraccezione. Il fine primario del matrimonio deve essere la procreazione. Se la si ostacola, vuol dire che si ricerca solo il piacere e ciò è peccato mortale.

Evidentemente egli non tiene conto dei figli già avuti da un uomo, della oggettiva impossibilità da parte sua di mantenere dignitosamente altri figli, del pericolo che può correre la vita di sua moglie con un'altra gravidanza. E questo è intollerabile.

Pertanto il numero di figli da avere deve essere lasciato alla libera coscienza dei coniugi, e non al dissennato arbitrio di certi teologi.

C'è da dire, inoltre, che fruire del piacere sessuale non è affatto peccato mortale, ma un'esigenza naturale del tutto giustificata, come abbiamo chiarito più sopra.

c) Limiti al rapporto sessuale e i libri penitenziali.

Durante tutto il medioevo, partendo dal presupposto che *ogni* rapporto matrimoniale era per lo meno peccato veniale, la Chiesa stabilì che non sempre si potevano avere tali rapporti. Essa individuò meticolosamente quali dovevano essere i giorni dell'astensione basandosi sul calendario liturgico. Il rapporto sessuale era pertanto proibito tutte le domeniche, tutte le festività (e ce n'erano molte), i quaranta giorni della quaresima, venti giorni prima di Natale e altri venti prima della Pentecoste, tre o più giorni prima di ricevere la comunione. Tale computo poteva subire qualche variazione da una regione all'altra, ma si raggiungeva come minimo, per tutti, il totale di più di cinque mesi. A tale cifra si dovevano inoltre aggiungere i giorni delle mestruazioni, dei puerperi e dell'allattamento.

Come ognuno può constatare, si trattava di una esorbitante quantità di rinunce ai rapporti. Molti fedeli si lamentavano. Ma i vescovi sapevano come imporre la loro volontà. Cesario, ad es., vescovo di Arles (morto nel 542) soleva dire ai suoi fedeli: "A colui che prima di una domenica o di qualche altra festività non può astenersi nasceranno figli lebbrosi o epilettici o posseduti dal demonio" (18). San Gregorio di Tours (morto nel 594) a sua volta precisava: "... Fate attenzione voi mariti: è già abbastanza se indulgete al vostro piacere negli altri giorni, lasciate intatto questo giorno [la domenica] per la lode di Dio, altrimenti vi nasceranno figli storpi o epilettici o malati di lebbra" (19).

Le pene che i confessori dovevano infliggere per tali trasgressioni variavano per lo più da venti a quaranta giorni di rigoroso digiuno a pane e acqua.

"Chi è dell'opinione – afferma Ranke-Heinemann – che a proposito di queste proibizioni dei rapporti nei giorni festivi, di digiuno e prima della comunione si sia trattato soltanto di un consiglio dato alla gente sposata, e non di un peccato grave per i trasgressori, che comportava gravi pene, vuol cancellare mille anni di tirannia sulle coppie sposate" (20). Denuncia precisa e puntuale; che non ha bisogno di commenti.

Un'altra pia invenzione dobbiamo ai teologi del medioevo sempre intenti a ruminare sul sesso. Si tratta della stesura dei cosiddetti libri penitenziali. In pratica si redigevano cataloghi di peccati, e in particolare di supposti peccati sessuali, con il corrispondente tariffario di penitenze. In essi la contraccezione veniva classificata come particolarmente grave e , invariabilmente, come peccato mortale.

I più antichi libri penitenziali provengono dai monasteri irlandesi ad opera di abati irlandesi.

Un campione della lotta contro la contraccezione è Cesario (morto nel 542), vescovo di Arles (la Roma gallica). In una lettera indirizzata ai vescovi e ai preti della sua regione, dopo aver parlato dell'aborto come di un omicidio, tratta appunto della contraccezione: "Chi potrebbe non richiamare l'attenzione con parole ammonitrici sul fatto che nessuna donna può prendere una bevanda che la renda incapace di concepire o che pregiudichi la forza della natura, la quale secondo la volontà di Dio deve essere feconda? Tante quante sono le volte che avrebbe potuto concepire o partorire, dovrà essere considerata colpevole di quegli omicidi. E nel caso che non si sottoponga a una adeguata penitenza, sarà condannata alla morte eterna dell'inferno" (lettera, in *Sermones* 1,12).

Cesario pose dunque le donne di fronte a questa alternativa: l'inferno dopo la morte, oppure un'adeguata, e comunque smisurata, penitenza in questa vita. Teniamo infatti presente che le penitenze di allora non erano come quelle di oggi. Coloro che erano collocati tra i 'penitenti' erano obbligati come i monaci a una vita di totale rinuncia al mondo. La pena infatti consisteva in un'astensione dal rapporto sessuale che durava anni interi. Perciò il concilio di Agde, convocato da Cesario, esortava a non imporre con troppa leggerezza alle persone giovani la penitenza ecclesiastica. E dopo i concili di Arles (443) e di Orléans (538) le persone sposate potevano accettare di fare la penitenza ecclesiastica solo con l'assenso del coniuge (21). A causa della sua severità, la penitenza ecclesiastica fu per lo più riservata a gente anziana o prossima alla morte.

Tuttavia, pur con queste precisazioni e limitazioni, ci troviamo di fronte a un tariffario penitenziale veramente spropositato, anche se applicato con una certa elasticità dai confessori. Basti pensare che la penitenza ecclesiastica (= astensione di anni dal rapporto coniugale) si presenta come incredibile e assurda.

Il libro penitenziale anglosassone (verso l'800), ad es., dello Pseudo-Egberto fissa per un rapporto orale una penitenza di sette anni o tutta la vita, per un rapporto anale dieci anni, per un aborto sette o dieci anni e per un omicidio premeditato sette anni.

I *Canones Gregorii* (scritti tra il 690 –710, ritenuti opera dell'arcivescovo Teodoro) stabiliscono per il rapporto anale quindici anni, per un omicidio premeditato sette anni di penitenza ecclesiastica.

Il libro penitenziale franco-hubertense, da collocare tra il 680 e il 780, chiamato così dal luogo in cui fu rinvenuto, sant'Uberto, un monastero delle Ardenne, esige per il *coitus interruptus* dieci anni di penitenza ecclesiastica, per una pratica contraccettiva attraverso una bevanda egualmente dieci anni e la stessa pena per un omicidio premeditato (22).

Come possiamo constatare, certe pratiche sessuali vengono spesso punite in maniera più grave dell'aborto e persino in modo più severo di un omicidio premeditato. Agli autori dei libri penitenziali certe pratiche sessuali appaiono chiaramente più gravi di quelle di un uccisione di un essere umano. A tutt'oggi, la Chiesa cattolica combatte i supposti peccati sessuali con maggiore impegno dei crimini verso l'umanità commessi con guerre, genocidi, e pene di morte. Contro la degenerazione della morale dell'Occidente cristiano, Ernest Bloch scrisse nel 1936 queste amare parole: "Le donne non possono entrare in chiesa con le braccia nude, tuttavia ebrei nudi possono scavare la propria fossa" (23).

d) Abelardo, una voce solitaria.

A cavallo del XII e XIII secolo quasi tutti i rapporti matrimoniali erano considerati peccaminosi dai teologi. A opporsi fu l'unico teologo sposato, Abelardo (1079-1142), famoso per la sua infelice relazione con Eloisa e per il suo successo internazionale come docente a Parigi.

Abelardo sostiene, giustamente, che il rapporto sessuale non può mai verificarsi come credono i suoi contemporanei. Perché il piacere fa parte integrante del rapporto stesso.

Egli infatti afferma che "non si deve dichiarare peccato alcun piacere carnale naturale, né si deve considerare una colpa se uno gode del piacere quando necessariamente deve sentirlo". Poiché "fin dai primi giorni della nostra creazione, quando si viveva in paradiso senza peccato", il rapporto coniugale e il mangiare cibi saporiti necessariamente e naturalmente comportavano piacere. Dio stesso aveva creato la natura in questo modo (*Ethica* 3).

Abelardo sostiene dunque quanto anche noi sosteniamo: e cioè che il piacere (sia esso sessuale o della gola) è stato voluto indiscutibilmente da Dio e inserito nella natura affinché possa essere fruito da tutti.

Quindi il nostro teologo ritiene che per risolvere i problemi dobbiamo appellarci alla 'ragione' e non alla 'tradizione'. Tuttavia anch'egli in molti argomenti è succube della tradizione, come quando sostiene che il motivo ideale per il rapporto coniugale è l'intenzione di avere un bambino. O quando afferma che le donne sante, come ad es. sant'Anna, avrebbero forse rinunciato a tale rapporto se avessero avuto la possibilità di aver figli in un altro modo (*Ethica* 3).

L'avversità al piacere, propria di Agostino, ha continuato ad essere dominante fra i teologi della Chiesa, e non è stata nemmeno scalfita dall'intervento di Abelardo in favore del piacere come fatto naturale.

e) Tommaso d'Aquino.

Tommaso d'Aquino (morto nel 1274), il più grande rappresentante della "scolastica" (= teologia delle scuole medioevali), filosofo e teologo, si è occupato di tutto lo scibile umano del suo tempo, che ha raccolto in due grandi opere: la *Summa theologiae* (1267-73) e la *Summa contra gentiles* (iniziata nel 1268).

Ovviamente ha trattato anche della sessualità umana, ma egli non aggiunge nulla a quanto già detto da Agostino. In particolare conferma che il rapporto coniugale ha come fine la procreazione e che è tassativamente esclusa la contraccezione, la quale porterebbe soltanto alla ricerca del piacere. Ma, data l'importanza del nostro teologo, ciò ha fatto sì che gli errori di Agostino si protraessero fino ai nostri giorni.

Noi fermeremo l'attenzione sui punti seguenti:
- l'inferiorità della donna nel rapporto sessuale;
- l'esclusione delle donne dal sacerdozio;
- l'avversione al piacere e alla sessualità;
- l'impurità del sesso;
- nel rapporto l'uomo diventa simile alla bestia;
- verginità e matrimonio;
- il fine del rapporto sessuale;
- i vizi contro natura.
1) Aristotele aveva elaborato una dottrina, già esistente prima di lui, secondo la quale

la donna viene vista come una specie di vaso per il seme maschile. San Tommaso riprende tale dottrina e la rende famosa. Partendo dall'assioma che "ogni principio attivo produce qualcosa di simile a sé", si conclude che dovrebbero essere generati sempre dei maschi, perché la forza attiva del seme maschile tende a produrre qualcosa di altrettanto perfetto, cioè di nuovo un maschio. Tuttavia, per ostacoli imprevisti, qualche volta si generano delle donne, che sono maschi malriusciti. Per Tommaso ciò significa che a volte viene fuori "qualcosa che in sé non è previsto, ma che deriva da un difetto" (*De veritate* 5,9).

Dunque secondo Aristotele e San Tommaso nell'atto procreativo l'uomo "genera" il figlio, la donna lo "concepisce"; quindi l'uomo è attivo e la donna invece è passiva, cioè inferiore.

Uno strano modo di concepire la superiorità e l'inferiorità! Ma nel 1827 K. E. von Baer ha scoperto l'ovulo femminile, provando così la partecipazione della donna alla generazione in misura pari a quella dell'uomo, e quindi la parità della donna stessa (24).

2) "Poiché le donne sono in una condizione subordinata", esse non possono neppure ricevere l'ordinazione sacerdotale, afferma san Tommaso (*Summa theologiae* suppl. q. 39). Ma dopo la scoperta dell'ovulo femminile non ci dovrebbero essere più ostacoli al sacerdozio della donna. La Chiesa, però, non intende modificare le sue disposizioni.

3) L'avversione al piacere e alla sessualità, propria di Agostino, viene ripresa totalmente da Tommaso, il quale sottolinea che "il piacere sessuale assogetta completamente il pensiero" (*Summa theologiae* II,II q. 55). Egli insiste continuamente sul fatto che "il piacere sessuale frena del tutto l'uso della ragione", che esso "opprime la ragione" e "assorbe lo spirito" (25). Affermazioni assolutamente ingiustificate.

4) Tommaso, seguendo Agostino, sostiene che solo Gesù è puro, cioè concepito senza la contaminazione sessuale, senza subire il contagio del peccato originale attraverso l'atto procreativo dei genitori. A tal uopo, il gesuita Josef Fuchs, profondo conoscitore di san Tommaso, afferma: "Come Tommaso d'Aquino intenda questa 'impurità' della sessualità, non è possibile stabilire in modo preciso" (26). Ma avrebbe dovuto dire chiaramente che Tommaso sostiene cose assurde (27).

5) Aristotele aveva sostenuto che l'atto sessuale è un "atto naturale", che l'uomo ha in comune con gli animali, contribuendo così a relegare tutta la sfera sessuale nell'ambito animale. A tal proposito Tommaso afferma: "Nel rapporto l'uomo diventa simile alla bestia" (*Summa theologiae* I q. 98). Se questo non bastasse, ecco qualche altra descrizione del rapporto sessuale fatta da lui: "deformità", "malattia", "corruzione dell'integrità" (*Summa theologiae* I q. 98), motivo di "avversione" e "ribrezzo".

Tale avversione verso il matrimonio "a motivo dell'atto coniugale" l'avvertono, secondo Tommaso d'Aquino, coloro che sono ordinati sacerdoti, perché l'atto coniugale "ostacola gli atti spirituali" ed è d'intralcio "a una maggiore rettitudine" (*Summa theologiae* suppl. p. 53) (28).

Come ognuno può rendersi conto, si tratta di conclusioni del tutto ingiustificate.

6)   Tommaso d'Aquino scrive: "Il celibato permanente è indispensabile per una pietà

perfetta […]. Per questa ragione Gioviniano, che pose il matrimonio sullo stesso piano della verginità, fu condannato" (*Summa theologiae* II-II q. 186). Egli ripete spesso i calcoli fatti da Girolamo nel V secolo, secondo i quali i vergini ottengono il premio del paradiso al cento per cento, i vedovi al sessanta per cento e gli sposati al trenta per cento (*Summa theologiae* q. 152).

Anche per Tommaso quindi – come del resto per Agostino e per tutta la tradizione – è "più santo un matrimonio senza rapporto carnale" (*In IV Sententiarum* d 26).

Il fatto che i teologi in genere si occupino dei voti di castità dei coniugi, indica che le persone sposate che vivevano alla maniera dei monaci non erano rare. Ciò trova conferma in Graziano e in Pietro Lombardo i quali, nelle loro opere, trattano di tali matrimoni e di che cosa possono o non possono più fare i coniugi stessi (29). Strano modo di concepire il matrimonio!

7)   Per san Tommaso ogni atto sessuale deve essere un atto matrimoniale, e ogni atto

matrimoniale deve essere un atto procreativo. Egli condanna quindi sia i rapporti prematrimoniali sia la contraccezione. Ogni violazione dei comandamenti sessuali è per lui una mancanza contro il bene della vita (*De malo* 15 a. 2).

La criminalizzazione della contraccezione, in realtà assolutamente ingiustificata, come la intendono i papi del secolo XX, risale dunque, in gran parte, alla teoria di Tommaso d'Aquino (30).

8) Secondo san Tommaso, altre azioni gravemente peccaminose, perché vizi contro natura in quanto escludono la procreazione, sono la masturbazione (chiamata onanismo), l'omosessualità, il rapporto anale, quello orale e il *coitus interruptus* (*Summa theologiae* II-II q. 54).

In ultima analisi tali azioni vengono combattute in quanto motivate dalla ricerca del piacere. Ma, come abbiamo già detto, il piacere sessuale non è peccato, in qualsiasi forma esso si manifesti, perché è un fatto naturale voluto palesemente da Dio. Checché ne dicano Tommaso d'Aquino e i teologi a lui affini.

f) Il papa Sisto V.

Prima di parlare del papa Sisto V, accenniamo a tre teologi i quali, nel XV e XVI secolo, sostennero la liceità del piacere sessuale. Per alcuni aspetti essi rimasero legati alle posizioni tradizionali: anche per loro infatti la contraccezione con il *coitus interruptus* o utilizzando farmaci rimaneva peccato mortale. Ma per quanto riguarda il piacere essi si mostrarono sorprendentemente innovatori.

Il primo di questi tre teologi è Martin Le Maistre (morto nel 1481), celebre professore, nominato nel 1464 Magnifico Rettore dell'Università di Parigi. Per difendere le sue idee sul piacere, egli fa appello alla propria ragione: "La chiara ragione mi dice che è lecito cercare l'unione coniugale per il piacere". E aggiunge: "Io affermo che una persona può avere desiderio di godere il piacere innanzi tutto per pura gioia di questo piacere, e poi per sfuggire al tedio della vita e alla pena della malinconia, che derivano dalla mancanza di gioia dei sensi. Il rapporto coniugale teso a rischiarare l'incupimento che sopravviene quando manca il piacere sessuale non è una colpa" (31).

Il secondo teologo, considerato il più erudito del suo tempo, è lo scozzese John Mayor (morto nel 1550). Polemizzando con il cardinale Uguccione (morto nel 1210), che aveva accettato la celebre frase del papa Gregorio Magno (morto nel 604): "Il piacere non può mai essere senza peccato", e che aveva sostenuto la peccaminosità di ogni rapporto sessuale, così si esprime: "Io preferirei, se non mi venisse in mente alcuna risposta, non tenere in alcuna considerazione dieci autorità del rango di Gregorio piuttosto che fare tali affermazioni. Io direi: certo egli afferma ciò, ma non lo prova, e dove qualcosa si oppone alla verosimiglianza, è necessaria una verifica coraggiosa. Qualsiasi cosa dica, è certo difficile provare che il marito pecca se si unisce alla propria moglie per il piacere" (*In IV Sententiarum* d. 31).

Jacques Almain (morto nel 1515 a soli 35 anni), che fu soprannominato "argomentatore acutissimo", docente all'Università di Parigi, sosteneva le stesse idee di Le Maistre e Mayor. Dice infatti : "Sembra eccessivo affermare che chiunque desideri il rapporto coniugale per provare felicità con sua moglie" commette peccato (32).

Dopo questi tre teologi, nella dottrina morale ufficiale la voce della ragione scompare di nuovo per secoli. E, tanto per non smentire la tradizione, compare subito sulla scena Sisto V (morto nel 1590 e pontefice dal 1585), uno dei papi più fanatici della storia.

Egli si era prefisso lo scopo di riformare la Chiesa e, soprattutto, di estirpare i peccati sessuali. Minacciò la forca per l'adulterio e fece giustiziare una donna che aveva prostituito la figlia.

106

Ludwig von Pastor così racconta il caso della ruffiana impiccata: "Generale riprovazione trovò anche l'esecuzione capitale di una donna romana che aveva venduto l'onore della propria figlia. L'esecuzione della sentenza fu aggravata in questo caso dal fatto che la figlia, adornata con i gioielli ricevuti dall'amante, dovette presenziarvi e restare per un'ora sotto il patibolo da cui pendeva il cadavere della madre. Il lenocinio, così viene giustificata questa impiccagione in un resoconto del tempo, era così diffuso in Roma che le ragazze erano meno al sicuro presso le proprie madri che presso estranei" (33).

"Sempre nello stesso mese – continua von Pastor – Sisto V mandò al rogo un prete e un ragazzo, rei di sodomia [= omosessualità], benché entrambi avessero spontaneamente confessato la loro colpa" (34).

Come possiamo constatare, l'omosessualità, a quei tempi, veniva punita con la morte!

"La pena di morte – rivela sempre von Pastor – veniva inflitta non soltanto per l'incesto e per il crimine contro la vita nascente, ma anche per la diffusione a voce o per iscritto di calunnie" (35).

E veniamo alla pena per l'adulterio.

"Nell'agosto 1586 – è sempre von Pastor che parla – l'esecuzione di una nobile romana con due complici suscitò emozione in molti ambienti. Sisto V invece si commosse talmente poco che all'inizio di ottobre ordinò al cardinal Santori la stesura di una bolla che minacciava la pena di morte per l'adulterio. Si cercò, ma inutilmente, di far cambiare idea al papa facendo presente che i riformatori religiosi si sarebbero serviti per i loro scopi di un tal documento come prova della corruzione della curia. Il 3 novembre del 1586 fu promulgata la bolla in cui si ordinava che adulteri e adultere, come i genitori che prostituivano le figlie, dovevano essere puniti con la morte; i coniugi che si fossero arbitrariamente separati dovevano pure essere puniti in modo adeguato a discrezione del giudice [...]. A motivo della grande quantità degli accusati la disposizione non poté essere eseguita in tutto il suo rigore" (36).

Ma non finisce qui. Questo terribile papa emanò un decreto che per molti fu una tragedia: l'uomo doveva disporre di seme vero, capace cioè di procreare e quindi proveniente dai testicoli. In assenza di testicoli non avrebbe potuto sposarsi. Se era sposato doveva separarsi dalla moglie e il matrimonio doveva dichiararsi nullo (Si noti che questa assurda disposizione fu revocata soltanto nel 1917).

Il 28 giugno 1587 Sisto V scrisse quindi al nunzio di Spagna sulla capacità di contrarre matrimonio degli uomini mancanti dei testicoli, ma che conservavano la capacità copulativa e potevano eiaculare un liquido simile al seme. Verificata l'assenza dei testicoli, il nunzio doveva provvedere per la separazione immediata dei coniugi.

Siamo ai limiti del paradosso. "Una siffatta ingerenza nel diritto inalienabile di ogni persona al matrimonio – dice giustamente Ranke-Heinemann – è intollerabile e indica una volta di più che il governo celibatario della chiesa farebbe meglio a non occuparsi di tali questioni" (37).

g) I giansenisti e il lassismo dei gesuiti.

Il giansenismo deriva il suo nome dal vescovo belga Giansenio (morto nel 1638). Nella sua opera "*Agostino*" egli vuole mettere nuovamente in risalto la severa morale matrimoniale di sant'Agostino e combattere contro tutte le più recenti tendenze lassiste (ossia eccessivamente permissive), soprattutto dei gesuiti, e muovere contro "i molti eccellenti avvocati del piacere".

Egli afferma che il rapporto matrimoniale deve avvenire soltanto quando la donna può concepire. Quindi è vietato l'atto coniugale se la donna ha le mestruazioni, se è incinta, se è sterile o ha raggiunto la menopausa. Il fine deve essere sempre il figlio e mai il piacere. Anche se il piacere consegue al rapporto. L'ideale comunque sarebbe un rapporto coniugale privo di piacere.

Ma ascoltiamo direttamente le sue parole: "In verità questo è l'ideale del comportamento cristiano nel matrimonio, quello che si oppone al desiderio di unirsi sessualmente con una donna mestruata, con una donna incinta, con una donna sicuramente sterile o con una donna che a motivo dell'età è incapace di generare. E inoltre io dico: Non deve aver luogo la minima cosa per il piacere sessuale. Anzi, se la discendenza per avere la quale i coniugi si uniscono potesse venir concepita in un altro modo, senza l'esperienza del piacere, essi dovrebbero astenersi dal rapporto coniugale" (38).

"La *delectatio carnalis* [= il piacere della carne] – scrive Klomps a proposito dei teologi giansenisti – deve così apparire come dànno alla dignità umana. Se già allora – egli continua - ci fosse stata la possibilità di una fecondazione artificiale, i nostri autori avrebbero dovuto stabilirlo come norma" (p. 203). (39).

La malformazione mentale dei teologi per quanto riguarda il sesso raggiunge qui il suo culmine. Ed è stata accettata dalla Chiesa, la quale non ha mai condannato la morale matrimoniale giansenistica. E' stata invece condannata, nel 1653, da papa Innocenzo XI, per iniziativa dei giansenisti, l'affermazione che un rapporto coniugale soltanto per il piacere non sia peccato.

Come abbiamo già accennato, i giansenisti hanno preso di mira particolarmente i gesuiti. Ma che cosa hanno sostenuto questi ultimi per essere accusati di lassismo? Niente di eccezionale. Per rendercene conto basta esaminare qualche idea del gesuita spagnolo Tomàs Sànchez di

Cordova (morto nel 1610), che divenne importante nelle questioni matrimoniali.

Egli, ad es., considera come immune da peccato il rapporto matrimoniale richiesto al coniuge per evitare la propria incontinenza; tuttavia tale richiesta è legittima solo se prima siano stati tentati, senza successo, tutti gli altri mezzi possibili, come il digiuno, la veglia e le opere pie (*De sancto matrimonii sacramento* 9,9).

Secondo Sànchez, inoltre, non ci sarebbe peccato "se i coniugi volessero unirsi semplicemente per il fatto che sono coniugi" (*ibid.*, 9,8). Ma subito dopo egli precisa che considera peccato veniale il rapporto coniugale per il piacere (e ciò è, ovviamente, contro Agostino che aveva parlato di peccato mortale; ma è anche contro Mayor e Almain che consideravano tale rapporto immune da peccato).

Per Sànchez, infine, i coniugi possono abbandonarsi "ad abbracci, baci ed altri toccamenti che avvengono normalmente tra coniugi" per dimostrare il loro reciproco amore, anche se, in seguito a ciò, si verifica un'involontaria eiaculazione. E questo in opposizione a quei teologi che sostenevano il contrario: e cioè che i coniugi dovevano evitare le effusioni di cui sopra per sfuggire al pericolo peccaminoso che il seme venisse disperso e non arrivasse là dove, stando alla morale cattolica, dovrebbe arrivare: ossia in vagina (*ibid.*, 9,45,33-37).

h) Conclusione.

In questa rapida rassegna della dottrina morale sessuale, propria della Chiesa cattolica, abbiamo scoperto quanto segue:
1) tale dottrina è profondamente errata, perché si basa sulla ripulsa del piacere, che è
considerato come cosa sporca ed esecrabile, e del quale si dovrebbe fare del tutto a meno. L'ideale sarebbe infatti quello della castità più assoluta.

Ma siccome questo non è realizzabile, perché in contrasto con il "crescete e moltiplicatevi" della Bibbia, nell'atto sessuale i coniugi devono cercare di godere il meno possibile e gli uomini non debbono amare le proprie mogli con troppa passione, perché tutto ciò sarebbe peccaminoso. Addirittura, il vescovo Giansenio, ipotizzando l'assurda possibilità di generare i figli senza il rapporto sessuale, arriva a sostenere che, in tal caso, il rapporto stesso dovrebbe essere del tutto escluso.

Come possiamo constatare, tutto si basa sul rifiuto del piacere sessuale il quale però, come abbiamo visto, è stato voluto indiscutibilmente da Dio e quindi è cosa buona e apprezzabile.
2) La Chiesa cattolica, non solo ha elaborato una dottrina morale erronea, ma ha cercato di imporla ai coniugi in tutti i modi, facendo ricorso allo

spauracchio dell'inferno, nel quale in passato i fedeli credevano ciecamente, o a forme coercitive di vario genere, ivi comprese l'uso della forza, come quando i papi, e segnatamente Sisto V, dall'alto della loro autorità, decretavano la condanna a morte dei peccatori o supposti tali. O come quando i confessori imponevano penitenze a pane e acqua per decine e decine di giorni. Per non parlare dei libri penitenziali che decretavano un'astensione dal rapporto coniugale che durava anni interi.

3) Tutto ciò, ovviamente, è in contraddizione con Gesù, il quale non imponeva con la

forza neppure i comandamenti più importanti e indiscutibilmente veri, come quello di amare il prossimo come se stessi. Perché tale imposizione sarebbe una contraddizione in termini, in quanto le norme morali devono essere osservate spontaneamente e liberamente; devono diventare, cioè, sostanza della propria anima. Obbedire ad esse perché costretti non ha infatti alcun valore.

Figurarsi poi una imposizione di norme morali errate, come quella, totalmente falsa, riguardante il sesso, di cui si è fatta paladina la Chiesa, a suo disonore.

4) Le numerose assurdità, delle quali abbiamo fatto menzione nel corso di questa rassegna, di una morale sessuale deviata, dovrebbero consigliare la Chiesa a rinunciare alla sua arrogante dittatura sulla camera da letto matrimoniale. Ma essa non è disposta a farlo. Tant'è vero che le ultime encicliche sul sesso di Pio XI (1930), di Paolo VI (1968) e di Giovanni Paolo II (1981) confermano che essa non è intenzionata a fare concessioni di sorta. Fortunatamente ci hanno pensato gli uomini e le donne da soli, soprattutto i giovani, i quali nella seconda metà del secolo XX hanno operato una rivoluzione sessuale di vasta portata, infischiandosene delle errate norme della Chiesa, e comportandosi di conseguenza. L'uso dei mezzi anticoncezionali si è infatti diffuso dappertutto e la riduzione del numero dei figli, riservata alla libera coscienza dei coniugi, può considerarsi un fatto compiuto.

5) Suscita stupore la quantità di uomini incompetenti che, nel corso della storia, si sono susseguiti con il solo scopo di opprimere l'umanità con le loro insensatezze. Il fatto che essi si siano atteggiati costantemente a specialisti di altissimo livello e come circondati di un'aureola divina, non migliora affatto la loro posizione. Questi pseudoteologi offrirebbero motivo per ridere, se non si sapesse che essi, con le loro stranezze, hanno sulla coscienza molte tragedie coniugali (40).

Note al quarto capitolo

1. Cfr. *La salute sessuale tra diritti e bisogni*, in "la Repubblica" Salute, anno 13, n. 527, 15 marzo 2007, p. 18.
2. Citazione in U. Ranke-Heinemann, *Eunuchi per il regno dei cieli*, Rizzoli, Milano 1989, p. 46 (Di tale libro, scritto dalla teologa Dott.ssa Ranke-Heinemann appena citata, ci siamo ampiamente serviti per la stesura del presente capitolo e del successivo).
3. *Ibid.*, p. 49.
4. *Ibid.*, p. 51.
5. *Ibid.*, pp. 51-52.
6. *Ibid.*, p. 55.
7. B. Russell, *Matrimonio e morale,* Longanesi & C., Milano 1968, p. 37.
8. Citazione in U. Ranke-Heinemann, *op. cit.,* p. 57.
9. *Ibid.*, pp. 59 e 61.
10. Agostino, *De haeresibus*, 43.
11. L'inesistenza dell'inferno sarà trattata diffusamente dall'autore di questo libro in un lavoro successivo.
12. In Agostino, *Contra secundam Iuliani responsionem imperfectum opus,* 1, 48.
13. Senza contare che l'inferno non esiste e che il battesimo non ha alcun valore (Vedi cap. III, par. 3).
14. La connessione agostiniana tra peccato originale e piacere sessuale venne definitivamente abbandonata dalla Chiesa solo nel secolo XIX (Cfr. U. Ranke-Heinemann , *op. cit.*, p. 76).
15. In Agostino, *Contra secundam Iuliani responsionem imperfectum opus,* 1,71.
16 Cfr. U. Ranke-Heinemann, *op. cit.* , p. 84.
17 *Ibid.*, p. 83.
18 Cfr. P. Browe, *Beitrage* [dieresi sulla *a*] *zur Sexualethik des Mittelaters,* 1932, p. 48.
19 *Ibid.*, p. 48.
20 U. Ranke-Heinemann, *op. cit.*, p. 135.
21. Cfr. P. Browe, *op. cit.*, p. 44.
22. Cfr. J. T. Noonan, *Empfangnisverhutung* [dieresi sulla *a* e sulla prima *u*], 1969, in Ranke-Heineman, *op.cit. ,* **p. 145.**
23. Cfr. Ranke-Heinemann, *op. cit.* , p. 144.
24. *Ibid.*, pp. 180-181.
25. *Ibid.*, p. 185.
26. J. Fuchs, *Die Sexualethik des heiligen Thomas von Aquin,* 1949, p. 52.
27. Cfr. Ranke.Heinemann, *op. cit.*, p. 187.
28. *Ibid.*, p. 188.
29. *Ibid.*, p. 189.
30. *Ibid.*, p. 207.
31. Cfr. J. T. Noonan, *op. cit.* , in Ranke.Heinemann, *op. cit.*, pp. 236-237.
32. Cfr. Noonan, *op. cit.,* p. 384, in Ranke.Heinemann, *op. cit.*, p. 239.
33. L. von Pastor, *Geschichte der Papste* [dieresi sulla *a*], vol. X, 1926 (trad. it. *Storia dei papi,* vol. X, Roma 1928, in Ranke-Heinemann, *op. cit.*, p. 242).
34. *Ibid.,* p. 242.
35. *Ibid.*, p. 242.

36. *Ibid.*, pp. 242-243.

37. U. Ranke-Heinemann, *op. cit.*, pp. 247-248.

38. Cfr. H. Klomps, *Ehemoral und Jansenismus,* 1964, p. 184, in Ranke.Heinemann,   *op. cit.*, pp. 257-258.

39. *Ibid.*, p. 258.

40. Cfr., su quest' ultimo punto, Ranke-Heinemann, *op. cit.*, p. 171.

Capitolo quinto

ALCUNI ARGOMENTI COLLEGATI AL SESSO

1. La contraccezione

Continuiamo la nostra indagine sul fallimento della Chiesa per quanto riguarda il sesso esaminando alcuni argomenti ad esso collegati. Essi sono i seguenti: la contraccezione, l'aborto, il celibato dei preti e le coppie di fatto.

Il gesuita tedesco Paul Laymann (morto nel 1635), la cui opera di teologia morale fu per centocinquanta anni il manuale classico dei corsi di teologia tenuti dai gesuiti, considerava un "quasi-omicidio" e un peccato mortale l'utilizzazione, come contraccettivo, di medicinali (= pozioni). Egli si domanda: "Una donna può prendere una medicina per impedire il concepimento, se viene a sapere dal medico, o se lo suppone dalla propria esperienza precedente, che la nascita di un figlio le causerà la morte?" La sua risposta è no. Perché la contraccezione si oppone al fine primario del matrimonio. Ed aggiunge: "Se in alcuni casi del genere fosse permesso alle donne di impedire il concepimento, si produrrebbe un incredibile abuso e si verificherebbero gravi danni per la propagazione della specie" (1).

C'è da rimanere esterrefatti! Neanche di fronte all'incombente pericolo di morte si arresta la follia di certi teologi. Che cosa aspettiamo a togliere loro la possibilità di decidere il destino delle donne?

Le cose non sono cambiate neanche nel corso del secolo XX. Infatti i papi Pio XI, Paolo VI e Giovanni Paolo II con le loro encicliche hanno continuato imperterriti ad accanirsi contro la contraccezione.

Il 31 dicembre 1930, Pio XI promulgò l'enciclica *Casti connubii*; la dichiarazione più importante sull'argomento dai tempi della bolla di Sisto V; il quale, tanto per non smentirsi, aveva equiparato la contraccezione all'omicidio e minacciato per essa la pena di morte.

Pio XI nella sua enciclica chiarisce che "non esiste alcun motivo, per quanto gravissimo, che possa rendere naturale e onesto qualcosa che sia intrinsecamente contro natura. Ora, poiché l'atto coniugale per sua natura è ordinato a generare la "prole", non si può in alcun modo vanificare questo fine.

E continua: certi coniugi "non sopportando la prole, vogliono soddisfare solo il piacere, ma senza oneri".

Inoltre per intimidire le coppie sposate, egli cita Onan che aveva sparso il seme per terra e per questo motivo Dio lo aveva fatto morire.

Il papa poi si rivolge ai confessori perché non lascino i fedeli nell'errore "su questa legge divina strettamente vincolante" o "con un silenzio colpevole li confermino nel loro errore".

Per Pio XI, dunque, la contraccezione sarebbe intrinsecamente contro natura. Ma ciò è del tutto illogico. Perché esistono validi motivi che la rendono, a volte, necessaria: il pericolo di morte della donna nel partorire un altro figlio; la sua salute malferma; il numero dei figli già avuti; i disagi del parto; le fatiche dell'educazione; l'impossibilità da parte del marito e padre di mantenere dignitosamente altri figli; la sua disoccupazione; la sua infermità; l'eventuale disoccupazione della madre lavoratrice; il fatto che uno dei coniugi lavori lontano da casa; ecc. Come ognuno ben comprende, sono varie le evenienze della vita che possono far pendere la bilancia a favore della contraccezione; senza per questo incorrere nella sanzione morale. Perché è vero che la natura (e quindi Dio) ha predisposto l'atto coniugale per la procreazione, ma è anche vero che egli ha lasciato all' intelligenza dell'uomo la scelta del tempo in cui procreare e quanti figli avere. Altrimenti la procreazione stessa avverrebbe in modo caotico e casuale, rendendo impossibile la vita dei coniugi. E' quindi giusto e razionale il controllo delle nascite, in modo che esse avvengano in modo ordinato e corretto.

E veniamo al secondo punto toccato dal papa: i coniugi vogliono soddisfare solo il piacere. C'era da aspettarselo. Il vero bersaglio del papa è il piacere sessuale. Che, per duemila anni, tutti i teologi, salvo qualche rara eccezione, hanno combattuto. Ma, come abbiamo chiarito precedentemente, tale piacere è stato voluto, con ogni evidenza, da Dio. Altrimenti egli non lo avrebbe inserito nel rapporto coniugale. E' giusto, quindi, che esso sia goduto per se stesso, senza "oneri" di sorta.

Pio XI, inoltre, cerca di impaurire i coniugi, evocando lo spauracchio della morte di Onan. Dio – egli lascia intendere – potrebbe far morire anche voi. Il marito o la moglie o entrambi potrebbero esserne intimiditi, perché ignorano che la morte di Onan, voluta da Dio, è una pura e semplice leggenda. Senza contare che Onan non disperdeva il seme per non procreare, ma perché i figli eventualmente avuti con la vedova di suo fratello non sarebbero stati considerati suoi, e quindi essi avrebbero ereditato a nome proprio, sottraendo a lui stesso una parte dell'eredità paterna.

Secondo il papa, infine, i confessori di tutto il mondo cristiano, avrebbero dovuto darsi da fare per diffondere l'obbligo della procreazione a ritmo continuo, questa "legge divina strettamente vincolante". Essa, però, non è una legge divina, ma una arbitraria e inconcepibile imposizione dei celibatari nei confronti degli uomini sposati.

Durante il Concilio Vaticano II avvenne un fatto interessantissimo e importantissimo: alcuni vescovi proposero di cambiare la dottrina cattolica riguardante il sesso, avanzando concetti nuovi, quali "la procreazione responsabile" e "il reciproco amore dei coniugi come fine del matrimonio". Era una proposta straordinaria tale da sovvertire l'inveterato modo di considerare la sessualità. Il Concilio la fece propria e si stava quindi per realizzare quanto le persone di buon senso avevano sempre sostenuto: ossia il riconoscimento del controllo delle nascite e del duplice scopo nel matrimonio: "l'amore umano" e "la procreazione".

Ma la cosa era troppo bella per essere realizzata. Pensate soltanto a questa conseguenza: i coniugi possono amarsi e fruire del piacere sessuale senza preoccuparsi della procreazione. Anche se essa rimane il fine comprimario del matrimonio.

Paolo VI, però, avocò a sé il problema del controllo delle nascite, affidando a una commissione, appositamente istituita, l'incarico di esaminare tale problema e di fornire al papa un ponderato consiglio sul come risolverlo. Ma, sebbene la maggioranza della commissione si fosse mostrata favorevole al cambiamento della dottrina, il papa scavalcò la maggioranza stessa e, deludendo le aspettative di tutti, nel luglio 1968 pubblicò la famosa enciclica *Humanae vitae*, che condannava ancora una volta ogni forma di contraccezione e in particolare l'uso della *pillola*.

Afferma giustamente il giornalista e scrittore Peter Nichols: Quello di Paolo VI "Fu l'atto meno popolare del suo regno: si scontrò con l'impressione generalmente favorevole lasciata dal Concilio, traumatizzò una nuova generazione di cattolici, particolarmente negli Stati Uniti, e ovunque persistesse l'entusiasmo suscitato dal corroborante regno di Giovanni XXIII e dagli stimolanti dibattiti aperti dal Concilio" (2).

Gli argomenti del papa contro la *pillola* sono i seguenti: le inviolabili leggi naturali, la probabile infedeltà coniugale, la perdita del rispetto della donna, la contraccezione uguale all'aborto.

Quanto alle inviolabili leggi naturali, su di esse ci siamo già espressi parlando del pensiero di Pio XI. C'è da aggiungere che la contraccezione non è contro natura. E' vero che comporta un intervento dell'uomo sul modo di operare della natura stessa, ma egli interviene continuamente sulla natura per integrare, rettificare, e perfino arrestare il suo corso. Quando il contadino pota le viti interviene sulla libera crescita delle stesse; non dovrebbe farlo? Quando viene l'inverno gli uomini si difendono dal freddo e dalle malattie indossando indumenti pesanti; dovrebbero forse morire di freddo? Quando il chirurgo asporta un tumore dal fegato di un uomo, ostacola il libero corso della natura; non dovrebbe intervenire? E così esemplificando. Come si può constatare, l'argomento secondo il quale sarebbe proibito intervenire sulla natura è assolutamente errato.

Paolo VI, inoltre, così scrive: "Gli uomini retti potranno ancor meglio convincersi della fondatezza della dottrina della Chiesa in questo campo, se vorranno riflettere sulle conseguenze dei metodi di regolazione artificiale delle nascite. Considerino, prima di tutto, quale via larga aprirebbero così all'infedeltà coniugale" (n.17).

Anche ammesso che ci possa essere un maggior pericolo di adulterio, almeno con l'uso della pillola la donna evita di essere messa incinta da parte di estranei. E non è cosa di poco conto. Comunque l'osservazione del papa non scalfisce la validità della pillola come regolatrice delle nascite.

Un terzo motivo contro la contraccezione è per il papa il seguente: "L'uomo abituandosi all'uso delle pratiche anticoncezionali, potrebbe perdere il rispetto delle donne" (n. 17)

Non vediamo, per la verità, perché l'uomo dovrebbe comportarsi così. Parliamo piuttosto della effettiva e profonda mancanza di rispetto di certi teologi nei confronti delle donne. Non dimentichiamoci che la Chiesa per diritti umani intende prevalentemente i diritti dei maschi e per dignità umana intende prevalentemente la dignità dei maschi, in particolare quella dei "reverendi" celibatari (3). Un solo esempio: per i teologi del passato, quando un marito chiede il rapporto sessuale, essendo in pericolo di commettere adulterio, la donna deve immediatamente accondiscendere, anche se il rapporto dovesse significare per lei un pericolo di vita. Ma non fanno affatto menzione di una analoga richiesta della donna. A loro interessano soltanto i diritti dei maschi.

Nell'enciclica sulla pillola Paolo VI dichiara che la contraccezione "è parimenti da condannare" come l'aborto (n. 14), dando per scontato che l'aborto sarebbe equivalente a un omicidio. La sua posizione, quindi, è affine a quella di Sisto V il quale, paradossalmente, metteva sullo stesso piano l'omicidio e la contraccezione. Pertanto le affermazioni di entrambi vanno decisamente criticate per la loro *assurdità* evidente. Lo sperma maschile infatti non è un uomo in germe, né (da solo) mai lo diventerà. Quindi lo si può tranquillamente distruggere o rendere inefficace. Evidentemente la propensione per il ridicolo non è propria solo dei comuni mortali, ma anche delle alte sfere vaticane.

Analoghe considerazioni si possono fare per quanto riguarda l'uso della pillola. Com'è noto, la pillola impedisce l'ovulazione; impedisce cioè che l'ovulo si trasferisca nell'utero. Stando così le cose, quando il seme maschile arriva nell'utero non trova niente. Quindi non succede nulla; men che meno un omicidio. Perché manca l'arma, colui che la impugna e colui che deve essere ucciso. Che cosa stanno farneticando, allora, certi teologi da strapazzo al servizio dei papi?

In conclusione, gli argomenti addotti dal papa per combattere la contraccezione non sono validi. Essi richeggiano motivi già noti e demoliti; o addirittura puerili, come quello dell'equazione: contraccezione = aborto (o, peggio ancora., contraccezione = omicidio). Motivo, quest'ultimo, ripetuto seriamente qualche tempo fa da un monsignore, sulla stampa. Senza rendersi conto che si esponeva all'ilarità di tutte le persone sensate.

Nel 1981 Giovanni Paolo II fece pubblicare la sua enciclica *Familiaris consortio*, nella quale caldeggiava il metodo dei ritmi naturali (scoperto nel 1924 dal giapponese Ogino e nel 1929 dall'austriaco Knaus). Egli distingue questo metodo da quelli, a suo dire, illeciti e peccaminosi, e lo esalta grandemente: "La scelta dei ritmi naturali comporta l'accettazione del tempo della persona, cioè della donna, con l'accettazione anche del dialogo, del rispetto reciproco, della comune responsabilità" (n. 32). Esso significa "vivere l'amore personale nella sua esigenza di fedeltà" (*ibid.*).

Combatte invece gli altri metodi e parla di "falsificazione dell'interiore verità dell'amore coniugale", perché essi "si comportano come 'arbitrii' del disegno divino e 'manipolano' e avviliscono la sessualità umana" (*ibid.*).

Giovanni Paolo II, inoltre, accetta un certo desiderio del piacere da parte dei coniugi, sollecitando nel contempo la castità periodica come metodo di controllo delle nascite. In questa maniera la procreazione può essere evitata in un modo privo di piacere. In altre parole, un certo piacere va perseguito nel periodo di infertilità della donna; mentre nel periodo fertile ci si astiene dal rapporto coniugale e quindi dal piacere.

Il fatto che i coniugi si astengano dal piacere per un certo periodo, significa per il papa che essi si avvicinano almeno in quei giorni allo stato verginale, e si qualificano, almeno periodicamente, per un'esistenza più alta.

Nella sua enciclica, infine, il papa condanna come "grave offesa alla dignità umana" i governi che "tentano di limitare in qualsiasi modo la libertà dei coniugi nel decidere dei figli" (n. 30).

Ed ora valutiamo i tre punti in cui si suddivide il pensiero di Giovanni Paolo II relativo alla contraccezione:
1) Innanzi tutto egli mette a confronto i due metodi di controllo delle nascite. Il metodo dei ritmi naturali, che egli suggerisce, si basa sulla suddivisione del ciclo mensile in due periodi: quello della infertilità della donna e quello della sua fertilità. Nel primo i coniugi possono avere rapporti sessuali senza il timore di una gravidanza (4), nel secondo si astengono e vivono castamente. Questo metodo è lecito perché rispetta la natura.

Gli altri metodi, e soprattutto la pillola, non rispettano la natura e quindi ostacolano, secondo il papa, il disegno divino. E, come tali, sono da respingere.

Noi intendiamo dimostrare che il metodo dei ritmi naturali non differisce dagli altri. Perché anch'esso ha come fine di evitare una gravidanza e quindi raggira astutamente il disegno divino. In un certo senso è peggiore degli altri. E' sempre vero il noto detto "fatta la legge trovato l'inganno" per eluderla. Gli altri metodi trasgrediscono il disegno divino palesemente; quello dei ritmi naturali lo trasgredisce ingannevolmente, ossia salvando in apparenza la forma. Ma Dio non può essere ingannato: egli sa che si vuole evitare una gravidanza.

La conclusione sembra grave. Il papa ha approvato un metodo per controllare le nascite e noi, invece di ringraziarlo, glielo distruggiamo dimostrando che è identico agli altri.

Ma lo abbiamo fatto a ragion veduta, per arrivare a quest'altra conclusione, opposta alla precedente: i metodi contraccettivi sono tutti leciti. Sia quello dei ritmi naturali, come quelli che suggeriscono l'uso della pillola o del preservativo, o che si giovano del *coitus interruptus*.

Da nessuno di essi, infatti, viene violato il disegno divino. In quanto Dio ha certamente programmato la procreazione, ma ha lasciato alla intelligenza dell'uomo la possibilità di regolare i tempi e i modi di tale procreazione, affinché essa sia ordinata, corretta e, soprattutto, rispettosa delle esigenze dei singoli e della società.

2) E veniamo alla valutazione del piacere secondo Giovanni Paolo II.

Dice il papa: con i vecchi metodi, i coniugi praticano la contraccezione, ma non rinunciano al piacere connesso con l'atto sessuale. Con il metodo dei ritmi naturali, invece, si evita la procreazione in un modo privo di piacere: attraverso la castità. Come si può agevolmente constatare, la sua avversione al piacere è evidente.

Ciò trova conferma in quest'altro suo pensiero: nel periodo fecondo i coniugi si astengono dal piacere e quindi si avvicinano allo stato verginale, vivendo, anche se temporaneamente, una forma di esistenza più alta. Ciò significa che per il papa la verginità è superiore allo stato matrimoniale. Ma questo non è sostenibile. Perché , come abbiamo chiarito precedentemente, il sesso non è una cosa sporca ed esecrabile. Al contrario, esso è una cosa buona e apprezzabile; tanto che anche il "santo" può avere tranquillamente rapporti sessuali rimanendo nella sua santità.

3) Giovanni Paolo II difende la libertà dei coniugi contro quei governi che, per combattere le carestie o per altre ragioni, vorrebbero costringerli a limitare le nascite. Ciò – aggiunge il papa – è "una grave offesa alla dignità umana".

Ma in questa maniera è in contraddizione con se stesso. Perché egli non concede a sua volta la libertà ai coniugi di praticare la contraccezione. Anche questa sua proibizione è "una grave offesa alla dignità umana".

Tra le cause che consigliano il controllo delle nascite c'è senz'altro quella della sovrappopolazione della terra. La Chiesa non ha mai tenuto nel dovuto conto questo problema. Essa pensava che il problema in questione si sarebbe potuto agevolmente risolvere con la nutrizione della popolazione in aumento sfruttando in modo migliore le risorse mondiali, con la ridistribuzione della ricchezza esistente, con la creazione di una nuova ricchezza per mezzo di una tecnologia più avanzata, e infine con la messa a disposizione di ricchezze non ancora sfruttate. Ma nella seconda metà del secolo scorso fu chiaro che questo ottimismo era del tutto ingiustificato. Senza un freno alla popolazione non si potrebbe realizzare alcun significativo progresso.

A tal proposito Robert MacNamara, uomo politico statunitense, esperto di problemi economici, responsabile della World Bank, e dal 1961 direttore del Dipartimento della difesa, diramò una serie di fermi avvertimenti con questo messaggio:

"Quel che dobbiamo capire è questo: il problema della popolazione si risolverà in un modo o nell'altro. L'unica alternativa basilare è se debba risolversi razionalmente e umanamente, o irrazionalmente e inumanamente. Dobbiamo risolverlo con le carestie? Dobbiamo risolverlo con le sommosse, le insurrezioni, la violenza a cui gli affamati dovranno disperatamente ricorrere? Dobbiamo risolverlo con le guerre di espansione e le aggressioni? O dobbiamo risolverlo razionalmente, umanamente, nel rispetto della dignità umana?" (5).

E' evidente che egli pensava che era necessario frenare la crescita della popolazione razionalmente, ossia con il controllo delle nascite.

Concludiamo questo paragrafo sulla contraccezione con la citazione di un brano tratto dal giornale conservatore "Offertenzeitung fur [dieresi sulla *u*] die katholische Geistlichkeit Deutschland", il quale nell'ottobre 1977 scriveva significativamente:

Sicuramente, nei prossimi dieci-vent'anni la "pillola interromperà la crescita della chiesa, con tutte le sue conseguenze per le nuove leve di sacerdoti e di religiosi come per il gettito fiscale della chiesa. Non sarà più necessaria la costruzione di nuove chiese [...]. Si verificherà precisamente [...] quello che era stato temuto in seguito alla diffusione della "pillola", cioè: una pericolosa diminuzione delle nascite, la corruzione della società, la sessualizzazione della vita pubblica, la libera propaganda della pornografia e del nudismo [...], la derisione in pubblico della castità con conseguente *diminuzione del prestigio sociale dello stato ecclesiastico e religioso* [...], nel complesso una corruzione spirituale dell'ambiente in misura finora sconosciuta".

Ed ora l'appropriato commento della teologa Uta Ranke-Heinemann: "Dunque, oltre che per la pornografia e il nudismo, i cattolici sono tenuti a non prendere la pillola soprattutto per salvaguardare il prestigio sociale del clero, oltre che per garantire le entrate fiscali della chiesa perché si continuino a costruire nuove chiese" (6).

Non c'è bisogno di ulteriori commenti per capire che la Chiesa mira a salvaguardare i propri interessi, più che il bene dei fedeli.

2. L'aborto

Nel 1951 lo scrittore Henry Morton Robinson, nato a New York nel 1898, ha pubblicato il best seller *Il cardinale.* In tale libro egli racconta due episodi emblematici, simili nel contenuto: in entrambi infatti si narra la morte di una donna durante il parto. Il protagonista è un prete americano di origine irlandese, il quale riesce ad ascendere al cardinalato.

Nel primo episodio, un medico, cognato del cardinale, rifiuta di praticare durante il parto la craniotomia ad un bambino "con la testa troppo grossa". Per un parto cesareo era troppo tardi; quindi la donna muore di parto e, naturalmente, muore anche il bambino. Il cardinale difende il medico e afferma che egli ha agito secondo l'insegnamento della Chiesa cattolica.

Il secondo episodio vede coinvolto il cardinale in persona, che si trova presente quando sua sorella Mona, la prediletta, sta per partorire. Il medico, dott. Parks, è sempre suo cognato che, però, non è il marito di Mona. Data la situazione particolare il medico, per salvare la madre, si mostra disponibile ad effettuare la craniotomia sul bambino, ma chiede il permesso del cardinale: "Se non mi dà il permesso di uccidere il feto, sua sorella non può essere salvata". Il cardinale è preso dalla disperazione, ma non se la sente di opporsi alla disumana dottrina della Chiesa. Pertanto i due uomini, trascurando completamente il parere della donna che la Chiesa, del resto, considera irrilevante, decidono per la morte di Mona. In questo caso la bambina viene salvata (7).

Ancora oggi, agli inizi del secolo XXI, il cardinale dovrebbe decidersi in un caso simile contro la propria sorella.

Fortunatamente oggi, grazie ai progressi della medicina, i casi estremi sui quali abbiamo richiamato l'attenzione dei lettori sono rarissimi. Ma non per questo le numerose donne che sono morte nei molti secoli passati, vittime della crudeltà dei teologi, torneranno in vita.

Esaminiamo, su questo argomento, le ultime prese di posizione della Chiesa e dei papi:
1) Poco più di cento anni fa, il primo agosto 1886, l'allora cardinale di Lione Caverot aveva posto a Roma un quesito riguardante un intervento chirurgico di craniotomia, senza il quale sia la madre che il bambino

sarebbero morti; invece, se si fosse effettuata l'operazione la madre poteva essere salvata. Roma rispose negativamente.

2) Il 24 luglio 1895 un medico chiese a Roma se fosse autorizzato "Per la salvezza della madre da morte certa e imminente" a procurare la morte di un feto non ancora in grado di sopravvivere, servendosi di un'operazione che mirava a farlo venire alla luce ancora vivo, dopo di che, non essendo ancora capace di autonomia, sarebbe morto. Roma negò l'autorizzazione.

3) L'enciclica *Casti connubii* di Pio XI, per motivare il rifiuto di affidarsi all'indicazione medica, così recita: "Quale motivazione potrebbe mai valere a giustificare la diretta uccisione di un innocente? [...]. Al contrario si mostrerebbe del tutto indegno del nome e della fama di medico colui che con il pretesto di usare misure mediche o spinto da una falsa compassione mirasse alla morte di qualcuno".

4) Il 29 ottobre 1951 Pio XII, nella sua allocuzione alle ostetriche, ribadisce che, di fronte all'alternativa: morte della madre e del bambino o sopravvivenza della sola madre con la morte del feto, è necessario sacrificare entrambi.

5) Il famoso teologo Bernhard Haring [dieresi sulla *a* di Haring], nel suo libro *La legge di Cristo,* afferma quanto segue: "Qualunque possa essere il giudizio della scienza medica, la tesi invariabile della Chiesa è che non sarà mai e in nessun caso lecito di attentare *direttamente* nel seno materno alla vita del bambino innocente" (8).

In opposizione a queste tesi aberranti , riportiamo l'opinione, che sottoscriviamo pienamente, della teologa Uta Ranke-Heinemann: "Il principio in sé giusto del "non uccidere", mitigato e rimosso dalla chiesa quando si tratta della guerra e della pena di morte, viene qui spinto *ad absurdum* con la morte della madre e del bambino. E' il classico caso dell'osservanza alla lettera, e non secondo lo spirito, di un comandamento" (9).

Ed ora esprimiamo il nostro pensiero sull'argomento ispirandoci al principio del male minore, usato in casi simili dal cardinale Carlo Maria Martini, già arcivescovo di Milano: di fronte alla situazione drammatica di una madre e di un feto destinati entrambi a morte certa, è lecito, appellandoci al principio del male minore, salvare la madre e sacrificare il bambino.

La questione dell'animazione del feto è stata sempre controversa. Fino alla fine del secolo XIX prevalse, per lo più, la dottrina dell'animazione successiva. Alberto Magno, ad es., era per l'animazione dell'embrione dal momento del concepimento (animazione simultanea), mentre Tommaso d'Aquino, suo discepolo, propendeva per l'animazione successiva, fissata da lui all'ottantesimo giorno dal concepimento.

In base all'animazione successiva si parlava di *fetus inanimatus* (fino all'ottantesimo giorno) e di *fetus animatus* (dopo l'ottantesimo giorno). Verso la fine del XIX secolo questa distinzione non fu più valida e si tornò all'idea dell'animazione simultanea, che portò a un cambiamento del diritto canonico. Ma il più importante teologo del secolo scorso, Karl Rahner, era di nuovo propenso all'animazione successiva, senza tuttavia precisare il momento in cui l'embrione diventava animato.

Egli infatti così si esprime: "Anche dalle definizioni dogmatiche della chiesa non si può dedurre che sarebbe contro la fede, se si accettasse che il passaggio alla persona spirituale si verifichi solo nel corso dello sviluppo dell'embrione. Nessun teologo affermerà di poter portare la prova che l'interruzione della gravidanza sia, in ogni caso, un omicidio (10).

Ecco un punto fermo importante: nessun teologo può portare la *prova* dell'animazione simultanea dell'embrione il quale, aggiungiamo noi, per un certo tempo fa parte integrante delle viscere della madre; di conseguenza in questo periodo che può essere di ottanta-novanta giorni, non si può parlare di omicidio. Effettivamente in questo caso l'omicidio non sussiste (come , del resto, ritenevano nei secoli passati i sostenitori dell'animazione successiva). Solo il fanatico papa Sisto V, nella sua bolla *Effraenatam* del 1588, aveva stabilito la scomunica e la pena di morte per l'aborto dal momento del concepimento. Tomàs Sànchez, ad es., (morto nel 1610), ritiene lecito in caso di pericolo di morte della madre l'aborto di un embrione non animato, ossia fino a ottanta giorni dopo il concepimento (*De sancto matrimonii sacramento,* 9, 20, 9). Ma egli aggiunge che, dopo l'ottantesimo giorno, neanche se la madre si trovasse in immediato pericolo di morte, si potrebbe uccidere il feto per salvarla, neppure se questa fosse la sua unica possibilità di vita (*ibid.*, 9,20,7).

Resta comunque acquisito, in base alle considerazioni di Karl Rahner, che l'embrione non ha un'animazione simultanea e che quindi si può praticare l'aborto nei primi novanta giorni dal concepimento. Anzi, egli si spinge più avanti ed aggiunge: "Tuttavia, sarebbe pur lecito pensare che, una volta ammessa *l'esistenza di un serio e positivo dubbio* circa l'autentica fisionomia umana del materiale sperimentale, parlino *a favore* dell'esperimento solidi argomenti i quali, soppesati dalla ragione, risultino più forti dell'incerto diritto vantato dall'esistenza solo dubbia di un uomo"(11). In altre parole, secondo Rahner, si possono usare le cellule staminali dell'embrione, agli inizi della sua vita vegetativa, per le ricerche della scienza.

Il gesuita Tomàs Sànchez (morto nel 1610), per secoli l'autorità preminente per quanto riguarda i problemi matrimoniali, certamente apprezzabile per certe sue prese di posizione, come abbiamo più volte ricordato, purtroppo è anche l'autore di una disposizione che si è rivelata letale per molte madri. Tale disposizione, notevolmente inasprita circa due secoli dopo da Alfonso de' Liguori (morto nel 1787), dispiega ancor oggi i suoi terribili effetti.

Si tratta di questo. Una donna incinta pecca gravemente, se, essendo in pericolo di vita, assume una medicina per la propria salvezza, ma determina indirettamente la morte del feto. Ma attenzione! Il peccato non è automatico. Esso si verifica soltanto nell'ipotesi che il bambino possa essere salvato se la madre si astiene dal prendere la medicina in questione. La sopravvivenza del bambino può anche essere di pochi minuti: il tempo necessario per essere *battezzato.*

In altri termini, secondo Sànchez, La morte della madre può essere il prezzo necessario per il *battesimo* del bambino. Se si prevede, invece, che comunque il feto morirà con la madre, la medesima può curarsi e salvare la propria vita.

Questa concezione poggia essenzialmente sull'idea agostiniana della dannazione eterna di un bambino non battezzato. Quindi essa poggia su un grave errore. Perché, come abbiamo già detto parlando di Agostino, non solo Gesù non ha istituito nessun rito battesimale ma, soprattutto, non esiste nessun peccato originale, trasmesso da Adamo a tutti i bambini. Se Dio avesse stabilito la trasmissione di tale peccato ai bambini, peccato che essi non possono aver commesso, egli sarebbe infinitamente malvagio. Ma siccome Dio è infinitamente buono, non può averlo fatto. D'altra parte non esiste nessun inferno, perché è incompatibile con l'essenza della divinità, che è bontà infinita.

La Chiesa è solita biasimare, giustamente, i testimoni di Geova perché vietano la trasfusione, e così facendo condannano a morte i loro malati. Ma essa fa la stessa cosa quando, per far sì che un feto riceva un po' d'acqua sulla testa, decreta la morte di una donna incinta.

a) Il pensiero del cardinale Martini sull'aborto.

Nel numero 16 de *L'espresso,* datato 27/4/2006, in un articolo intitolato *Dialogo sulla vita* è riportato un dialogo tra il cardinale Carlo Maria Martini, teologo e biblista, già arcivescovo di Milano, e il prof. Ignazio Marino, scienziato e bioeticista, su fecondazione assistita, aborto, cellule staminali, ecc.

Noi ci occuperemo della parte del colloquio riguardante l'aborto.

Il professor Marino precisa, innanzi tutto, che la legge 194, che regola in Italia il problema dell'aborto, "ha permesso di ridurre il numero complessivo degli aborti e di tenere sotto controllo quelli clandestini, evitando di mettere a rischio la vita delle donne esposte a gravi disastri come le perforazioni dell'utero fatte dalle 'mammane' per indurre l'aborto". Poi rivolge alcune domande al cardinale: come si pone la Chiesa "di fronte a casi estremi come una donna che ha subito una violenza, una gravidanza in un'adolescente di undici o dodici anni, una donna senza le possibilità economiche di allevare un bambino?... Se si ammette il principio della scelta del male minore e ...quello di affidare la risposta all'intimo della propria coscienza..., non sarebbe eticamente corretto spiegare apertamente questo punto di vista? E sostenerlo anche pubblicamente?".

1) Il cardinale Martini risponde preliminarmente con una dichiarazione di principio: "Il tema è molto doloroso e anche molto sofferto. Certamente bisogna anzitutto voler fare tutto quanto è possibile e ragionevole per difendere e salvare ogni vita umana... Ma è importante riconoscere che la prosecuzione della vita umana fisica non è di per sé il principio primo e assoluto. Sopra di esso sta quello della dignità umana, dignità che nella visione cristiana e di molte religioni comporta una apertura alla vita eterna che Dio promette all'uomo. Possiamo dire che sta qui la definitiva dignità della persona...".

"Le ragioni di fondo dei cristiani – aggiunge il cardinale - stanno nelle parole di Gesù, il quale affermava che 'la vita vale più del cibo e il corpo più del vestito' (cfr. Mt 6,25) ma esortava a non aver paura 'di quelli che uccidono il corpo, ma non hanno il potere di uccidere l'anima' (cfr. Mt 10,28)...V'è dunque una dignità che non si limita alla sola vita fisica, ma guarda alla vita eterna".

"Ciò posto – prosegue Martini – mi sembra che anche su un tema doloroso come quello dell'aborto... sia difficile che uno Stato moderno non intervenga almeno per impedire una situazione selvaggia e arbitraria", come "nel caso degli aborti clandestini", nei quali si mette in pericolo la vita della donna.

2) "L'aborto – dice il cardinale – è sempre qualcosa di drammatico, che non può in nessun modo essere considerato come un rimedio per la sovrappopolazione, come mi pare avvenga in certi paesi del mondo".

Giustissimo. Ma allora la Chiesa si deve decidere celermente ad ammettere l'uso della pillola, che in tal caso è l'unico rimedio legittimo e risolutivo.

3) Quanto al problema del feto che potrebbe danneggiare la vita della madre, l'esimio cardinale precisa: esistono "situazioni limite, dolorosissime anch'esse e forse rare, ma che possono presentarsi di fatto, in cui un feto minaccia gravemente la vita della madre. In questi e simili casi mi pare che la teologia morale da sempre ha sostenuto il principio della legittima difesa e del male minore, anche se si tratta di una realtà che mostra la drammaticità e la fragilità della condizione umana".

Non possiamo che plaudire alla presa di posizione del cardinale Martini che sostiene la necessità, in casi estremi, della soppressione del feto, chiudendo così un periodo non propriamente propizio della storia della Chiesa, la quale ha sostenuto il principio della legittima difesa e del male minore solo per quanto riguarda la guerra e   la pena di morte, ma lo ha escluso per quelle gestanti che si trovano talvolta a dover affrontare un tragico pericolo per la propria vita.

4) C'è poi il problema delle donne senza le possibilità economiche di allevare un bambino. Il cardinale risponde così: "Mi pare che anche nei casi in cui una donna non può, per diversi motivi, sostenere la cura del suo bambino, non devono mancare altre istanze che si offrono per allevarlo e curarlo".

E' l'auspicio di tutti. E' necessario, però, che queste istanze ci siano e siano efficaci. Cosa che spesso non avviene.

5) Per quanto riguarda gli altri casi estremi sollevati dal professor Marino, come quello di una donna che ha subito una violenza, o quello di una gravidanza in un'adolescente di undici o dodici anni, il cardinale non è favorevole all'aborto. Però si premura di aggiungere quanto segue: "Ma in ogni caso ritengo che vada rispettata ogni persona che, magari dopo molta riflessione e sofferenza, in questi casi estremi segue la sua coscienza, anche se si decide per qualcosa che io non mi sento di approvare".

Qui il cardinale Martini sostiene, molto opportunamente, il principio dell'autodecisione della donna. E' la sua coscienza che deve decidere sul da farsi. Non ci sembra, peraltro, che quest'ultima sia la posizione ufficiale della Chiesa.

6) In conclusione possiamo dire che il cardinale Martini, con le sue autorevoli prese di posizione su problemi di incalzante attualità e, nel nostro caso, su quelli legati all'aborto, ci presenta una visione della realtà decisamente moderna e innovatrice e suggerisce soluzioni per lo più in linea con le aspettative di tutti.

b) L'interruzione volontaria della gravidanza in Italia.

Intorno agli anni settanta del sec. XX, nella maggior parte degli stati occidentali la legislazione è giunta a consentire l'aborto. Grande importanza ha avuto la sentenza della Corte Suprema degli Stati Uniti del 1973, con la quale si stabiliva che il diritto costituzionale alla *privacy* comprende il diritto all'aborto, almeno fino a quando il feto non possa vivere anche al di fuori dell'utero della madre.

In Italia, un primo passo verso la liceità dell'aborto fu compiuto dalla **corte costituzionale**: con sentenza n. 27 del 18/02/1975, infatti, fu dichiarata l'incostituzionalità, in relazione agli artt. 31 e 32 della costituzione, dell'art. 546 del codice penale nella parte in cui non prevedeva che la gravidanza potesse venir interrotta quando l'ulteriore gestazione implicasse danno, o pericolo, grave, medicalmente accertato e non altrimenti evitabile, per la salute della madre.

A regolamentare la materia è intervenuta infine la legge n. 194 del 22 maggio 1978, che prevede "norme per la tutela sociale della maternità e sull'interruzione volontaria della gravidanza". Quest'ultima è consentita nei primi 90 giorni qualora vi sia pericolo per la salute fisica o psichica della donna, in relazione al suo stato di salute, o alle sue condizioni economiche, o sociali o familiari, o alle circostanze in cui è avvenuto il concepimento, o alle previsioni di anomalie o malformazioni del concepito. Dopo i primi 90 giorni, l'interruzione della gravidanza può essere praticata solo in caso di "grave pericolo per la salute della donna", o quando siano accertati "processi patologici", tra cui quelli relativi a rilevanti anomalie o malformazioni del nascituro, che determinino un "grave pericolo per la salute fisica o psichica della donna".

In questa legge, sobria ed equilibrata, sono stati recepiti i principi fondamentali emersi nel corso di questa breve trattazione sull'aborto. Quali:

1) l'impossibilità di provare che il feto diventa persona spirituale fin dal momento della procreazione, il che orienta verso la conclusione che egli lo diviene in una fase successiva del suo sviluppo (vedi Karl Rahner, *op. cit.*, p. 262);

2) il grave pericolo per la salute della donna, che deve essere salvata in ogni caso, anche sacrificando, se necessario, la vita del bambino (vedi cardinale Martini nel dibattito su *L'espresso,* Ranke-Heinemann, *op. cit.* p. 294 e sentenza della **corte costituzionale** del 1975);

3) e, infine, l'autodeterminazione della donna, la quale deve essere libera di seguire la propria coscienza e decidere autonomamente se abortire o meno nei primi 90 giorni (vedi cardinale Martini nel dibattito su *L'espresso*).

3. Il celibato

Per giustificare l'imposizione del celibato ai preti, la Chiesa si è sempre servita di un brano del Vangelo di Matteo, riguardante il "matrimonio e il divorzio" (cfr. Mt 19,3-12). Esaminiamolo.

Allora gli si presentarono dei farisei per tentarlo e gli domandarono: "E' permesso a un uomo ripudiare la propria moglie per un motivo qualsiasi?". Egli rispose loro: "Non avete letto come il Creatore da principio li fece maschio e femmina? E disse: 'Per questo l'uomo lascerà il padre e la madre e si unirà con la moglie, e i due saranno una sola carne'. Quindi non sono più due ma una sola carne. Perciò non divida l'uomo quello che Dio ha unito". "Ma perché, allora, replicarono, Mosè ha ordinato di dare il libello del ripudio e di rimandarla?". Rispose loro : "Per la durezza del vostro cuore Mosè vi permise di ripudiare le vostre mogli, ma da principio non fu così. Però io vi dico: chi rimanda la propria moglie, eccetto in caso di adulterio, e ne sposa un'altra, commette adulterio; e chi sposa la ripudiata commette adulterio". Gli dissero i discepoli: "Se tale è la condizione dell'uomo rispetto alla moglie, non conviene sposarsi". Egli disse loro: "Non tutti capiscono questa parola, ma soltanto quelli ai quali è stato concesso. Ci sono infatti degli eunuchi nati così dal seno della madre, e vi sono degli eunuchi fatti tali dagli uomini, e ci sono di quelli che si son fatti eunuchi da sé, in vista del regno dei cieli. Chi può comprendere comprenda" (Mt   19,3-22).

Come ognuno può constatare, Gesù sta parlando del matrimonio e del divorzio, precisando che non si può divorziare e che, comunque, non ci si può risposare (12). Chi si risposa commette adulterio. Allora bisogna diventare eunuchi, cioè castrati. L'alternativa è tra l'avere rapporti sessuali con la propria moglie o non avere più rapporti. In nessun punto si parla del celibato, o della rinuncia al matrimonio.

Secondo Gesù quindi ci si può sposare una sola volta (a meno che non si rimanga vedovi). Ma egli non dice che non ci si deve sposare mai. Pertanto la frase *"ci sono di quelli che si son fatti eunuchi da sé"* significa che essi hanno divorziato, ma non si sono risposati e quindi vivono senza altri rapporti sessuali. Tale frase non significa invece, come vorrebbe far credere la Chiesa, che ci sono alcuni che non si sono mai sposati e che quindi sono rimasti celibi.

Non è del celibato o della rinuncia al matrimonio che si sta parlando in questo brano, ma della rinuncia all'adulterio (e cioè della rinuncia ad altri rapporti sessuali). Certamente non si sta parlando dell'*obbligo* del celibato.

In nessun altro passo, in tutto il Nuovo Testamento, Gesù parla di un obbligo del celibato. Si può quindi affermare che egli non ha mai preteso di imporre un vincolo del genere. Anzi da altri passi emerge che tutti gli apostoli, compresi Pietro e Paolo, e i fratelli del Signore erano sposati. E così pure i vescovi dei primi tempi del cristianesimo.

E' veramente singolare che il celibato sia stato imposto soltanto ai preti cattolici, mentre nella chiesa orientale (separatasi da Roma nel 1054) i preti possono sposarsi, e più tardi nella chiesa evangelica (XVI secolo) possono essere sposati sia i pastori (= preti) che i vescovi.

C'è un passo della prima lettera di Paolo ai corinzi (che è stato sicuramente manomesso), in cui si vuole accreditare l'idea che gli apostoli fossero tutti celibi. Ma l'inganno è stato scoperto dai critici.

Tale passo diceva originariamente che le mogli degli apostoli accompagnavano i propri mariti nei loro viaggi missionari, e che Paolo (insieme a Barnaba) reclamava anch'egli questo diritto.

Trascriviamo prima il testo (edizioni LDC - ABC) in cui si dice che le cristiane che accompagnavano gli apostoli erano proprio mogli:

"Non abbiamo anche noi il diritto di portare con noi una *moglie* credente come l'hanno gli altri apostoli e i fratelli del Signore e Pietro?" (1 Cor 9,5) (13) .

Ed ora il testo adulterato (edizioni paoline), nel quale la parola moglie è stata sostituita con la parola sorella [= cristiana]:

"Non abbiamo noi il diritto di condurre con noi una donna *sorella*, come fanno gli altri apostoli e i fratelli del Signore e Cefa [= Pietro]?" (1 Cor 9,5) (14).

Per comprendere come si è arrivati al rovesciamento del significato, partiamo dalla traduzione letterale del testo greco:

"Non abbiamo il diritto di portare in viaggio con noi una *sorella* come *donna* ...?"

S. Girolamo (morto nel 419-20), padre della *Vulgata*, la più importante traduzione in latino della Bibbia, ed eccellente filologo, nel 383 traduce ancora giustamente *donna* con *uxor* (che in latino significa inequivocabilmente "moglie").
Ma dopo il 385 preferisce tradurre *donna* con la parola *mulier* (che in latino significa "moglie", ma può significare anche una "donna" qualsiasi).
Ecco le due traduzioni in latino a confronto:

1) Non abbiamo il diritto di portare con noi una *sorella* come *moglie* (= *uxor*)?
2) Non abbiamo il diritto di portare con noi una *sorella* come *donna* (= *mulier*)?

Come mai S. Girolamo, eccellente filologo, ha cambiato versione rendendo ambiguo il significato? Ciò non è degno di lui, ma c'è una spiegazione. Nel 385, infatti, papa Siricio aveva scritto al vescovo spagnolo di Taragona, dichiarando di considerare una "fornicazione", anzi un "crimine", se i sacerdoti , dopo aver preso gli ordini, avessero avuto ancora rapporti sessuali con le loro mogli e avessero generato figli.
S. Girolamo quindi, in appoggio alle pretese di Siricio, era corso ai ripari e preparato il terreno per il cambiamento di significato, ma senza tradire completamente il testo greco.
Dopo il 1592 invece, non sappiamo da chi, è stata invertita arbitrariamente la sequenza delle due parole chiave. Così:

Non abbiamo il diritto di portare con noi una *donna* come *sorella*?

E ciò viene a significare che ogni apostolo porta in viaggio non la propria moglie, ma una sorella cristiana, che fa da governante. Però la frase così cambiata non corrisponde assolutamente al testo greco.
In conclusione, il testo greco è chiarissimo (gli apostoli avevano moglie), e S. Girolamo lo aveva tradotto giustamente. Inoltre egli, dopo il cambiamento

della versione originaria, aveva conservato, nelle edizioni successive, la sequenza esatta dei termini (*sorella* come *donna*); e tale sequenza esatta ci è pervenuta in 28 codici della *Vulgata*.

Nonostante ciò, sulla base di soli due codici di minor valore della *Vulgata*, che contro ogni logica avevano tradotto il testo originale greco in un falso ordine (*donna* come *sorella*), l'edizione ufficiale della Bibbia latina, detta *Vulgata clementina*, di uso comune nella Chiesa cattolica, porta la suddetta grossolana manipolazione; che, come abbiamo detto precedentemente, è stata agevolmente scoperta dagli studiosi (15).

A sostegno della tesi della falsificazione, si aggiunga che il padre della Chiesa Clemente Alessandrino, intorno al 200 (quindi quasi due secoli prima di Girolamo), scriveva quanto segue: "Anche Paolo in una delle sue lettere non esita a rivolgersi a sua moglie (Fil 4,3), che egli non si portava appresso soltanto per non essere ostacolato nell'esercizio del suo ministero. Egli dice in una lettera: 'Non abbiamo il diritto di portare con noi nei viaggi una *sorella* come *moglie*, come gli altri apostoli?'" (*Stromata* 3,53).

Resta così confermato che Paolo, i fratelli del Signore e gli apostoli, compreso Pietro, erano tutti sposati. Non si può quindi fondare il celibato sulla loro inesistente verginità.

Esistono inoltre altri testi che documentano che i vescovi dei primi tempi del cristianesimo erano sposati.

Il primo si trova nella prima lettera di Paolo a Timoteo:

"Bisogna... che il vescovo sia irreprensibile, *marito di una sola donna*, sobrio, prudente, decoroso..." (1 Tim 4,3).

Ed ora il secondo testo, nella lettera di Paolo a Tito:

"Ognuno di essi [= ogni vescovo] sia irreprensibile, *non abbia preso moglie che una sola volta*, i suoi figli siano fedeli, senza taccia di dissoluti o di ribelli" (Tit 1,6).

Ecco, inoltre, un passo del Vangelo di Marco, in cui Gesù guarisce la suocera di Pietro:

"Appena usciti dalla sinagoga, [Gesù e i suoi discepoli] si diressero verso la casa di Simone e di Andrea, assieme a Giacomo e Giovanni. Or, la *suocera* di Simone [= Pietro] era a letto con la febbre e subito gli parlarono di lei. Egli, avvicinatosi, la prese per mano e la fece alzare: la febbre la lasciò ed ella si mise a servirli" (Mc 1,30).

Dunque Pietro aveva la suocera, quindi doveva essere, inequivocabilmente, sposato.

E per finire, presentiamo l'inizio del capitolo settimo della prima lettera ai corinzi, in cui Paolo afferma:

"Quanto alle vergini, non ho alcun comando del Signore, ma do un consiglio..." (1 cor 7, 25).

Paolo afferma, dunque, di non conoscere alcuna parola di Gesù sul celibato.

a) *La verginità di Maria.*

Secondo Matteo e Luca, Gesù sarebbe stato generato da Dio nel grembo di Maria, senza alcun contatto d'uomo. Pertanto ella sarebbe rimasta vergine dopo il concepimento.

Ma tale affermazione non è sostenibile dal punto di vista storico, per le seguenti ragioni:

1) Innanzi tutto constatiamo che la suddetta credenza (chiaramente affermata in Mt 1,18-25 e in Lc 1,5-80) *non è attestata in nessun altro passo del Nuovo Testamento.*

2) Giovanni scrive che Gesù è figlio di Giuseppe, come appare nei seguenti testi:

"Filippo incontrò Natanaele e gli disse: 'Abbiamo incontrato colui del quale scrissero Mosè nella legge e i profeti: Gesù, *figlio di Giuseppe*, di Nazareth' " (Gv 1,45).

"I giudei mormoravano di lui perché aveva detto: 'Io sono il pane disceso dal cielo' , e dicevano: 'Non è costui Gesù , *figlio di Giuseppe*, del quale conosciamo il padre e la madre?' " (Gv 6,41-42).

3) Negli scritti di Paolo non c'è nemmeno un'allusione alla concezione verginale.

In una lettera egli scrive: "Quando giunse la pienezza dei tempi, Iddio mandò il proprio Figlio, nato di donna" (Gal 4,4). Se avesse creduto alla concezione verginale, avrebbe senz'altro scritto: "Dio mandò il proprio Figlio, nato da una vergine" e non già "da una donna". D'altra parte egli credeva nella discendenza davidica di Gesù, e quindi all' "umanità" della sua generazione (Rom 1,2-4).

4) I tre sinottici, se si eliminano le due preistorie di Matteo e di Luca, ignorano completamente la concezione verginale. Nessuno degli episodi , contenuti nei loro testi, è legato, nemmeno indirettamente, al meraviglioso avvenimento. Anzi, Luca, in un passo, non esita a scrivere che Gesù è figlio di Giuseppe: "Or tutti ne parlavano in bene [di Gesù] ed erano

meravigliati per le parole che uscivano dalla sua bocca ed esclamavano: 'Non è lui il *figlio di Giuseppe?*' "Lc 4,22).

5) Gli altri scritti del Nuovo Testamento, che hanno occasione di accennare alla nascita di Gesù, la ritengono davidica, ossia conforme alla natura umana (16).

6) Infine, alcuni eretici del II secolo, gli ebioniti, che conservarono a lungo le tradizioni primitive, respingevano la dottrina della concezione verginale (17).

Per tutti questi motivi, la dottrina della concezione per opera dello Spirito Santo non può essere accettata, e deve essere relegata tra le leggende.

D'altronde, secondo la tradizione sinottica e secondo Paolo, Gesù aveva dei fratelli (Giacomo, Jose, Giuda e Simone) e delle sorelle (cfr. Mc 3,31ss; 6,2-3 e sinottici; 1 Cor 9,3-5; Gal 1,18-19). Quindi dobbiamo ammettere che Maria era regolarmente sposata con Giuseppe e che dal loro matrimonio sono nati almeno sette figli, compreso Gesù.

Ma ciò non ha alcun significato negativo per Maria, perché, secondo gli stessi Vangeli (Mc 10,6-9; Mt 19, 4-6), il matrimonio è stato voluto espressamente da Dio, ed è perciò degno di rispetto e di stima. Pertanto Maria, pur assumendo il suo ruolo di sposa accanto a Giuseppe, è rimasta nella sua rettitudine.

b) L'incerto celibato di Gesù e la rivoluzione silenziosa dei preti.

Anche se il celibato di Gesù è apparso da sempre una cosa ovvia, in nessuna parte del Nuovo Testamento si dice in modo esplicito che egli fosse celibe. Ma non si afferma neanche che egli fosse sposato.

Alcune congetture potrebbero far pendere la bilancia verso quest' ultima ipotesi, ma esse, per la verità, non poggiano sul granito.

Il teologo ebraico Schalom Ben-Chorin, ad es., alcuni decenni fa, ha esposto alcune prove indirette a sostegno della tesi del matrimonio di Gesù. Esse sono le seguenti:

- "Quando Luca (2,51ss.) nota che il fanciullo Gesù era sottomesso ai suoi genitori, pensa ovviamente che egli si inserì nel ritmo di vita del villaggio" e che la tappa successiva, a diciotto vent'anni, sarebbe stato il matrimonio.
- "Se, come espressamente viene riferito, fino alla sua entrata nella vita pubblica il giovane Gesù si è sottomesso alla volontà dei suoi genitori, si deve con ogni probabilità accettare che questi abbiano scelto una sposa adatta, e che egli, come ogni giovane uomo, particolarmente come ogni giovane che studiava la *Torah* [la quale raccomanda il matrimonio] si sia sposato".

- "Se si guarda il corso della vita di Gesù, non si può tener conto del fatto che, se avesse disprezzato il matrimonio, i suoi avversari farisei glielo avrebbero *rimproverato,* e i suoi discepoli lo avrebbero *interrogato* su questo peccato di omissione".
- "Non ci si deve meravigliare se a questo riguardo non siamo informati, poiché non ci viene detto nulla nemmeno di ciò che il ragazzo ha imparato, della sua formazione professionale e dell'esercizio della sua professione. Veniamo soltanto a sapere che egli tornò a Nazareth per condurre la vita di un normale ebreo".
- "Poiché, salvo rarissime eccezioni, non sappiamo nulla né delle mogli dei futuri apostoli né di quelle della maggior parte dei rabbini del tempo di Gesù, questo aspetto rientra nella normalità" (18).

Il teologo H. Küng, a sua volta, parlando della Maddalena, si domanda: "Era la donna di Gesù"?.

Secondo la studiosa U. Ranke.Heinemann, infine, la frase di Paolo "Quanto alle vergini, non ho alcun comando del Signore..." non si accorderebbe con un eventuale celibato di Gesù. "Se Paolo – ella afferma - ... avesse avuto davanti agli occhi l'esempio di Gesù celibe, non si sarebbe certo limitato ad accennare alla mancanza di una sua affermazione. Non è pensabile che egli avesse passato sotto silenzio l'insolito esempio della sua vita" (19).

In conclusione, esistono soltanto prove indiziarie, ma nessuna prova certa, che Gesù fosse sposato. Peraltro neanche i teologi ligi alla Chiesa possono, a loro volta, provare il celibato di Gesù. Essi lo affermano in base a seguente ragionamento: il sesso è una cosa riprovevole, quindi Gesù non può averlo praticato.

Ma ciò è insostenibile, perchè il sesso è stato voluto palesemente da Dio; di conseguenza esso è una cosa degna e apprezzabile. Pertanto Gesù poteva benissimo essere sposato, senza che il contatto con una donna comportasse per lui il men che minimo difetto, né tanto meno un'assurda contaminazione.

Il celibato è agli sgoccioli. La rivoluzione silenziosa dei preti continua il suo cammino inarrestabile. Essi non ne vogliono più sapere di una vita senza affetti e senza sesso. Del resto, durante i duemila anni della storia della Chiesa, si è sempre registrata una resistenza passiva dei preti stessi nei confronti della oppressiva autorità ecclesiastica, tendente ad imporre in tutti i modi la legge del celibato; la quale, come abbiamo visto, non ha giustificazione alcuna..

Facciamo alcuni esempi.

Quando nel 1542 il nunzio pontificio Morone richiamò l'attenzione dell'arcivescovo Alberto di Brandeburgo sull'importanza del celibato, l'arcivescovo rispose: "Io so che tutti i miei preti vivono in concubinato. Ma che posso farci? Se io dovessi proibire a essi le loro concubine, essi vorrebbero o le loro mogli o diventare luterani" (20).

Il nunzio pontificio Commendane nel 1561 informa Roma che, stando alle parole del Duca di Kleve, nelle sue terre "non ci sono nemmeno cinque preti che non vivano in pubblico concubinato".

Nel 1562 Agostino Baumgartner, rappresentante del duca Alberto di Baviera, informa il concilio di Trento che nell'ultima visita compiuta in Baviera, "tra cento preti, ne sono stati trovati appena tre o quattro che non vivono in pubblico concubinato o che già clandestinamente o del tutto apertamente non abbiano contratto matrimonio".

La rivoluzione francese, contraria al celibato, dichiarò nel 1791 che a nessun uomo si può impedire di sposarsi. Allora migliaia di preti francesi contrassero il matrimonio, tra costoro anche il vescovo Talleyrand.

Anche oggi il celibato è malvisto dagli interessati. In un inchiesta fatta nel 1974 tra i seminaristi si hanno i seguenti risultati: "Il 52% dei candidati al sacerdozio ritiene necessario che l'obbligo del celibato in futuro venga tolto e che sia lasciato ai singoli di decidere. Il 27% considera inoltre questa possibilità degna di essere presa in considerazione" (21).

In un'altra inchiesta, presso i giovani preti, i risultati sono simili: sul problema del celibato i giovani preti la pensano allo stesso modo dei candidati al sacerdozio (22).

Stando così le cose, si spiega come molti preti voltino le spalle al celibato. Secondo alcune stime, sul finire del secolo scorso si contavano fino a 6000 preti sposati o concubinari nella Germania Occidentale (23). Per l'Italia si parlava di 8000, per la Francia egualmente di 8000, per gli Stati Uniti di 17000, e in questo numero non erano inclusi le donne e gli uomini appartenenti agli ordini religiosi (24).

E per finire, una annotazione di Peter Nichols: "Mi hanno detto nelle Filippine che qualcosa come metà dei preti ha un rapporto duraturo con donne, e le comunità che essi servono accettano questa situazione senza difficoltà" (25).

In conclusione, in questo inizio del secolo XXI, il celibato è considerato una cosa anacronistica e contro natura, che la stragrande maggioranza dei preti non vuole, a ragione, più accettare.

Gli uomini e le donne, in realtà, sono stati fatti per il reciproco amore, completato dall' atto sessuale che, come abbiamo ripetuto più volte, lungi dall'essere riprovevole, è una cosa buona e apprezzabile, voluta con tutta evidenza da Dio.

Costretti a rinunciare all'amore e al sesso, molti preti si sono abbandonati ai peggiori vizi, fra cui emerge la non mai abbastanza deprecata pedofilia, che ha procurato incalcolabili danni ai fanciulli, al mondo cattolico e alla Chiesa.

Quest'ultima deve convincersi che ha tutto da guadagnare dall'abolizione del celibato. Il quale deve rimanere soltanto come libera scelta per quella esigua minoranza di religiosi che intende uniformare ad esso la propria vita.

Nota.

Su *Repubblica* del 17/2/2008 leggiamo tale interessante notizia:

"L'erede del cardinal Lehmann apre ai gay…"

"Il capo dei vescovi tedeschi: 'Il celibato non è un dogma' ".

"BERLINO – Svolta della Chiesa cattolica tedesca su matrimonio dei sacerdoti e su omosessualità. *"Il collegamento tra l'essere prete e il celibato non è teologicamente necessario"*, ha detto ieri in una intervista l'arcivescovo di Friburgo Robert Zollitsch, che la scorsa settimana ha preso il posto del cardinal Karl Lehmann alla presidenza della Conferenza episcopale tedesca. Il prelato ha anche aperto alle unioni fra gay: *"Per gli omosessuali lo Stato può decidere regolamenti adeguati"* ".

4. Le coppie di fatto

In Italia, il testo del disegno di legge sui **DICO** (= "**D**iritti e doveri delle persone stabilmente **Co**nviventi") è stato varato dal Consiglio dei Ministri l'8 febbraio 2007, previa redazione degli staff legislativi dei due ministri Barbara Pollastrini (Pari Opportunità) e Rosy Bindi (Famiglia). Successivamente è stato presentato all'esame del Senato della Repubblica, in quanto in quell'Aula erano già stati presentati provvedimenti simili. Nel momento in cui scriviamo (luglio 2007) tale disegno di legge non è stato trasformato in legge dal Parlamento, né sappiamo se lo sarà.

Il ministro Bindi, in un' intervista a *Famiglia Cristiana* (18 febbraio 2007) ha tenuto a precisare, a seguito delle numerose critiche provenienti dagli ambienti cattolici, che alla stesura del testo del decreto *"hanno collaborato molti giuristi cattolici"*, guidati dai proff. Renato Balduzzi, presidente del MEIC (Movimento Ecclesiale di Impegno Culturale) e Stefano Ceccanti, ex presidente della FUCI (Federazione Universitaria Cattolica Italiana).

Potrebbero beneficiare degli effetti del disegno di legge, i *conviventi* ossia "due persone maggiorenni , anche dello stesso sesso, unite da reciproci vincoli affettivi, che convivono stabilmente e si prestano assistenza e solidarietà materiale e morale, non legate da vincoli di matrimonio, parentela, affinità, adozione, affiliazione, tutela".

Il disegno di legge è finalizzato al riconoscimento giuridico alle "convivenze" che verranno iscritte nei registri anagrafici di ogni comune, con il conseguente riconoscimento di taluni diritti e doveri a seconda della rispettiva durata della convivenza:

- Alcuni diritti, immediatamente fruibili nell'attuale proposta, sono i seguenti:

  a) decisioni in materia di salute e in caso di morte; b) permesso di soggiorno;

  c) alloggi di edilizia pubblica.

- Diritti fruibili, invece, dopo un determinato periodo di tempo sono, ad es.: a) diritti e tutele del lavoro (dopo tre anni di convivenza); b) diritti di successione (dopo nove anni).

Il percorso di tale disegno di legge è stato caratterizzato (così come lo è l'iter parlamentare in corso) da accese polemiche, sia in ambito politico (da parte dell'opposizione e all'interno della stessa maggioranza) che in alcuni settori della società italiana. Ma la critica più radicale è stata espressa dalla gerarchia della Chiesa cattolica, la quale ha accusato lo Stato italiano di istituire "una specie di matrimonio", in concorrenza con l' unione matrimoniale vera. Critica fatta propria , sia pure in diverse misure e sfumature, da alcuni partiti, uomini politici e associazioni di ispirazione cattolica.

Ma tale critica è ingiustificata, in quanto il riconoscimento nell'ordinamento giuridico italiano di taluni diritti e doveri derivati dai rapporti di "convivenza" non insidia, neanche lontanamente, la stabilità del matrimonio tradizionale.

La cattolica Rosy Bindi, ministro della Famiglia, estensore con Barbara Pollastrini della proposta di legge in questione, lo conferma chiaramente: "Abbiamo scritto una legge giusta che tutela i più deboli, riconosce diritti alle persone discriminate, non crea nessuna figura giuridica che possa attentare alla famiglia" (in *la Repubblica* del 10 febbraio 2007).

E il cattolico Romano Prodi, Presidente del Consiglio, in un intervista a *Radio24* (17 febbraio 2007), afferma: Questa proposta di legge "l'ho letta e riletta, ci ho meditato sopra e non c'è una virgola che possa mettere a rischio l'istituto della famiglia". Si tratta, semplicemente, di un allargamento dei diritti (e dei doveri) dei cittadini, in questo caso di coloro che vivono in una coppia di fatto. Ed aggiunge: "Non c'è stata nessuna sbandata del governo, né fretta ma solo il rispetto dell'impegno assunto a dicembre al Senato, e i diritti riconosciuti sono quelli essenziali, nel rispetto dell'articolo 29 della Costituzione".

Palesemente tale proposta di legge non ha nulla a che fare con il matrimonio vero e proprio, in quanto si limita a riconoscere alcuni diritti fondamentali delle coppie di fatto. Quindi l'accanimento della gerarchia ecclesiastica contro di essa ha motivazioni più recondite. Esse sono sostanzialmente due.

- La prima si richiama al fatto che le convivenze di cui si parla sono , per la Chiesa, radicalmente da condannare in quanto irregolari e peccaminose, non solo quelle omosessuali ma anche quelle eterosessuali, perché, sempre per la Chiesa, il sesso è ammissibile solo nel matrimonio ed esclusivamente tra uomo e donna.

- La seconda si ricollega alla presa di posizione di sessanta parlamentari cattolici, i quali, in opposizione a quanto preteso dalla Chiesa, hanno reclamato la loro autonomia e dichiarato che voteranno la proposta di legge in questione.

Ci sono inoltre altri punti, strettamente legati al nostro problema. Essi sono i seguenti:

- il fatto che la Chiesa interferisca pesantemente con i poteri dello Stato italiano,
  usufruendo nel contempo di numerosi privilegi, soprattutto fiscali;

- il fatto che la Chiesa intenda imporre, tramite le leggi italiane, l'osservanza dei
  suoi decreti;

- dimenticanza, da parte della Chiesa, dell'autentico messaggio di Gesù, il quale ha insegnato di recare aiuto ai poveri, ai sofferenti e ai bisognosi.

a)   Le unioni di fatto, per la Chiesa, sono peccaminose.

Perché la Chiesa non vuole che si regolamentino le coppie di fatto? Per il semplice motivo che, secondo la medesima, tali unioni sarebbero peccaminose. Ma siffatta affermazione è insostenibile. Perché l'atto sessuale (con il relativo piacere ad esso connesso) è una cosa lecita, espressamente voluta da Dio. Il quale altrimenti non avrebbe inserito il sesso negli svariati rapporti tra gli uomini.

Pertanto il sesso è da valutarsi positivamente non solo nel matrimonio, ma anche al di fuori di esso: ossia nei rapporti prematrimoniali tra fidanzati e nelle convivenze di fatto, siano esse eterosessuali o meno.

L'omosessualità, in effetti, può dar luogo a qualche perplessità, perché tali coppie non possono generare. Ma questa difficoltà è agevolmente superabile se si considera che il fine del sesso è duplice: la generazione della prole e il reciproco amore. Gli omosessuali possono perseguire soltanto quest'ultimo fine, ma esso è pienamente sufficiente.

Quanto all'obiezione che l'omosessualità sarebbe contro natura, essa non ha motivo di essere in quanto una persona non è come appare fisicamente ma come sente di essere nell'intimo dell'animo. Normalmente i maschi si sentono uomini e le femmine si sentono donne; ma, eccezionalmente, alcuni uomini si sentono donne nel loro intimo; come alcune donne si sentono interiormente uomini; inoltre, sia le une che gli altri, si sentono di appartenere alla forma *attiva* o/e alla forma *passiva*. Il risultato è che un uomo è attratto e s'innamora degli uomini, mentre, a sua volta, una donna è attratta e s'innamora delle donne. Ma non c'è nulla di strano, perché, come abbiamo testé detto, quello che qualifica una persona è ciò che sente nel suo intimo.

Stando così le cose, il comportamento degli omosessuali è solo apparentemente contro natura. In effetti essi seguono la loro natura. Quindi essi, non solo sono degni di rispetto e di stima, ma hanno diritto di condurre il genere di vita che più loro aggrada, e la loro eventuale convivenza può essere regolata dalla legge come quella delle altre coppie. Pertanto la Chiesa ha profondamente torto al riguardo. Non solo; ma, con la sua accanita ostilità nei confronti degli omosessuali, ostilità che nel medioevo sfociava perfino nella condanna a morte dei medesimi (cosa inconcepibile per l'uomo d'oggi), essa si pone in aperto contrasto con l'insegnamento di Gesù, il quale ha affermato che bisogna amare e capire tutti gli uomini, senza distinzioni di sorta.

C'è, tuttavia, un punto nel quale sentiamo di dover dissentire dalle giuste rivendicazioni degli omosessuali: ed è la loro richiesta di unirsi in matrimonio. Effettivamente, in un tempo in cui anche molte coppie eterosessuali rifuggono da tale unione giuridica, appare alquanto strano che siano proprio essi a reclamarla. Pertanto noi rimaniamo convinti che il matrimonio sia un vincolo riservato a uomo e donna.

Perché allora gli omosessuali insistono nella loro rivendicazione? I motivi possono essere molteplici, ma quello veramente significativo e, secondo loro, irrinunciabile è il loro desiderio di adottare un bambino. Poiché anch'essi vorrebbero soddisfare l'irrefrenabile impulso all'amore paterno o materno che alberga nel cuore di tutti gli uomini. Ma, purtroppo, questa loro pur legittima aspettativa non si potrebbe realizzare neanche se si potessero sposare, in quanto essa è in contrasto con gli interessi, altrettanto legittimi, di colui che essi vorrebbero adottare, ossia il bambino. Il bambino in questione, infatti, una volta adottato da due omosessuali, capirebbe molto presto che gli altri bambini, a differenza di lui, hanno un papà e una mamma e si sentirà inconsciamente defraudato di questo suo diritto, cosa che lo renderebbe estremamente infelice. Di conseguenza, data l'ovvia priorità dei diritti del bambino, gli omosessuali, a nostro avviso, non possono in alcun modo usufruire dell'istituto giuridico dell'adozione.

b) Il "manifesto dei Sessanta" parlamentari cattolici.

Il secondo recondito motivo per cui la Chiesa insiste sulla necessità di non vedere approvata una legge a favore delle coppie di fatto è da rintracciare nel fatto che un folto gruppo di cattolici democratici – in pratica la maggioranza dei parlamentari della Margherita – ha sottoscritto un documento, il cosiddetto "manifesto dei Sessanta", in cui dichiara il suo impegno per la laicità dello Stato e a favore dei Dico.

L'onorevole Franceschini, che è stato tra gli ispiratori del documento, in pieno accordo con Franco Marini, afferma: "Non possiamo accettare vincoli d'obbedienza alla Chiesa nell'azione politica, lo Stato è laico e la politica autonoma. La Costituzione è la nostra unica guida"; ed aggiunge: "Qui non si gioca solo la questione dei Dico, ma il rapporto tra i cattolici del centrosinistra impegnati in politica e la Chiesa". Altri osservano: "I vescovi, almeno questi 'vescovi' stanno esagerando"; "Se si impedisce al politico cattolico di svolgere fino in fondo la sua funzione se ne inibisce il compito. Le interferenze sono inaccettabili. E i vescovi si stanno occupando troppo del nostro mestiere di legislatori e troppo poco del loro"; "Se la Chiesa insisterà sul *non possumus* (= non possiamo permettere l'approvazione della legge sui Dico), i cattolici democratici non obbediranno"; "Comunque vada in Parlamento, quella della Chiesa è una battaglia perduta, o attraverso i Dico o attraverso il cambiamento del codice civile [come suggerisce la Chiesa], la barriera giuridica della famiglia fondata sul matrimonio è caduta da un pezzo" (*Repubblica*, 13-2 e 29-3-07).

E' di fronte a questa sacrosanta levata di scudi da parte dei parlamentari cattolici che la Chiesa, con in testa lo stesso pontefice, ha incominciato a ribadire quasi tutti i giorni le sue posizioni e a ingaggiare una sorta di braccio di ferro con i parlamentari in questione, consapevole che la posta in gioco è la sottomissione incondizionata di tutti i cattolici impegnati in politica ai suoi decreti. Cosa deplorata da molti commentatori politici, tra cui Scalfari , Rodotà e Berselli.

Eugenio Scalfari infatti (*Repubblica*, 11-2-07) afferma: "La Cei [= Conferenza episcopale italiana] non si è limitata a comunicare la dottrina e l'etica della chiesa in materia matrimoniale ma è arrivata a dare prescrizioni ai membri cattolici del Parlamento e al Parlamento stesso, irricevibili dalla massima istituzione della Repubblica, rappresentante della volontà popolare". Una risposta autorevole viene da un giurista come Stefano Rodotà (*Repubblica*, 13-2-07), il quale così si esprime: "Dichiarare sovversivo un disegno di legge votato dal Consiglio dei ministri vuol dire aprire un conflitto con il nostro Stato. Cosa ulteriormente accentuata dall'atto di indirizzo che Ruini ha detto di voler emanare ai cattolici, compresi quindi anche i parlamentari, che devono quindi abbandonare la loro fedeltà alla Costituzione per la religione". Edmondo Berselli, a sua volta (*Repubblica*,

29-3-07), critica la Nota del Consiglio permanente della Cei sui Dico, specialmente perché tale documento viene annunciato come una parola "impegnativa" per i cattolici. "Si tratta di vedere - dice testualmente - quanto può essere impegnativa per un rappresentante del popolo, eletto senza alcun tipo di vincolo o di mandato, insediato in nome della Repubblica. E la risposta deve essere semplice e radicale: nulla è impegnativo per un deputato o un senatore, se non la sua coscienza".

E per finire, una voce del dissenso cattolico. La Comunità di San Paolo critica decisamente "il martellante interventismo della Conferenza episcopale" e invita tutti i parlamentari "a votare secondo coscienza, alla luce del mandato popolare ricevuto e nel rispetto della Costituzione, senza piegarsi ai ricatti del cardinale Ruini appoggiato dal Vaticano" (*Repubblica*, 16-2-07).

c) *Interferenza della Chiesa con i poteri dello Stato Italiano.*

La Chiesa interferisce pesantemente con i poteri dello Stato italiano. Ciò è emerso da quanto abbiamo già detto precedentemente. Una ulteriore conferma la possiamo avere leggendo altre frasi dello stesso tenore pronunciate dal papa e dal cardinale Ruini. Il 10-2-07 Ratzinger, con chiaro riferimento ai temi della bioetica e al disegno di legge approvato dal Consiglio dei ministri sui diritti dei conviventi, ha fatto la seguente incredibile osservazione: C'è da pensare "che ci siano dei periodi in cui l'essere umano non esista veramente". Quindi per il papa non sarebbero esseri umani nel vero senso della parola i membri del Governo italiano che hanno osato proporre il "famigerato" disegno di legge sui conviventi di fatto. A tal uopo Scalfari commenta: "Addirittura! Accenti simili non si erano più uditi da quando i bersaglieri di La Marmora entrarono dalla breccia di Porta Pia mettendo fine al potere temporale e la nobiltà clericale chiuse i portoni dei suoi palazzi sconfessando la nascita dell'Italia unita e di Roma capitale" (*Repubblica*, 11-2-07).

Due giorni dopo, dalla Cattedra dell'università Lateranense, Papa Ratzinger ha continuato la sua crociata contro il disegno di legge sui Dico: "La famiglia – egli ha sentenziato - ha la sua stabilità per l'ordinamento divino. Il bene sia dei coniugi che della società non dipende dall'arbitrio. Nessuna legge può *sovvertire* la norma del Creatore senza rendere precario il futuro della società con leggi in netto contrasto con il diritto naturale". Di rincalzo, il presidente della Cei ha fatto sapere: "Sui Dico potrà essere utile che più avanti la Chiesa si esprima in modo impegnativo per coloro che seguono il suo insegnamento e chiarificatore per tutti".

A tal uopo sarà bene ribadire, innanzi tutto, che il disegno di legge sulle coppie di fatto non reca alcun nocumento alla famiglia. E' inutile, pertanto, che le gerarchie ecclesiastiche continuino a battere su questo tasto.

E' evidente inoltre che la Chiesa, con il suo forte interventismo sulle funzioni dello Stato italiano, non rispetta più nemmeno il Concordato, che a questo punto è il caso di rivedere o addirittura cancellare dal nostro ordinamento.

Il giurista Stefano Rodotà , a sua volta, mette l'accento sul conflitto che si è determinato tra lo Stato italiano e la Chiesa cattolica, la quale arriva a chiamare *sovversivo* un atto del Consiglio dei ministri. Afferma infatti Rodotà: "Le dichiarazioni fatte oggi dal papa e dal cardinale Ruini aprono un conflitto dichiarato con il Governo della Repubblica, il Parlamento e la nostra carta costituzionale" (*Repubblica*, 13-2-07).

Si potrebbe continuare a lungo con gli esempi di interferenza da parte del Vaticano. Ma non è necessario. Ormai è chiaro a tutti che il Concordato è stato violato e deve essere abolito. Come sostiene, tra altri politici e illustri giornalisti, il leader dello Sdi, Enrico Boselli. Il quale, in un intervista a *Repubblica*, afferma: "...queste prese di posizione, questi veti, questi ammonimenti delle gerarchie ecclesiastiche rappresentano un vero e proprio strappo del Concordato. Che, come tutti sanno, *stabilisce la non ingerenza della chiesa negli affari dello Stato*". E così conclude: "Nessuno vuol togliere alla chiesa la libertà di parola. E' legittimo che prenda posizione, difenda i suoi principi. Però non si può nascondere che da questo derivino due effetti: la violazione del Concordato e il fatto che lo Stato non può continuare a concedere i tanti privilegi previsti dallo stesso Concordato. In Italia non c'è più la religione di Stato" (*Repubblica*, 13-2-07).

d) I privilegi della Chiesa.

Sono molteplici in effetti i privilegi, concordatari e non, di cui la Chiesa usufruisce. Il Concordato del 1984, quello sottoscritto dal Presidente del Consiglio dell'epoca Bettino Craxi, nei suoi vari articoli, elenca i benefici in questione. Citiamone qualcuno. L'articolo 5 "riconosce il particolare significato che Roma, sede vescovile del Sommo Pontefice, ha per la cattolicità". L'articolo 9 esenta i sacerdoti dal servizio militare. L'articolo 12 libera i sacerdoti dall'obbligo di "dare ai magistrati e ad altre autorità informazioni su persone o materie di cui sono venuti a conoscenza per ragioni del loro ministero". L'articolo 14 stabilisce che la polizia, "salvo i casi di urgente necessità", non può entrare negli uffici aperti al culto senza averne dato comunicazione alle autorità ecclesiastiche. L'articolo 23 riconosce gli effetti civili del matrimonio religioso. Il cattolicesimo ha cessato di essere religione di Stato, ma nonostante ciò l'articolo 30 dichiara che la Repubblica italiana, "riconoscendo il valore della cultura religiosa e tenendo conto che i principi del cattolicesimo fanno parte del patrimonio storico del popolo italiano, continuerà ad assicurare, nel quadro delle finalità della scuola, l'insegnamento della religione cattolica nelle scuole pubbliche non universitarie di ogni ordine e grado". E, pertanto, "l'ora di religione" continua a essere, nonostante qualche periodica controversia, una parte del programma scolastico. Anche se l'ultima parte dell'articolo sull'insegnamento religioso garantisce alla famiglia dell'alunno il diritto di scegliere.

E per concludere sulla scuola, non dimentichiamo che il governo Berlusconi ha creato nel 2003 un organico di 15.507 posti per immettere in massa in ruolo gli insegnanti di religione, sebbene sprovvisti di laurea, con diritto di un loro successivo passaggio ad altre cattedre. Mentre gli altri precari della scuola (regolarmente laureati) attendono da anni l'assunzione a tempo indeterminato.

Ma i benefici più macroscopici sono quelli di carattere economico. Sui quali *la Repubblica* ha condotto una approfondita inchiesta (ottobre-novembre 2007). Noi riassumeremo brevemente il contenuto delle prime due puntate, per fermarci un po' più diffusamente sulla terza.

- Secondo l'inchiesta in questione la chiesa cattolica, tra *finanziamenti dello Stato e degli enti locali e mancato gettito fiscale*, ci costa quanto la casta dei politici, ossia oltre 4 miliardi di euro all'anno. Così suddivisi: *1 miliardo* di euro con l'otto per mille; *650 milioni* per gli stipendi dei 22 mila insegnanti dell'ora di religione; *700 milioni* versati da Stato e enti locali per le convenzioni su scuola e sanità; *250 milioni* (media annua dell'ultimo decennio) per finanziamenti di grandi eventi (Giubileo e ultimo raduno di Loreto); *1 miliardo circa* di esenzioni dall'Ici; *500 milioni* di esenzioni da Irap, Ires ed altre imposte; *600 milioni* di elusione fiscale legalmente riconosciuta, operata dal turismo cattolico, che gestisce da e per l'Italia un flusso di quaranta milioni di visitatori e pellegrini. Per un totale appunto di oltre *4 miliardi*. Per l'esattezza di *4 miliardi* e *700 milioni* all'anno.

- I soldi alla chiesa non hanno affatto l'ampio ritorno sociale, che ci si attende e che viene abilmente promosso.

- La CEI ha potere assoluto e incontrollato di spendere i fondi che le vengono assegnati, con implicazioni ricattatorie verso vescovi e diocesi "dissidenti".

- L'otto per mille viene distribuito con un meccanismo machiavellico che tiene solo in parte conto delle decisioni dei contribuenti. E ciò in base all'articolo 37 della legge di attuazione (n. 222 del 1985), che recita: "In caso di scelte non espresse da parte dei contribuenti, la destinazione si stabilisce in proporzione alle scelte espresse". Ora, siccome il 60% dei contribuenti lascia in bianco la voce "otto per mille", grazie al 35% che indica "chiesa cattolica" [fra le scelte ammesse], la CEI si accaparra quasi il 90% dell'intero gettito.

- L'unica fonte di informazione su questo tema è la pubblicità della chiesa (la quale ovviamente tace sul fatto che anche i contribuenti che non esprimono preferenze è come se le esprimessero, quasi tutti, per essa). Lo Stato avrebbe il dovere di informare i cittadini della strana disposizione del citato articolo 37, in modo che tutti siano spronati ad esprimere la loro preferenza. La cosa migliore sarebbe comunque quella di cancellare questo ingannevole articolo.
- La Commissione Europea chiede conto dei privilegi fiscali del Vaticano e si sta arrabbiando, perché l'esenzione fiscale è contraria alle norme europee sulla concorrenza.

Nella terza puntata *la Repubblica* (15-11-2007) affronta il tema dell'ICI.

La legge sull'ICI (Imposta Comunale sugli Immobili) del Governo Amato risale al 1992. In essa si prevede che siano esenti da tale imposta non solo gli edifici di culto, ma anche quelli non di culto che svolgono attività sociali e assistenziali. In tal modo tutti i numerosissimi immobili della chiesa cattolica, sparsi in tutta Italia, furono esonerati dall'imposta in questione. Una vera manna caduta dal cielo, perché secondo gli studi dell'ANCI (= Associazione Nazionale Comuni Italiani) ("basati su dati catastali lontani dal valore del mercato reale") i comuni italiani perdono ogni anno oltre 400 milioni di euro a causa di un'esenzione fiscale illegittima, in quanto la maggior parte degli edifici non di culto svolgono anche, accanto alle attività sociali e assistenziali, vere e proprie attività commerciali. A questa stima vanno aggiunti gli immobili considerati, unilateralmente e da sempre, esenti da parte della chiesa e mai dichiarati ai comuni. Per cui di fatto l'esenzione si avvicina al *miliardo di euro* annui.

Ma nel 2004 la Corte di Cassazione dovette dirimere una controversia tra il Comune dell'Aquila e le suore del Sacro Cuore che gestivano un centro di assistenza per bambini e anziani. Il Comune pretendeva dalle suore 70.000 euro di imposte arretrate (riguardanti l'ICI), in quanto svolgevano anche attività commerciale. La Suprema Corte, con sentenza depositata l'8 marzo 2004, dette ragione al Comune perché effettivamente le suore facevano pagare rette regolari ai propri ospiti. Quindi la Cassazione ha giudicato illegittima la legge del '92 sulle esenzioni dall'ICI e l'ha così corretta: sono esenti dall'ICI soltanto gli immobili che "non svolgono **anche** attività commerciale".

La sentenza, come la precedente esenzione, si applicava a tutti i soggetti interessati. Oltre alle proprietà ecclesiastiche, non solo cattoliche, anche alle Onlus, ai sindacati, ai partiti, alle associazioni sportive e così via.

Ma l'unica reazione furibonda è arrivata dalla CEI del cardinale Ruini: "Una sentenza folle". Perché? Forse perché è l'unico fra i soggetti interessati a possedere un impero commerciale, avendo, tra l'altro, trasformato conventi, collegi e ostelli in moderne catene alberghiere. La chiesa possiede infatti, in tutta Italia, alberghi, ristoranti, cinema, teatri, librerie, negozi. Oltre a seminari, scuole (elementari, secondarie, universitarie o parauniversitarie), case di cura, centri di "difesa della vita e della famiglia", orfanotrofi, consultori familiari, nidi d'infanzia, ospedali, ambulatori e dispensari. Il tutto globalmente valutabile in *alcune centinaia di miliardi di euro*.

Era naturale che la CEI si muovesse contro la "folle sentenza", "fonte di danni incalcolabili". Fino ad ottenere, nell'autunno del 2005, dal Governo Berlusconi il ripristino, per decreto, dell'esenzione totale dall'ICI per le proprietà ecclesiastiche **a prescindere da ogni eventuale uso commerciale.**

Quindi il decreto Berlusconi, con un colpo di spugna, rovesciando la Cassazione, tornava ad esentare dal pagamento dell'ICI tutti, ma proprio tutti, i beni della chiesa: quelli di culto, quelli non di culto con finalità soltanto sociali e assistenziali, quelli non di culto che accanto ad attività sociali ed assistenziali svolgono anche attività commerciale, e addirittura anche quelli a carattere esclusivamente commerciale. Mentre vescovi ed eminenti cardinali continuavano a negare l'evidenza, sostenendo imperterriti che la chiesa non pagava l'ICI "*solo* per gli immobili dove si fa un'attività sociale e non commerciale". Ma possono ingannare solo i gonzi, perché il decreto Berlusconi parla chiaro: sono esenti dall'ICI tutte le proprietà ecclesiastiche, sia quelle che svolgono attività sociale, sia quelle che svolgono attività commerciale.

Passate le elezioni del 2006, alla nuova maggioranza si è riproposto il problema dell'illegittimità della legge del '92, reintrodotta da Berlusconi. E ciò per i rilievi mossi alla maggioranza stessa dalla Commissione Europea, la quale ha evidenziato che l'esenzione dall'ICI è illegittima e contraria alle norme europee sulla concorrenza. Il Governo Prodi ha risolto il problema nel più ipocrita dei modi. Con un cavillo inserito nei decreti Bersani, vengono esentati dall'ICI gli immobili che abbiano uso "**non esclusivamente commerciale**".

In virtù di questa finta modifica, secondo l'ANCI, "il 90 – 95 per cento delle proprietà ecclesiastiche continua a non pagare". Basta infatti che ci sia una cappella per pregare (o allestirne una in fretta) all'interno della struttura alberghiera e nelle analoghe strutture commerciali per essere esentati dal pagamento dell'ICI. Si noti, d'altra parte che "non esclusivamente commerciale" nel diritto civile e tributario non ha senso, un'attività è commerciale o non lo è.

Per la Commissione Europea la dicitura in questione è equivoca e necessita di chiarimenti da parte del Governo italiano. Il quale da un lato risponde che la "norma è chiarissima", ma dall'altro istituisce una commissione per studiarne le ambiguità. Secondo una riservata anticipazione, la suddetta commissione, presieduta dall'insigne giurista Francesco Tesauro, difficilmente potrà avvalorare l'assurdità del "non esclusivamente" e quindi sarà inevitabile cambiare norma. O almeno così si spera.

Nel frattempo vescovi e cardinali continuano a negare fatti inconfutabili e a cercare di far credere che la chiesa non gode di alcun privilegio fiscale. Ovviamente in contraddizione con Gesù, il quale ha insegnato a non giurare mai, né tanto meno a dire il falso (Mt 5,36-37). Inoltre egli, secondo un antica tradizione, fece addirittura un miracolo pur di permettere a Pietro di pagare la tassa anche di una sola moneta d'argento (Mt 17,24-27).

Abbiamo appreso dalla televisione che Benedetto XVI avrebbe pronunciato la seguente frase: "Non vogliamo privilegi fiscali". Ora, per far sì che tale proposito non rimanga lettera morta, è necessario che papa Ratzinger, come capo della città del Vaticano, si rivolga allo Stato italiano sollecitandolo ad approvare quanto prima una norma di questo tenore: "Sono esenti dal pagamento dell'ICI gli edifici di culto e quelli non di culto destinati esclusivamente ad attività sociali ed assistenziali. Sono tenuti invece a sottostare all'imposta comunale tutti quegli edifici in cui si svolgono *anche* o *esclusivamente* attività commerciali". Non nascondiamo il nostro scetticismo sulla possibilità che il papa faccia un passo simile. Perché, anche ammesso che volesse effettivamente compierlo, la gerarchia ecclesiastica non glielo permetterebbe.

Avviandosi alla conclusione, la terza puntata dell'inchiesta di R*epubblica* puntualizza, per bocca del presidente dell'ANCI, Lorenzo Domenici (sindaco di Firenze), che "qui nessuno, per intenderci, pretende il pagamento dell'Ici dal bar o dal cinema dell'oratorio. Ma dagli esercizi commerciali aperti al pubblico, in concorrenza con altri, da quelli sì".

Inoltre, per rispondere all'informazione cattolica, che pubblica polemicamente le tabelle degli stipendi dei preti, evidenziando che sono bassi come quelli degli operai, l'inchiesta risponde che la questione non sono i salari dei preti, effettivamente sottopagati rispetto all'impegno profuso nella società.

Ci sarebbe, comunque, da chiedersi come mai la CEI, che riceve *un miliardo* di euro con l'otto per mille, spende per i preti soltanto *350 milioni*, invece di dare ad essi una retribuzione adeguata. Senza parlare delle suore, alle quali la CEI non versa un euro. Le sorelle brigidine di piazza Farnese (a Roma), ad esempio, si alzano all'alba e lavorano dodici ore al giorno nel lussuoso albergo di Santa Brigida, ma non avranno mai né uno stipendio né la pensione. Con un sistema discriminatorio e iniquo, al quale contribuiscono, loro malgrado, i cittadini italiani con le loro tasse.

"La questione – conclude *Curzio Maltese*, autore dell'inchiesta – non sono i 350 milioni per gli stipendi prelevati con l'otto per mille, inventato per questo. Ma i quattro miliardi che vanno altrove, in parte certo alle missioni di carità, in parte più cospicua *dentro una macchina di potere che influenza e condiziona l'economia, la politica, la vita democratica e a volte l'esercizio dei diritti costituzionali, fra i quali la libertà di stampa"*.

e) La Chiesa intende imporre, attraverso le leggi italiane, l'osservanza dei suoi decreti.

La Chiesa ha sempre avuto la pretesa di imporre coercitivamente l'osservanza dei suoi principi morali, comminando gravi pene per i trasgressori. E ciò in contrasto con l'insegnamento di Gesù, il quale ha lasciato chiaramente intendere che ad una norma morale bisogna obbedire spontaneamente e liberamente; precisando che bisogna seguire la propria coscienza e non essere succubi di un'autorità esterna.

Poniamo che la Chiesa insegni ai propri fedeli che non si deve commettere adulterio, che non si deve divorziare, che non si deve praticare attività sessuale al di fuori del matrimonio. Ebbene essa non si limita a raccomandare l'osservanza di tali norme, ma pretende che una qualche legge le renda obbligatorie. Così, essa vuole apposite leggi che sanciscano l'obbligo della fedeltà, dell'indissolubilità del matrimonio e della castità per le persone non sposate. Evidentemente non si fida della libertà di coscienza dei propri adepti, dimostrando con ciò la debolezza dei propri principi morali. I quali devono essere imposti coercitivamente per essere osservati.

In effetti, la Chiesa ha sempre preteso dai governanti che l'adulterio fosse adeguatamente punito. Fino a quando tutti gli Stati, modernizzandosi, lo hanno depenalizzato, lasciando alla coscienza dei singoli la valutazione morale dell'adulterio stesso.

Quanto al divorzio, ne ha sempre ostacolato la introduzione, temendo, evidentemente, che anche i cattolici ne avrebbero approfittato. Ma gli Stati moderni, divenuti laici, riconoscendo l'alto valore di una idonea legislazione sul divorzio, che ovviamente non obbliga nessuno a divorziare, lo hanno finalmente inserito nei propri ordinamenti.

Più difficile pensare a una qualche forma di punizione per quanto riguarda l'attività sessuale al di fuori del matrimonio, che la Chiesa considera peccaminosa. Ma l'occasione si è presentata quando, in tempi recenti, i parlamenti di molti Stati hanno legiferato per riconoscere i diritti dei conviventi, e quando in Italia è stata presentata una proposta di legge in tal senso. Secondo la Chiesa, i conviventi sono permanentemente in stato di peccato, quindi non possono in alcun modo essere premiati, come è avvenuto - a suo dire – in quei paesi che hanno approvato la legge in questione, e come avverrebbe anche il Italia se tale legge fosse parimenti approvata. Le

145

coppie di fatto devono piuttosto essere punite; nell'unica maniera possibile: ossia negando loro il riconoscimento di sacrosanti diritti.

Questo modo di vedere, però, è profondamente sbagliato. Se la Chiesa vuole punire i propri fedeli, lo faccia pure. Ma non pretenda che se ne occupi lo Stato laico. Il quale, come non obbliga i cattolici a divorziare, ad assumere contraccettivi e ad abortire, così non può obbligare chi non la pensa come la Chiesa ad attenersi ai principi morali della medesima.

Comunque la cosa peggiore da parte della Chiesa, è stato ed è tuttora il tentativo, ingiustificato e inaccettabile, di voler condizionare l'attività legislativa degli Stati sovrani e, in modo particolare, dell'Italia.

f) Ostacolando le unioni di fatto, la Chiesa finisce col discriminare i più deboli.

Su *Repubblica* del 18-2-07, Eugenio Scalari ha scritto molto giustamente che la chiesa, "dominata da una sorta di ossessione sessuofobica ... finisce col discriminare i più deboli: le coppie non abbienti, etero e omosessuali che siano". Ed ha chiarito che "le coppie benestanti non hanno bisogno della reversibilità della pensione o dell'assistenza sanitaria o degli alimenti e se ne infischiano dei divieti alla procreazione assistita; se necessario vanno all'estero e pagano i medici di tasca propria".

E' evidente che la Chiesa tradisce, ancora una volta, l'autentico messaggio di Gesù, il quale ha raccomandato di recare aiuto ai poveri, ai sofferenti e ai bisognosi. Un errore gravissimo e imperdonabile per chi pretende di richiamarsi all'insegnamento di Gesù di Nazareth.

Note al quinto capitolo

1. Paul Laymann, *Teologia morale,* 3,3,3,2 (citazione in Ranke-Heinemann, *op. cit.,* pp. 266-267).
2. Peter Nichols, *Le Divisioni del Papa*, Arnoldo Mondadori editore, Milano 1981, p. 280.
3. Cfr. U. Ranke-Heinemann, *op. cit.*, p. 289.
4. Il metodo dei ritmi naturali, in realtà, non è sicuro, perché presuppone un ciclo regolare che, purtroppo, raramente si riscontra nelle donne.
5. Citazione in Peter Nichols, *op. cit.,* p. 288.
6. U. Ranke-Heinemann, *op. cit.,* p. 290.
7. H. M. Robinson, *Il cardinale*, Garzanti, Milano 1970, pp. 102 e 322) (in Ranke-Heinemann, *op. cit.*, pp. 295-296).
8. B. Haring, *La legge di Cristo*, vol. III, Morcelliana, Brescia 1968, p. 251.

9. U. Ranke-Heinemann, *op. cit.*, p. 294.

10. K. Rahner, *Dokumente der Paulsgesellschaft,* vol. II, 1962, p. 391s.

11. K. Rahner, *Il problema della manipolazione genetica,* in *Nuovi saggi,* Paoline , Roma 1969, p. 357.

12. Per quanto riguarda il divorzio, cfr. L. Pierozzi, *Gesù è risorto?,* Firenze Atheneum, Firenze 2005, pp. 178-180.

13. *Parola del Signore, Il Nuovo Testamento,* traduzione interconfessionale in lingua corrente, LDC – ABU, Leumann (Torino) 1976.

14. *La Sacra Bibbia,* Edizioni Paoline, Torino 1971.

15. Cfr. Heinz-Jurgen [dieresi sulla *u*] Vogels, *Pflichtzolibat* [dieresi sulla *o*], 1978.

16. 2 Tim 2,8; Ebr 7,14; Apoc 5,5; 22,5.

17. Epifanio, *Haereses*, XXX, 14.

18. S. Ben-Chorin, *Mutter Mirjam*, 1982, pp. 92ss.

19. U. Ranke-Heinemann, *op. cit.*, p. 45.

20. Cfr. lo scritto di Morone al cardinal Farnese, *Monumenta Vaticana,* H Laemmer editore, 1861, p. 412. (Si tenga presente che Lutero aveva sostenuto con tenacia e con successo la fine del celibato e dei voti ecclesiastici, per cui preti, monaci e suore si erano sposati in massa).

21. Cfr. "Geist und Leben", 49 [1976], 1, p.65.

22. *Ibid.*.

23. *Christenrechte in der Kirche,* XIII circolare, 1987, p. 61.

24 Goldmann-Posch, *Unheilige Ehen, Gesprache* [dieresi sulla *a*] *mit Priesterfrauen,* Ursula 1985.

25. P. Nichols, *op. cit.*, p. 293.

Capitolo sesto

IL TRIBUNALE DELL'INQUISIZIONE

1. L'Inquisizione

L'Inquisizione era l'attività di un tribunale ecclesiastico per reprimere ed estirpare l'eresia. Per estensione essa venne a significare il tribunale stesso. Fu creata nel secolo XII, quando la Chiesa dovette lottare contro i Catari e i Valdesi (1). Nel frattempo il Concilio Lateranense (1215) e il Concilio di Tolosa (1229) dichiaravano essere dovere dei vescovi ricercare e giudicare gli eretici e consegnarli per il castigo al "braccio secolare". Nel 1231-35 Gregorio IX sottraeva l'Inquisizione alla giurisdizione dei vescovi e l'affidava a inquisitori permanenti dell'ordine domenicano, di nomina pontificia.

Lo Stato (Re, principi, nobiltà) si schierò con la Chiesa, contro gli eretici, poiché l'eresia religiosa costituiva una concreta minaccia contro l'ordine costituito, contro la sicurezza dello Stato.

L'eretico, una volta accertata la sua colpevolezza, veniva invitato a ritrattare. In caso di rifiuto, era condannato a pene corporali o alla morte per rogo.

L' Inquisizione, man mano che si consolidò, creò un vero e proprio apparato di informazione con grande numero di agenti. I quali godevano di privilegi fiscali e dell'eccezionale permesso di girare armati.

Il termine "inquisizione" deriva dal verbo latino *inquirere*, che significa "investigare", "indagare". Infatti il tribunale dell'Inquisizione conduceva le indagini per accertare l'eresia e, dopo averla scoperta, aveva il compito di tentare con tutti i mezzi (tortura compresa) di convincere l'indagato ad abiurare, cioè a ritrattare. Se non era in grado di ottenere l'abiura, formulava la condanna, quindi consegnava il colpevole (vero o presunto) ad un tribunale civile per l'esecuzione della pena.

Il procedimento inquisitorio fu formalizzato nella giurisdizione ecclesiastica dal papa Lucio III nel 1184 con il decreto *Ad abolendam*, che stabilì il principio (sconosciuto nel diritto romano) che si potesse formulare un'accusa di eresia contro qualcuno e iniziare un processo a suo carico, anche in assenza di testimoni attendibili. La condanna di ogni deviazione - teologica, morale o di costume – dal canone religioso dominante venne poi ribadita nel 1215 dal Concilio Lateranense IV, che dava vita all'istituzione di "procedure d'ufficio". Si poteva, cioè, instaurare un processo sulla base di semplici sospetti o delazioni. Non solo: chiunque fosse venuto a conoscenza di una possibile eresia doveva immediatamente denunciare il fatto al più vicino tribunale dell'Inquisizione, altrimenti sarebbe stato considerato corresponsabile (2).

Dal 1231 Papa Gregorio IX nominò degli inquisitori dotati di ampi poteri per singole province ecclesiastiche contagiate dall'eresia. Questi agivano per incarico del papa e possedevano funzioni non solo inquisitorie, ma anche giudiziali, risultando così al tempo stesso accusatori e giudici. In forza della competenza giurisdizionale universale del papa, dunque, Gregorio IX attribuì agli inquisitori anche il potere di emettere sentenze.

Ma le clamorose infrazioni del diritto, le trasgressioni di competenze e la durissima prassi inquisitoria nelle indagini come nel giudizio sugli eretici condussero fra il 1238 e il 1241 a una diffusa opposizione e a una crisi dell'inquisizione papale appena creata.

Sotto Innocenzo IV si addivenne, allora, ad una riorganizzazione dei tribunali. Le competenze vennero precisate, la procedura regolata fin nei particolari; rimase in vigore la più ampia esenzione dalla giurisdizione episcopale, e si pose l'accento sull'incarico pontificio. Soltanto con la nomina di accusatori e di delegati, quali inquisitori papali, la lotta contro l'eresia divenne efficace.

Dopo la riorganizzazione, sotto Innocenzo IV, furono posti dei limiti anche all'arbitrio e alla prassi terrorizzante dei singoli inquisitori. La procedura era formalmente corretta, in rapporto alla prassi giurisdizionale e procedurale; tuttavia il tribunale, che agiva a porte chiuse, era incontrollabile e privava gli accusati di qualsiasi diritto. Di regola all'inquisitore, in quanto giudice, interessava veder confermati nel processo i propri accertamenti: all'imputato la confessione veniva estorta con ogni mezzo, compresa la tortura, se necessaria.

Per la loro qualità i processi dell'Inquisizione erano, per così dire, processi-spettacolo, in cui la sentenza era stabilita *a priori*, perché la procedura era congegnata in modo da condurre regolarmente alla condanna dell'accusato (3).

Fu utilizzato, dai tribunali speciali istituiti da Gregorio IX, il codice inquisitorio derivato dall'editto imperiale di Teodosio.

Il semplice sospetto di eresia autorizzava gli inquisitori a confiscare i beni dell'accusato e a procedere con torture per ottenere confessioni, a torture peggiori per avere ritrattazioni e a una diminuzione della pena per chi denunciava eventuali complici o avvalorava questa o quella tesi.

Ad essere perseguiti come **eretici** erano in prevalenza gli uomini: liberi pensatori che criticavano o non si assogettavano ai dettami della Chiesa cattolica (filosofi, scienziati, alchimisti); ma anche omosessuali, storpi e chiunque rientrava fra i cosiddetti "segnati da Dio". Per le donne, invece, l'accusa era spesso quella di **stregoneria**. Il prendersi cura di uno o più gatti neri, ammaliare un uomo o avere comportamenti atipici era motivo sufficiente per accendere un rogo (4).

Tutto questo, ovviamente, in contraddizione con Gesù.

Il successore di Gregorio IX, Innocenzo IV, già citato, non trascurò di proseguire nell'opera iniziata dal suo predecessore. Nel 1252, infatti, con la bolla *Ad extirpanda* ribadiva l'importanza della ricerca dei peccatori che si nascondevano nella società minandone non solo le basi religiose ma anche quelle politiche, e rafforzava il significato della punizione corporale indicando la tortura come mezzo per *"portare alla luce la verità"*.

Durante il XIII e il XIV secolo, l'Inquisizione, parallelamente alla crescita di alcuni dei più importanti movimenti considerati eretici, accrebbe le proprie zone d'influenza e le proprie competenze. All'inizio del 1300, in buona parte dell'Europa erano attivi dei tribunali inquisitori competenti a livello territoriale, che avevano l'ordine di indagare anche su reati quali la blasfemia, la bigamia, la stregoneria e gli utopisti della politica e della religione (5).

L'Inquisizione provocò decine di migliaia di morti che formano un filo nero ininterrotto capace di dare alla storia della Chiesa di quei secoli, che fanno l'età medievale e moderna, un unico e macabro denominatore (6).

2. I tre periodi dell'Inquisizione

Nella storia dell'Inquisizione gli storici distinguono tre periodi:
-   l'Inquisizione medievale (dal 1184 al 1350): di questa inquisizione era responsabile il papa che nominava direttamente gli inquisitori;
-   l'Inquisizione spagnola (1478-1820) e l'Inquisizione portoghese (1536-1821): in questo caso gli inquisitori venivano nominati dai rispettivi sovrani;
-   l'Inquisizione romana (o Sant'Uffizio): fondata nel 1542 e a tutt'oggi esistente (con il nome di Congregazione per la dottrina della fede), rappresentò, secondo gli storici, una novità dato che durante il medioevo il papa definiva semplicemente l'indirizzo politico generale e il quadro giuridico di riferimento, mentre

nell'anno suddetto a Roma veniva creato un tribunale permanente direttamente presieduto dallo stesso pontefice.

3. L'Inquisizione medievale

L'Inquisizione medievale si divide in due fasi. La prima prevedeva che i singoli vescovi cercassero gli eretici e li sottoponessero a processo, culminante in una scomunica; vi furono però casi di uccisioni anche da parte di forze civili contro i movimenti ereticali, visti come forze eversive. Nella seconda fase, il papa nominava degli inquisitori permanenti con poteri superiori al vescovo. Tali inquisitori comminavano solo pene spirituali, ma spesso a seguito di processi dell'Inquisizione veniva applicata la pena di morte da parte del potere politico.

Nel 1179 il Concilio Lateranense III aveva stabilito il principio che le leggi dei principi e le punizioni corporali in esse previste potevano servire da deterrente nell'opera di riconversione alla fede cattolica. Cinque anni dopo, con il decreto *Ad abolendam*, papa Lucio III stabiliva che i vescovi ispezionassero le parrocchie una o due volte all'anno per scovare eventuali eretici ivi nascosti.

In questi due provvedimenti gli storici (in questo caso concordi) vedono una svolta storica. Se fino a quel momento, infatti, la Chiesa si era limitata a definire quali proposizioni teologiche fossero eretiche e, al massimo, procedere alla scomunica, adesso si faceva carico ai vescovi di ricercare esplicitamente gli eretici e processarli.

In secondo luogo, se fino a quel momento la Chiesa era stata fortemente critica nei confronti delle punizioni corporali (la fede doveva essere offerta con la persuasione e non imposta con la costrizione) ora, invece, senza tanti scrupoli, si auspicava che le legislazioni civili prevedessero pene per gli eretici e addirittura il papa Innocenzo III, con il canone 27, chiedeva una vera e propria crociata contro i Catari (nel corso della quale, diciamo per inciso, furono uccise ben 20.000 persone).

Nel 1231 papa Gregorio IX, con la bolla *Excommunicamus*, affidò il compito dell'Inquisizione a dei giudici nominati e inviati da lui stesso che avevano, tra l'altro, il potere di deporre il vescovo qualora riscontrassero inefficienze nel suo operato. Il ruolo di giudice inquisitore, sottratto ai vescovi, fu così affidato, in un primo momento, a monaci cistercensi e poi a frati domenicani e francescani. Rivestì, ad ogni modo, un ruolo primario l'intervento imperiale (soprattutto di Federico II): l'eresia fu considerata reato di lesa maestà, in quanto sulla religione cattolica si fondava l'impero.

La bolla *Ad extirpanda*, infine, emessa il 15 maggio 1252 ad opera di papa Innocenzo IV, diede per la prima volta all'inquisitore la possibilità di avvalersi di un vero e proprio corpo di polizia e con la sua promulgazione lasciò all'inquisitore libera competenza e territorialità, nonché la scelta degli strumenti a disposizione per estorcere la confessione eretica, fra cui la tortura.

L'Inquisizione medievale operò soprattutto nel sud della Francia e nel nord Italia, cioè nelle due aree dov'erano maggiormente presenti Catari e Valdesi. In Spagna fu presente nel regno di Aragona, ma non in quello di Castiglia. Nel resto d'Europa non sembra abbia avuto una particolare incisività, anche se si estese alla Germania, dove sarà fatta propria dai riformisti di Lutero, e in Scandinavia (7).

4. L'Inquisizione spagnola (e portoghese)

L'Inquisizione *spagnola* nacque nel 1478 per iniziativa di Ferdinando II d'Aragona e Isabella di Castiglia e fu ufficializzata da una bolla del papa Sisto IV. A differenza dell'inquisizione medievale, qui gli inquisitori dipendevano dalla corona spagnola e non dal papa. Loro compito principale (almeno inizialmente) fu di occuparsi degli ebrei convertiti al cristianesimo, i cosiddetti *conversos* (appunto convertiti) o marrani. Dalla penisola iberica i tribunali dell'Inquisizione passarono ai possedimenti spagnoli nel mondo (Sicilia, Sardegna, Messico, Lima, Cartagena des Indias).

Dato che gli inquisitori potevano agire in tutti i territori dell'Impero, mentre i giudici ordinari dipendevano dai singoli stati e non potevano valicarli, i re spagnoli col tempo trasformarono l'apparato dell'Inquisizione in una specie di polizia segreta internazionale col compito di prevenire possibili colpi di stato.

L'Inquisizione spagnola fu abolita definitivamente nel 1820.

Quanto all'Inquisizione *portoghese*, essa, nata nel 1536 su richiesta del re Joao III [segno particolare spagnolo sulla **a** di Joao], nei primi anni di attività rimase sotto il controllo del papa, ma nel 1539 il re nominò inquisitore suo fratello don Henrique e infine, nel 1547, il papa accettò ufficialmente che l'Inquisizione dipendesse dalla corona come accadeva in Spagna. Nel 1560 inquisitori portoghesi giunsero nella città indiana di Goa e nella restante parte dei possedimenti portoghesi in Asia. Obiettivo primario di questa Inquisizione asiatica erano i convertiti al cristianesimo dall'induismo.

L'Inquisizione portoghese fu abolita dalle Corti Generali nel 1821 (8). Esaminiamo ora, dopo aver parlato del famoso inquisitore Torquemada, alcuni aspetti del processo inquisitoriale.

a) Torquemada, inquisitore generale.

Il primo inquisitore generale fu il monaco domenicano Tomàs de Torquemada (Valladolid, 1420 – Avila, 1498), priore del convento di Santa Cruz di Segovia, e confessore dei Re Cattolici (Ferdinando II d'Aragona e Isabella di Castiglia). Di lui rimase una ben giustificata fama di intransigenza e rigore. Per sua istigazione l'Inquisizione si mostrò terribilmente severa e sanguinaria; fu proprio infatti durante il periodo dell'instaurazione di tale istituzione che si registrò il più alto numero di condanne, soprattutto capitali.

Fu Torquemada, con l'aiuto degli inquisitori a lui sottoposti, a istituire processi molto rigorosi nei confronti di quegli ebrei convertiti al cattolicesimo (conversos o marrani) che fossero sospettati di falsa conversione; e a sollecitare i Re Cattolici a espellere gli ebrei, col fine di privare i conversos stessi di qualsiasi legame con l'ebraismo dei loro antenati.

Dopo tale espulsione si dedicò, con lo stesso rigore, ai processi nei confronti dei musulmani convertiti al cattolicesimo (moriscos) che fossero sospetti di falsa conversione.

Torquemada ha la fama del prototipo dell'inquisitore fanatico e crudele. Incontestabilmente diede prova di severità estrema, anche se come vedremo tra poco, il numero delle sue vittime fu inferiore a quanto è sempre stato detto. Fu Torquemada a dare il suo assetto all'Inquisizione spagnola (con le famose Istructiones redatte periodicamente dal 1484 al 1498); fece di essa una istituzione fortemente centralizzata e le fornì il primo codice procedurale (9).

Come Inquisitore Generale (nominato dal re in nome del papa che doveva tuttavia ratificarlo) era a capo del Consejo Supremo de la Santa Inquisiciòn (detto la Suprema) formato da sette membri. La Suprema aveva autorità su 22 tribunali inquisitoriali: 14 in Spagna, 3 in Portogallo, 3 nell'America spagnola, 2 in Italia (Sicilia e Sardegna) (10).

b) L'istruttoria.

La procedura inquisitoriale permetteva al giudice di procedere d'ufficio, senza la necessità che un accusatore avviasse l'azione giudiziaria: era sufficiente una semplice diceria pubblica o una denuncia spontanea.

Inoltre l'inquisitore non era soltanto un giudice: riceveva le deposizioni; interrogava i testimoni dell'accusato e alla fine emetteva il verdetto. Riuniva dunque nella sua persona il potere di polizia e il potere giudiziario; ma secondo il diritto canonico non avrebbe potuto assumere la funzione di accusatore, in quanto doveva mirare solo a stabilire la verità in modo imparziale, e non a prevalere su un avversario.

Forse per ovviare a questa carenza, ad un certo punto si vide comparire nei tribunali il magistrato accusatore (*promotor fiscal*). Si poteva così credere che il processo si svolgesse secondo la procedura accusatoria ordinaria: un magistrato accusatore che agiva da attore, un accusato che si difendeva e uno o più inquisitori che fungevano da giudici. L'Inquisizione spagnola si attenne a questo sistema; si presentava come un processo che metteva l'uno contro l'altro il *fiscal* e l'accusato, ma era pura apparenza; in realtà gli inquisitori erano giudici e parti in causa, accusatori e giudici; il *fiscal* rimaneva, ma non aveva altro ruolo che quello di reggere la finzione di un processo che contrapponeva le due parti. I commentatori contemporanei riconoscevano senza remore che si trattava di pura e semplice messa in scena. In realtà il *fiscal* era un inquisitore come gli altri, con la sola differenza che non partecipava al voto sulla sentenza.

In conclusione assistiamo alla grave stortura di un giudice che dovrebbe essere solo imparziale, ma che era anche accusatore e quindi avversario dell'imputato. Ciò portava al seguente risultato: l'imputato, salvo rarissime eccezioni, veniva regolarmente dichiarato colpevole.

Una volta in prigione, il sospetto rimaneva a disposizione del tribunale fino al momento in cui si decideva di sottoporlo a interrogatorio. Potevano passare settimane o anche mesi. In tutto quel tempo – che certo doveva sembragli interminabile – il detenuto era isolato dal mondo esterno. Non sapeva nemmeno chi era stato ad accusarlo e di che cosa.

Finalmente arrivava il giorno dell'interrogatorio. Senza fornirgli alcuna informazione, gli inquisitori invitavano l'accusato a dire perché fosse stato arrestato e a confessare tutto. Questa intimazione - monitorio – veniva ripetuta tre volte, a qualche giorno di distanza. Presentava due caratteristiche. A differenza di quanto succede ai nostri giorni nelle società occidentali, l'accusato che compariva dinanzi all'Inquisizione non era un presunto innocente, ma un *presunto colpevole*; dunque toccava a lui dimostrare il contrario. Inoltre, gli inquisitori volevano ottenere la *confessione*. Tutta la procedura era orientata in questo senso: le testimonianze e le prove che si potevano presentare a carico dell'accusato non erano giudicate sufficienti; era indispensabile che egli stesso si riconoscesse colpevole e lo facesse pubblicamente, così come si pretendeva che esprimesse pubblicamente il suo pentimento.

Se dopo il terzo monitorio il detenuto avesse rifiutato di confessare, l'accusatore lo informava degli indizi a suo carico. A questo punto il magistrato accusatore abbandonava la sala delle udienze e lasciava che il detenuto rispondesse agli inquisitori. Questi ultimi designavano uno o più avvocati che avrebbero avuto il compito non tanto di difendere l'accusato, quanto di convincerlo a confessare. L'avvocato, tra l'altro, non aveva il diritto di restare solo con l'accusato; un inquisitore doveva essere sempre presente all'incontro. In pratica il detenuto era senza difensore.

In effetti, solo pochissime personalità poterono scegliere liberamente il proprio avvocato. Come, ad es., l'arcivescovo Carranza; il quale si rivolse a un eminente professore universitario, che accettò di difenderlo.

Gli inquisitori invitavano quindi le parti, accusatore e accusato, a presentare le proprie argomentazioni. Il primo produceva le deposizioni raccolte e chiedeva ai testimoni di confermarle e, se era il caso, di integrarle.

L'accusato da parte sua disponeva di tre mezzi di difesa, se così li possiamo chiamare:

-   *proceso de tachas*: egli poteva ricusare alcuni testimoni. Ma, non sapendo chi fossero costoro, egli forniva un elenco di tutte le persone che secondo lui volessero nuocergli; se uno o più testimoni figuravano su questo elenco, venivano automaticamente ricusati;

-   *proceso de abonos*: l'accusato presentava dei garanti di moralità, ossia delle persone che garantivano che egli era una persona onesta e perbene;

-   *proceso de indirectas*: l'imputato poteva produrre deposizioni o fatti che avrebbero potuto dimostrare che le accuse mosse erano prive di fondamento.

Come ognuno può constatare si tratta di mezzi di difesa solo apparenti e che, comunque, non consentono di organizzare una difesa valida ed efficace (11).

c) La tortura.

Come gli altri tribunali dell'ancien régime, per estorcere le confessioni l'Inquisizione torturava i prigionieri, ma in misura molto minore degli altri; non tanto per una qualsiasi forma di pietà (perché tale disposizione d'animo – in contrasto con il pensiero di Gesù - non albergava certamente negli inquisitori, tutti monaci!), ma semplicemente perché giudicava il sistema dubbio e poco efficace. Infatti Nicolas Eymerich, che nel XIV secolo era stato inquisitore generale per la corona d'Aragona e il cui manuale – *Directorium inquisitorum* (1376) (12) – faceva ancora testo nel XVI secolo, così scriveva: "I supplizi in sé e per sé non sono un mezzo sicuro per conoscere la verità. Esistono uomini deboli che al primo accenno di dolore confessano anche reati mai commessi, e altri più forti e pervicaci che sopportano i peggiori supplizi".

Ciò non impedì all'Inquisizione di torturare persone di ogni classe, nobili compresi, poiché in materia di eresia non ci dovevano essere né privilegi né privilegiati. I membri del clero e della nobiltà dovevano sottostare al diritto comune inquisitoriale.

L'accusatore presentava una richiesta in tal senso e il tribunale al gran completo
- inquisitori e rappresentanti del vescovo - decidevano se sottoporre o meno l'accusato alla prova. Un medico veniva incaricato di esaminarlo e dichiarare se fosse in grado di sopportarla . La regola imponeva di non provocare all'imputato, nel corso della seduta, spargimento di sangue né mutilazioni.

L'Inquisizione praticava tre tipi di tortura: la *garrocha*, la *toca* e il *potro*.

- Nel primo caso la vittima veniva appesa per i polsi a un a corda pendente da una puleggia fissata al soffitto e con dei pesi legati ai piedi; dopo aver lentamente sollevato il corpo, lo si lasciava ricadere bruscamente.

- La *Toca* era invece più complicata: la vittima veniva immobilizzata, con la testa in basso e i piedi in alto su un telaio inclinato, costretta a spalancare la bocca nella quale veniva introdotto un panno che costringeva il torturato a inghiottire fino a otto litri d'acqua, versata lentamente.

- Infine c'era il *potro*, che consisteva nel legare l'accusato a un cavalletto con corde che si avvolgevano intorno al corpo e alle estremità. Stringendo sempre più forte le corde, mediante un legno che fungeva da leva, il carnefice le faceva penetrare nel corpo del torturato.

d) Il verdetto.

Quando si arrivava alla pronuncia del verdetto, gli inquisitori sapevano di dover tenere presenti due punti. Il primo non è mai stato formulato in maniera esplicita, ma lo ritroviamo in quasi tutti i processi, con rarissime eccezioni: *non prosciogliere un accusato*, a meno che non se ne potesse proprio fare a meno. La procedura e l'istruzione del processo avevano infatti un unico scopo: convincere l'accusato ad ammettere la propria colpevolezza. Data questa situazione, il verdetto finale non serviva ad altro che a regolarizzare *a posteriori* la detenzione. L'inquisitore Eymerich, già citato, vedeva un solo caso in cui si poteva prosciogliere un accusato: la prova che era stato vittima di false testimonianze; in tutti gli altri casi era d'obbligo arrivare alla condanna.

Bel modo di procedere! Un malcapitato viene arrestato per una diceria e lo si considera immediatamente presunto colpevole.

Non solo. Si cerca di convincerlo ad ammettere la propria colpevolezza, non perché lo si ritiene tale, ma per giustificare la detenzione subita. Perché il tribunale non può sbagliare; o, peggio ancora, perché non si sappia in giro che ha sbagliato.

Inoltre, e qui tocchiamo il fondo, il verdetto deve essere obbligatoriamente di condanna.

Dunque, tal genere di processi non sono deprecabili soltanto perché hanno per fine di punire la libera manifestazione del proprio pensiero, ma anche in quanto mirano a condannare perfino gli innocenti, pur di salvare la faccia all'Inquisizione.

Agli Inizi, tuttavia, avvenne che il Sant'Uffizio spagnolo pronunciasse alcune assoluzioni. Lo studioso Henry Charles Lea ne riscontra ottantasei a Toledo tra il 1484 e il 1531, ossia in media meno di due all'anno. In seguito fu estremamente raro che un processo inquisitoriale si concludesse con un verdetto di assoluzione.

Gli inquisitori avevano poi un altro punto fermo, che faceva parte integrante delle istruzioni ufficiali: era indispensabile che *un accusato si dichiarasse colpevole* ed *esprimesse il proprio pentimento*.

Secondo il loro grado di consapevolezza e il loro atteggiamento mentale si distinguevano tre categorie di accusati:

- coloro che davano motivo di ritenerli colpevoli di eresia, ma contro i quali non si erano potute raccogliere prove sufficienti, e che inoltre negavano i fatti loro addebitati;

- coloro che erano colpevoli e che lo ammettevano (*convictos et confitentes*);

- coloro che venivano definiti come *pertinaces* (ostinati) e che si dividevano a loro volta in due gruppi, quello dei *recidivi* dopo una prima condanna e quello di coloro che *rifiutavano di dichiararsi colpevoli*, nonostante le prove raccolte a loro carico.

Le due prime categorie di accusati erano ammesse a quella che veniva detta la "riconciliazione": sarebbero stati reintegrati nella Chiesa dopo aver abiurato ai loro errori.

Per quelli della prima categoria bastava l'abiura. Anche se, a ben pensarci, non si capisce la necessità dell'abiura per chi non aveva commesso nulla o il cui errore non era stato provato.

Gli accusati riconosciuti colpevoli e che ammettevano la loro colpevolezza (seconda categoria) erano condannati innanzi tutto ad una penitenza spirituale consistente nell'obbligo di un pellegrinaggio in un dato santuario, oppure ad un periodo di ritiro in un convento, oppure al digiuno in certe circostanze, o a recitare un certo numero di preghiere. Inoltre venivano flagellati in pubblico (con cento, centocinquanta frustate), o condannati alle galee o, infine, incarcerati per un tempo limitato oppure a vita. Ma il carcere a vita non venne mai attuato, sia per mancanza di prigioni che per il costo del mantenimento dei detenuti.

I riconciliati venivano immediatamente dichiarati non idonei a occupare benefici ecclesiastici e pubblici impieghi, così come a esercitare un certo numero di professioni quali quelle di collettore di imposte, farmacista, medico, chirurgo, mediatore, ecc.

La terza categoria di accusati - quelli che il Sant'Uffizio considerava ostinati (*pertinaces*) – si divideva a sua volta in tre gruppi, secondo i criteri fissati da Eymerich:
- "penitenti" recidivi;
- "impenitenti" non recidivi;
- coloro che erano nello stesso tempo "impenitenti" e recidivi.

1) I "penitenti" *recidivi* erano coloro che, già giudicati per eresia, avevano confessato i propri errori e poi erano stati riconciliati: quindi avevano abiurato e fatto penitenza; infine erano ricaduti nell'eresia.

2) Gli "impenitenti" *non recidivi* venivano processati per la *prima* volta; era stato provato che erano eretici, ma rifiutavano di ammetterlo e di pentirsene.

3) Il caso più grave era quello degli "impenitenti" *recidivi*. Essi venivano
processati per la *seconda* volta; era stato provato che erano eretici, ma rifiutavano di ammetterlo e di pentirsene.

Il diritto canonico assimilava l'eresia a un reato di lesa maestà nei confronti di Dio; alla stessa stregua del reato di lesa maestà nei confronti del re, essa comportava la pena capitale.

Questa era la sorte che attendeva *tutti i recidivi*, ma con una differenza importante tra "penitenti" e "impenitenti": i primi sarebbero stati strangolati prima di essere arsi, mentre i secondi sarebbero stati arsi vivi.

Il tribunale inquisitoriale doveva pronunciare la condanna a morte all'unanimità e, a partire dalla metà del XVI secolo, farla sancire dalla

Suprema. Dopo di che consegnava gli eretici alla giustizia regia per essere giustiziati.

Gli "impenitenti" recidivi ponevano un problema agli inquisitori: li facevano sentire in un certo senso falliti nella loro mansione, dato che non erano riusciti a convincerli del loro errore.

Le istruzioni invitavano gli inquisitori a fare di tutto per ottenere la "conversione" degli "impenitenti", affinché almeno morissero riconciliati con Dio! Tutti i mezzi erano buoni per ottenere questo risultato. Si ricorreva alla severità, ad esempio mettendo loro catene ai piedi e alle mani. Se la severità era inefficace si provava con la dolcezza: gli si migliorava il vitto, si autorizzavano le visite dei figli, specialmente di quelli più piccoli.

Alcune volte si ottenevano gli attesi risultati, il condannato riconosceva le proprie
colpe e si convertiva, sia perché davvero convinto, sia perché indotto dalla speranza di evitare una morte orribile: meglio essere strangolati prima di finire tra le fiamme che essere arsi vivi.

Quello che più paventavano gli inquisitori erano i condannati che fino alla fine rifiutavano di convertirsi. "Costoro – scrive Eymerich – vogliono il rogo; se sono condannati ad essere arsi, sono convinti di morire da martiri e di andare in cielo". E se c'era una cosa che l'Inquisizione assolutamente non voleva, era proprio che gli eretici si facessero passare per martiri (13).

e) *L'autodafé*.

Nel 1578, completando e commentando il *Manuale* di Eymerich, il giureconsulto Francisco Pena [segno particolare sulla **n** di Pena in modo che si legga **gn**] ricordava che la finalità primaria di un processo e di una condanna a morte non consisteva nel salvare l'anima dell'eretico, ma nel difendere la pubblica moralità e nell'incutere paura alla gente; era per questo, aggiungeva, che la lettura delle sentenze e le abiure dovevano svolgersi in pubblico "a edificazione e monito per tutti".

A questo doveva servire l'autodafé. Come dice il termine stesso, l'autodafé era un atto di fede, una manifestazione pubblica e solenne di fedeltà al cattolicesimo, oltre che la manifestazione , anch'essa pubblica, di rifiuto dell'eresia. Per dare all'autodafé tutto il suo significato, bisognava riservarlo a circostanze fuori dell'ordinario, quando si trattava di denunciare forme ben definite di eresia. Ovviamente, si facevano sfilare anche responsabili di reati minori (come bestemmiatori, bigami, streghe…), ma solamente a titolo di contorno; questi ultimi reati da soli non avrebbero giustificato un autodafé.

Secondo la definizione datane da Llorente, studioso dell'Ottocento, l'autodafé consisteva in una "lettura pubblica e solenne degli estratti dei processi e delle sentenze pronunciate dagli inquisitori, in presenza dei colpevoli o davanti alle loro effigi e in mezzo a tutte le autorità e alle corporazioni più prestigiose della città, e in particolare del giudice del tribunale reale, a cui venivano rimesse le persone o le effigi dei condannati, affinché pronunciasse subito la condanna alla morte e al fuoco, secondo le leggi dello Stato relative agli eretici, e affinché ne ordinasse l'esecuzione dopo aver fatto preparare, dietro segreto preavviso degli inquisitori, il patibolo, la legna, la macchina per lo strangolamento e gli esecutori secolari".

Nei primi tempi, gli autodafé erano abbastanza sobri e austeri. Dal XVI secolo in poi la cerimonia divenne più lunga e assunse un carattere più solenne. Gli autodafé del 1559, destinati a eliminare focolai di luterani di Valladolid e di Siviglia, registrarono un cambiamento significativo; assunsero infatti una forma che verrà codificata due anni dopo dall'inquisitore generale Valdés, e che rimase poi definitiva. Infatti nelle *Istruzioni* pubblicate nel 1561 si legge: "Allorché i processi saranno terminati e i verdetti emessi, gli inquisitori fisseranno un giorno festivo per celebrare l'autodafé; si comunicherà questa data ai canonici e alle autorità municipali: se è il caso al presidente e agli uditori della corte di giustizia, per invitarli ad assistere alla cerimonia. Gli inquisitori veglieranno a che non si incominci troppo tardi perché l'esecuzione dei rilasciati possa avvenire di giorno e senza incidenti".
"Tutto detto esplicitamente, dunque – fa notare J. Pérez, *op. cit.* , p. 160 - : l'autodafé si terrà di domenica o in un giorno festivo affinché vi possa assistere la popolazione della città e dei dintorni, si inviteranno le autorità religiose, civili e giudiziarie, così come i corpi costituiti e le corporazioni".

Le condanne a morte non venivano eseguite nell'ambito dell'autodafé vero e proprio, ma subito dopo in un altro luogo. L'Inquisizione le demandava alla giustizia reale, che doveva applicare la pena prevista per il crimine di lesa maestà divina: la morte sul rogo. Una volta lette le sentenze, un picchetto di polizia prendeva in carico i condannati e li conduceva sul luogo del supplizio. Juan Pàez de Valenzuela ha lasciato la relazione di un'esecuzione a Cordova, seguita all'autodafé del 2 dicembre 1625, con questo commento: "C'era tanta gente venuta ad assistere a questo triste spettacolo, a piedi, in carrozza, a cavallo, che quasi non si poteva circolare in quella grande piazza, e questo fino a oltre le due del mattino seguente".
La narrazione di Joseph del Olmo su quanto accadde a Madrid nel 1680 fa venire i brividi: si erano installati "sui luoghi del supplizio una ventina di pali con anelli per attaccarvi e legarvi i condannati e poi mettervi fuoco,

come si usa, ma evitando l'orrore e la violenza che si riscontrano spesso in questo tipo di esecuzione". Subito dopo si gettavano sul rogo i corpi , insieme con le spoglie e le effigi dei condannati giudicati in contumacia. Nel frattempo i preti si prodigavano per convincere i renitenti ad abiurare e a sfuggire così alla morte atroce che li attendeva. Non era raro che la paura sortisse il suo effetto; a Madrid il 30 giugno 1680 cinque condannati si convertirono pochi istanti prima dell'esecuzione, ma, sempre in quello stesso giorno, parecchi altri resistettero e furono bruciati vivi. La folla presente ne rimase inorridita, ma provò anche una certa ammirazione per il coraggio di uomini che preferivano morire in quel modo piuttosto che abiurare la loro fede (14).

Non c'è bisogno di alcun commento per condannare con indignata ed energica fermezza le atrocità commesse dalla Chiesa in quelle circostanze. Una Chiesa che si richiama a Gesù, ma che non ha neanche un barlume della sua pietà.

f) Le vittime dell'Inquisizione spagnola.

Quante furono le vittime imputabili all'Inquisizione spagnola? I lavori pubblicati nell'ultimo trentennio, dice Joseph Pérez (*op. cit.* , p. 173), consentono di affrontare la questione, se non proprio con sicurezza, quanto meno con obiettività.

All'inizio del XIX secolo Llorente, nella sua *Historia critica de la inquisiciòn en Espana* [segno particolare su **n** di Espana], fu il primo a tentare di rispondere con precisione. Conosceva bene gli archivi del Sant'Ufficio spagnolo, per aver ricoperto cariche di responsabilità in quella istituzione. Ecco le cifre che ci fornisce: 340.592 vittime dalle origini (1480) al 1815, con le seguenti precisazioni: 31.913 individui arsi fisicamente, 17.659 in effigie, 291.021 riconciliati o condannati a pene minori. Llorente aggiungeva che la repressione era stata particolarmente severa nel corso degli anni 1483-1498; in questo periodo , in cui a ricoprire la carica di inquisitore generale era stato Torquemada, c'erano stati 8.800 arsi sul rogo e 9654 condannati a pene varie.

A partire dalla metà del XIX secolo le cifre fornite da Llorente vennero contestate come assolutamente esagerate. Nel suo libro sul cardinale Ximenes un autore cattolico come Joseph Karl Hefele, che passa per un apologeta del Sant'Uffizio, così come anche un protestante come Peschel, convengono su questo punto. Per Peschel il numero delle persone arse dal 1481 fino alla morte della regina Isabella (1504) non avrebbe superato le *duemila*. Anche Graetz parla di *duemila* vittime che sarebbero morte sul rogo, ma solo al tempo di Torquemada. All'inizio del XX secolo Lea, già citato, criticò il metodo Llorente. Avendo a disposizione documentazioni lacunose, Llorente era partito dai dati forniti dal cronista Bernàldez e, in seguito, dallo storico Mariana; aveva calcolato la media annua delle vittime quale risultava da queste fonti e ne aveva fatto un'estrapolazione per gli anni sui quali non esistevano informazioni. Si basava dunque sul presupposto che l'attività del Sant'Uffizio avesse sempre avuto la stessa intensità degli anni dell'insediamento, il che non corrisponde al vero. Senza averlo fatto deliberatamente, Llorente aveva esagerato di molto il numero delle vittime.

Per il periodo che va dal 1500 al 1560 circa non si hanno dati statistici precisi; la maggior parte degli archivi sono scomparsi; i cronisti coevi riportano informazioni frammentarie e non sempre corredate di dati esatti sull'attività dei tribunali.

A partire dal 1560, invece, fino alla fine del XVII secolo i tribunali erano obbligati a inviare alla *Suprema* rapporti periodici – *relaciones de causas* – nei quali descrivevano sommariamente i processi in corso, i nomi degli accusati, la natura dei reati, le sentenze pronunciate, e così via. Nel XVIII secolo le allegazioni (*allegaciones fiscales*) fornite dagli accusatori presentano caratteristiche analoghe. Se queste fonti non contengono sempre statistiche rigorose, permettono tuttavia di valutare con ragionevole approssimazione il numero delle vittime.

Dobbiamo a Jaime Contreras e Gustav Henningsen le ricerche più serie per riuscire a valutare il numero delle vittime dell'Inquisizione spagnola. Basandosi sulle *relaciones de causas*, i due storici giunsero a stimare che tra il 1540 e il 1700 il Sant'Uffuzio perseguì 49.092 individui. Procedendo a estrapolazioni prudenti per l'epoca anteriore e a quella posteriore, calcolarono che furono intentati in totale 125.000 processi. Tre volte meno di quanto aveva suggerito Llorente.

Per quanto riguarda le pene inflitte, Contreras e Henningsen stimano che la pena di morte sia stata inflitta nel 3,5% dei casi, ma che solo l'1,8% di 49.092 persone perseguite sarebbe stato effettivamente giustiziato; gli altri sarebbero stati arsi in effigie. In altri termini, tra il 1540 e il 1700 sarebbero state giustiziate 883 persone.

Noi sappiamo, d'altra parte, che le condanne a morte erano stata numerosissime prima del 1500 e che se ne ebbero ancora molte dopo il 1700. E' pertanto "ragionevole – afferma Joseph Pérez, *op. cit.*, p. 176 – stimare *in meno di diecimila* le condanne a morte con relative esecuzioni pronunciate dall'Inquisizione (spagnola) nel corso della sua storia" (1478-1820).

Oggi c'è la tendenza a minimizzare. Già alla fine del secolo XIX il romanziere Juan Valera dichiarava: "Il numero di tutti i mori, ebrei ed eretici perseguiti e arsi in Spagna nel corso di trecento anni è lungi dall'eguagliare il numero delle streghe bruciate in Germania". Considerazioni di questo genere vanno moltiplicandosi ai nostri giorni, sui giornali nonché nelle opere considerate serie. Il contesto lascia capire che, tutto sommato, l'Inquisizione spagnola non è stata che una tra le tante manifestazioni dell'intolleranza, caratteristica dell'epoca delle guerre di religione, e che non c'è ragione di scandalizzarsene in modo particolare.

La decretale pontificia *Memoria e riconcialiazione* (15), con la quale la Chiesa cattolica ha chiesto perdono per i soprusi commessi dall'Inquisizione, è rivelatrice di questa tendenza a circoscrivere e a sminuire il Sant'Uffizio. Giovanni Paolo II ricorda che l'Inquisizione era stata creata e aveva operato in una fase dolorosa della Chiesa, e dà l'impressione di ritenere che gli abusi commessi, condannabili in sé e per sé, in definitiva sono meno numerosi di quelli che si possono osservare nella stessa epoca in altre religioni.

Ma non è la stessa cosa. Perché il cattolicesimo pretende di richiamarsi a Gesù di Nazareth, il quale non ha mai odiato né ucciso nessuno, ed ha affermato categoricamente che non bisogna odiare né tanto meno uccidere.

Quindi le atrocità commesse non sono in alcun modo scusabili.

Il problema posto dall'Inquisizione non deve in alcun modo ridursi ai suoi dati statistici e a una macabra contabilità. E' vero che nel secolo XVI la libertà di pensiero non esisteva in nessuna parte del mondo. Tutti gli Stati praticavano l'intolleranza. Ma l'Inquisizione spagnola non fu una manifestazione di intolleranza come tante altre verificatesi in Europa. Pur concedendo che essa sia stata meno sanguinaria di quanto si è sempre detto, rimane il fatto che non ha avuto equivalenti in Europa.

Su tale problema, ha fatto il punto Marcel Bataillon nella sua tesi su Erasmo, pubblicata nel 1937: "La repressione spagnola si distingue meno per la sua crudeltà che per la potenza dell'apparato burocratico, poliziesco e giudiziario di cui dispone. La sua organizzazione centralizzata copre tutta la penisola con una rete piuttosto fitta; possiede persino i suoi informatori all'estero [...]. Dato che l'editto della fede ingiungeva a tutti di denunciare i reati contro la fede di cui potevano essere a conoscenza, tutto il popolo spagnolo si trova associato, che lo voglia o no, all'azione inquisitoriale" (16).

Possiamo pertanto concludere con Joseph Pérez che "Queste caratteristiche fanno sì che i confronti con altri paesi non siano probanti. In tutti gli altri luoghi si assiste ad accessi di intolleranza che provocano migliaia di vittime, accessi preceduti e seguiti da periodi più o meno lunghi di pace; in Spagna ci si trova in presenza di un'intolleranza meno cruenta, certamente, ma di una intolleranza istituzionalizzata, organizzata e burocratizzata, e che durò molto più che altrove, dal 1480 al 1820" (17).

5. L'Inquisizione romana (o Sant'Uffizio)

La Congregazione della sacra romana e universale Inquisizione o Sant'Uffizio fu creata nel 1542 da papa Paolo III con la bolla *Licet ab inizio*. Il primo presidente della congregazione fu Giovanni Pietro Carafa, futuro papa Paolo IV.

IL Sant'Uffizio consisteva in un collegio permanente di cardinali ed altri prelati che dipendeva direttamente dal papa. Il suo compito esplicito era *mantenere e difendere l'integrità della fede, esaminare e proscrivere gli errori e le false dottrine*. A questo scopo fu anche creato *l'Indice dei libri proibiti*.

Il raggio d'azione degli inquisitori romani comprendeva tutta la Chiesa cattolica, ma la sua concreta attività, tranne alcuni casi (come quello del cardinale inglese Reginald Pole), si restrinse quasi solo all'Italia. Tra i processi famosi celebrati da questo tribunale ricordiamo quello a Giordano Bruno e quello a Galileo Galilei.

In breve tempo questo tribunale divenne il più importante all'interno della cattolicità, infatti ad esso potevano appellarsi i condannati di altri tribunali. Inoltre divenne quasi una sorta di supervisore del lavoro dei tribunali locali.

Delle inquisizioni nate a partire dal medioevo è l'unica ancora oggi esistente. Il 29 giugno 1908 papa Pio X ne cambiò il nome in *Sacra Congregazione del Sant'Uffizio*. Paolo VI, a sua volta, il 7 dicembre 1965 la rinominò in *Congregazione per la dottrina della fede* ridefinendone i compiti. Papa Giovanni Paolo II ne ridefinì ancora i compiti: promuovere e tutelare la dottrina della fede e dei costumi cattolici. E nel 1981 vi pose a capo Joseph Alois Ratzinger, l'attuale papa Benedetto XVI.

In specifici casi il Sant'Uffizio si serviva della consulenza di professionisti esterni: soprattutto teologi ed esperti di diritto canonico. Non tutti i processi per devianze dalla Chiesa cattolica erano gestiti dall'Inquisizione. In Francia, ad es., sotto l'*ancien régime*, atei e bestemmiatori erano processati dai tribunali civili.

Nel corso del 1962, papa Giovanni XXIII approvò il documento *Crimen sollicitationis*, redatto dal cardinale Alfredo Ottaviani allora segretario della Congregazione. Tale documento, accessibile solo ai vescovi fino al 2001, definiva le procedure da seguire nei casi di abusi commessi da sacerdoti nei confronti dei fedeli, specialmente quelli di natura sessuale (18).

6. Il processo a Galileo Galilei

Galileo nacque a Pisa nel 1564 e morì ad Arcetri, Firenze, nel 1642. E' universalmente riconosciuto "padre della scienza moderna" e illustre filosofo. Per volere del padre nel 1581 si iscrisse alla facoltà di medicina dell'università di Pisa. Ma per l'arte medica non mostrò alcun interesse, e tornò a Firenze senza aver conseguito alcun titolo accademico. Si dette invece allo studio della matematica sotto la guida di Ostilio Ricci, che era stato discepolo del grande Nicola Tartaglia, e si dedicò interamente alla scienza fisica, per la quale era nettamente portato.

a) Le prime scoperte di Galileo.

A Firenze cominciò a compiere sistematicamente le prime osservazioni fisiche, scoprendo nel 1583 l'isocronismo del pendolo. Dopo aver pubblicato nel 1586 *La bilancetta*, scritto nel quale illustrava la bilancia idrostatica da lui progettata sulla scia di Archimede, si dedicò anche ad ampliare la propria cultura letteraria, finché nel 1589 gli fu assegnato dal granduca di Toscana un insegnamento di matematica all'università di Pisa: a questo periodo appartengono, se realmente avvenuti, i leggendari esperimenti di lancio dei gravi dalla torre di Pisa. Com'è noto egli, dall'alto della torre in questione avrebbe fatto cadere al suolo due palle da cannone, una più pesante dell'altra, sostenendo che esse avrebbero toccato terra contemporaneamente, come in effetti avvenne. In questo modo egli avrebbe vinto Aristotele il quale sosteneva che un corpo più pesante viaggia verso terra più velocemente di un corpo più leggero, e che quindi tocca il suolo prima di quest'ultimo. La novità consiste nel fatto che in fisica bisogna fare sempre l'esperimento per provocare la risposta della natura. Cosa che Aristotele aveva trascurato.

Nel 1592 ottenne un posto, meglio retribuito, all'università di Padova. Nel nuovo ambiente, Galileo intraprese numerose ricerche scientifiche e ampliò i preesistenti interessi per la tecnica istallando, fra l'altro, accanto al proprio studio una sorta di officina-laboratorio. Risalgono a quest'epoca *Le operazioni del compasso geometrico militare* (1606).

Nel 1609, giuntagli notizia che degli "occhialai" olandesi avevano costruito un "occhiale" che consentiva di vedere oggetti lontani, realizzò anch'egli un simile strumento e con esso compì le osservazioni astronomiche i cui risultati pubblicò nel *Sidereus Nuncius* (1610). Il cannocchiale consentì di scoprire che la Via Lattea era un ammasso di stelle, che il paesaggio lunare non differiva molto da quello terrestre, che esistevano, oltre quelli conosciuti, altri quattro pianeti satelliti di Giove, da Galileo chiamati "pianeti medicei" in onore della famiglia dei Medici. Poco più tardi, ulteriori osservazioni gli permisero di scoprire le fasi di Venere (simili alle fasi lunari, e che gli consentirono di concludere che anche Venere girava intorno al sole) e di iniziare lo studio delle macchie solari.

Attraverso queste scoperte veniva scardinata la costruzione astronomica aristotelico-tolemaica, della quale crollavano due capisaldi: 1) la diversità qualitativa fra il cielo e la terra, ossia l'idea errata che solo la Terra fosse corruttibile, mentre gli astri del cielo sarebbero stati incorruttibili; 2) l'unicità del centro di tutti i movimenti cosmici, ossia l'idea parimenti errata che esistesse un unico centro dell'universo: infatti, dilatandosi immensamente tale universo, si configurava una molteplicità di centri.

Inoltre l'impiego del cannocchiale faceva cadere l'obiezione, mossa all'ipotesi copernicana, che la "natura terrestre" di un pianeta impedirebbe al medesimo di muoversi. In altre parole, non è vero che il pianeta Terra non può muoversi: infatti se la Luna, che è stata scoperta affine alla Terra, si muove, anche la Terra deve poterlo fare.

b) Il sistema eliocentrico e l'accusa di eresia.

In un primo momento sembrò che il sistema eliocentrico incontrasse il favore generale (infatti ricevette, tra l'altro, l'assenso di Keplero e degli stessi gesuiti del Collegio romano) e Galileo nel 1610 venne assunto dal granduca di Toscana Cosimo II come primario matematico dell'università di Pisa (senza l'obbligo di tenervi lezioni e di risiedervi) e come primario matematico e filosofo di corte. Ciò gli permise di risolvere per sempre i propri problemi economici e di dedicarsi interamente al lavoro scientifico. Ma fu a questo punto che incominciarono le prime noie con l'Inquisizione. Infatti un frate domenicano lo accusò di eresia e lo denunciò presso il Sant'Uffizio. Si sostenne che il sistema copernicano era in contrasto con la Bibbia, in quel punto in cui si dice che Giosuè fermò il sole. Ora -dicevano – se il Libro Sacro rivela che il sole si muove, le cose devono stare proprio così, perché la Bibbia, in quanto rivelata da Dio, non può sbagliare. Perciò è falso affermare con Copernico che è la terra a girare intorno al sole.

Ma altre ragioni si aggiungevano ad ostacolare la tesi di Galileo: infatti la Chiesa sosteneva da sempre la validità del sistema geocentrico aristotelico-tolemaico, secondo il quale la terra sta immobile al centro dell'universo e il sole e i pianeti le girano intorno. Non era possibile infrangere questo quadro metafisico e fisico che costituiva il fulcro dell'insegnamento ecclesiastico, proprio in un momento di lotta contro il protestantesimo.

Galileo cercò di difendersi dalle accuse e nello stesso tempo di fondare l'autonomia della scienza dalla religione. Scrisse infatti le celebri quattro "lettere copernicane": una a Benedetto Castelli, due a monsignor Pietro Dini, e una alla granduchessa madre Cristina di Lorena.

I fondamenti della sua posizione sono contenuti nella lettera a Castelli (1613): la natura e le Sacre Scritture procedono entrambe da Dio e quindi sono entrambe valide. D'altra parte la Bibbia non è un trattato scientifico e deve essere interpretata allegoricamente. Per quanto riguarda la morale e i costumi, invece, essa conserva intatta la sua validità e deve essere presa alla lettera.

Nella lettera a Cristina di Lorena (1615) Galileo dà ulteriori precisazioni sulla sua posizione: alla domanda della granduchessa che vuole sapere se la teologia possa essere ancora considerata la regina delle scienze, egli risponde che, se consideriamo l'eccellenza del suo oggetto, la teologia è la prima delle scienze. Ma questo non può essere interpretato come ingerenza della teologia in tutti i campi dell'indagine scientifica. La teologia e la scienza sono entrambe autonome.

Ma nonostante questi chiarimenti o proprio in virtù di essi, nel 1916, la *teoria eliocentrica*, che vede il sole al centro immobile e la terra girare intorno ad esso, *fu condannata dalla Chiesa*. E lo stesso cardinale Bellarmino, al quale Galileo si era indirettamente rivolto con la seconda e terza lettera copernicane, gli ingiunse di abbandonare del tutto la sua teoria e di non difenderla o insegnarla né a voce né per iscritto.

c) Il metodo della nuova scienza.

Nel 1623, lo stesso anno in cui inizia il pontificato di Urbano VIII, papa più aperto e tollerante del predecessore (almeno inizialmente), Galileo pubblica *Il saggiatore*, opera fondamentale , perché in essa egli delinea l'ideale della nuova scienza, il cui metodo si compone di "sensate esperienze" e di "certe (= matematiche) dimostrazioni". Più precisamente, quando si studia un fenomeno, per scoprire la sua legge bisogna formulare un'ipotesi matematica e poi effettuare l'esperimento. Se nel corso dell'esperimento i rapporti matematici ipotizzati risultano verificati, possiamo dire di aver scoperto la legge di tale fenomeno.

Galileo spiega inoltre che ciò che appartiene oggettivamente alla natura sono i rapporti matematici, da cui i fenomeni sono regolati. Noi cogliamo vagamente tali rapporti quantitativi sotto forma di sensazioni (colori, suoni, odori, ecc.); ma le sensazioni non appartengono alle cose: non sono altro che modi di sentire nostri, cosicché se fossero tolti "i nasi, gli occhi, le orecchie", tali sensazioni sparirebbero del tutto. Ciò che rimarrebbe sarebbe solo la materia, con i suoi valori *quantitativi* di estensione, figura, peso e movimento. Si tratta di quella che verrà poi detta la distinzione fra qualità primarie e qualità secondarie dei corpi e che costituirà la base del meccanicismo secentesco e settecentesco.

Galileo aggiunge infine che la natura è come un gran libro, scritto direttamente da Dio. Ma di questo libro occorre saper leggere i caratteri che, egli afferma, appartengono a una "lingua matematica", fatta di cerchi, triangoli e altre figure geometriche; esso non può essere capito se prima non si impara ad intendere tale linguaggio.

d) La condanna.

Nel 1624 Galileo progettò il *Dialogo sopra i due massimi sistemi del mondo, tolemaico e copernicano*, il quale, dopo non poche difficoltà, fu pubblicato nel 1632.

L'opera si scandisce in quattro giornate, durante le quali tre interlocutori, l'aristotelico e tolemaico Simplicio, il copernicano Salviati e l'imparziale Sagreto, mettono a confronto i due "massimi sistemi", senza affermare esplicitamente quale dei due debba essere preferito. In realtà Galileo intende invece mostrare l'insostenibilità della fisica aristotelica, la verità della cosmologia copernicana e l'esistenza di una vera e propria prova fisica della teoria di Copernico, costituita dal flusso delle maree (oggi tuttavia ritenuta erronea).

Nel corso del dialogo compare la celebre distinzione fra la conoscenza di Dio (che è intuitiva) e quella dell'uomo (che è invece discorsiva, frutto cioè di un ragionamento). Dio inoltre conosce tutte le verità, mentre l'uomo ne conosce alcune soltanto. Si potrebbe dire addirittura che l'uomo non conosce quasi nulla rispetto a Dio.

Ma c'è un tipo di verità conosciuto altrettanto bene da Dio e dall'uomo: si tratta delle verità matematiche.

Benché la pubblicazione del libro fosse stata autorizzata dagli organi censori, in seguito all'uscita dell'opera e per il grande successo da essa riscosso, il 28 settembre 1632 il Sant'Uffizio emette la citazione di comparizione di Galileo a Roma.

Galileo giunse a Roma il 13 febbraio e fu ospitato dall'ambasciatore del Granducato di Toscana Piccolini, a Villa Medici. Dopo due mesi fu trasferito al palazzo del Sant'Uffizio, e lì rimase carcerato durante tutto il tempo del processo. Il 12 aprile si presentò per la prima volta davanti all'inquisitore Vincenzo Maculano.

Da notare che il 16 giugno, in una riunione riservata degli inquisitori alla presenza del papa, si decise di utilizzare anche la tortura pur di far confessare Galileo, anche se non vi sono riscontri sul fatto che nei suoi confronti si sia andati oltre la minaccia.

Il 22 giugno 1633, infine, si giunse alla famosa abiura dello scienziato e alla sua condanna al carcere formale (19).

Il 1° luglio 1633 gli fu concesso di trasferirsi a Siena nell'abitazione dell'amico arcivescovo Antonio Piccolomini, poi nella sua villa di Arcetri, in una sorta di arresti domiciliari a vita.

Nel 1638, quando era già completamente cieco, pubblicò (a Leida, in Olanda) il suo lavoro più importante: *Discorsi e dimostrazioni matematiche intorno a due nuove scienze*. In esso tratta delle leggi del moto e della struttura della materia.

Morì, all'età di settantasette anni, l'8 gennaio 1642. Il suo corpo fu sepolto nel tempio di S. Croce, dov'era l'antica sepoltura della nobile famiglia dei Galilei.

Il Sant'Uffizio si oppose all'erezione di un monumento alla sua memoria, che fu possibile edificare soltanto nel 1737, per raccogliere le spoglie del grande scienziato.

e) Il testo della sentenza.

Il 22 giugno 1633, nella Sala capitolare del convento domenicano adiacente alla chiesa di Santa Maria sopra Minerva, viene letta in italiano, a un Galileo inginocchiato, la sentenza sottoscritta da sette inquisitori su dieci. (Di essa riportiamo la parte finale) (20).

Dal testo ufficiale della sentenza di condanna contro Galilei si legge che, in quanto riconosciuto colpevole di eresia, potrà essere assolto dal Sant'Uffizio

"pur che prima, con cuore sincero e fede non finta, avanti di noi abiuri, maledichi e detesti li suddetti errori e eresie, e qualunque altro errore e eresia contraria alla Cattolica e Apostolica Chiesa, nel modo e forma che da noi ti sarà data.

Acciocché questo tuo grave e pernicioso errore e trasgressione non resti del tutto impunito, e sii più cauto nell'avvenire e essempio all'altri che si astenghino da simili delitti. Ordiniamo che per pubblico editto sia proibito il libro de' Dialoghi di Galileo Galilei.

Ti condanniamo al carcere formale in questo S.o Off.o ad arbitrio nostro; e per penitenze salutari t'imponiamo che per tre anni a venire dichi una volta la settimana li sette Salmi penitenziali: riservando a noi facoltà di moderare, mutare o levar in tutto o parte, le sodette pene e penitenze".

f)   L'abiura.

Dopo la lettura della sentenza Galileo, per evitare la *condanna a morte*, dovette abiurare, leggendo un testo preparato dal Sant'Uffizio. Testo che riportiamo per intero, a disonore del papa Urbano VIII e dei cardinali che lo condannarono.

"Io Galileo, figlio di Vincenzo Galilei di Fiorenza, dell'età mia d'anni 70, costituto personalmente in giudizio, e inginocchiato avanti di voi Eminentissimi e Reverendissimi Cardinali, in tutta la Repubblica Cristiana contro l'eretica pravità generali Inquisitori; avendo davanti gl'occhi miei li sacrosanti Vangeli, quali tocco con le proprie mani, giuro che sempre ho creduto, credo adesso, e con l'aiuto di Dio crederò per l'avvenire, tutto quello che tiene, predica e insegna la Santa Cattolica e Apostolica Chiesa. Ma perché da questo Santo Ufficio, per aver io, dopo d'essermi stato con precetto dall'istesso giuridicamente intimato che omninamente dovessi lasciar la falsa opinione che il Sole sia centro del mondo e che non si muova, e che la terra non sia centro del mondo e che si muova, e che non potessi tenere, difendere né insegnare in gualsivoglia modo, né in voce né in scritto, la detta falsa dottrina, e dopo d'essermi notificato che detta dottrina è contraria alla Sacra Scrittura, scritto e dato alle stampe un libro nel quale tratto l'istessa dottrina già dannata e apporto ragioni con molta efficacia a favor di essa, senza apportar alcuna soluzione, sono stato giudicato veementemente sospetto d'eresia, cioè d'aver tenuto che il Sole sia centro del mondo e imobile e che la Terra non sia centro e che si muova;

pertanto, volendo io levar dalla mente delle Eminenze Vostre e d'ogni fedel Cristiano questa veemente sospizione, giustamente di me conceputa, con cuor sincero e fede non finta abiuro, maledico e detesto li suddetti errori e eresie, e generalmente ogni e qualunque altro errore, eresia e setta contraria alla S.ta Chiesa; e giuro che per l'avvenire non dirò mai più né asserirò, in voce o in scritto, cose tali per le quali si possa aver di me simil sospizione; ma se conoscerò alcun eretico o che sia sospetto d'eresia lo denonziarò a questo S. Offizio, o vero all'Inquisitore o Ordinario del luogo, dove mi trovarò.

Giuro anco e prometto d'adempire e osservare intieramente tutte le penitenze che mi sono state o mi saranno da questo Santo Officio imposte; e contravvenendo ad alcuna delle mie dette promesse e giuramenti, il che Dio non voglia, mi sottometto a tutte le pene e castighi che sono da' sacri canoni e altre costituzioni generali e particolari contro simili delinquenti imposte e promulgate. Così Dio m'aiuti e questi suoi santi Vangeli, che tocco con le proprie mani.

Io Galileo Galilei sodetto ho abiurato, giurato, promesso e mi sono obbligato come sopra; e in fede del vero, di mia propria mano ho sottoscritta la presente cedola di mia abiurazione e recitatala di parola in parola, in Roma, nel convento della Minerva, questo dì 22 giugno 1633.
Io Galileo Galilei ho abiurato come di sopra, mano propria.

g)   *La Chiesa riconosce l'ingiusta condanna.*

L'inizio della "riabilitazione" dello scienziato da parte della Chiesa cattolica si può datare al 1741, quando Benedetto XIV fece concedere dal Sant'Uffizio l'imprimatur alla prima edizione delle *Opere complete di Galileo*. A cui seguì, nel 1822, la concessione dell'imprimatur all'opera "Elementi di ottica e astronomia" del canonico Settele, che dava come teoria consolidata e del tutto compatibile con la fede cristiana il sistema copernicano. Si aggiunga che, nell'edizione aggiornata dell'indice del 1846, tutte le opere sul sistema copernicano furono cassate. Infine, papa Giovanni Paolo II, auspicò che l'esame del caso Galilei venisse approfondito da "teologi, scienziati e storici, animati da uno spirito di sincera collaborazione, [...] nel leale riconoscimento dei torti, da qualunque parte provengano". A tal uopo il 3 luglio 1981 fu istituita un apposita "Commissione di studio".

Dopo oltre 11 anni, nella relazione finale della Commissione stessa datata 31 ottobre 1992, il presidente, cardinale Poupard, scrive che la condanna del 1633 fu *ingiusta,* per un'indebita commistione di teologia e cosmologia pseudo-scientifica e arretrata.
Dunque, dopo ben 359 anni, 4 mesi e 9 giorni, Galileo venne finalmente riabilitato dalla Chiesa cattolica, con la cancellazione definitiva della sentenza inflitta al grande scienziato pisano il 22 giugno 1633 dal Sant'Uffizio.
Ma diamo direttamente la parola al cardinale Poupard, autore della relazione finale:

[...]
3. In effetti "*Galileo non era riuscito a provare in maniera inconfutabile* il doppio moto della Terra, la sua orbita annuale intorno al sole e la sua rotazione giornaliera intorno all'asse dei poli, mentre aveva la convinzione di averne trovata la prova nelle maree oceaniche, delle quali soltanto Newton

doveva dimostrare la vera origine. [...] Ci vollero più di 150 anni ancora per trovare le prove ottiche e meccaniche del moto della Terra.

Da parte loro, gli avversari di Galileo non hanno, né prima né dopo di lui, scoperto nulla che potesse costituire una confutazione convincente dell'astronomia copernicana. I fatti si imposero e fecero presto apparire il carattere relativo della sentenza pronunciata nel 1633. Questa non aveva un carattere irreformabile. Nel 1741, di fronte alla prova ottica della rotazione della Terra intorno al Sole Benedetto XIV fece concedere dal Sant'Uffizio l' "imprimatur" alla prima edizione delle *Opere complete di Galileo*".

Dunque la commissione riconosce tre fatti importanti:
1)   gli avversari di Galileo non hanno scoperto nulla che potesse confutare l'astronomia copernicana;
2)   la sentenza pronunciata nel 1633 non aveva un carattere irreformabile;
3)   nel 1741 Benedetto XIV fece concedere dal Sant'Ufficio l' "imprimatur" alla prima edizione delle *Opere complete di Galileo.*
Siamo perciò ad un *implicita riforma della sentenza del 1633,* come attesta la stessa Commissione al punto 4 della relazione.

La relazione così continua:
5. "In conclusione, *la rilettura dei documenti d'archivio* lo dimostra ancora una volta: tutti gli attori di un processo, senza eccezioni, hanno diritto al beneficio della buona fede, in assenza di documenti extraprocessuali contrari. Le qualifiche filosofiche e teologiche abusivamente attribuite alle teorie nuove per allora sulla centralità del sole e la mobilità della terra furono conseguenza di una *situazione di transizione* nell'ambito delle conoscenze astronomiche, e di una *confusione* esegetica riguardo alla cosmologia. Eredi della concezione unitaria del mondo, che si impose universalmente fino all'alba del XVII secolo, alcuni teologi contemporanei di Galileo non hanno saputo interpretare il significato profondo, non letterale, delle Scritture, quando queste descrivono la struttura fisica dell'universo creato, fatto che li condusse a trasporre indebitamente una questione di osservazione fattuale nel campo della fede".

In questo brano vi sono due critiche precise ai teologi che influenzarono il Sant'Uffizio che condannò Galileo:
1) aver unito abusivamente la teologia con una cosmologia pseudo-scientifica e arretrata (quella aristotelico-tolemaica), la qual cosa portò alla ripulsa delle teorie nuove sulla centralità del sole e la mobilità della terra. Ripulsa che si sarebbe evitata, se questa unione non ci fosse stata. In altre parole   la cosmologia (sia quella vecchia come quella nuova), avrebbe

172

dovuto essere autonoma dalla teologia. Ciò avrebbe evitato la condanna di Galileo;

2)   non aver saputo interpretare il significato profondo delle Scritture, quando queste descrivono la struttura fisica dell'universo. Come là dove leggiamo che Giosuè fermò il sole. Interpretato alla lettera il sole si muoverebbe in quanto si sarebbe temporaneamente fermato. In base alla teoria copernicana, invece, sarebbe stata la terra a fermarsi, arrestando la sua rotazione intorno a se stessa. Anche se, ovviamente, Giosuè avrebbe sempre detto: "O sole, fermati". Perché apparentemente è sempre il sole che sembra muoversi. Similmente noi oggi diciamo ancora che il sole sorge e tramonta, anche se sappiamo che non è così.

Da notare, oltre tutto, che quella di Giosuè che ferma il sole è palesemente e incontestabilmente una leggenda.

Avviandosi alla conclusione (scritta in corsivo nel testo), il cardinale Poupard afferma:

5 (cont.).   *"E' in questa congiuntura storico-culturale, ben lontana dal nostro tempo, che i giudici di Galileo incapaci di dissociare la fede da una cosmologia millenaria credettero a torto che l'adozione della rivoluzione copernicana, peraltro non ancora definitivamente provata, fosse tale da far vacillare la tradizione cattolica e che era loro dovere il proibirne l'insegnamento. Questo errore soggettivo di giudizio, così chiaro per noi oggi, li condusse ad adottare un provvedimento disciplinare di cui Galileo "ebbe molto a soffrire". Bisogna riconoscere questi torti con lealtà, come ha chiesto Vostra Santità".*

In questo quinto e ultimo punto la Commissione riconosce lealmente i **torti** della Chiesa; infatti:

1)   si afferma che i giudici di Galileo credettero, **a torto**, a) che l'adozione della rivoluzione copernicana fosse tale da far vacillare la tradizione cattolica,   b) e che era loro dovere il proibirne l'insegnamento;

2)   si sottolinea che **questo errore** soggettivo di giudizio degli inquisitori **è chiarissimo** per la Commissione;

3)   si aggiunge che tale errore di valutazione condusse i giudici ad adottare, sempre **a torto**, un provvedimento disciplinare di cui Galileo "ebbe molto a soffrire".

Dopo undici lunghi anni di studi e di approfondimenti, dunque, la Commissione è giunta ad ammettere la grandezza di Galileo e la sua non colpevolezza. Non poteva essere diversamente, in quanto egli aveva una fede genuina e sincera: non tentò mai di negare la verità rivelata nella Bibbia, ma soltanto disse che questa non è un testo scientifico ispirato da Dio per spiegare agli uomini "come vadia il cielo", ma si limita a rivelare all'uomo ciò che le scienze non possono dare, ossia "come si vadia al cielo".

Quando gli adolescenti, studiando Galileo, verranno a sapere che egli è stato condannato dalla Chiesa per eresia, chiederanno immediatamente quale dei dogmi cattolici egli abbia negato. All'udire la nota risposta che Galileo non ha negato nessun dogma tradizionale, ma ha soltanto sostenuto che la terra gira intorno al sole, rimarranno profondamente turbati dall'enormità del fatto. E sarà aperta la strada per il loro futuro anticlericalismo o, peggio ancora, per il loro futuro ateismo.

Non è necessario aggiungere altro. Il processo contro Galileo è stato totalmente arbitrario e ingiustificato.

Più precisamente, è stata totalmente arbitraria e ingiustificata la creazione, da parte della Chiesa, di un Tribunale dell'Inquisizione, che per oltre quattrocento anni ha fatto molto soffrire centinaia di migliaia di persone e ha acceso decine e decine di migliaia di roghi in tutta Europa. Ovviamente in netta contrapposizione a Gesù.

7.   Il processo a Giordano Bruno

Giordano Bruno nacque a Nola nel 1548 e morì a Roma nel 1600. Fu eminente filosofo, anche se non sistematico. Sui diciotto anni entrò nell'ordine domenicano (cambiando il nome di Filippo in quello di Giordano): ne uscì a 28 anni perché sospettato di eresia. Cominciò da allora una vita errabonda attraverso l'Europa che continuò fino all'arresto e alla successiva morte.

A Ginevra si convertì al calvinismo. Ma fu una cosa effimera. Dalla Svizzera passò in Francia, a Tolosa e a Parigi, dove pubblicò le sue prime opere di mnemotecnica (*De umbris idearum, Cantus circaeus*). Dalla Francia passò in Inghilterra al seguito dell'ambasciatore francese: fu a Oxford e a Londra, dove pubblicò le sue opere migliori: *La cena delle ceneri, De la causa, principio et uno, De l'infinito, universo e mondi, Spaccio della bestia trionfante* (tutti del 1584) e *Gli eroici furori* (1585).

Tornò quindi a Parigi, ma non si fermò. Fu allora a Wittemberg, Praga, Helmstaedt e Francoforte, dove pubblicò tre poemi latini, *De minimo, De monade* (1590), *De immenso et innumerabilibus* (1591). Dopo un soggiorno a Zurigo tornò in Italia, chiamato a Venezia dal patrizio Mocenigo, che voleva essere istruito sulla mnemotecnica. Ma il Mocenigo, anche perché insoddisfatto del suo insegnamento, lo denunciò per eresia all'Inquisizione.

Il Sant'Uffizio ottenne poi il suo trasferimento a Roma, dove fu tenuto in carcere per sette anni. Interrogato più volte e a lungo, Bruno rifiutò di ritrattare. Fu condannato allora a morte e arso vivo a Campo de' Fiori nel 1600.

La fermezza dimostrata nel lungo processo romano e l'intrepidezza con cui salì al rogo ne fecero un martire del libero pensiero, e come tale fu variamente celebrato lungo i secoli (21).

a) Il concetto di Dio del Bruno.

Giordano Bruno non era ateo: egli infatti riconosce chiaramente l'esistenza di Dio. Ma il conflitto con la Chiesa si determinò ugualmente, in quanto egli aveva una concezione diversa del divino.

Secondo lui Dio è innanzi tutto *Mens insita omnibus,* ossia una Mente insita in tutte le cose. Di conseguenza la natura non è più strutturata meccanicisticamente, ma è piuttosto un organismo vivente. Infatti come l'anima vivifica il corpo ed è presente in ogni parte di esso, così Dio vivifica la natura ed è presente in ogni sua parte.

Dio, quindi, è l'anima universale del mondo, la quale muove la materia dal di dentro, come "fabbro del mondo" che dall'interno del seme fabbrica ogni corpo. Essa è talmente intrinseca nella materia da far sì che essa stessa, come "potenza universale", diventi energia produttrice che manda fuori i principi formativi dal proprio seno e se ne riveste. Principio formativo e materia non sono, però, due sostanze differenti, ma piuttosto due aspetti dell'unica sostanza, la natura appunto, di cui il Bruno non cessa di celebrare il carattere divino.

Per esprimere questi concetti egli usa anche termini come *natura naturans*, che sarebbe il principio formativo della materia; e *natura naturata*, che sarebbe la materia stessa in quanto viene plasmata. Ma, ripetiamolo, questi due termini non esprimono due sostanze differenti, ma due aspetti di un' unica realtà totale.

Pertanto si configura in lui un vero e proprio panteismo. Ma egli rifiuta di ammetterlo, in quanto ritiene che, accanto alla *Mens insita omnibus,* di cui si occupa la filosofia, esista anche una *Mens super omnia,* ossia una Mente che si troverebbe al di sopra della natura, la quale nella sua essenza sfugge al pensiero filosofico.

Quindi il Bruno ammetterebbe anche un Dio trascendente, ossia esistente al di là della materia. Ma la Chiesa non gli ha creduto, perché l'unico Dio a cui egli rivolge la sua attenzione e la sua venerazione è quello insito nell'universo.

C'è inoltre un altro motivo di contrasto tra il Bruno e la Chiesa cattolica. Egli ritiene le religioni positive, compreso il cristianesimo, superstizioni deformatrici del verace concetto di Dio. Le varie fedi, quindi, sono utili per il volgo, ma prive di ogni valore per il filosofo.

La massa ignorante trova in esse da un lato l'unica espressione del divino accessibile alla sua rozza mentalità, dall'altro l'unica forma di legge pratica, valida a ritrarla dal male e a volgerla al bene. Ma il filosofo non può professare altra religione che la religione della Natura, riconoscimento e adorazione di quel principio infinito, di quel "divino" che agisce e si rivela nell'universo (22).

b) Il processo e la condanna.

Dopo circa quindici anni di assenza, come sappiamo, Giordano Bruno decide di tornare in Italia e di stabilirsi nella Repubblica di Venezia. Ma il patrizio veneziano Mocenigo , che lo aveva invitato, si dimostrò un infido amico. Infatti il 23 maggio 1592 presentò una denuncia scritta all'Inquisizione, accusandolo di blasfemia, di disprezzare le religioni, di non credere nella Trinità divina e nella transustanziazione, di credere nell'eternità del mondo e nell'esistenza di mondi infiniti, di praticare arti magiche, di credere nella metempsicosi, di negare la verginità di Maria e le punizioni divine.

La sera di quello stesso giorno il Bruno fu arrestato e rinchiuso nelle carceri dell'Inquisizione di Venezia, in San Domenico a Castello.

Bruno sa che la sua vita è in pericolo, e quindi si difende; e lo fa abilmente: nega tutto ciò che può negare, tace e anche mente, e giustifica le differenze fra le sue concezioni e i dogmi cattolici affermando che un filosofo, ragionando secondo "il lume naturale", può giungere a conclusioni diverse da quelle della Chiesa, senza dover per questo essere considerato eretico. Infine chiede perdono per gli "errori" commessi e dichiara di essere pronto a ritrattare.

L'Inquisizione veneziana sembra disposta a perdonarlo, ma, ad un certo punto, quella romana chiede la sua estradizione che, dopo qualche esitazione, viene concessa dal Senato veneziano. Pertanto il 27 febbraio 1593 il Bruno viene rinchiuso nelle carceri del Sant'Uffizio a Roma, dove rimane fino alla morte, avvenuta sul rogo nel 1600.

Bruno era il secondo cittadino di Nola ad essere consegnato dal Senato veneziano all'Inquisizione di Roma. Nel 1555, infatti, fu consegnato il luterano Pomponio de Algerio, che fu bruciato vivo in una caldaia di olio, pece e trementina, il 19 agosto 1556 in piazza Navona.

Una volta a Roma, fu interrogato a lungo e ripetutamente, anche sotto tortura, ma egli non rinnegò i fondamenti della sua filosofia: ribadì l'infinità dell'universo, la molteplicità dei mondi, la non generazione delle sostanze e il movimento della Terra intorno al Sole: sostenne che la terra è dotata di un'anima, che le stelle hanno natura angelica, che l'anima non è la forma del corpo, ma si trova in esso come il nocchiero nel suo naviglio; come unica concessione, è disposto ad ammettere l'immortalità dell'anima umana, mentre precedentemente aveva sostenuto che alla morte del corpo le anime si dissolvono nell'anima universale.

Il 12 gennaio 1599 è invitato ad abiurare otto proposizioni eretiche, tra cui la sua negazione della creazione divina e dell'immortalità dell'anima, la sua concezione dell'infinità dell'universo e del movimento della Terra, la quale sarebbe anche dotata di un'anima, nonché la sua ammissione degli astri come angeli.

Inizialmente egli sembra disposto ad abiurare. Il 10 settembre è ancora pronto all'abiura, ma il 21 dicembre rifiuta recisamente, dichiarando che non ha nulla di cui doversi pentire.

L'8 febbraio 1600 è costretto ad ascoltare inginocchiato la sentenza di condanna a morte per rogo; alla fine si alza e indirizza ai giudici la storica frase: "Forse tremate più voi nel pronunciare questa sentenza che io nell'ascoltarla".

Dopo aver rifiutato i conforti religiosi e il crocefisso, il 17 febbraio, con la lingua serrata da una morsa perché non possa parlare o lanciare maledizioni, muore bruciato in Campo de' Fiori, dove il 9 giugno 1889 fu innalzato il monumento a lui dedicato, opera del Gran Maestro della Massoneria Ettore Ferrari (23).

c) Il Bruno nella storia della critica.

Malgrado la messa all'indice dei libri di Giordano Bruno, decretata il 7 agosto 1603, questi continuarono ad essere presenti nelle biblioteche europee, anche se rimasero equivoci e incomprensioni sul pensiero del filosofo nolano.

Padre Mersenne, nel 1624, individuò nella cosmologia bruniana la negazione della libertà di Dio, oltre che del libero arbitrio umano. Gli astronomi Tycho Brahe e Keplero criticarono l'ipotesi dell'infinità dell'universo, mentre Gabriel Naudé, nel 1653, esaltò nel Bruno il libero ricercatore delle leggi della natura.

Nell'Illuminismo, Diderot ebbe l'incarico di scrivere per l'*Enciclopedia* la voce sul Bruno, da lui considerato il precursore di Leibniz (nell'armonia prestabilita, nella teoria della monade e nella ragione sufficiente) e di Spinoza, il quale, come il Bruno, concepisce Dio come sostanza infinita nella quale libertà e necessità coincidono. Rispetto al Bruno, afferma Diderot, "pochi sarebbero i filosofi paragonabili, se l'impeto della sua immaginazione gli avesse permesso di ordinare le proprie idee, unendole in un ordine sistematico, ma egli era nato poeta". Per Diderot, il Bruno, che si è sbarazzato della vecchia filosofia aristotelica, è con Leibniz e Spinoza il fondatore della filosofia moderna.

Nel Romanticismo, Schelling, nel suo dialogo sul Bruno, riconosce al medesimo di aver colto quello che è per lui il fondamento della filosofia: l'unità del Tutto, cioè dell'Assoluto, dal quale successivamente emergono le singole cose finite.

In Italia, l'hegeliano Bertrando Spaventa vede nel Bruno il precursore di Spinoza, anche se il filosofo nolano oscilla nello stabilire con chiarezza il rapporto fra la natura e Dio, il quale appare ora identificarsi con la natura e ora essere al di sopra della natura stessa.

Felice Tocco, a sua volta, mostra come il Bruno, pur dissolvendo Dio nella natura, non abbia in definitiva rinunciato a una valutazione positiva della religione, concepita come educatrice dei popoli.

Nel primo decennio del Novecento si completa in Italia l'edizione di tutte le opere e si accelerano gli studi biografici su Giordano Bruno, con particolare riguardo ai due processi. Per Giovanni Gentile il Bruno, oltre a essere un **martire della libertà di pensiero**, ha avuto il grande merito di dare un'impronta strettamente razionale, e dunque moderna, alla sua filosofia.

Lo studioso Vittorio Mathieu, nella sua Storia della Filosofia, vol. II (24), così scrive:
"La decisione degli inquisitori di affidare al 'braccio secolare' 'l'eretico impenitente', perché fosse arso vivo, non fu soltanto ispirata da un principio che oggi tutti (compresa, ovviamente, la Chiesa cattolica) rifiutano: fu anche un errore. Poiché il martirio del Bruno, se non bastò a fare della sua filosofia, com'egli sperava, il nuovo credo dell'umanità, pure servì a fare della sua figura, variamente deformata e adattata, il simbolo e il pretesto di tutto il movimento anticattolico dei secoli successivi".

Il Mathieu non nomina il principio in base al quale il Bruno fu assassinato, ma è facile individuarlo: si tratta della *non libertà di pensiero*.

A quei tempi era inammissibile che un cristiano battezzato si potesse esprimere in difformità dalla Chiesa cattolica. Era un ledere la dignità e il prestigio della sacra religione. Un cattivo esempio per tutti gli altri. Per cui era necessario che il malcapitato, se voleva aver salva la vita, manifestasse pubblicamente il suo sincero pentimento e abiurasse le sue idee "perverse" in materia religiosa. Se poi decideva di morire, doveva essere ucciso con una morte lenta e dolorosissima.

Ebbene la Chiesa cattolica era proprio solita comportarsi così. Perché le sue verità religiose (o supposte tali) dovevano essere imposte con ogni mezzo più o meno violento, compresa la morte. E questo in totale difformità dall'insegnamento di Gesù, il quale ha lasciato chiaramente intendere che si deve obbedire alla norme morali perché si crede con convinzione in esse e non perché le impone qualcuno. Altrimenti tale obbedienza non ha alcun valore.

La Chiesa invece pretendeva l'ossequio puramente esteriore alle verità religiose stesse, anche senza esserne convinti. Quindi bisognava obbedire contro la propria *coscienza*, ossia contro il proprio *intimo pensiero*.

Il Mathieu, inoltre, specifica che il principio della *non* libertà di pensiero o di coscienza è oggi rifiutato da tutti, compresa la Chiesa cattolica. Ma è proprio così? E' lecito dubitarne. La Chiesa ha forse riabilitato Giordano Bruno? Ha chiesto perdono per averlo barbaramente ucciso? No, assolutamente. Allora non ha rifiutato un bel niente.

E' la pura verità. La Chiesa non uccide più, questo è evidente. Ma impone sempre l'osservanza coercitiva delle norme morali attraverso la legislazione degli Stati. Essa infatti non si limita ad affermare, ad es., che non è mai lecito abortire, ma pretende che i Governi, almeno quelli sui quali ha influenza, mantengano la legge sulla illiceità dell'aborto, oppure, se tale legge è stata abolita, preme per la sua reintroduzione. Con ogni evidenza non si fida dei propri fedeli. Ma obbedire a una norma in cui non si crede non ha alcun valore. Quindi la Chiesa si accontenta della pura esteriorità. Ma così facendo fallisce il suo compito. E comunque, come abbiamo già detto, disattende l'insegnamento di Gesù.

Per tornare al barbaro assassinio di Giordano Bruno (perché di assassinio si tratta), siamo in attesa, anche senza troppe speranze, della piena riabilitazione del grande filosofo. Finché la Chiesa non lo avrà fatto, il nostro severo giudizio nei suoi confronti e, presumibilmente, di quello di tutti gli uomini responsabili, non cambierà (se mai potrà cambiare).

Quanto al fatto che l'esecuzione di Giordano Bruno - come asserisce il Mathieu - sia stato un errore, è parimenti evidente. E non solo perché la sua figura è stata il simbolo di tutto il movimento anticattolico, ma anche, e soprattutto, perché essa ha contribuito a determinare tutto il movimento *ateo* dei secoli successivi.

Quindi, con la barbara uccisione del Bruno e di tutte le altre decine di migliaia di vittime dell'Inquisizione, la Chiesa, ancora una volta, si è schierata contro il messaggio di Gesù, in quanto non solo non ha promosso la causa di Dio, ma ha invece di fatto favorito il ripudio dell'Essere supremo, ossia l'ateismo.

8. Il processo a Giovanna d'Arco

Giovanna d'Arco, nata a Domrémy il 6 gennaio 1412 e morta sul rogo a Rouen il 30 maggio 1531, è stata una santa francese, eroina nazionale e venerata dalla Chiesa cattolica come patrona della Francia.

Oggi è conosciuta come la *Pulzella di Orléans*. Ebbe il merito di riunificare il proprio Paese contribuendo a risollevarne le sorti durante la guerra dei cent'anni.

Nata da una famiglia di contadini della Lorena, molto religiosa, Giovanna aveva 13 anni quando disse di udire *voci celestiali*.

Agli inizi del 1429, quando gli inglesi avevano quasi completamente occupato Orléans, ella, sollecitata dalle *voci* che diceva di sentire, corse in aiuto di Carlo VII, Delfino di Francia e futuro re, estromesso dalla successione al trono a beneficio dei sovrani inglesi.

Presentandosi come *inviata di Dio*, Giovanna sostenne di aver ricevuto *l'incarico celeste* di salvare la Francia; la sua buona fede fu sostenuta da un gruppo di teologi che l'interrogarono a lungo. Carlo, allora, si convinse e decise di affidarsi alla sua guida per riscattare le sorti della Francia. I soldati, trascinati dal carisma della giovane, si esaltarono e si prepararono alla riscossa.

La città di Orléans era assediata dagli inglesi, che avevano quattro grandi fortezze per controllare la città e stringerla d'assedio. Giovanna attaccò quelle maggiormente fortificate a sud del fiume Loira, riuscendo a rompere l'accerchiamento dopo aver portato rifornimenti alla popolazione affamata.

Il suo successo fu fondamentale per le sorti della guerra, poiché esso impedì che gli anglo-borgognoni potessero occupare l'intera parte settentrionale del paese e marciare verso il Sud fedele a Carlo e, inoltre diede inizio ad una avanzata nella valle della Loira che portò alla importante vittoria di Patay.

Dopo la liberazione di Orléans ed altre vittorie, il 17 luglio 1429 Giovanna invitò Carlo VII a Reims, nella cui cattedrale il sovrano fu incoronato re di

Francia. Da questo momento incominciò la riconquista che nel 1437 l'avrebbe portato fino a Parigi.

Giovanna era una donna decisa e determinata, e aveva alle sue "dipendenze" un esercito privato con il quale attaccò Parigi, fidando nell'aiuto di Carlo VII.

Ma per la diffidenza della corte e del re, ella fu lasciata sola e non ricevette i promessi rinforzi. Per cui la pulzella vide il suo esercito capitolare e fallire l'assedio di Parigi.

L'eroina non voleva abbandonare quella che considerava una missione divina e, pertanto, continuò da sola la guerra contro gli inglesi. Lo scontro sfortunato si verificò a Compiègne, dove le forze borgognone, alleate degli inglesi, ebbero la meglio e riuscirono a farla prigioniera. Successivamente la *vendettero* agli inglesi per la somma di diecimila franchi tornesi; ed essi, appoggiati dai borgognoni, la sottoposero a processo come strega a Rouen, senza che Carlo VII muovesse in suo soccorso (25).

Il processo, svoltosi senza che la Pulzella potesse avere dei difensori, fu fortemente influenzato dal potere inglese e presieduto dal filoinglese Pierre Cauchon, vescovo di Beauvais. Dopo quattro mesi di umilianti interrogatori Giovanna venne accusata di stregoneria, superstizione, blasfemia e soprattutto di eresia, per aver creduto di poter comunicare con Dio direttamente e senza la mediazione della Chiesa cattolica, e di atti illeciti, per aver indossato abiti maschili.

Pertanto, avendo per di più rifiutato di abiurare (perché, a suo giudizio, non c'era alcun motivo per farlo), venne condannata a morte e giustiziata sul rogo.

Prima di ucciderla, forse temendo di scatenare l'indignazione della folla, vollero strapparle quell'alone di santità che ella aveva acquistato e per questo venne organizzato un grandioso processo ecclesiastico sotto l'egida della più grande università dell'epoca, quella di Parigi, la quale era chiaramente connivente con l'Inghilterra. Si radunarono i maggiori prelati i quali discussero il "caso". Tutta la sapienza teologica dell'epoca venne mobilitata per dichiararla eretica.

Era il 30 maggio 1431 quando Giovanna venne condotta al rogo sulla piazza del Vieux Marchè di Rouen. Il frate domenicano Martin Ladvenu l'aveva confessata e Cauchon permise che si comunicasse. Avvolta dalle fiamme ella gridò più volte ad altissima voce il nome di Gesù. Così, con un assassinio politico, ebbe termine la breve vita di una ragazza del tutto innocente.

Nel 1456, quando ormai le truppe inglesi avevano perduto la propria influenza in Francia, la Chiesa, su istanza di Carlo VII, decise di riaprire l'inchiesta: furono interrogati i testimoni d'infanzia e quelli della sua prigionia. Alla fine, il processo si concluse con la totale riabilitazione della Pulzella d'Orleans.

Nel 1920 ella fu fatta santa dal pontefice Benedetto XV, e nello stesso anno il governo francese decise di consacrare in suo ricordo una festa nazionale.

Alla lunghissima lista dei misfatti del Tribunale dell'Inquisizione, strumentalizzato in questo caso per motivi politici, si aggiunge dunque il martirio di questa eroica giovane, il cui unico torto fu quello di amare appassionatamente il proprio paese.

9. I processi alle streghe

Un capitolo a parte nella storia dell'Inquisizione è rappresentato dalla cosiddetta "caccia alle streghe". L'Inquisizione era nata, come sappiamo, per riportare gli eretici nel solco della "vera fede" e fu solo con il papa Giovanni XXII (1316-1334) che la competenza degli inquisitori venne estesa alla persone sospettate di compiere atti di stregoneria.

Con la perifrasi "caccia alle streghe" si indica la ricerca e la persecuzione di donne sospettate di compiere sortilegi, malefici o di intrattenere rapporti con forze oscure ed infernali.

Tale fenomeno ha registrato una particolare recrudescenza dal XV al XVII secolo all'interno dell'occidente cristiano. Ritenute pericolose dalle autorità religiose (sia cattoliche che protestanti) e dal potere civile, le sospette streghe erano oggetto di persecuzioni che spesso terminavano con la morte.

La Chiesa cattolica ha sempre combattuto le credenze magiche, tuttavia è stata la più accanita sostenitrice della reale esistenza di streghe, maghi e stregoni. E se, da una parte, ha pubblicato nei secoli diversi documenti contro la superstizione, dall'altra ha scritto ben tredici bolle che affermano la realtà della stregoneria, a tutt'oggi non ritirate. "Fra tutte le eresie – afferma infatti il manuale *Il martello delle streghe* – la più grande è quella di non credere nelle streghe e, con esse, nel patto diabolico e nel sabba [= ritrovo notturno]".

Il manuale *Il martello delle streghe* (titolo orig. *Malleus maleficarum*) fu scritto da due inquisitori domenicani, inviati in Germania dal papa Innocenzo VIII, Heinrich Institor Kramer e Jakob Sprenger, per venire incontro alle richieste dei loro colleghi che volevano conoscere tutte le informazioni utili per scoprire, interrogare e punire streghe e stregoni.

L'opera scritta a Strasburgo nell'inverno tra il 1486 e il 1487, fu un vero best seller, riprodotto in trentaquattro edizioni fino al 1669, senza mai registrare una diminuzione nella richiesta da parte del pubblico e arrivando a una tiratura, per quei tempi assolutamente eccezionale, di 35.000 copie.

Le supposte streghe appartenevano per lo più alle classi popolari ed erano di solito vedove, prostitute, levatrici ed herbarie. Soltanto una piccola minoranza poteva essere realmente annoverata tra i veri e propri criminali; la stragrande maggioranza era invece composta da persone innocenti, di ogni età e condizione, spesso "levatrici" e "guaritrici", in un tempo in cui decotti e infusi a base di erbe risultavano non meno efficaci e sicure delle medicine vere e proprie

Molte "streghe" vennero torturate e bruciate vive, con le motivazioni ufficiali più varie, ma spesso in base a delazioni anonime fatte anche per futili motivi: perché giovani, perché vecchie, soprattutto perché donne; o per ragioni incredibili: perché facevano grandinare, piovere tempestosamente, franare il terreno (ovviamente con l'aiuto del demonio).

Motivo cardine della persecuzione alle streghe erano i loro ritrovi notturni: i *sabba*, come venivano chiamati. Secondo i persecutori, durante queste adunanze presiedute dal diavolo, si svolgevano riti che parodiavano in modo blasfemo la liturgia cristiana, cui si aggiungevano unioni bestiali, rapporti sessuali con il demonio, orge collettive, balli, banchetti e sacrifici umani.

Molti studiosi hanno affrontato l'argomento circa l'entità delle persecuzioni, nel tentativo di determinare delle stime accettabili e condivise sul numero delle vittime della caccia alle "streghe" durante i due secoli in cui sia i tribunali dell'Inquisizione che quelli della Riforma protestante le condussero al rogo.

Il raggiungimento della certezza è ostacolato dal fatto che si è persa la traccia di documenti e notizie certe in ordine a gran parte dei processi.

Le ipotesi minime parlano di circa 110.000 processi e 50.000 esecuzioni (26). Esistono poi molti studi che pervengono a conclusioni di poco superiori, mentre a risultati notevolmente distanti si collocano pochi autori, che parlano di cifre esorbitanti e chiaramente inaccettabili. Comunque, per misurare l'incidenza del numero delle vittime (l'80% donne), bisognerebbe raffrontarla con la popolazione europea di quei tempi (27).

Quanto all'esecuzione della condanna attraverso il rogo, dobbiamo ricordare che tale competenza non era propria della Chiesa, ma dell'autorità civile la quale, basandosi su una sentenza dell'autorità ecclesiastica, provvedeva all'esecuzione vera e propria.

Ma con questo non si vuol dire che la Chiesa non ne fosse responsabile. Perché tutto partiva da una sua sentenza di condanna al rogo. Senza dimenticare che essa aveva giustificato la persecuzione delle "streghe" attraverso le sue bolle e i suoi scritti e attraverso gli scritti dei suoi teologi.

D'altra parte, dobbiamo aggiungere che era praticamente impossibile per il potere temporale non intervenire con punizioni pesantissime come il rogo, non solo in quanto la stregoneria (come del resto l'eresia) era ad un tempo un peccato ed un reato, ma anche perché nessuno poteva permettersi di schierarsi contro la Chiesa.

Pertanto la Chiesa, sebbene non eseguisse le sentenze di propria mano, deve essere considerata l'effettiva mandante di questa follia.

Volendo concludere sinteticamente sull'operato del Tribunale dell'Inquisizione, voluto tenacemente dalla Chiesa, possiamo dire che la filosofia di fondo che presiedeva al giudizio inquisitorio era la seguente: la pretesa di giudicare l'opinione, il pensiero, la credenza di un uomo e quindi di mettere sotto processo la sua anima.

Senza dimenticare che tali processi sono sfociati in decine e decine di migliaia di roghi, ossia in barbari assassinii, assolutamente inconcepibili e assurdi.

Note al sesto capitolo

1. Nel 1208, il re di Francia, su incarico del papa Innocenzo III, scatenò una guerra contro i Catari (detti anche Albigesi). La crociata albigese avvenne in due fasi: dal 1209 al 1215 (crociata dei baroni) e dal 1215 al 1225, fase in cui, dopo che ci furono nuove rivolte, intervenne direttamente il re. I perseguitati vennero giustiziati in maniera sommaria e i loro beni confiscati dal regno.
2. Si veda su Internet, *Inquisizione* (Wikipedia, l'enciclopedia libera).
3. Cfr. su Internet, Giordano Bruno – the Nolan, *Il tribunale dell'Inquisizione*.
4. *Ibidem.*
5. Si veda l'eretico fra Dolcino, capo degli apostolici, dopo la morte di Segarelli (1300). Operò soprattutto nell'Italia sett., predicando il ritorno alla chiesa evangelica. Perseguitato dal vescovo di Vercelli, fu catturato e mandato al rogo (1307).
6. Si veda su Internet, Ilaria Tremolada, *Come la santa Inquisizione catturava eretici e peccatori.*

7. Per l'Inquisizione medievale, cfr. su Internet, *Inquisizione* (da Wikipedia, l'enciclopedia libera).
8. Per l'Inquisizione spagnola e portoghese, cfr. su Internet *Inquisizione* - Wikipedia.
9. Cfr. Joseph Pérez, *Breve storia dell'Inquisizione spagnola*, Edizione Mondolibri, Milano 2006, pp. 35 e 107-108.
10. Cfr. su Internet *Inquisizione*, già citata.
11. Sull'istruttoria cfr. Joseph Pérez, *op. cit.*, pp.137-138 e 148-150.
12. N. Eymerich, *Il manuale dell'inquisitore*, Fanucci, Roma 2000.
13. Cfr. Joseph Pérez, *op. cit.*, pp. 152-158.
14. Cfr. Joseph Pérez, *op. cit.*, pp. 158-172.
15. Giovanni Paolo II, *Memoria e riconciliazione*, Libreria Editrice Vaticana, Roma 2000.
16. Marcel Bataillon, *E'rasme et l'Espagne...*, E. Droz, Parigi 1937, p. 530.
17. Cfr. Joseph Pérez, *op. cit.*, pp. 172-178.
18. Cfr. su Internet, *Sant'Uffizio* (da Wikipedia, l'enciclopedia libera).
19. Cfr., su Galileo, *Enciclopedia Garzanti di Filosofia*.
20. Si veda il testo completo della sentenza su Internet in *Processo a Galileo Galilei*, Wikipedia.
21. Cfr. *Enciclopedia Garzanti di Filosofia*.
22. Cfr. *Enciclopedia Garzanti di Filosofia;* Vittorio Mathieu, *Storia della fisolofia*, vol.II, pp. 46-50; E. P. La Manna, *Nuovo sommario di filosofia*, v vol. II, p. 50.
23 Cfr. su Internet, *Giordano Bruno*, Wikipedia.
24 V. Mathieu, *op. cit.*, p. 47.
25 Cfr. su Internet, *Giovanna d'Arco*, Wikipedia.
26 Gustav Henningsen, *L'avvocato delle streghe. Stregoneria basca e inquisizione spagnola.* Garzanti, Milano 1990.
27 Cfr. su Internet, *Caccia alle streghe*, Wikipedia.

Capitolo settimo

"GESU' DI NAZARET" DI BENEDETTO XVI

Nel suo libro *Gesù di Nazaret* (1) e nell'altro *Introduzione al cristianesimo* (2) il papa Benedetto XVI sostiene che la divinità di Gesù come è affermata nei concili di Nicea (325) e di Calcedonia (451) si ritrova nei quattro Vangeli e nelle lettere di Paolo. In altre parole, egli afferma di avere completa fiducia nei Vangeli, i quali conterrebbero la verità in ogni loro parte, con esclusione di ogni margine di errore. E ciò in contrasto con duecento anni di critica storica neotestamentaria, la quale ha concluso che buona parte degli avvenimenti contenuti in tali Vangeli è da relegarsi tra le leggende.

Noi cercheremo di dimostrare che la ragione è dalla parte della critica storica e che, pertanto, il dogma della divinità di Gesù, che è stato elaborato dai padri della Chiesa e dai concili, non discende affatto dalla tradizione più antica, o perché tale tradizione non ne reca traccia o perché ciò che è stato tramandato non è sostenibile dal punto di vista storico.

1. La divinità di Gesù

Esaminiamo, innanzi tutto, quanto hanno stabilito i concili di Nicea e di Calcedonia intorno alla natura di Gesù Cristo.

Il concilio di Nicea, che è il primo concilio ecumenico (ossia universale) nella storia della Chiesa, si riunì nel 325 a Nicea alla presenza dell'imperatore Costantino. Ad esso parteciparono circa 220 vescovi, quasi tutti orientali. Tale concilio si chiuse con una professione di fede che conteneva, in poche parole, la soluzione del problema della divinità di Gesù: il Figlio (cioè Gesù) venne riconosciuto come "generato, non creato, della stessa sostanza del Padre".

Quella di Nicea, anche se non condivisibile, sembra una buona formula. Ma, a ben guardare, include le sue difficoltà; infatti:

1) Della *stessa sostanza del Padre* significa che Gesù è uguale a Dio;
2) Ma *generato* significa che egli è, appunto, generato da Dio e quindi a lui inferiore; come ogni essere generato è inferiore a colui che lo genera.

Quindi la formula contiene una contraddizione, in quanto da una parte afferma che Gesù è uguale a Dio, mentre dall'altra che egli è inferiore a Dio.

Ora, siccome il concetto di generazione da parte del Padre è fondamentale, dobbiamo ribadire che, stando alla lettera della formula di Nicea, Gesù in quanto generato da Dio è a lui inferiore, e quindi non è della *stessa sostanza del Padre*.

Nel concilio di Calcedonia, a sua volta, si stabilì che Gesù era *vero Dio* e *vero uomo*. Posizione anch'essa chiaramente insostenibile e assurda, poiché la **persona** del Cristo, in quanto *vero Dio*, sarebbe perfetta e infallibile, mentre contemporaneamente, in quanto *vero uomo*, sarebbe imperfetta e soggetta all'errore.

Ora, delle due l'una: o Gesù è solo Dio e la sua umanità è soltanto apparente, o è solo un uomo con esclusione di ogni parvenza di divinità.

D'altra parte, che Gesù sia un uomo è indiscutibile, quindi egli non può in alcun modo essere contemporaneamente Dio; come avevano ben compreso i *seguaci di Ario*, teologo di Alessandria, la cui concezione si diffuse, ad un certo momento, in tutto l'impero.

In conclusione i padri della Chiesa hanno sostenuto tenacemente la perfetta e totale divinità dell'uomo Gesù, ma con formulazioni illogiche e contraddittorie. Tuttavia tale concezione, nonostante questo grave vizio d'origine, si è diffusa in tutta la cristianità, ed è divenuta la classica concezione della divinità di Cristo.

Ci sarebbe da obiettare che tale concezione, che come vedremo è insostenibile, in quanto non discende dalla tradizione più antica, avrebbe dovuto almeno possedere una sua coerenza interna che invece, come abbiamo appena potuto constatare, manca completamente.

Dopo questa premessa, possiamo passare all'esame delle lettere di Paolo e dei quattro Vangeli, prendendo lo spunto, di volta in volta, dalle considerazioni di Joseph Ratzinger.

2. Le lettere di Paolo

Nel già citato libro *Gesù di Nazaret* (p.18), il papa Benedetto XVI così scrive:

"Già circa vent'anni dopo la morte di Gesù troviamo pienamente dispiegata nel grande inno a Cristo della lettera ai Filippesi (cfr. 2,6-11) una cristologia, in cui si dice che Gesù era uguale a Dio ma spogliò se stesso, si fece uomo, si umilio' fino alla morte sulla croce e che a Lui spetta l'omaggio del creato, l'adorazione che nel profeta Isaia (cfr. 45,23) Dio aveva proclamata come dovuta a Lui solo".

Dunque, secondo Ratzinger, Paolo afferma che Gesù è uguale a Dio. Ma tale affermazione potrà essere eventualmente accettata solo dopo un esauriente esame critico delle lettere di Paolo.

Nel pensiero del tarsiota (Col 1,15-17), il Signore Gesù Cristo è un essere divino, il Figlio di Dio. Egli è l'immagine del Dio invisibile, il primogenito di tutta la creazione: poiché da lui fu creato l'universo, i mondi celesti e il terrestre, e non solo la terra e il cielo che sono visibili, ma anche gli invisibili Troni, Dominazioni, Principati e Potestà, ossia le gerarchie di esseri sovrumani a cui è affidata l'amministrazione dell'universo (cfr. **Col** 1, 15-17).

Nella lettera ai Filippesi, ricordata dal Papa, Paolo aggiunge: "Egli , possedendo la natura divina, non pensò di valersi della sua eguaglianza con Dio, ma annientò se stesso, prendendo la natura di schiavo e diventando simile agli uomini; e dopo che ebbe rivestito la natura umana, umiliò se stesso ancora di più, facendosi obbediente fino alla morte, e alla morte di croce. Per questo Dio lo esaltò e gli donò il nome che è sopra ogni altro nome, affinché nel nome di Gesù si pieghi ogni ginocchio in cielo, in terra e negl'inferi, e ogni lingua confessi che Cristo Gesù è il Signore, a gloria di Dio Padre" (**Fil** 2,6-11).

Inoltre afferma: "Quando giunse la pienezza dei tempi, Dio mandò suo Figlio, fatto da una donna e soggetto alla legge, affinché riscattasse quelli che erano soggetti alla legge, e noi ricevessimo l'adozione di figli" (**Gal** 4,4-5).

Ed ancora: "Infatti, ciò che era impossibile alla legge, debilitata dalla carne, Dio lo compì, inviando il suo proprio figlio" (**Rom** 8,3).

In queste quattro lettere è chiaramente adombrata la dottrina della preesistenza e quella della figliolanza divina: il Figlio preesiste da sempre presso Dio, e nella pienezza dei tempi assume una forma umana, manifestandosi nell'uomo Gesù.

Ma emerge, altrettanto chiaramente, che il **Figlio è subordinato al Padre**. Infatti:

- La frase: egli è "il primogenito di tutta la creazione", sottintende che è stato "generato" da Dio.

- Egli "umiliò se stesso, facendosi obbediente fino alla morte", sta a significare che dipende da un essere a lui superiore.
- Le frasi "Dio lo esaltò e gli donò il nome che è sopra ogni altro nome" e "Dio invia il suo proprio Figlio" confermano la sua dipendenza.

Inoltre Paolo evita accuratamente di attribuire a Gesù Cristo l'appellativo di Dio.

Non solo. Ma in 1 Cor 15,28 parla di un atto di sottomissione del Figlio al Padre, in questi termini: "E quando [Il Padre] avrà assoggettato a lui tutte le cose, allora il Figlio stesso *farà atto di sottomissione* a Colui che gli ha sottoposto ogni cosa, ...".

Quindi, secondo le lettere di Paolo, il Figlio, **in opposizione a quanto sostenuto dai concili di Nicea e di Calcedonia**, è senz'altro un essere divino, ma non certamente un Dio come il Padre. Quella di Gesù è infatti una divinità inferiore determinata dalla sua subordinazione all'unico Dio.

Tuttavia, neanche tale divinità inferiore, attribuita da Paolo a Gesù, può essere accettata. Perché i Vangeli sinottici, come vedremo, non parlano mai di Gesù come di un essere divino disceso dal cielo, ma si riferiscono a lui come a un uomo mandato da Dio, il quale percorreva le strade della Galilea, facendo del bene e guarendo tutti coloro che ne avevano bisogno, perché Dio era con lui.

Di conseguenza la qualifica di semidio nei confronti di Gesù, non essendo suffragata dai sinottici, è, palesemente, un'invenzione di Paolo.

La redenzione . Il papa Benedetto XVI, com'è ovvio, fa più volte riferimento al concetto di redenzione, desumendolo dalla teologia di Paolo (e di Giovanni). Per liberare gli uomini dal peccato e dalla morte, che tengono schiavo tutto il genere umano, Dio mandò sulla terra a morire sulla croce suo Figlio, il quale, dopo aver compiuto la sua opera di liberazione, risalì in cielo dove siede sul trono alla destra del Padre, in attesa del suo ritorno per portare con sé i suoi santi.

La redenzione è un gesto di grande amore di Dio per gli uomini, il quale non ha esitato a sacrificare il suo unico Figlio per salvarli. "Tutti infatti – dice testualmente Paolo – hanno peccato e sono privi della gloria di Dio, e sono gratuitamente giustificati dalla sua grazia, mediante la redenzione che è in Gesù Cristo" (Rom 3,23-24). "In lui abbiamo la redenzione per mezzo del suo sangue, la remissione dei peccati, secondo la ricchezza della sua grazia" (Ef 1,7).

Purtroppo la dottrina della redenzione, elaborata dal teologo Paolo di Tarso, va incontro a una serie di difficoltà, tutte molto gravi.

1) Gesù non ha mai detto di essere il *redentore*, come risulta dai Vangeli sinottici. Può darsi che già la comunità primitiva, anche se non della primissima ora, abbia collegato l'idea di sacrificio espiatorio alla morte di Gesù, forse fondandosi sulla profezia di Isaia riguardante le sofferenze del servo di Dio (53, 4-10). Ma essa non può essere fatta risalire a Gesù stesso, in quanto egli ignora il concetto del "Figlio dell'uomo" che patisce, muore e risorge, e perché i detti che di lui ci sono stati tramandati non portano traccia di una sua coscienza di essere il servo di Dio di Isaia 53.

2) I risultati della redenzione sono piuttosto scarsi. Il Figlio di Dio in persona viene in terra per salvare gli uomini, cioè per aprire loro le porte del paradiso e liberarli dal pericolo incombente dell'inferno, e che cosa ottiene? Ha forse distrutto l'inferno stesso? No. Le porte infernali sono sempre aperte. Ha sconfitto Satana? No. I demoni sono sempre attivi nel fare proseliti per la dannazione eterna. Almeno le anime degli uomini affluiscono in massa verso il cielo? No. Il grande teologo Agostino c'informa infatti che la stragrande maggioranza dei defunti si dirige verso i tormenti eterni. A salvarsi sono veramente in pochi; e questi, per di più, erano già predestinati da Dio alla salvezza. Dunque la redenzione, contrariamente alle affermazioni di Paolo, si risolve in un fallimento.

3) L'inferno non può esistere, perché incompatibile con l'essenza di Dio, che è bontà infinita (pertanto Dio non può aver creato un luogo di dannazione eterna). Inoltre la storia di Lucifero, angelo ribelle, è una pura e semplice leggenda. Tutti gli esseri spirituali, dopo un purgatorio più o meno lungo, o dopo una serie di rinascite, sottoposti alla medicina del dolore, che li stimola a rimettersi sulla retta via, si ricongiungeranno all'Essere supremo, come ci insegna il grande Origene. Quindi non c'è bisogno di redenzione.

4) Ed infine la difficoltà più grave. Da un capo all'altro delle sue lettere Paolo ha sbandierato il grande amore di Dio per gli uomini. Ma ha dimenticato di parlarci dei sentimenti del Padre per suo Figlio. Ci ha soltanto informato della ferma decisione di Dio stesso di sacrificare il suo unigenito, e della totale disponibilità di quest'ultimo a morire fra i tormenti per salvare l'umanità peccatrice.

Ora noi vorremmo sapere da Paolo (e dal teologo Joseph Ratzinger) se il Padre amava veramente il suo divin Figlio. Tutti trascurano questo aspetto, che invece è fondamentale.

E' infatti del tutto evidente che se Dio avesse amato suo Figlio non lo avrebbe obbligato ad incarnarsi e a sottomettersi al sacrifico della croce, anche perché egli era del tutto innocente. Quale padre si comporterebbe come lui nei confronti del proprio figlio?

190

Dunque è implicito nel discorso di Paolo che l'Essere supremo è un Dio estremamente crudele e spietato.

La conclusione non può essere che una sola: la dottrina della redenzione elaborata da Paolo, che porta a questo risultato aberrante, è totalmente infondata. Perché Dio, ovviamente, non è così. Egli, infatti, è infinitamente buono e giusto. **Pertanto non può aver sacrificato suo Figlio.**

3. I Vangeli sinottici

I Vangeli fanno parte del canone, ossia della collezione dei libri sacri accettati dalla Chiesa, e sono collocati ai primi posti nel Nuovo Testamento, secondo il seguente ordine: *primo*: Vangelo secondo Matteo; *secondo*: Vangelo secondo Marco; *terzo*: Vangelo secondo Luca; *quarto*: Vangelo secondo Giovanni.

I primi tre hanno il nome di "sinottici", perché i loro testi scorrono *paralleli* l'uno all'altro e concordano in tal misura che è possibile collocarli su colonne affiancate per averne una veduta d'insieme (*synopsis*).

Il Vangelo di Giovanni, in confronto agli altri tre, ha un carattere diverso ed è quasi totalmente opera di una *riflessione teologica creatrice*. Esso contiene anche resoconti storici, il cui valore va esaminato caso per caso, ma in esso le parole e la storia di Gesù sono intrecciate così strettamente con la visione del Signore risorto e glorificato, che non può essere accolto come fonte indipendente, ma solo per chiarire occasionalmente qualche punto (3).

In realtà, neppure i sinottici sono pure e semplici fonti storiche che lo studioso, nel suo sforzo di ricostruire la figura e l'opera del Nazareno, possa accettare senza rigoroso esame critico. Anche in essi c'è uno stretto legame tra resoconto su Gesù e testimonianza della comunità che in lui crede come al Cristo vivente.

Tuttavia il Vangelo di Giovanni si allontana molto di più dalla verosimiglianza. Le sue preoccupazioni sono soprattutto quelle della mistica, ossia dell'esperienza del divino da parte dell'uomo, e le sue riflessioni ci trasportano ben lontano dal basso mondo della vita umana e della storia.

Un'altra differenza, fondamentale, è che i Vangeli sinottici parlano di Gesù come unicamente ed esclusivamente un uomo, mentre il quarto Vangelo parla di Gesù come di un essere divino.

Quindi i Vangeli sinottici vanno tenuti rigorosamente separati dal Vangelo di Giovanni.

Il papa Benedetto XVI, pur nel totale silenzio dei sinottici stessi, i quali non fanno mai dire a Gesù: "io sono Dio", cerca di trovare vanamente in essi qualche indizio, che possa far risalire alla supposta divinità di Gesù.

Uno di tali indizi, praticamente l'unico di una qualche consistenza, è il fatto che Gesù, quando si rivolge al Padre nella preghiera, usa il vocabolo *Abba*. Ma ascoltiamo direttamente il papa:

"Tra i pochi piccoli gioielli, in cui la prima comunità cristiana ci ha conservato senza traduzione la parlata aramaica di Gesù, in quanto in essa in modo particolarmente sorprendente colse lui stesso, c'è l'invocazione '*Abba*-Padre'. Essa si distingue dall'invocazione al Padre, presente anche nell'Antico Testamento, in quanto l'espressione *Abba* rappresenta una formula di intima famigliarità (simile al nostro 'papà', anche se dal tenore più elevato); l'intimità che lo caratterizzava escludeva nel giudaismo la possibilità di applicare tale termine a Dio; all'uomo una simile prossimità non era permessa. Il fatto che Gesù pregasse così, che chiamasse Dio con questo termine, esprimendo così una nuova forma, originale e personalissima, di intimità con Dio, è stato ciò che ha spinto la primitiva cristianità a conservarci questa parola, trasmettendocela nel suo significato originario" (4).

Dunque, secondo Ratzinger, solo Gesù poteva usare la parola *Abba*, e ciò rivela l'intimità di Gesù con il Padre. Ma, tra l'affermare ciò e il sostenere che per questo Gesù sarebbe il Figlio di Dio, anzi Dio egli stesso, ce ne corre.

Ammettiamo pure, come dice il papa, che Gesù, chiamando Dio con il termine *Abba*, esprimesse una nuova forma, originale e personalissima, di intimità con Dio. Possiamo però onestamente derivare da ciò la divinità di Gesù? No, assolutamente. Perché Gesù poteva benissimo pregare ugualmente il Padre invocandolo con l'appellativo di *Abba*, anche se era semplicemente un uomo e non un essere divino.

Ma se, nella tradizione sinottica, non ci sono indizi per affermare l'eventuale divinità di Gesù, ce ne sono molti che portano invece ad escluderla. Esaminiamoli.

1) Nei Vangeli sinottici non si parla mai d'una preesistenza e d'una incarnazione del Figlio di Dio, come avviene in Paolo e in Giovanni, per i quali è cosa ovvia. Ora, se i sinottici non ne parlano significa che Gesù non ha mai fatto cenno a una cosa così strepitosa. Se Gesù ne avesse parlato essi non avrebbero mancato di metterlo in evidenza.

Nessuna **preesistenza** dunque. Gesù è nato da una donna agli inizi della nostra era, e prima di allora non esisteva. Con questo si sanziona il concetto della non divinità di Gesù. Perché la preesistenza del figlio presso Dio fin dall'eternità è la condizione indispensabile per iniziare a parlare di una figura divina del Cristo. Se la si toglie viene meno la base stessa per qualsiasi discussione in merito.

Dobbiamo ribadirlo. Nei Vangeli sinottici non si espone nessuna dottrina circa la preesistenza del Figlio: **quindi il Figlio stesso** (ossia Gesù) per i primi tre evangelisti **non è Dio**.

2) A questo punto qualcuno potrebbe citare l'annuncio dell'angelo a Maria, la quale sarebbe divenuta madre di Gesù senza l' intervento di un uomo, ma per opera esclusiva di Dio. Matteo (1,18-25) e Luca (1,26-38) infatti ci parlano di questa meravigliosa storia, sulla quale ora non ci soffermeremo, perché ne parleremo a lungo trattando della verginità di Maria.

In questa sede diciamo soltanto che il racconto citato in cui Gesù sarebbe un **semidio** in quanto generato da Dio stesso, **è totalmente leggendario**, perchè, ad eccezione di Matteo e Luca all'inizio dei loro Vangeli, non ne parla nessuno. Non ne parla Marco, né Giovanni, né Paolo. Non lo richiamano mai in alcuna parte dei loro Vangeli né Matteo, né Luca. Anzi Luca, in un passo, non esita a scrivere che Gesù è figlio di Giuseppe (Lc 4,22). Gli altri scritti del Nuovo Testamento, che hanno occasione di accennare alla nascita di Gesù, la ritengono davidica, ossia conforme alla natura umana (2 Tim 2,8; Ebr 7,14; Apoc 5,5; 22,5). Infine alcuni eretici del II secolo, gli ebioniti, che conservarono a lungo le tradizioni primitive, respingevano la dottrina della concezione verginale (Epifanio, *Haereses*, 30,14).

3) C'è da dire che effettivamente il titolo di "Figlio di Dio", o il corrispondente "Figlio dell'Altissimo o del Benedetto", riferito a Gesù, s'incontra nei sinottici un buon numero di volte (ventisette complessivamente).

Ma qual è il significato esatto dell'espressione "Figlio di Dio" usata dai sinottici?

Secondo una delle più antiche tradizioni, risalente forse alla stessa comunità ebraico-cristiana, il titolo di "Figlio di Dio" è semplicemente una designazione di re, né più né meno di Messia. Luca esprime molto bene questa idea nel seguente passo: "Molti spiriti maligni uscivano dagli ammalati e gridavano: 'Tu sei il *Figlio di Dio*!'. Ma Gesù li minacciava e non permetteva loro di dire che lui era il *Messia* (Luc 4,41). Come si può vedere, qui "Messia" e "Figlio di Dio" significano la stessa cosa.

Ma, successivamente, la fede di alcune comunità ellenistiche immaginò arditamente un'origine ben più degna di Gesù. Fu a quel punto che l'appellativo di "Figlio di Dio" si separò e si distinse da quello di "Messia", perché si configurò ben più ricco di sostanza religiosa, in quanto veniva a racchiudere un'affermazione riguardante la **natura** di Gesù e non più soltanto la sua **missione**. In altri termini, Gesù diventava un essere divino e non era più soltanto il supremo re inviato da Dio ad Israele.

Ora, quando i sinottici danno a Gesù l'appellativo di "Figlio di Dio", intendono Gesù quale **essere divino** o Gesù semplicemente **Messia**? Questo è il punto essenziale.

Un fatto è certo: essi ignorano la leggenda della preesistenza, la quale evidentemente si era diffusa in altri ambienti. Ignorano cioè che il Figlio sarebbe stato generato da Dio da tutta l'eternità, che, quando i tempi furono maturi, s'incarnò nell'uomo Gesù, e che morì sulla croce per redimere l'umanità.

Ma se ignorano questo, non possono ritenere Gesù un **essere divino** quando lo designano con l'appellativo di "Figlio di Dio". Di conseguenza tale titolo significa per loro semplicemente **Messia.**

In conclusione, se i sinottici ignorano la leggenda della preesistenza, se usano l'espressione "Figlio di Dio" nel significato di "Messia", bisogna di necessità concludere che Gesù era per essi **totalmente ed esclusivamente un uomo**. Del resto, nei loro racconti, come tale egli si comporta nelle più svariate situazioni.

4) Ci sono due "testi" nei sinottici che suscitano qualche perplessità, in quanto in essi si mette l'espressione "il Figlio" in bocca a Gesù, per riferirla alla sua persona e per indicare in lui un essere divino.

Leggiamo infatti in Mc 13,32:

"Quanto poi a quel giorno [il giorno della manifestazione del regno] e a quell'ora nessuno ne sa nulla, neppure gli angeli in cielo, *né il Figlio*, ma solo il Padre".

Leggiamo inoltre in Mt 11,27 (ricalcato da Lc 10,22):

"Tutto mi è stato dato dal Padre mio: e nessuno conosce il Figlio se non il Padre, e nessuno conosce il Padre se non il Figlio e colui al quale il Figlio voglia rivelarlo".

Stando ai due testi, sembrerebbe che Gesù stesso si sia dichiarato "il Figlio". Ma essi non hanno nessuna probabilità di essere autentici.

Va notato innanzi tutto che l'appellativo "il Figlio", quale si presenta in entrambi i testi, con l'alto significato che riveste, sarebbe risultato incomprensibile per dei giudei. Infatti che cosa avrebbero potuto capire gli ascoltatori? Bisognava dare una spiegazione particolareggiata. Ma essa non si trova in nessuna parte dei sinottici.

Inoltre l'espressione "il Figlio" presuppone un significato (la divinità di Gesù) che è potuto sorgere solo in ambiente ellenistico. Non certamente in Palestina, in cui sarebbe stato ritenuto un' enorme bestemmia.

Infine i due passi, e in particolare il secondo, seguono interamente lo stile di Giovanni, in totale contrasto con gli altri detti del Signore contenuti nei sinottici stessi.

Pertanto, data la spiccata somiglianza con quelli giovannei, **i due detti** riportati dai sinottici, come ovviamente quelli contenuti in Giovanni, **non possono appartenere al Gesù storico.**

Del resto, anche ammesso e non concesso che i due detti siano storici, essi non portano alla divinità di Gesù; infatti: il primo afferma che "il Figlio" **non sa** quando verrà il gran giorno, e quindi, data questa sua grave ignoranza, **non può essere Dio**; il secondo, a sua volta, mettendo in bocca a Gesù le seguenti parole: "Tutto mi è stato dato dal Padre mio", attesta che "il Figlio" di suo non ha nulla (né il potere, né il sapere, ecc.), ma riceve tutto dal Padre; pertanto, ancora una volta, "il Figlio" stesso **non può essere Dio.**

5) L'insuccesso di Gesù è palese. Citiamo innanzi tutto la maledizione scagliata sulle città di Corazin, Betsaida e Cafarnao, le quali, sebbene al centro dell'attività galilaica di Gesù, non furono per nulla scosse nella loro incredulità; come riferisce Matteo in un drammatico brano, il quale rivela tutta la delusione di Gesù per la durezza di cuore dei suoi compatrioti.

Pensiamo anche alla folla di Gerusalemme, presentataci come temibile per i nemici di Gesù, la quale gli preferisce Barabba (Mc 15,11), chiede il suo supplizio (Mc 15,14) e lo insulta sulla croce (Mc 15,29).

Una decisiva testimonianza ci viene da Giovanni. Nel prologo infatti leggiamo:

"Egli era nel mondo, il mondo che fu creato per mezzo di lui, ma il mondo non lo conobbe. Venne a casa sua e i suoi non lo ricevettero" (Gv 1,10-11).

E anche se alcuni abitanti di Gerusalemme si inducono a credere, la loro fede è del tutto superficiale e non merita fiducia (Gv 2,23-24). La massa dei Giudei si chiude, di fronte al divino Maestro, in una tenace incredulità, che si manifesta in aspra avversione e in propositi omicidi (cfr. Gv 7,1; 7,30; 8,48-49; 8,52.53; 8,57-59; 10,31-32).

Nei nostri Vangeli, dunque, accanto ad un certo successo iniziale di Gesù in Galilea, c'è la confessione della sua sconfitta. Ora non è lontanamente immaginabile che la tradizione possa aver inventato l'insuccesso di Gesù, se tale insuccesso non ci fosse stato. E se Giovanni afferma che i giudei non credettero in Gesù e non lo seguirono significa che questa è la verità. Pertanto è da escludersi una qualsiasi riuscita di Gesù a Gerusalemme. D'altronde, come abbiamo visto, anche il periodo dell'attività di Gesù in Galilea è segnato da insuccessi.

Gesù era un uomo come noi e il suo insuccesso è comprensibilissimo, e ci fa addirittura tenerezza. Pertanto la sua sconfitta non sminuisce ai nostri occhi né il suo coraggio né la fede di lui nella sua missione.

Ma non possiamo esimerci dal concludere, ancora una volta, che egli **non poteva essere Dio**. In quanto Dio, ovviamente, non può avere insuccessi. Se andasse incontro anche ad un solo insuccesso, Dio sarebbe infatti imperfetto. Il che è assurdo.

6)   Durante la sua vita pubblica Gesù ha annunciato l'avvento del regno di Dio, cioè la grande trasformazione escatologica del mondo; e lo ha fatto sulla linea delle aspettative giudaiche.

Pertanto l'annuncio del regno di Dio proprio di Gesù è una forma di apocalittica tardo-giudaica. Dobbiamo ammettere quindi che egli, come gli autori apocalittici, fu vittima di un'illusione, in quanto il regno di Dio non si è realizzato. In altri termini, egli commise un errore.

Non vi è alcun dubbio. E' necessario, quindi, aggiungere che Gesù, essendo rimasto vittima di questa grave illusione, **non può in alcun modo essere Dio**; perché un Dio, ovviamente, non può sbagliare.

7) Non sempre ci si è rassegnati di fronte al fatto che l'annuncio dell'avvento imminente del regno di Dio non si è avverato, e che quindi la convinzione di Gesù circa la fine del mondo si è dimostrata un'illusione. E questa riluttanza a rassegnarsi ha la sua spiegazione, perché è evidente che se Gesù si è ingannato **non può essere Dio**.

Ecco allora alcuni teologi cercare di aggirare l'ostacolo sostenendo che Gesù avrebbe visto la *presenza* del regno di Dio nella sua persona e nei discepoli raccolti intorno a lui. Ma tale ipotesi non è confermata da nessuna parola di Gesù.

A sostegno della tesi della *presenza* del regno ci si è rifatti al seguente versetto di Matteo: "Ma se caccio i demoni in virtù dello spirito di Dio, è dunque giunto a voi il regno di Dio" (12,28). Il senso di questi versetti non è però che il regno di Dio è già presente, ma che esso sta spuntando. Gesù vede cioè nelle guarigioni da lui operate, e specialmente nella cacciata dei demoni, il segno che il regno di Satana è finito, e che, di conseguenza, il regno di Dio è alle porte.

8) Partendo dal preconcetto che Gesù non può essersi sbagliato, altri teologi sostengono, a loro volta, che il regno di Dio a cui pensava Gesù era di *natura spirituale*, consisteva cioè nella trasformazione delle anime, che da malvagie o indifferenti diventavano buone.

Ma di contro a ciò bisogna ribadire che mai Gesù confonde il regno con la conversione interiore, che è soltanto la condizione di ammissibilità al regno. E' evidente che egli attende il regno come una trasformazione totale del mondo, secondo il modo di pensare del giudaismo. Egli infatti non dà mai una definizione di tale regno; e questo significa che, su questo punto importante, egli non si scostava dalla concezione comune.

Non bisogna inoltre dimenticare che, dopo la morte di Gesù, i primi cristiani e indiscutibilmente l'apostolo Paolo erano convinti di poter assistere durante la loro vita all'irruzione del regno di Dio. E questo testimonia in modo inoppugnabile che, al tempo delle prime comunità cristiane (quando Gesù era già morto), il regno non era ancora giunto; di conseguenza, esso non era di *natura spirituale*.

Pertanto Gesù , credendo nell'avvento del regno come trasformazione totale del mondo, è rimasto vittima di un'illusione. Di conseguenza **non poteva essere Dio.**

9) Vi è un testo di Matteo che è legato all'invio degli apostoli in missione. Gesù, dopo aver dato ad essi gli opportuni consigli, termina con queste inequivocabili parole:

"In verità vi dico che non avrete finito di fare il giro delle città d'Israele prima che giunga il Figlio dell'uomo" (Mt 10,23).

Gesù fissa dunque un limite preciso alle aspettative dei discepoli, che erano appunto in attesa del Figlio dell'uomo, portatore del regno di Dio. Ma, come fa capire lo stesso Matteo, gli apostoli tornarono senza che il gran giorno fosse apparso (cfr. Mc 6,30; Lc 10,17). Quindi la predizione di Gesù **si rivelò sbagliata**. Evidentemente questo "detto" proveniva dalla tradizione più antica e ormai consolidata, per cui l'evangelista non ebbe l'ardire di ometterlo, anche se molto imbarazzante per tutti.

10) Esiste una seconda affermazione preoccupante di Gesù, riferita concordemente dai tre sinottici; è la seguente:

E disse loro: "In verità vi dico: ci sono alcuni qui presenti che non gusteranno la morte, prima di aver visto il regno di Dio venuto in potenza" (Mc 9,1; Mt 16,28; Lc 9,27).

Dopo la morte di Gesù, i primi cristiani erano in attesa del grande evento pieni di speranza. Ma essi morirono tutti senza aver visto spuntare il gran giorno. **Gesù quindi si era ancora una volta sbagliato.** Ma alcuni intrepidi teologi non si sono rassegnati. Essi hanno sostenuto che la predizione di Gesù si è avverata con la distruzione di Gerusalemme ad opera dei romani, avvenuta nell'anno 70. Ma tale distruzione non ha niente a che fare con la venuta del regno di Dio preconizzata dal profeta galilaico.

11) Un terzo "detto", del tutto simile al precedente, è contenuto nei sinottici (Mc 13,30; Mt 24,34; Lc 21,32). Esso fa parte di un passo che riporta la profezia di Gesù sulla fine del mondo:

"Ma in quei giorni, ... il sole si oscurerà, la luna non darà più la sua luce, le stelle cadranno dal cielo e le forze che sono nei cieli saranno sconvolte. Allora si vedrà il Figlio dell'uomo venire sulle nubi, con grande potenza e gloria. Allora manderà i suoi angeli e radunerà i suoi eletti dai quattro venti, dall'estremità della terra fino all'estremità del cielo... *In verità vi dico: non passerà questa generazione prima che tutto ciò sia avvenuto*" *(Mc 13,24-30).*

Anche questo testo è molto chiaro e ci dà la conferma che la convinzione di Gesù **si è rivelata un'illusione**. Ma coloro che non potrebbero ammettere che un errore sia uscito dalla sua bocca, ricorrono anche qui, contro ogni evidenza , alla distruzione di Gerusalemme, avvenuta nell'anno 70. Ma a ciò si deve rispondere che, in quella funesta occasione (della distruzione di Gerusalemme), il sole non si è oscurato, la luna non ha cessato di dare la sua luce, né le stelle sono cadute dal cielo. Né, infine, il Figlio dell'uomo è apparso sulle nubi in tutta la sua potenza!

D'altronde, basta rileggere il brano testé citato (Mc 13,24-30), per rendersi pienamente conto che la predizione di Gesù non riguarda la distruzione di Gerusalemme, di cui Marco ha parlato precedentemente (cfr. Mc 13,1-2), ma proprio la fine del mondo, perché è di essa che l'evangelista ci sta parlando.

Dalla constatazione delle predizioni erronee di Gesù circa l'imminenza del regno resta così confermato che **egli non poteva essere Dio**.

12) Nei Vangeli sinottici si dice che, mentre il titolo di Messia, che esprime la speranza nazionale, designa il re (della stirpe di Davide), il quale viene rappresentato come un semplice uomo, sebbene la sua venuta e la sua attività siano volute e guidate da Dio, il titolo di *"Figlio dell'uomo"* si riferisce a un essere ultraterreno, preesistente, chiaramente leggendario, che apparirà sulle nubi del cielo alla fine dei tempi per tenere il giudizio e portare al salvezza.

La predicazione di Gesù è sulla linea di tali aspettative. Egli attende la resurrezione dei morti (Mc 12,18,27), il giudizio (Lc 11,31-32) e, soprattutto, la venuta del *"Figlio dell'uomo"* in qualità di giudice e salvatore (cfr. Mt 24,27.37.44; Lc 21,27).

Ebbene, dato che Gesù crede nell'esistenza della leggendaria figura del *"Figlio dell'uomo"*, è vittima di un'illusione: pertanto egli (ancora una volta) **non può essere Dio**.

13) Gesù è esplicito nel rifiutare una **diretta identificazione con Dio**, una divinizzazione; infatti così risponde a un suo interlocutore: "Perché mi chiami buono? Nessuno è buono, se non Dio solo" (Mc 10,18).

14) Mc 15,34 (seguito da Mt 27, 46) riferisce una significativa esclamazione di Gesù in preda ai tormenti sulla croce:

"E all'ora nona, Gesù esclamò a gran voce: *"Eloì, Eloì, lamà sabactani?"*, che vuol dire : *"Mio Dio, mio Dio, perché mi hai abbandonato?" "*.

Anche qui Gesù, invocando il Padre con il nome di Dio, **rifiuta spontaneamente una divinizzazione**: solo il Padre infatti è Dio e solo lui si può invocare con il nome di Dio.

Qualcuno potrebbe obiettare: "Tutti sanno che tale esclamazione è un invenzione di Marco". In effetti è proprio così. Ma questo non cambia i termini delle osservazioni che stiamo facendo. Se Marco ha messo in bocca a Gesù morente una siffatta esclamazione, ciò significa che per il nostro evangelista il Padre è senz'altro il Dio di Gesù, e Gesù una creatura che ha bisogno di Dio come tutte le altre.

Si aggiunga che se Gesù rimprovera Dio perché lo ha abbandonato nel momento del dolore, questo sta a significare che egli non può liberarsene da solo (di tale dolore) o non può sopportarlo da solo o è preda della disperazione: tutte ipotesi che attestano che *egli non poteva essere Dio*.

15) Infine, quando i discepoli sostengono, per bocca di Pietro, che Gesù è stato risuscitato da Dio (Atti 2,32), si illudono, ma ammettono implicitamente che egli è subordinato al Padre (che lo avrebbe fatto risorgere). Quindi **essi non lo ritengono Dio**.

In conclusione, da questa rapida rassegna si evince, in maniera inoppugnabile, che, in opposizione a quanto sostenuto da Joseph Ratzinger, secondo i Vangeli sinottici Gesù non può essere Dio.

4. La divinizzazione di Gesù nel Vangelo giovanneo

Nel capitolo VIII del suo libro *Gesù di Nazaret*, Benedetto XVI incomincia a parlare del quarto Vangelo:

"Finora, nel nostro tentativo di ascoltare Gesù e di fare così la sua conoscenza, ci siamo attenuti in gran parte alla testimonianza dei vangeli sinottici (Matteo, Marco, Luca), lanciando solo di tanto in tanto uno sguardo a Giovanni. E' dunque giunto il momento di rivolgere l'attenzione all'immagine di Gesù proposta dal quarto evangelista, un'immagine che, per molti aspetti, sembra decisamente diversa dalle altre.

Il nostro ascolto del Gesù dei sinottici ci ha insegnato che il mistero della sua unità con il Padre è sempre presente e determina il tutto, ma resta anche nascosto sotto la sua umanità...In Giovanni la divinità di Gesù appare in modo non velato" (5).

In questo brano il papa afferma che:
1) nei sinottici la divinità di Gesù appare in modo velato;
2) in Giovanni invece essa appare in modo non velato.

Egli intende dunque sostenere che i sinottici e il quarto Vangelo sono sulla stessa linea: in entrambi si parla della divinità di Gesù: in modo velato nei sinottici, in modo palese nel quarto Vangelo. Ma ciò **non è sostenibile**. Perché, come abbiamo chiarito più sopra, nei sinottici non si parla mai della divinità di Gesù, neanche velatamente.

Evidentemente il papa fa riferimento all'appellativo *Abba*. Partendo dal quale, però, come abbiamo già spiegato, non è possibile derivare validamente la divinità di Gesù. Di fronte a questo unico argomento, infondato, stanno i quindici argomenti, da noi evidenziati, che escludono tassativamente che il Gesù delineato dai sinottici possa essere Dio.

Quindi, se Benedetto XVI vuole sostenere la divinità di Gesù, può basarsi solo sul Vangelo di Giovanni e sulle lettere di Paolo, ma non sui Vangeli sinottici.

Comunque rimane vero quanto egli afferma introducendo il quarto Vangelo: "In Giovanni la divinità di Gesù appare in modo non velato".

E' di questo che ora dobbiamo occuparci.

Vi sono ragioni sufficienti per ritenere che il nome e il concetto del *Logos* (= Sapienza di Dio) , elaborato dal filosofo ebreo Filone d'Alessandria, fossero familiari nel pensiero di alcuni circoli gentili, nell'ambito degli studi filosofici e soprattutto in alcuni ambienti cristiano-ellenistici. Ciò spiega il fatto che l'autore del quarto Vangelo non si attardi a dare spiegazioni particolareggiate circa la natura del Logos stesso. Egli riassume rapidamente le idee filosofiche al riguardo, e cioè l'eternità divina del Logos, la sua intima unione con Dio, la sua opera nella creazione del mondo, per arrivare celermente all'esposizione della dottrina nuova e specificamente cristiana dell'incarnazione del Logos (6). Infatti così si esprime:

"In principio era il Logos, e il Logos era presso Dio, e il Logos era Dio. Egli era in principio presso Dio. Tutto fu fatto per mezzo di lui, e senza di lui nulla fu fatto di quanto esiste... Il Logos si fece carne e abitò fra noi, e noi abbiamo contemplato la sua gloria, che come unigenito egli ha dal Padre (Gv 1,1-14).

Dobbiamo evidenziare, innanzi tutto, che nei Vangeli sinottici non c'è nulla di tutto ciò. In essi è visibile l'influenza del tipo di cristianesimo adottato dalle chiese del mondo ellenistico; però essenzialmente la figura di Gesù rimane in essi quale fu delineata dalla tradizione più antica.

Ma coloro che ritenevano che Gesù fosse un essere divino disceso dal cielo, fattosi uomo per la salvezza degli uomini, tali Vangeli dovettero apparire insufficienti. Pertanto, verso la fine del primo secolo, un autore sconosciuto scrisse in Asia Minore (probabilmente a Efeso) un quarto Vangelo, che nei manoscritti viene chiamato "secondo Giovanni". Ma non può essere l'apostolo Giovanni l'autore di tale Vangelo. L'esclusione del medesimo è determinata dal fatto che egli sarebbe stato giustiziato (presumibilmente attorno al 44), insieme al fratello Giacomo, dal re Erode Agrippa (7).

Questo Vangelo, dopo aver identificato il *Cristo* con il *Logos* divino, presenta la vita e l'insegnamento di Gesù come la manifestazione di una divinità incarnata, la cui gloria divina risplende attraverso il velo della carne.

In tutto il Vangelo Gesù appare conscio della sua divinità. Alcuni brani ci convinceranno di ciò:

"Il Padre … ama il Figlio e gli manifesta tutto quello che egli fa" (5,20);

"Chi non onora il Figlio non onora il Padre che lo ha mandato" (5,23);

"Come il Padre conosce me, io conosco il Padre" (10,15);

"Io e il Padre siamo una cosa sola" (10,30);

"Il Padre è in me e io nel Padre" (10,38);

"Gli dice Filippo: *"Signore, mostraci il Padre e ci basta"*. Gesù gli dice: *"Da tanto tempo sono con voi e tu non mi hai conosciuto, Filippo? Chi ha visto me ha visto il Padre"* " (14,8-9).

I miracoli del quarto Vangelo sono pochi, ma danno tutti un'impressionante esibizione di potere soprannaturale: come la trasmutazione dell'acqua in vino alle nozze di Cana (2,1-11), il dare la vista ad un cieco fin dalla nascita (9,1-12), il risuscitare a vita Lazzaro di Betania, il cui corpo era stato sepolto da quattro giorni (11,34-44). Queste opere sono *segni* del titolo divino di Gesù.

La vita di Gesù, concepita come la manifestazione di un divinità incarnata, non presenta naturalmente segni di debolezza. L'episodio del Getsemani, in cui Gesù, in un momento di sconforto, chiede al Padre di liberarlo dalle prove dolorose che lo attendono, non compare in questo Vangelo. Invece si fa dire a Gesù: "Per questo mi ama il Padre, perché io sacrifico la vita per nuovamente riprenderla. Nessuno me la toglie, ma la do io da me stesso. Ho il potere di darla e il potere di riprenderla" (10,17-18). Nel Vangelo giovanneo, Gesù viene messo in croce come su un trono, perché la crocifissione stessa è una esaltazione: è il ritorno al Padre e alla gloria divina, di cui egli era rivestito fin da tutta l'eternità. Le ultime parole che egli pronuncia sulla croce non sono il grido: "Mio Dio, mio Dio, perché mi hai abbandonato?" (salmo 22,2), come in Matteo e in Marco, ma invece: "Tutto è compiuto". Per significare che l'opera di redenzione, che egli era venuto a compiere, era stata portata a termine.

Dunque nel quarto Vangelo, Gesù è un essere divino, il Logos o Sapienza di Dio, preesistente e coeterno al Padre. Egli è la manifestazione di una divinità incarnata, e come tale non presenta alcun segno di debolezza umana.

5. Limiti alla divinizzazione di Gesù contenuti nel quarto Vangelo

Benedetto XVI ci ricorda che l'espressione "il Figlio" ricorre diciotto volte nel Vangelo di Giovanni, sempre sulle labbra di Gesù (vedi *Gesù di Nazaret*, p. 389). Essa è un'espressione molto elevata, di cui Gesù è consapevole e che usa per indicare se stesso. Talvolta sostituita dal pronome "io" o da un altro pronome equivalente. In tale Vangelo egli non usa mai la parola "uomo" per riferirsi a sé. Chiaramente egli si ritiene un Dio.

Il problema è però stabilire se con l'espressione "il Figlio", Gesù intenda affermare che egli è un Dio uguale al Padre o che egli è, più semplicemente, un essere divino.

1) Nel tentativo di convalidare la prima ipotesi, Ratzinger scrive una frase che ci
lascia molto perplessi, se non addirittura stupefatti (vedi *Gesù di Nazaret*, p. 393): "... il Padre è il datore, che, però, ha affidato 'ogni cosa' al Figlio e proprio così l'ha reso Figlio, uguale a se stesso".

Dunque, secondo Ratzinger, il Padre **avrebbe reso il Figlio uguale a se stesso**, cioè lo avrebbe reso Dio.

Ma questa affermazione porta a conseguenze non evidenziate dal papa:
a) perché in principio - come afferma implicitamente Ratzinger - il Figlio non sarebbe stato uguale a Dio;
b) perché solo *successivamente* il Padre lo avrebbe reso uguale a se stesso.

Ora, se il Figlio – al dire di Ratzinger - in principio non era uguale a Dio e solo dopo lo è diventato, egli mancherebbe di un attributo fondamentale della divinità, ossia **l'eternità**. Inoltre, se successivamente il Padre lo ha reso uguale a se stesso, il Figlio ha subito l'azione del Padre e quindi egli è

subordinato al Padre. Di conseguenza il Figlio mancherebbe di un altro attributo fondamentale della divinità, ossia **l'indipendenza**.

Ma se il Figlio manca **dell'eternità** e **dell'indipendenza**, non può essere uguale Dio. Contrariamente a quanto preteso dal papa.

2) Senza considerare che Dio non può rendere Dio un altro essere, neppure suo Figlio; perché, per il fatto che lo genera, lo subordina inevitabilmente a sé; come emerge dalle seguenti considerazioni:
- Gesù è il Figlio di Dio e quindi è stato **generato** da Dio. Ma, se è stato generato da Dio, egli non ha un attributo essenziale alla divinità, ossia quello di essere **ingenerato**. Infatti, mentre il Padre non è stato generato da nessuno, e quindi è *ingenerato*, il Figlio invece è stato generato dal Padre, e quindi è *generato*. Di conseguenza il Figlio è a lui inferiore. Pertanto, ancora una volta, non può essere uguale a Dio.

3) Nel quarto Vangelo, l'appellativo di Dio, rivolto a Gesù, compare solo due volte, ma è di dubbia validità in entrambe. La prima volta appare nel prologo, laddove si afferma: "Il Logos era Dio". Affermazione indubbiamente molto impegnativa e categorica. Che non ammette obiezioni. Ma non dimentichiamo che anche Filone d'Alessandria, parlando del Logos, lo qualifica " un secondo Dio ". Eppure egli non ha mai inteso affermare che il Logos stesso fosse perfettamente uguale al Dio supremo.

La stessa cosa lascia capire il redattore di Giovanni, il quale riconosce chiaramente che la divinità di Cristo è una divinità, per così dire, di secondo ordine, che comporta la **dipendenza dal Padre**. A motivo di tale dipendenza, infatti, Gesù annunzia in nome proprio ciò che il Padre gli ha comandato di annunziare; i suoi miracoli sono l'opera che il Padre gli ha affidato di compiere; ciò che egli fa è ciò che vede fare dal Padre.

La seconda volta Gesù viene acclamato Dio dall'incredulo Tommaso. I fatti sono noti: Tommaso non crede alla resurrezione di Gesù, della quale gli parlano i suoi compagni ("Se non vedo nelle sue mani il segno dei chiodi e non metto il mio dito nel posto dei chiodi e la mia mano nel suo costato, non crederò" [Gv 20,25]). Otto giorni dopo i discepoli si trovavano di nuovo in casa e Tommaso era con loro. Apparve loro Gesù, si diresse vero Tommaso e gli disse: "Metti qua il tuo dito e guarda le mie mani. Avvicina la tua mano e mettila nel mio costato, e non essere incredulo, ma credente". Gli rispose Tommaso esclamando: "Mio Signore e mio Dio" (Gv 20, 26-28).

Quindi Tommaso crede finalmente alla resurrezione di Gesù. Veramente avrebbe dovuto esclamare: "Credo che sei risorto" e non "Mio Signore e mio Dio", perché il fatto che Gesù sia risorto non comporta necessariamente che egli sia Dio. Matteo, ad es., afferma che, quando Gesù spirò, "le tombe si aprirono e molti corpi dei santi che vi giacevano risuscitarono" (Mt 27,52). Ebbene quei risorti non furono creduti dèi da coloro che li videro.

Pertanto quella di Tommaso è una indebita conclusione, che non depone affatto per la veridicità dell'acclamazione.

Si aggiunga che tale acclamazione è inconcepibile e assurda in bocca a un ebreo della Palestina, che l'avrebbe ritenuta un'enorme bestemmia. **Quindi essa non è stata mai pronunciata**.

4) Ed ora l'autentica mazzata per coloro che credono che il "Figlio" sia uguale al "Padre". In un versetto, che non sentirete mai leggere in chiesa perché è tenuto ben nascosto, lo sconosciuto redattore del quarto Vangelo ammette esplicitamente la superiorità del Padre, mettendo in bocca a Gesù le seguenti parole:

"Il Padre è più grande di me" (Gv 14,28).

Di fronte ad una affermazione come questa è inutile cavillare. Gesù , come sempre usa fare in ogni parte del Vangelo di Giovanni, parla qui come "Figlio". E' quindi proprio in quanto "Figlio" che egli dichiara di essere inferiore al "Padre".

Ma se le cose stanno così, il problema è semplificato. **Lo stesso Giovanni esclude che Gesù sia un vero e proprio Dio.**

A tale proposito le citazioni si possono moltiplicare senza difficoltà. Limitiamoci ad alcune delle più significative:

"Gesù disse loro (ai discepoli): *"In verità, in verità vi assicuro: il Figlio non può fare nulla da sé, se non ciò che ha veduto fare dal Padre... Come infatti il Padre risuscita i morti e li fa rivivere, così pure il Figlio fa vivere quelli che vuole. Inoltre il Padre non giudica nessuno: ma ha rimesso ogni giudizio al Figlio, affinché tutti onorino il Figlio come onorano il Padre"* " (Gv 5,19,23).

"Sono disceso dal cielo *non per fare la mia volontà*, ma quella di colui che mi ha mandato" (Gv 6,38).

"Allora Gesù, che insegnava nel Tempio, disse ad alta voce: *"Voi mi conoscete e sapete di dove sono: eppure non sono venuto da me: ma c'è veramente uno che mi ha mandato*, che voi non conoscete. Io lo conosco perché vengo da lui ed è *lui che mi ha mandato"* " (Gv 7,28-29).

"Se Dio fosse vostro Padre, disse allora Gesù, certamente mi amereste, perché io procedo e vengo da Dio; e non sono venuto da me stesso, ma *egli mi ha mandato*" (Gv 8,42).

"Perché io non ho parlato di mio; *ma il Padre stesso che mi ha mandato mi ha prescritto quello che devo dire e insegnare*" (Gv 12,49).

"Io (dice Gesù in preghiera, rivolto al Padre) ti ho glorificato sulla terra, *avendo compiuto l'opera che mi hai dato da fare*" (Gv 17,4).

Come ognuno può constatare, il "Padre" comanda e il "Figlio" obbedisce (anche quando si tratta di morire sulla croce). E' quindi del tutto evidente che, secondo Giovanni, il **Figlio è subordinato al Padre**.

Non vi è alcun dubbio. Pertanto **Giovanni non può essere invocato come l'assertore della piena e totale divinità di Gesù**. Per tale evangelista Gesù è soltanto un essere divino, un semidio di origine ellenistica, la cui dipendenza dal Padre è totale e assoluta.

Di conseguenza, contrariamente a quanto sostenuto da Benedetto XVI, i concili di Nicea e di Calcedonia, che hanno sancito la perfetta uguaglianza del "Figlio" con il "Padre", non possono aver legittimamente derivato tale concezione dal Vangelo di Giovanni. Essi l'hanno molto semplicemente desunta da tradizioni extraevangeliche posteriori e l'hanno fatta propria con entusiasmo, per assicurarsi i vantaggi che la qualifica di Dio riferita a Gesù avrebbe offerto alla Chiesa in termini di prestigio e di potere.

6. Vangeli sinottici o Vangelo di Giovanni?

Dobbiamo quindi prendere atto che il "Figlio" non è uguale al "Padre", in quanto ciò scaturisce dal Vangelo giovanneo (oltre che naturalmente dalle lettere di Paolo) esaminato obiettivamente e senza prevenzioni. Per di più, questa conclusione inevitabile si trae senza modificare neanche una virgola di quanto scritto da Giovanni, ma accettando totalmente la sua impostazione, che è la seguente: da una parte egli afferma che Gesù è indiscutibilmente una eccelsa divinità, ma dall'altra precisa con insistenza che il "Figlio" è subordinato al "Padre", e quindi inequivocabilmente a lui inferiore.

Dobbiamo ribadirlo: secondo l'estensore del quarto Vangelo il Padre è più grande del Figlio; di conseguenza **il Figlio non è un Dio supremo**.

Si pone ora un altro problema , altrettanto delicato; dobbiamo infatti domandarci: hanno ragione i Vangeli sinottici, secondo i quali Gesù è solamente un uomo o ha ragione l'autore del quarto Vangelo, per il quale Gesù è un essere divino?

La risposta è obbligata: hanno ragione i sinottici; altrimenti bisognerebbe concludere che essi, nascondendo la divinità di Gesù, avrebbero gravemente mentito. Cosa manifestamente impossibile. Perché se Gesù avesse rivelato di essere veramente un essere divino, essi non avrebbero mancato di metterlo in evidenza.

La conclusione è però stupefacente: se hanno ragione i sinottici, ne discende che l'autore del quarto Vangelo ha torto e che la sua costruzione si rivela del tutto mitica e leggendaria.

Non può essere che così. Pertanto l'affermazione di Giovanni, secondo la quale Gesù sarebbe un essere divino, anche se subordinato al Padre, non può essere accettata.

Dunque, non solo Gesù non può essere uguale a Dio, **ma**, in opposizione a Giovanni, **non può essere neanche una divinità inferiore**.

7. La concezione verginale

Nel suo libro *Introduzione al cristianesimo*, scritto nel 1968 e edito di nuovo nel 2000, quando Benedetto XVI era ancora cardinale, egli ci parla della concezione verginale di Gesù:

"La nascita di Gesù dalla Vergine - egli afferma -, della quale riferiscono i vangeli, per gli illuministi di ogni genere è stata sempre una spina nell'occhio" (8).

Gli illuministi del '700, com'è noto, in opposizione all' "oscurantismo medievale", si erano proposti di rischiarare tutto lo scibile con i lumi della ragione. Nulla di più naturale, quindi, che essi prendessero in esame anche il Nuovo Testamento per sottoporlo al vaglio critico della ragione stessa. La loro analisi si è rivelata molto severa nei confronti delle verità religiose, per cui la Chiesa li ha bollati come suoi nemici. Quindi, per Ratzinger, gli illuministi di cui egli parla sarebbero senz'altro i tipici avversari del cristianesimo.

Pertanto la sua frase andrebbe precisata così: "Per gli avversari del cristianesimo la nascita di Gesù dalla Vergine è stata sempre una spina nell'occhio". Intendendo dire che tale verità è talmente evidente da non poter essere posta in dubbio; e quindi difficilissima da criticare.

Cosa manifestamente non vera, in quanto, non solo agli illuministi, ma a chiunque, basta un attimo di riflessione per comprendere che la credenza nel concepimento verginale è totalmente fantastica, dato il suo evidente collocarsi su un piano extrastorico.

Del resto, non sono gli illuministi che devono provare che Gesù non è nato da una vergine, ma l'onere della prova spetta a coloro che sostengono il contrario; a coloro, cioè, che difendono l'autenticità del concepimento verginale, riferito dai Vangeli.

L'onere della prova spetta quindi a Ratzinger. Ma egli, nel citato passo del suo libro in cui parla del problema in questione, non porta nessuna prova circa la veridicità della   concezione verginale, limitandosi ad accettare passivamente quanto detto da Matteo e da Luca all'inizio dei loro Vangeli.

Anche se abbiamo affermato, ed è la verità, che l'onere della prova spetta ai teologi ligi alla Chiesa, questo non significa che non si abbiano argomenti per controbattere, dal punto di vista storico, la credenza nel concepimento verginale. Gli argomenti infatti esistono, e sono i seguenti:

1)   La chiara affermazione di Matteo e Luca (Mt 1,18-25; Lc 1,5-80), secondo la quale Gesù sarebbe stato concepito in modo misterioso da un incontro diretto di Dio con Maria di Nazareth, senza l'intervento di un uomo, *non è attestata in nessun altro passo del Nuovo Testamento*. In particolare non è testimoniata né da Marco, né da Giovanni né da Paolo.

2)   E' del tutto evidente che Marco, pur conoscendo la leggenda della nascita verginale (è difficile credere che la ignorasse), *non l'accettò*, altrimenti non si spiegherebbe come mai non l'abbia inserita nel suo Vangelo.

3)   La posizione di Giovanni è molto diversa. Egli crede che in Gesù si sia incarnato il *Logos* coeterno a Dio. Quindi per lui il Cristo, non essendo affatto umano, non dipende né da un padre *né da una madre* terreni (Gv 1,13). Di conseguenza egli *non ha alcuna ragione di uniformarsi alla dottrina della nascita verginale*. L'incarnazione del Logos, infatti, non presuppone che *l'uomo Gesù* sia sfuggito alle leggi umane della generazione.

Del resto, Giovanni non manca di scrivere che Gesù è figlio di Giuseppe, come appare nei seguenti passi:

"Filippo incontrò Natanaele e gli disse: "Abbiamo incontrato colui del quale scrissero Mosè nella legge e i profeti: Gesù, *figlio di Giuseppe*, di Nazareth" " (Gv 1,45).

"I giudei mormoravano di lui perché aveva detto: "Io sono il pane disceso dal cielo", e dicevano: "Non è costui Gesù, *figlio di Giuseppe*, del quale conosciamo il padre e la madre?" " (Gv 6,41-42).

4)   Negli scritti di Paolo *non c'è nemmeno un' allusione alla concezione verginale*. La sua dottrina tratta dell'incarnazione del Figlio, che preesisteva presso Dio sin dall'eternità. Ma la sua incarnazione nella persona umana di Gesù non esclude in nessun modo che egli sia nato secondo le condizioni naturali, comuni a tutti gli uomini. In una lettera Paolo scrive: "Quando giunse la pienezza dei tempi, Iddio mandò il proprio Figlio, nato di donna" (Gal 4,4). Se avesse creduto al concepimento verginale, avrebbe senz'altro scritto: "Dio mandò il proprio Figlio, nato da una vergine" e non già "da una donna". D'altra parte, egli credeva nella discendenza davidica di Gesù, e quindi all' "umanità" della sua generazione (Rom 1,2-4).

5) Si noti che Matteo e Luca, se si eliminano le due preistorie premesse ai loro Vangeli, ignorano completamente la concezione verginale. *Nessuno degli episodi, contenuti nei loro testi, è legato, nemmeno indirettamente, al meraviglioso avvenimento.* Anzi, Luca, in un passo, non esita a scrivere che Gesù è figlio di Giuseppe:

"Or, tutti ne parlavano in bene [di Gesù] ed erano meravigliati per le parole di grazia che uscivano dalla sua bocca ed esclamavano: *"Non è lui il figlio di Giuseppe?" "* (Lc 4,22).

Domanda retorica che equivale a un "sì".

E in un altro passo, sempre Luca, mette in bocca a Maria le seguenti parole rivolte a Gesù (parole che attestano la paternità di Giuseppe):

"Tuo padre ed io, addolorati, ti cercavamo" (Lc 2,48).

Se ne deve concludere che la preistoria del Vangelo di Luca, riguardante il concepimento verginale, non è stata scritta da lui, ma da un ignoto interpolatore.

6)   Gli altri scritti del Nuovo Testamento, che hanno occasione di accennare alla nascita di Gesù, la ritengono davidica, ossia *conforme alla natura umana* (9).

7)   Infine alcuni eretici del II secolo, gli ebioniti, che conservarono a lungo le tradizioni primitive, *respingevano la dottrina della concezione verginale* (10).   Per tutti questi motivi, in opposizione a papa Ratzinger, la dottrina del concepimento verginale *non può essere accettata, e deve essere relegata tra le leggende.*

Dobbiamo precisare inoltre che la leggenda del concepimento verginale (per le ragioni suddette inaccettabile) potrebbe, tutt'al più, fare di Gesù un "semidio", un generico "essere divino", ma non certamente un Dio vero e proprio. In quanto, innanzi tutto, egli sarebbe stato concepito a seguito di un misterioso incontro di Dio con Maria di Nazareth, la quale avrebbe messo a disposizione un suo ovulo, determinando così la parte umana di Gesù . E in quanto, poi, Gesù stesso mancherebbe di almeno tre attributi fondamentali della divinità. Egli infatti non sarebbe né eterno, né assoluto, né ingenerato.

Ricordiamoci, peraltro, che Gesù, nel corso della sua vita terrena, non si mai proclamato un "essere divino"; come documentano i Vangeli sinottici. Quindi, neanche tale qualifica può essergli validamente attribuita (11).

8. Conclusione

E' vero che gli sviluppi della fede condussero alla divinizzazione di Gesù. Ma quelli che affermarono che egli era "Figlio di Dio" in tal senso, poterono crederlo soltanto in ambiente greco; lo affermarono in greco e ponendosi in una prospettiva religiosa del tutto diversa da quella della messianologia giudaica (12). D'altra parte, è certo che in un ambiente di rigido monoteismo come quello palestinese, il nuovo significato dell'espressione "Figlio di Dio" (e di quella equivalente di "Figlio") non sarebbe mai potuto sorgere, perché sarebbe parso a qualsiasi giudeo una mostruosa assurdità e un'enorme bestemmia.

I testi, in cui tale nuovo significato si afferma, fanno riferimento, come abbiamo visto, a due distinte tradizioni: l'una legata alla *leggenda della nascita verginale*, secondo la quale Gesù sarebbe stato generato dallo Spirito santo (Mc 1,20; Lc 1,35); e l'altra richiamantesi alla concezione, *parimente leggendaria*, secondo la quale Gesù Cristo sarebbe il Figlio di Dio preesistente divenuto uomo. Entrambe hanno la loro matrice nella tradizione mitologica ellenistica. La prima, ossia l'immagine della generazione corporea da parte della divinità, era infatti presente non solo nella tradizione greca, ma anche nelle leggende dinastiche babilonesi e soprattutto egiziane. La seconda, diffusa innanzi tutto da Paolo (cfr. Fil 2,6-11; Gal 4,4; 2 Cor 8,9; Rom 8,3; Col 1,15) e poi da Giovanni (1,1-14; 1,30; 6,62; 8,58; 17,5-24), ha i suoi antecedenti sia nella rappresentazione di divinità-figli venerate nei misteri, di cui il mito raccontava che avevano vissuto un destino umano mortale, ma che erano risuscitate da morte; sia nella figura del redentore del mito gnostico, che metteva in evidenza l'incarnazione umana di una figura divina (di una divinità-figlio) e del suo destino umano (13).

Le due distinte rappresentazioni in cui si è espresso il mito della divinità di Gesù Cristo, di derivazione ellenistica, sono tra loro in palese contraddizione (14), per cui ciascuna esclude l'altra; e supponendo che una delle due debba essere accettata, non potrebbero esserlo entrambe contemporaneamente.

Nulla di più naturale, quindi, che la prima concezione sia stata surclassata dalla seconda, e che quest'ultima sia diventata, grazie al potente impulso degli scritti di Paolo e di Giovanni, la classica concezione della divinità di Cristo.

Il titolo di Figlio di Dio, che originariamente aveva indicato il re messianico, con Paolo e Giovanni acquista un nuovo significato. Esso viene a designare l'essere divino di Cristo, la sua divina natura, che lo separa e lo contraddistingue dalla sfera umana.

Tuttavia, come abbiamo visto, essi limitano la portata del titolo in questione. Essi riconoscono infatti che quella di Gesù è una divinità inferiore, in quanto mentre il Padre è *ingenerato* egli invece è *generato*. Inoltre Gesù è subordinato al Padre, perché è il Padre che comanda, mentre egli obbedisce. Quindi Paolo e Giovanni fanno di Gesù un "semidio", un essere divino preesistente, disceso dal cielo per redimere l'umanità, ma non un Dio uguale al Padre.

Ma non fu così per i cristiani che vennero dopo di loro. Essi furono inclini ad affermare sempre più chiaramente la completa divinità di Gesù. Non stupisce allora che Ignazio d'Antiochia, all'inizio del secondo secolo, parlando di Gesù nelle sue lettere lo chiami con grande spontaneità "Dio", e scriva abitualmente "Gesù Cristo nostro Dio"; e che Clemente Alessandrino, iniziando la sua omelia detta *Seconda lettera di Clemente* così si esprime: "Dobbiamo pensare di Gesù Cristo ciò che pensiamo di Dio".

La tradizione posteriore ai Vangeli e alle lettere di Paolo, sanzionata successivamente dai concili di Nicea e di Calcedonia, condusse dunque alla totale divinizzazione di Gesù.

Ma la realtà fu profondamente diversa. Gesù si è manifestato come un maestro di elevata morale, ha compiuto guarigioni ed esorcismi, e ha percorso le borgate della Galilea annunciando l'imminente avvento del regno di Dio. Ma non ha mai affermato di essere Dio (e neppure un semidio), né mai i suoi discepoli o i suoi compatrioti lo hanno qualificato come tale.

Pertanto **l'assunto** di Benedetto XVI, secondo il quale i concili di Nicea e di Calcedonia renderebbero esplicito ciò che è implicito nei Vangeli sinottici, e ricalcherebbero ciò che è contenuto nel Vangelo di Giovanni e nelle lettere di Paolo, **non risulta in alcun modo provato.**

Perché i Vangeli sinottici non contengono assolutamente nulla che possa far pensare, neanche lontanamente, che Gesù sia qualcosa di più che un uomo; e perché Paolo e Giovanni pur affermando, seppure arbitrariamente, che Gesù sarebbe un essere divino, escludono tassativamente che egli sia un Dio vero e proprio.

Note al settimo capitolo

1. Joseph Ratzinger, *Gesù di Nazaret*, Editrice Rizzoli, Milano 2007.
2. Joseph Ratzinger, *Introduzione al cristianesimo*, Queriniana, Brescia 1968, 2000.
3. G. Bornkamm, *Gesù di Nazareth*, Claudiana, Torino 1981, p. 189.
4. Josepf Ratzinger, *Introduzione al cristianesimo*, Queriniana, Brescia 2003, p. 214.
5. Joseph Ratzinger, *Gesù di Nazaret, cit.*, pp. 257-258.

6. Cfr. G. F. Moore, *Storia delle religioni* vol. II, CDE, Milano 1990, p. 155.
7. Vedi Mc 10,39 e la testimonianza di Papia, vescovo di Jerapoli (metà del II sec.) in *Interpretazione dei detti del Signore*. Cfr A. Loisy, *Le origini del cristianesimo,* il Saggiatore, Milano 1984, p. 48; e R. Bultmann, *Teologia del Nuovo Testamento*, Queriniana, Brescia 1985, p. 67.

Quanto a Mc 10,39, esso lascia intendere abbastanza chiaramente l'avvenuta morte di Giovanni insieme al fratello Giacomo; leggiamo infatti:

"Or, Giacomo e Giovanni, figli di Zebedeo, si avvicinarono a lui e gli dissero: *"Maestro, vogliamo che tu faccia per noi quanto ti chiediamo"*. Egli domandò loro: *"Che volete che io faccia per voi?"*. Essi gli dissero: *"Concedici di sedere uno alla tua destra e uno alla tua sinistra nella tua gloria"*. Gesù disse loro: "Voi non sapete quello che chiedete. Potete voi bere il calice che io berrò e ricevere il battesimo con cui io sarò battezzato?". Gli risposero: *"Lo possiamo!"*. Gesù disse loro: *"Voi, sì, berrete il calice che io berrò e riceverete il battesimo con cui io sarò battezzato,* però, quanto a sedere alla mia destra o alla mia sinistra, non sta a me il concedervelo, ma è per coloro per i quali è stato preparato"* " (Mc 10,35-40).

La frase che noi abbiamo trascritto in corsivo attesta che Gesù prevede la morte violenta dei due fratelli.

E, anche se ammettiamo che l'episodio testé riferito sia stato inventato da Marco, le cose non cambierebbero. Perché se Marco, quando nel 70 scrive il suo Vangelo, può mettere tale previsione in bocca a Gesù, evidentemente sapeva, essendo un fatto ormai accaduto, che i figli di Zebedeo erano stati giustiziati entrambi, all'incirca nel 44, da Erode Agrippa.

8. Joseph Ratzinger, *Introduzione al cristianesimo*, cit., ultima edizione, p. 264.
9. 2 Tim 2,8; Ebr 7,14; Apoc 5,5; 22,5.
10. Epifanio, *Haereses*, 30,14.
11 Abbiamo trattato più diffusamente il problema in questione nel nostro lavoro *Gesù è risorto?*, Firenze Atheneum, Firenze 2005, pp. 38-47.
12. Ch. Guignebert, *Gesù*, Einaudi, Torino 1950, p. 320; R. Bultmann, *Teologia de Nuovo Testamento*, Queriniana, Brescia 1985, p. 59.
13. Cfr. R. Bultmann, *op. cit.*, pp. 131-132.
14. La contraddizione consiste nel fatto che, nel primo caso, Gesù sarebbe Figlio di Dio in quanto "generato" nel *tempo* nel grembo di Maria; mentre nel secondo caso, Gesù sarebbe Figlio di Dio in quanto "generato" da tutta *l'eternità*, e quindi preesistente alla sua incarnazione.

Capitolo ottavo

LA CHIESA NON POSSIEDE LA VERITA' ASSOLUTA

1. La verità assoluta nella Bibbia

Il Concilio Vaticano II nella Costituzione dogmatica sulla Divina Rivelazione proclama quanto segue:

"Le verità divinamente rivelate, che nei libri della Sacra Scrittura sono contenute ed espresse, furono scritte per ispirazione dello Spirito Santo. La Santa Madre Chiesa, per fede apostolica, ritiene sacri e canonici tutti interi i libri sia dell'Antico che del Nuovo Testamento, con tutte le loro parti, perché, scritti per ispirazione dello Spirito Santo, hanno Dio per autore e come tali sono stati consegnati alla Chiesa. Per la composizione dei Libri Sacri, Dio scelse e si servì di uomini nel possesso delle loro facoltà e capacità, affinché, agendo Egli in essi e per loro mezzo, scrivessero, come veri autori, tutte e soltanto quelle cose che Egli voleva fossero scritte. Poiché, dunque, tutto ciò che gli autori ispirati asseriscono, è da ritenersi asserito dallo Spirito Santo, è da ritenersi anche, per conseguenza, che i libri della Scrittura insegnano con certezza, fedelmente e senza errore la verità che Dio volle fosse consegnata nelle Sacre Lettere".

In questo brano sono tre i punti da mettere in evidenza:
1) le verità contenute e espresse nei libri della Sacra Scrittura furono scritte per ispirazione dello Spirito Santo (1).

Affermazione gratuita, di cui non si fornisce alcuna prova. Evidentemente il Concilio Vaticano II non è in grado di dimostrare che quanto contenuto nei cosiddetti Libri Sacri sia parola Dio e quindi verità assoluta.
2) La Santa Madre Chiesa, per fede apostolica, ritiene sacri e canonici tutti interi i libri sia dell'Antico che del Nuovo Testamento, con tutte le loro parti, perché, scritti per ispirazione dello Spirito Santo, hanno Dio per autore.

In questo punto la Costituzione dogmatica, chiamando in causa la *fede apostolica*, tenta di fornire una prova. Ma tale prova non è valida. Perché anche se gli apostoli credettero sinceramente che la Sacra Scrittura fosse stata ispirata da Dio, tale loro fede è un fatto totalmente soggettivo e senza valore e, come tale, non può, neanche lontanamente, paragonarsi a quella che gli studiosi chiamano una stringente dimostrazione.

In estrema sintesi, la *fede apostolica* non è una *prova*. Resta pertanto confermato che il Concilio Vaticano II non dimostra la validità del proprio assunto.

3) Dando peraltro per ammessa, senza dimostrazione, la realtà della rivelazione, la Costituzione dogmatica passa infine ad affermare che Dio, servendosi degli uomini da lui scelti, fece scrivere da essi tutte e soltanto quelle cose che egli voleva fossero scritte. Di conseguenza – conclude la Costituzione stessa – i libri della Scrittura insegnano con certezza, fedelmente e senza errore la verità che Dio volle fosse consegnata nelle Sacre Scritture.

Ma questa conseguenza sarebbe valida solo se fosse stata dimostrata in precedenza la realtà della rivelazione. Dato che, però, è impossibile fornire una dimostrazione siffatta, ne consegue che le Sacre Scritture non contengono, contro quanto pretende la Chiesa, verità provenienti da Dio.

Pertanto la Bibbia è un libro scritto esclusivamente dagli uomini.
A fil di logica il discorso dovrebbe terminare qui. Ma noi, prima di dichiarare esaurito l'argomento, vogliamo esperire un'altra strada.

Prendendo lo spunto dal fatto che il Concilio Vaticano II ritiene sacri e canonici **tutti interi i libri** sia dell'Antico che del Nuovo Testamento, **con tutte le loro parti**, in quanto, essendo stati scritti per ispirazione dello Spirito Santo, avrebbero Dio per autore, sottoporremo al vaglio della ragione un buon numero di scritti contenuti nei Libri Sacri. Con questa avvertenza (che scaturisce dalla Costituzione dogmatica stessa): *tutto quello che vi si legge deve essere verità divina*; per cui, al limite, basterebbe che anche una sola affermazione fosse riconosciuta non proveniente da Dio per invalidare la rivelazione nella sua totalità.

Come vedremo, di tali affermazioni che è impossibile attribuire Dio, e quindi non da lui rivelate, ce ne sono in abbondanza sia nel Vecchio come nel Nuovo Testamento.

a) Il pentimento di Dio.

Nella Genesi, cap. sesto, leggiamo quanto segue:

"Il Signore, vedendo che la malvagità degli uomini era grande sulla terra e che tutti i pensieri concepiti nel loro cuore erano soltanto malvagi, si pentì di aver fatto l'uomo sulla terra e se ne addolorò in cuor suo; e disse: "Sterminerò dalla faccia della terra l'uomo da me formato: uomini e animali, rettili e uccelli dell'aria, poiché *mi pento* di averli fatti" " (*Genesi*, 6,5-7).

Dunque Dio si sarebbe pentito di aver fatto l'uomo. Ma questa affermazione non può essere vera. Perché Dio non può aver motivo di pentirsi di nulla, in quanto egli non può sbagliare. Se, infatti, commettesse anche un solo errore, egli non sarebbe onnipotente, il che è assurdo, in quanto ciò sarebbe in contrasto con l'essenza stessa di Dio.

Pertanto la frase summenzionata non può essere stata ispirata da Dio, perché falsa. Essa, molto semplicemente, è stata inventata dall'autore del testo, il quale riteneva che Dio fosse un essere antropomorfico, soggetto all'errore e al pentimento.

b) L'ira e la gelosia di Dio.

Nella Scrittura ci sono molti passi che parlano dell'ira e della gelosia di Dio (Esodo, 20,5; 22,20-22; 32,10; Numeri, 25,3-4; Deuteronomio, 5,9; 6,14-15; 7,3-4; ecc.).

Citiamone qualcuno:

"Israele aderì al culto di Baal-Fegor, tanto che *l'ira* del Signore s'accese contro di lui. Il Signore disse a Mosè: "Raduna tutti i capi del popolo, e fa' impiccare i colpevoli davanti a me, alla vista di tutti, e l'ardente *ira* del Signore sarà distolta da Israele" " (*Numeri*, 25,3-4).

"Non maltrattare e non opprimere il forestiero; perché anche voi foste forestieri in terra d'Egitto... Se tu lo affliggi, egli griderà a me, ed io ascolterò il suo grido; *l'ira* mia si accenderà, ed io vi farò perire di spada, e le vostre mogli saranno vedove e i vostri figli orfani" (*Esodo*, 22,20-22).

"Non seguire altri dèi, quegli dèi che sono adorati dai popoli che vi circondano, perché il Signore, Iddio tuo, che sta in mezzo a te, è un Dio *geloso*. *L'ira* del Signore, Iddio tuo, si accenderebbe contro di te e ti sterminerebbe dalla faccia della terra" (*Deuteronomio*, 6,14-15).

Come ognuno può constatare, si tratta di atteggiamenti antropomorfici che sminuiscono la figura di Dio e la rendono imperfetta. Pertanto i passi in questione non possono essere veri, e di conseguenza non possono essere stati ispirati dall'Essere supremo.

Del resto, che il Dio della Bibbia, così come raffigurato nelle sue parole e nelle sue azioni dai vari autori ebraici, sia un essere antropomorfico e quindi pieno di difetti, appare evidente in tutti i libri della Sacra Scrittura. Conseguentemente tale raffigurazione ebraica di Dio, del tutto inadeguata e manchevole, non può essere stata rivelata dal vero Dio.

Resta così confermato che il cosiddetto Libro Sacro è opera esclusiva degli uomini.

c) L'illusione del popolo eletto.

Leggiamo i seguenti brani della Genesi:

"Or, il Signore disse ad Abramo: *"Lascia il tuo paese, il tuo parentado, la casa di tuo padre e va' nella terra che io ti mostrerò. Io farò di te un popolo grande, ti benedirò, renderò glorioso il tuo nome e tu sarai una benedizione. Benedirò quelli che benediranno te e maledirò quelli che ti malediranno..."* " (*Genesi*, 12,1-3).

"E il Signore disse ad Abramo...: *"Alza gli occhi, e dal luogo dove sei, guarda a settentrione e a mezzogiorno, a oriente e ad occidente. Tutta la terra che tu vedi io la darò a te e ai tuoi discendenti in perpetuo: moltiplicherò la tua stirpe come la polvere della terra..."* " (*Genesi*, 13,14-16).

"Abramo aveva 99 anni quando gli apparve il Signore e gli disse: *"Io sono Iddio onnipotente, cammina alla mia presenza e sii perfetto. Stabilirò il mio patto fra me e te, e ti moltiplicherò in modo stragrande... ti farò diventare molte genti e dei re usciranno da te. Stabilirò il mio patto tra me e te e i tuoi discendenti dopo di te, di generazione in generazione, come patto perpetuo, per essere tuo Dio e dei tuoi discendenti dopo di te. Darò a te e ai tuoi discendenti dopo di te la terra dove abiti ora come forestiero, tutta la terra di Canaan in possesso perpetuo, e sarò loro Dio"* " (*Genesi* 17, 1-2,6-8).

A inizio da qui la "storia" del cosiddetto popolo eletto, che si preciserà sempre meglio attraverso molti capitoli del Vecchio Testamento. Il popolo d'Israele sarebbe stato scelto da Dio come il suo unico popolo e sarà da lui protetto, reso numeroso e invincibile.

Attraverso traversie e avversità, deportazioni e schiavitù, questo popolo ha sempre coltivato tale illusoria speranza, nella ferma convinzione di una speciale   protezione da parte di Dio.

Ma il patto tra Dio e Abramo e i suoi discendenti non può che essere una leggenda, in quanto Dio, che è infinitamente giusto, non può avere preferenze per nessuno. Dinanzi a lui sia i popoli sia i singoli individui non possono che essere assolutamente uguali.

Stando così le cose, la "storia" del popolo eletto non può essere stata ispirata dallo Spirito Santo, ma totalmente inventata dai teologi ebraici e inculcata da loro alla massa del popolo.

Anche in questo caso quindi è impossibile parlare di una rivelazione da parte di Dio.

d) Un Dio malvagio?
Nella Bibbia si parla, con estrema naturalezza, di un Dio crudele e spietato che incita il popolo d'Israele allo sterminio di tutti i popoli stanziati nella cosiddetta terra di Canaan, una vasta regione palestinese compresa fra la

Siria settentrionale, la Mesopotamia e l'Egitto. Tale Dio, al dire del narratore, partecipa attivamente, con preziosi consigli e con il suo decisivo intervento, alle varie guerre combattute dagli eserciti ebraici, guidati inizialmente da Mosè e, successivamente, soprattutto dal sanguinario Giosuè.

Gli efferati stermini riferiti nel cosiddetto "Libro Sacro", che comprendevano l'uccisione non solo di tutti i soldati nemici, ma anche di tutti i civili e gli inermi come i vecchi, le donne e i bambini, sono elencati, senza battere ciglio, quasi si trattasse della lista della spesa e non dell'elenco di inaudite crudeltà, dal commentatore della Bibbia che seguiamo (2). Il quale, a pag. 205, così scrive: "Diciamo una volta per sempre che lo sterminio di cui tante volte si parla nell'Antico Testamento, aveva tre gradi: il più completo consisteva nella distruzione totale di tutto, uomini, donne, animali e cose; nel secondo erano distrutte tutte le persone, riservando animali e cose; nel terzo erano uccisi solo gli uomini, riservando le donne e i bambini, oltre gli animali e le cose".

L'essenziale, comunque, non viene taciuto. Ed è quanto basta per comprendere la barbarie del popolo ebraico di quel tempo. Quello che lascia perplessi è che il narratore coinvolge lo stesso Dio in questa indegna carneficina. E' credibile?

Prima di rispondere esaminiamo alcuni significativi brani delle Scritture riguardanti il nostro problema.

"Il Signore parlò a Mosè [il narratore sarebbe lo stesso Mosè] (3), ordinandogli: "Compi la vendetta dei figli d'Israele sui Madianiti, poi ti riunirai ai tuoi padri". E Mosè così parlò al popolo: "Si armino fra voi degli uomini per la guerra di Dio contro i Madianiti, per fare la vendetta del Signore su di loro. Manderete alla guerra mille uomini per ciascuna delle tribù d'Israele"...[Dopo la vittoria] Mosè s'adirò contro i comandanti dell'esercito, capi di migliaia e capi di centinaia, che tornavano da quella guerra, e disse loro: "Perché avete lasciato in vita tutte le donne? Furono proprio esse che, per suggerimento di Balaam, sedussero i figli d'Israele, trascinandoli all'infedeltà verso il Signore... Or dunque, *uccidete tutti i bambini maschi e tutte le donne che hanno avuto rapporti intimi con un uomo*; invece le fanciulle vergini, che non hanno ancora conosciuto l'uomo, serbatele in vita per voi" " (*Numeri*, 31,1-4.14-18).

Da notare che Dio reclama la vendetta. Ma ciò non può essere vero, in quanto Dio, che è perfetto, non desidera vendicarsi. Non solo. Egli incita gli ebrei alla vendetta, mentre dovrebbe educarli al perdono. Ma neanche questo può aver fatto, perché è in antitesi con la sua bontà.

Si noti anche la spietatezza di Mosè, che risparmia le fanciulle vergini ma non i bambini maschi ugualmente innocenti. Alcuni ritengono, con qualche fondamento, che le fanciulle siano state risparmiate per essere sedotte. Altrimenti perché non salvare anche i bambini?

"Allora il Signore mi disse [sarebbe Mosè a parlare]: Vedi, ho incominciato a dare nelle tue mani Seon e il suo paese: inizia la conquista, impadronendoti del suo territorio. Allora Seon uscì contro di noi, con tutta la sua gente, per darci battaglia a Jasa. Ma il Signore, Iddio nostro, lo dette nelle nostre mani, e noi ponemmo in rotta lui, i suoi figli e tutta la sua gente. In quel tempo prendemmo tutte le sue città, *le quali furono votate allo sterminio coi loro abitanti, uomini, donne e bambini: non lasciammo nessuno in vita*" (*Deuteronomio*, 2,31-34).

"Poi [continua Mosè] ci voltammo in direzione dell'altipiano del Basan e vi salimmo. Allora Og, re del Basan, con tutta la sua gente, uscì contro di noi per darci battaglia in Edrai. Ma il Signore mi disse: non lo temere, ch'io ti do nelle mani lui, tutta la sua gente e il suo paese; *fa a lui quel che facesti a Seon*, re degli Amorrei, che abitava a Esebon" (*Deuteronomio*, 3,1-2).

Si noti come sia il Signore stesso a ordinare lo sterminio.

"E il Signore, Iddio nostro [dice ancora Mosè], ci dette nelle mani anche Og, re del Basan, con tutta la sua gente; e noi lo sbaragliammo *in modo da non lasciar neppure uno in vita*. Allora noi occupammo tutte le sue città e non ce ne fu nemmeno una che non prendessimo loro: in totale furono sessanta le città occupate... Noi le votammo alla distruzione, come avevamo fatto con quelle di Seon re di Esebon, *votando all'anatèma uomini, donne e bambini in ogni città*" (*Deuteronomio*, 3,3-6).

Qui non si dice esplicitamente che sia stato il Signore a ordinare lo sterminio, ma è sottinteso.

A questo punto, Giosuè succede a Mosè nella conquista della terra promessa, ricorrendo sempre allo sterminio di massa nei confronti dei popoli conquistati, dopo essersi assicurato il benestare e l'aiuto del Signore. Il narratore è anonimo.

"Gerico era ben chiusa e sbarrata, per timore dei figli d'Israele e nessuno ardiva uscirne o entrarvi. Ma il Signore disse a Giosuè: "Ecco che io do in tuo potere Gerico, il suo re e i suoi uomini più valorosi...". [...] Le trombe squillarono [come aveva ordinato il Signore] e il popolo, all'udire le trombe, levò un alto grido e il muro della città crollò dalle fondamenta; il popolo allora penetrò nella città, ciascuno dal lato che aveva di fronte e s'impadronirono di Gerico. *Votarono allo sterminio tutto ciò che vi era nella città: uomini e donne, fanciulli e vecchi, persino buoi, pecore ed asini, tutto passarono a fil di spada*" (*Giosuè*, 6,1-2.20-21).

"Il Signore disse a Giosuè: "Non temere e non turbarti! Prendi con te i combattenti e sali contro Ai. Ecco che io do in tuo potere il re di Ai, il suo popolo, la città e tutta la regione. *Tu farai ad Ai e al suo re come hai fatto al re e alla città di Gerico*. Tuttavia potrete prendere per voi il bottino e il bestiame*" " (*Giosuè*, 8,1-2).

Conquista della parte meridionale di Canaan.

"Anche Makkeda, in quello stesso giorno, fu conquistata da Giosuè, *che la fece passare a fil di spada, votando allo sterminio il re e gli abitanti senza risparmiarvi persona...* Giosuè con tutto Israele... andò poi contro Lebna e l'assediò. Il Signore diede in mano di Israele anche questa città col suo re, *e fu passata a fil di spada con tutti gli abitanti senza risparmiarne neppure uno...* Il Signore consegnò pure Lachis in potere di Israele, che la poté occupare al secondo giorno, *e passò a fil di spada tutti gli abitanti...*Nello stesso giorno... presero Eglon, *la fecero passare a fil di spada, votando allo sterminio ogni essere vivente...*Quindi Giosuè e tutti i suoi marciarono... contro Ebron, l'assalirono e la presero, *passando a fil di spada il suo re e tutti i villaggi con i loro abitanti. Non vi risparmiarono nessuno..., ma votarono allo sterminio ogni essere vivente.* Poi si rivolsero contro Dabir e assalitala, s'impadronirono del re e di tutti i suoi villaggi, *li passarono a fil di spada, votando allo sterminio ogni vivente che vi trovarono, senza eccezione*" (*Giosuè*, 10,28-39).

"Giosuè conquistò dunque tutta quella regione, la montagna e il mezzogiorno, la pianura e le pendici con i loro re; *condannò all'interdetto ogni vivente, senza lasciare alcun superstite,* **secondo il comando del Signore, Dio d'Israele**" (*Giosuè*, 10,40).

Israele era dunque un popolo sanguinario e crudele. Questo non può essere posto in dubbio. Del pari erano inumani e spietati i suoi capi: Mosè e Giosuè. Noi abbiamo riportato appositamente in corsivo tutti i brani del narratore in cui egli elenca puntigliosamente le azioni di sterminio perpetrate dal popolo d'Israele e dai suoi condottieri, affinché non sfugga a nessuno la gravità dei misfatti compiuti e l'enormità di quello che possiamo chiamare un vero e proprio genocidio.

Il narratore, però, non si limita all'aspetto umano di tanta tragedia. Egli coinvolge anche Dio, affermando chiaramente e ripetutamente che è stato il Dio d'Israele in persona a ordinare e a favorire lo sterminio di tutti quei popoli per assicurare il possesso della terra di Canaan al popolo eletto.

Ma questo non può essere vero, in quanto Dio, essendo infinitamente buono e giusto, non puo' partecipare allo sterminio di nessun popolo. Pertanto tutti i passi della Bibbia che attribuiscono a Dio un qualsivoglia sterminio **sono falsi e quindi non ispirati**.

Ciò depone contro la realtà dell'ispirazione divina sostenuta dalla Chiesa.

In conclusione, il dio degli ebrei, visto come sterminatore di popoli, è una deformazione infamante dell'unico vero Dio. E quindi è **falso**. Pertanto non può essere stato oggetto di rivelazione da parte di Dio stesso; perché Dio, ovviamente, non può ingannare.

Si aggiunga che la Chiesa, accettando la rivelazione di "tutti interi i libri" del Vecchio Testamento, "con tutte le loro parti", è costretta a credere (forse suo malgrado) a una tale deformazione di Dio che è in netta contraddizione con la bontà e la giustizia dell'Essere supremo.

e) La *Torah* (= *la Legge*).

Nella Bibbia si trova una abbondante raccolta di leggi valide per tutti i casi della vita: leggi morali, leggi civili e penali e leggi sociali; insomma tutte quelle leggi che servono a un popolo per la sua vita di relazione, per la sua organizzazione politica, per il suo sviluppo e per il suo benessere.

Gli autori sono per lo più ignoti (va escluso anche Mosè, la cui leggendaria attività è stata messa per iscritto varie centinaia di anni dopo la sua morte da autori sconosciuti). Tali leggi sono opera di teologi e di moralisti ebraici, i quali hanno codificato ciò che ritenevano adatto al loro popolo, non rifuggendo da disposizioni chiaramente eccessive e a volte addirittura spietate.

Da notare che essi hanno attribuito, nella loro tradizione, allo stesso Dio di Israele l'emanazione di tale "Legge", per renderla accettabile al popolo e per sfuggire a quella che potremmo chiamare una critica revisionistica. Se infatti una serie di leggi provengono da Dio, esse sono *ipso fatto* le migliori possibili e, comunque, sono opera della sua volontà.

In realtà la legislazione ebraica è un'opera umana, puramente umana, attribuita in modo fittizio al Dio d'Israele, ma in effetti lavoro esclusivo di dottori ebrei.

Ma che Dio fosse l'autore delle leggi ebraiche era un concetto troppo comodo perché si rinunciasse ad esso. Infatti, sia gli ebrei che i cristiani l'hanno fatto proprio con entusiasmo e con decisione, desiderosi come erano di avere a portata di mano il pensiero stesso di Dio su ogni argomento morale e giuridico, per poterlo imporre con facilità agli eventuali recalcitranti.

Pertanto una trovata degli antichi teologi e moralisti ebraici è diventata un principio indiscutibile che consente alla Chiesa di poter affermare che la Bibbia, in quanto ispirata da Dio, è portatrice della verità assoluta, della quale essa è l'unica depositaria.

Ma che la *Torah* provenga da Dio non basta affermarlo, bisogna soprattutto dimostrarlo. Tuttavia tale dimostrazione è molto difficile se non addirittura impossibile. Per due motivi:
1) perché nella legislazione ebraica non vi sono leggi talmente elevate, da essere al di sopra della portata dell'intelligenza umana, e che quindi esigerebbero l'intervento di Dio;

2) perché in essa vi sono leggi talmente incivili e talvolta addirittura barbariche, le quali non possono in alcun modo essere opera di un Dio saggio ed equilibrato.

1. Nei sinottici è rimasta traccia delle discussioni dei rabbini del I secolo i quali,

di fronte alla varietà del sistema etico contenuto nella *Torah*, stavano cercando di metterne a fuoco il disegno dominante dando risalto a questo o a quel "grande comandamento" dal quale si potesse far dipendere tutto il resto. Stando infatti ai narratori evangelici, la questione fu discussa anche con Gesù, il quale si trovò d'accordo sul fatto che ci sono due "grandi comandamenti": ama Dio con tutto il tuo cuore; ama il tuo prossimo come te stesso (Mt 22,34-40; Mc 12,28-34; Lc 10,25-28).

Essi si trovano nei seguenti passi:

"Ascolta, Israele [sarebbe Mosè a parlare]: il Signore, Iddio nostro, è l'unico Dio. *Amerai dunque il Signore, Iddio tuo*, con tutto il tuo cuore, con tutta l'anima tua e con tutte le tue forze" (*Deuteronomio* 6,4-5).

"Non odiare in cuor tuo il tuo fratello; correggi francamente il prossimo tuo, così non ti graverai di colpa per lui. Non vendicarti e non serbar rancore contro quelli del tuo popolo; anzi, *ama il prossimo tuo come te stesso*: io sono il Signore" (*Levitico* 19,17-18).

Come si può vedere, i due comandamenti, considerati i più importanti, sono alla portata di qualsiasi intelligenza. Quindi, nella loro stesura, non c'è stato alcun bisogno dell'intervento di Dio.

Dobbiamo peraltro precisare che, per gli ebrei, il *prossimo* da amare è Israele, ossia i fratelli di sangue e di fede. Mentre gli altri popoli possono essere odiati. Nella Scrittura infatti i testi abbondano, che denotano contro i nemici di Dio, confusi con quelli d'Israele, un odio tenace (cfr., ad es., *Esodo* 34,12 ; *Deuteronomio* 7,2).

Ciò dimostra che il passo sull'amore per il prossimo, essendo limitativo, non proviene, comunque, da Dio. Il quale, com'è ovvio, avrebbe comandato di amare indistintamente tutti gli uomini.

Analogamente, anche i famosi dieci comandamenti, certamente indispensabili per il buon funzionamento di qualsiasi società, possono benissimo essere stati elaborati da un qualsiasi teologo o moralista ebraico, senza la necessità di uno speciale intervento da parte di Dio.

Basta citarne alcuni per rendersi conto di ciò: *onora tuo padre e tua madre, non uccidere, non commettere adulterio, non rubare, non dire falsa testimonianza.*

Si aggiunga che tali comandamenti sono alla portata di qualsiasi moralista di qualsivoglia popolo, perché raggiungibili con la sola ragione.

Una breve considerazione merita il primo comandamento. Lo citiamo per esteso:

E Dio pronunciò tutte queste parole: "Io sono il Signore, Iddio tuo, che ti ho fatto uscire dal paese d'Egitto, dalla casa di schiavitù.
Non avrai altro Dio fuori che me. Non ti fare nessuna scultura, né immagine delle cose che splendono su nel cielo, o sono sulla terra, o nelle acque sotto la terra. Non adorar tali cose, né servir loro, perché io, il Signore Iddio tuo, sono un Dio geloso, che punisco l'iniquità dei padri nei figli fino alla terza o quarta generazione di coloro che mi odiano; ma uso clemenza fino alla millesima generazione verso coloro che mi amano e osservano i miei comandamenti" (*Esodo*, 20,1-6).

Chiaramente il passo, che cerca di inculcare il culto di Jahvè a un popolo che è circondato da popoli idolatri e che tende all'idolatria (si pensi al vitello d'oro da lui costruito e adorato), è stato scritto da un teologo ebreo, il quale ricorre alternativamente alle minacce e alle lusinghe per raggiungere il suo scopo. Non può essere stato Dio, perché un vero Dio non può essere geloso, né può minacciare o lusingare come farebbe un uomo, in quanto tutto ciò è segno di imperfezione, mentre egli è perfetto. Inoltre egli non può punire l'iniquità dei padri nei figli fino alla terza e alla quarta generazione di coloro che lo odiano, perché la punizione dei figli sarebbe ingiusta, mentre egli è infinitamente giusto.

Neanche per il riposo del sabato c'è bisogno di scomodare Dio. Qualsiasi legislatore ebreo poteva pensarci ed inserirlo nella sua raccolta di leggi. Ovviamente per rendere efficace tale legge, che riguarda anche i servi e i forestieri, bisognava metterla sotto l'egida di Dio. Come è stato puntualmente fatto.
Vediamo la sua stesura:

"Ricordati del giorno di riposo, per santificarlo. Per sei giorni lavorerai e attenderai alle opere tue, ma il giorno settimo è giorno di riposo per il Signore, Iddio tuo; non fare in quello alcun lavoro, né tu, né tuo figlio, né tua figlia; né il tuo servo, né la tua serva, o il tuo bestiame, o il forestiero, che è dentro alle tue porte, poiché in sei giorni il Signore fece il cielo e la terra e il mare e tutto quello che essi contengono, ma il settimo giorno si riposò: per questo il Signore benedisse il giorno del sabato e lo santificò" (*Esodo*, 20,8-11).

Ma non ci si fermò qui. Infatti in *Esodo* 31,14 si aggiunge: "Osservate dunque il sabato, poiché è sacro per voi; chi lo profana, dovrà essere condannato a morte". E questo testimonia che il comandamento del riposo sabbatico non proviene da Dio il quale, essendo giusto, non avrebbe mai imposto la pena di morte, totalmente insensata, per quanto grave si voglia considerare la trasgressione.

2. Nella Bibbia vi sono leggi incivili e barbariche in netto contrasto con la logica e con la ragione. Esse non possono essere opera di Dio. Esaminiamole, incominciando dall'*Esodo*.

"Se un padrone (di un servo ebreo) gli ha dato moglie, la quale l'abbia reso padre di figli o figlie; la moglie, coi propri figli, saranno del suo padrone, ed egli (dopo sei anni) se ne andrà solo (e libero)" (*Esodo*, 21,4).

Legge disumana che separa un uomo dalla propria moglie e dai propri figli. Non può essere opera di Dio.

"Ma se il servo dicesse: *"Io amo il mio padrone, mia moglie e i miei figli, non voglio andarmene libero"*, il padrone... gli forerà l'orecchio con una lesina, e costui gli sarà servo per sempre*"* (*Esodo*, 21,5-6).

Legge che tratta gli uomini come animali e che legalizza la schiavitù. Non può provenire da Dio.

"Colui che percuote suo padre o sua madre, sia messo a morte. Colui che ruberà una persona, sia che la venda, sia che si trovi ancora in suo possesso, sia messo a morte. Chi maledice il proprio padre o la propria madre, sia messo a morte" (*Esodo*, 21,15-17).

Legge crudele e inconcepibile, che commina la pena di morte per reati certamente gravi ma non gravissimi, soprattutto l'ultimo. Dio, che è infinitamente buono e giusto, non può esserne l'autore.

"Se uno percuote il suo servo o la sua serva con un bastone, sì che gli muoia sotto la mano, sia severamente punito. Ma se sopravvive un giorno o due, non sia punito [*sic!*], perché è suo denaro" (*Esodo*, 21,20-21).

Il servo, per gli ebrei, era da considerarsi un animale o addirittura una cosa. Poteva essere ucciso impunemente dal suo padrone; a volte però il padrone stesso era punito con pene severe, ma sempre con esclusione della morte. Evidente disparità di trattamento con gli uomini liberi, la cui uccisione comportava per l'uccisore il massimo della pena (cfr. *Esodo*, 21,12). Tutto ciò in palese contrasto con la giustizia di Dio.

"Se degli uomini durante una rissa avranno urtato una donna incinta, sì che avvenga l'aborto, senza morirne, colui che l'ha colpita sarà multato a seconda che gli imporrà il marito della donna, e pagherà l'ammenda a decisione dei giudici. Ma se ella muore, richiederai vita per vita, occhio per occhio, dente per dente, mano per

mano, piede per piede, ustione per ustione, ferita per ferita, lividura per lividura"
(*Esodo*, 21,22-25).

Si tratta della dura legge del taglione, propria degli ebrei e, sembra, di altri
popoli antichi, ma non certamente di Dio.

"Non lasciare vivere la maliarda.
Chi giace con una bestia sia messo a morte.
Chi sacrifica ad altri dèi, fuorché al Signore solo, sia punito con la morte" (*Esodo*,
22,17-19).

Resta ormai assodato che i legislatori ebrei comminavano la pena di morte
per reati per i quali tale pena è impensabile e assurda. In netto contrasto con
la giustizia divina.
Si noti che la Chiesa, durante il periodo dell'Inquisizione, si appellava al
primo dei tre versetti citati per condannare al rogo le cosiddette streghe.

Chiudiamo la serie dei passi tratti dall'*Esodo* con questo significativo
esempio:

"Quando Mosè vide il popolo sfrenato, perché Aronne li aveva lasciati
abbandonare all'idolatria [tollerando che essi costruissero il vitello d'oro],...si fermò
sulla porta del campo e gridò: "Chi è per il Signore?... A me!". E si raccolsero
intorno a lui tutti i figli di Levi. Egli ordinò loro: "Ha detto il Signore, Iddio
d'Israele: Ciascuno di voi si metta la spada al fianco; andate in giro per il campo, da
una porta all'altra, e ognuno uccida il fratello, l'amico, il parente". I figli di Levi
fecero secondo la parola di Mosè; e in quel giorno perirono fra il popolo circa
tremila uomini. Poi Mosè disse: "Oggi voi siete stati consacrati al servizio del
Signore, chi a prezzo del proprio figlio, e chi del proprio fratello; perciò oggi egli vi
dona la benedizione" " (*Esodo*, 32,25-29).

Decimazione inconcepibile e spietata, voluta da Mosè dietro ordine di
Dio, per richiamare gli ebrei al culto di Jahvè. Si tratta di un'azione barbara
in cui, ovviamente, Dio non c'entra per nulla, perché egli non può sentirsi
offeso per nessun motivo, né tanto meno intende vendicarsi. In quanto
l'offendersi e il vendicarsi sono difetti umani, dai quali naturalmente egli è
immune.

Anche nel *Levitico* troviamo degli ordini che vengono attribuiti a Dio, ma
che in realtà egli non può mai aver dato, in quanto incompatibili con la sua
essenza.

"Il Signore rivolse ancora la sua parola a Mosè e disse: "Parla ai figli d'Israele e
di' loro: Non mangiate alcun grasso né di bove, né di pecora, né di capra. Il grasso di
una bestia morta da sé, o sbranata da una fiera, si potrà adoperare a qualunque altro
uso, ma non ne dovete mangiare. Così pure chiunque mangi del grasso di animale,

offerto in sacrificio al Signore, *sarà reciso dal suo popolo*. Non mangiate sangue, né di uccelli, né di bestiame, dovunque abitiate. Chiunque mangerà del sangue, sarà reciso dal suo popolo*"* " (*Levitico*, 7,22-27).

Ordine ridicolo, perché, ovviamente, si può mangiare di tutto. La cosa assurda è comunque la pena prevista per questo falso reato: immancabilmente la morte. Non la si può attribuire a Dio.

"Il Signore rivolse la sua parola a Mosè e ad Aronne dicendo: "Parlate ai figli d'Israele e dite loro: Questi sono gli animali che potete mangiare fra tutti quelli che sono sulla terra. Ogni animale che ha il piede forcuto, l'unghia spaccata e rumina, potete mangiarlo. Ma fra quelli che, pur avendo il piede forcuto, o ruminano, non mangerete i seguenti: il cammello, che se pur rumina, non ha però l'unghia spaccata, sia per voi immondo. L'irace, che pur essendo ruminante, non ha però l'unghia fessa, sia per voi immondo. La lepre, che, pur dando l'impressione di ruminare, non ha però l'unghia fessa, sia per voi immonda. Così il porco, che pur avendo l'unghia fessa, tuttavia non rumina, sia per voi immondo. Non vi cibate delle loro carni e non toccate i loro corpi morti: siano per voi immondi...
Anche per il solo contatto con questi animali voi sarete impuri: chiunque ne tocca il cadavere, sarà impuro fino a sera, e chiunque ne porta il corpo morto, lavi le sue vesti e sia impuro fino a sera*"* " (*Levitico*, 11,1-8.24-25).

Anche questi ordini sono risibili. Proibire di mangiare la carne di certi animali! Meno male che, in questo caso, è risparmiata la pena di morte. Gesù, nel Vangelo di Matteo, se ne sbarazza sbrigativamente con queste parole: "Non quello che entra per la bocca contamina l'uomo; ma ciò che esce dalla bocca, questo contamina l'uomo" (Mt 15,11).

"Se uno giace con una donna che appartiene ad un altro come schiava o concubina, senza essere ancora riscattata, né rimessa in libertà, siano castigati senza metterli a morte, perché essa non è libera" (*Levitico*, 19,20).

Per l'adulterio fra persone libere era prevista, anche se indebitamente, la morte (Levitico, 20,10). Ma tale pena era esclusa se la donna era schiava. Si tratta della solita discriminazione tra liberi e schiavi, e soprattutto della accettazione della schiavitù, che sono proprie della mentalità degli ebrei, ma che non possono risalire a Dio. In quanto egli, essendo infinitamente giusto, non può che ritenere gli uomini tutti uguali.

"Per chi commette adulterio con una donna maritata: l'uomo che commette adulterio con la donna del suo prossimo sarà messo a morte lui e la sua complice...
Se uno giace con un altro uomo come si fa con una donna, tutti e due hanno commesso una cosa abominevole: siano messi a morte: il loro sangue ricada sopra di loro.
Se uno prende in moglie tanto la figlia che la madre, è un incesto: siano bruciati lui e loro, affinché non ci sia tale incesto tra voi" (*Levitico*, 20,10-14).

Mettendo a confronto il codice penale di Mosè con quello della Repubblica italiana, scopriamo quanto segue.

Per quanto riguarda l'adulterio, Mosè prevede come unica pena la morte, mentre in Italia, a seguito della sentenza della Corte Costituzionale del 19 dicembre 1968 n. 126 e del 3 dicembre 1969 n. 127, che ha dichiarato incostituzionale l'articolo 660 del codice penale, non sono più previsti come reato né l'adulterio né il concubinato, né la relazione adulterina.

Quanto all'omosessualità, Mosé prevede la morte per coloro che vivono il rapporto amoroso in maniera difforme dall'eterosessualità, mentre oggi tale rapporto non è reato né in Italia né in nessuno Stato moderno. Non solo. L'opinione pubblica mondiale ritiene, giustamente, che l'omosessualità è una delle possibili modalità di espressione dell'affettività umana e una delle polarizzazioni possibili della sessualità, e il termine omosessuale non ha più alcun connotato negativo.

Dobbiamo aggiungere, tuttavia, che l'omosessualità è ancora reato in moltissimi Stati, che dobbiamo qualificare come arretrati; in particolare quelli (almeno una decina) che comminano ancora la pena di morte per gli omosessuali.

L'incesto, infine, punito con la morte dalla cosiddetta legge mosaica, risulta anche oggi pressoché universalmente proibito, anche se non in forma così drastica. In Italia, ai sensi dell'art. 564 cod. pen., è punito con la reclusione da uno a cinque anni, e da due a otto anni nel caso di relazione abituale, con la condizione che insorga un *pubblico scandalo* (cioè che l'incesto stesso sia noto a un numero rilevante di persone dell'ambiente sociale in cui si verifica). Siamo ben lontani dalla pena di morte.

Da questa rapido confronto, che potrebbe essere esteso a tutti gli Stati moderni, risulta del tutto evidente che la pena di morte prevista da Mosè per i casi in questione è assolutamente sproporzionata e inaccettabile dalla ragione. Di conseguenza essa non può essere stata ispirata da Dio, che è infinitamente giusto e saggio, ma prescritta da qualche spietato legislatore ebreo (che potrebbe essere lo stesso Mosè, o, più sicuramente, un qualunque moralista posteriore).

"[Un uomo israelita]… bestemmiò il nome di Dio, e lo maledì. Allora fu condotto a Mosè e messo in prigione, finchè egli non avesse dichiarato che cosa se ne dovesse fare per ordine del Signore. E il Signore disse a Mosè: "Conduci colui che ha bestemmiato fuori dell'accampamento, poi tutti quelli che l'hanno udito bestemmiare, posino le mani sul suo capo, e dopo sia lapidato da tutta l'assemblea" " (*Levitico*, 24,11-14).

Prima di decidere la punizione Mosè ascolta il Signore il quale, dunque, è sempre a sua disposizione. Ma questo contatto diretto e continuo di Dio con Mosè, che si riscontra in tutto il Pentateuco, è francamente eccessivo. Ma questo Dio non ha nient'altro da fare?

Il fatto si è che, per essere più convincenti, bisognava dare al popolo ebraico l'illusione che fosse sempre Dio a decidere e non Mosè. Pertanto, la decisione di lapidare il bestemmiatore che fu presa certamente da quest'ultimo viene fatta passare come un ordine di Dio.

Si noti inoltre che la lapidazione è chiaramente sproporzionata e quindi ingiusta rispetto al reato commesso. Pertanto Dio, che è infinitamente giusto, non può averla ordinata.

Anche dai *Numeri* prendiamo qualche episodio in cui si racconta che Dio prende delle decisioni che, in realtà, non può aver preso perché ingiuste o semplicemente sbagliate.

"Il Signore parlò a Mosè, dicendo: *"Ordina ai figli d'Israele di mandar via dal campo tutti i lebbrosi, tutti i malati gonorrea, tutti i contaminati per contatto di un morto. Tanto i maschi che le femmine, mandateli via, cacciateli fuori dal campo, affinché non contaminino il loro campo, in mezzo al quale io vivo"*. E i figli d'Israele fecero così, e li mandarono fuori dal campo" (*Numeri*, 5,1-4).

Ordine ingiusto e sbagliato; anche se qualche provvedimento andava preso, che salvaguardasse però la vita dei malcapitati. Non può essere stato Dio a darlo.

"Or, mentre i figli d'Israele erano nel deserto, trovarono un uomo che raccoglieva legna in giorno di sabato. Coloro che lo avevano sorpreso a raccogliere la legna, lo condussero davanti a Mosè, ad Aronne e a tutta la comunità, e lo misero sotto buona guardia, perché ancora non era deciso che cosa si dovesse fare di lui. E il Signore disse a Mosè: *"Muoia lapidato da tutta l'assemblea, fuori dell'accampamento"*. Allora tutta l'assemblea lo condusse fuori del campo e lo lapidò" (*Numeri*, 15,32-36).

Ordine ingiusto e inconcepibile. Non può provenire da Dio.

"Il Signore parlò a Mosè e ad Aronne, dicendo: [...]
"Chiunque avrà toccato un cadavere, di chiunque esso sia, sarà impuro per sette giorni. Egli si purifichi con quell'acqua [la cosiddetta acqua lustrale] il terzo e il settimo giorno, e allora sarà puro; ma se non si purifica il terzo giorno e il settimo giorno, non sarà puro. Chiunque avrà toccato il cadavere di una persona morta e non si purificherà, egli contaminerà il Tabernacolo del Signore: *sarà quindi reciso da Israele*, perché l'acqua di purificazione non è stata aspersa su di lui: egli è impuro e la sua impurità è ancora su di lui*"* " (*Numeri*, 19,1.11-13).

Ordine ridicolo e condanna incredibile ed assurda. Dio ovviamente non c'entra. Si tratta di un'orrenda disposizione di Mosè (o, meglio, di qualche altro legislatore a lui successivo).

Il *Deuteronomio* è il quinto e ultimo libro del Pentateuco. Anch'esso contiene un buon numero di leggi attribuite a Mosè. Da notare che in questo libro egli parla in prima persona ed è stata eliminata la formula usata nei libri precedenti, la quale recita: "Il Signore disse a Mosè...".

Tuttavia, secondo la Chiesa, Mosè parla ugualmente ispirato da Dio. Pertanto noi considereremo i tre passi che stiamo per citare come attribuiti a Dio. Salvo poi a concludere, come sempre, che essi non possono appartenere a Dio stesso.

"Se il tuo fratello, figlio di tuo padre, o il figlio di tua madre, o il figlio, o la figlia, o la moglie che riposa nel tuo seno, o l'amico che ti è come l'anima tua, t'incitasse in segreto, dicendo: "Andiamo, serviamo a dèi stranieri, dèi sconosciuti ai tuoi padri e a te, sia che si tratti delle divinità dei popoli tuoi vicini, oppure di quelle dei popoli lontani da un capo all'altro della terra, tu non acconsentire, non gli dare ascolto: il tuo occhio non abbia pietà per lui, non lo risparmiare, non lo tener nascosto. Tu lo devi uccidere senz'altro: La tua mano sia la prima a levarsi sopra di lui, per metterlo a morte, poi continuerà l'esecuzione la mano di tutto il popolo. Lo devi lapidare, finché muoia, perché ha cercato di trascinarti lungi dal Signore Iddio tuo, che ti trasse dall'Egitto, casa di schiavitù" (*Deuteronomio*, 13,7-11).

Secondo Mosè, l'incitazione ad adorare gli dèi stranieri non doveva essere tollerata neanche se proveniente dai parenti stretti. Ciò sta a dimostrare che il problema dell'idolatria era molto preoccupante per la classe dirigente ebraica, la quale temeva seriamente l'abbandono da parte del popolo del culto di Jahvè. Per questo gli ebrei erano severissimi nel reprimere ogni tentativo in tal senso. E lo si può comprendere. Essi infatti in definitiva paventavano il venir meno della coesione del popolo che, secondo loro, la religione poteva assicurare.

Tutto sta a vedere se il Signore stesso possa essere interessato a tale problema. E' più logico pensare che un Dio non desideri fare opera di proselitismo. Per lui gli uomini sono tutti uguali ed egli rispetta le opinioni di ognuno. Rispetta l'ateo come il credente, l'idolatra come chi segue i suoi comandamenti.

Stando così le cose, egli non può assolutamente punire l'idolatria. Pertanto il brano in questione non è stato ispirato da lui.

D'altra parte, questo continuo intervento di Dio, che non dà tregua a Mosè e agli altri capi ebraici, non gli si addice. Convince di più un Dio che opera secondo la linea maestra delle sue leggi, che un Dio che sta continuamente in mezzo agli uomini ad imporre la sua volontà, a minacciare castighi, a dirimere le loro controversie e perfino ad occuparsi delle minuzie, quasi fosse una ciarliera portinaia e non il creatore dell'universo.

Si aggiunga che comminare la pena di morte per l'idolatria è sproporzionato e inaccettabile. Pertanto Dio, nella sua infinta saggezza, non può esserne l'ispiratore.

"Qualora un uomo sposi una donna, e dopo aver usato con lei, la prende in avversione, le muove accuse disdicevoli e la diffama, dicendo: Io ho preso questa moglie, ma essendomi accostato a lei, non l'ho trovata vergine, allora il padre e la madre di lei prendano i segni della verginità di lei [ossia il panno macchiato di sangue] e li portino davanti agli anziani della città... Allora gli anziani prendano quell'uomo e lo castighino...

Ma se l'accusa è vera e non siano stati trovati a quella giovane i segni della verginità, facciano uscire quella giovane fuori della porta della casa di suo padre, e sia lapidata da tutta la gente della sua città, finchè muoia, perché ha commesso un atto infame in Israele, disonorando la casa di suo padre" (*Deuteronomio*, 22,13-15.18.20-21).

Secondo Mosè il reato in questione, se di reato si può parlare, merita come al solito la morte. Evidente sproporzione che, ovviamente, non può risalire a Dio.

Ed infine esaminiamo il *caso particolare* del divorzio.

"Se un uomo avrà preso moglie e consumato il suo matrimonio, ma poi la sposa non è più gradita agli occhi suoi per aver trovato in lei qualcosa di brutto, le scriva il libretto del ripudio, glielo dia in mano e la mandi fuori di casa sua" (*Deuteronomio*, 24,1).

Dunque Mosè ammette il divorzio. Un bel grattacapo per la Chiesa che sostiene l'indissolubilità del matrimonio. Perché anche questa legge (sul divorzio) sarebbe stata ispirata da Dio, come tutte le altre contenute nel Pentateuco. Di conseguenza essa non si può criticare. Se la si critica, affermando, ad es., che essa viene tollerata come il male minore e che è stata superata da Gesù, si mette indirettamente in discussione la validità della rivelazione.

Non se ne esce. O si insiste nel sostenere che Dio si è rivelato nella Bibbia come l'autore della legislazione ebraica; ma allora bisogna accettare come proveniente da Dio anche la legge sul divorzio; oppure si afferma con Gesù che il matrimonio è indissolubile, andando però incontro alla conseguenza che in questo caso Dio si sarebbe sbagliato. Ma siccome Dio non può sbagliare, è la rivelazione stessa ad essere invalidata.

In estrema sintesi: o la Chiesa salva la realtà della rivelazione (ammesso e non concesso che la si possa salvare) o salva l'indissolubilità del matrimonio. Non può salvarle tutte e due.

Se invece la rivelazione non sussiste, come in effetti non può sussistere perché non la si può dimostrare, allora tale dilemma non si pone. La legge sul divorzio è stata voluta da Mosè ed è stata archiviata da Gesù. E questo non suscita particolari difficoltà, perché Dio non ha mai parlato agli uomini ed essi devono risolvere da soli i loro problemi. Ci si potrebbe chiedere se in questo caso ha ragione Mosè o ha ragione Gesù. A ciò rispondiamo che quasi tutti gli Stati moderni hanno introdotto nei loro ordinamenti l'istituto del divorzio, senza che si siano verificati disagi insormontabili per le famiglie, come paventava la Chiesa.

A conclusione di questa rapida rassegna, in cui si è accertato che alcune leggi ebraiche non possono in alcun modo essere state volute da Dio, perché *crudeli* e *insensate*, possiamo affermare, fondatamente, che l'intera *Torah* (= la Legge) **non discende da Dio**, ma è opera esclusiva di Mosè (o, meglio,di ignoti legislatori ebrei a lui successivi).

Pertanto, il fatto che nella legislazione ebraica si dica continuamente "il Signore disse a Mosè ...", per far credere che tutti i comandamenti e le leggi ebraiche fossero state dettate personalmente da Dio, **è completamente falso**.

f) Il Messia.

Il nome Messia è forma grecizzata della parola ebraica *mashiah* ("unto"), che nell'Antico Testamento si riservava a colui che ricevendo la sacra unzione sul capo veniva consacrato sommo sacerdote o re. Specialmente il re si chiamava presso gli ebrei *mashiah Jahvè* ("l'unto del Signore"). Nell'uso posteriore il vocabolo si restrinse ancora a indicare l'ultimo e supremo re, di cui divenne come un nome proprio: Messia (4).

Il messianismo, ossia la fede nel Messia e nella sua venuta, si precisò particolarmente nei libri dei Profeti (5) e dei Salmi (6) come la dottrina che affidava la restaurazione e lo splendore del regno d'Israele alla persona di un duce o re eminente, inviato da Dio al suo popolo.

Il profeta Isaia mette in rilievo specialmente il salutare governo dell'eccelso principe:

Un virgulto spunterà dal tronco di Jesse (7) e un germoglio verrà su dalle sue radici. Sopra di lui si poserà lo spirito del Signore [...]. Non giudicherà secondo le apparenze, né deciderà secondo quanto sente dire, ma giudicherà i deboli con giustizia e darà giusta sentenza ai poveri della terra; percuoterà il violento con la verga della sua bocca e con il soffio delle sue labbra farà morire l'empio. La giustizia cingerà i suoi fianchi e la fedeltà fascerà i suoi reni (Is. 11,1-5).

Il salmo 72, a sua volta, ne esalta la potenza come di un conquistatore:

Ai giorni suoi fiorirà la giustizia
e somma pace, finché la luna duri;
dominerà dall'uno all'altro mare,
dal fiume fino all'estremità della terra.
Dinanzi a lui si prostreranno
gli abitanti del deserto,
baceranno la polvere gli avversari suoi.

I re di Tarsis (8) e delle isole
pagheranno il tributo,
i re di Saba (9) e Seba (10) recheranno offerte;
tutti i re si inchineranno a lui,
tutti i popoli lo serviranno
(Sal 72,7-11).

Nel salmo 2 il vate immagina che il Messia proclami i decreti di Dio: "Jahvè mi ha detto: 'Tu sei mio figlio, oggi io ti ho generato. Chiedimi e ti darò le genti in eredità e in tuo dominio i confini della terra' " (Sal 2,7).

Tutti i libri messianici infine, pur con diversa accentuazione, hanno in comune l'annuncio di un'era di felicità, di gloria e di prosperità per Israele, del quale sarà portatore il meraviglioso sovrano.

Tutti questi vaticini, scritti da uomini che si ritennero ispirati da Dio, non si sono però verificati, e il Messia è rimasto confinato nell'illusorio mondo delle leggende. Sta di fatto, peraltro, che ancora una volta gli ebrei, nelle loro avversità, deportazioni e schiavitù, si sono fatti coraggio immaginando l'arrivo glorioso del loro salvatore, che avrebbe soggiogato tutto il mondo allora conosciuto. Come si fecero coraggio a suo tempo immaginando che Dio stesso combattesse al loro fianco. Ma i loro desideri non si sono realizzati.

Dio, allora, sì è forse sbagliato? No, perché Dio non può sbagliare. Di conseguenza, il fatto che il Messia non si è presentato dimostra chiaramente che **l'ispirazione divina non c'è mai stata**. Né in questo caso, né in nessun altro. Perché l'ispirazione di Dio o c'è sempre o non c'è mai (e ciò è in linea con le affermazioni della Costituzione dogmatica già citata).

g) Il Messia cristiano.

Dopo la sua morte, i discepoli ritennero che Gesù fosse il Messia atteso da Israele. Ma questo non è in alcun modo sostenibile.

In effetti è stato affermato che se la comunità primitiva era convinta della messianicità di Gesù, ciò dipendeva dall'autocoscienza messianica di lui, ossia dal fatto che egli si era ritenuto il Messia e aveva dichiarato di essere tale, almeno di fronte ai discepoli. Certo, tutto sarebbe più semplice, se Gesù avesse detto, com'era naturale e anche indispensabile che dicesse, se lo credeva: "Io sono il Messia". *Ma un'affermazione del genere non si trova nei testi evangelici.*

La scena della confessione di Pietro a Cesarea di Filippo (A una domanda di Gesù Pietro avrebbe risposto: "Tu sei il Cristo", Mt 16,16; e Gesù avrebbe approvato) non smentisce quanto da noi detto, in quanto essa è un racconto pasquale (ossia scritto dopo la morte di Gesù) che Marco (seguito dagli altri due sinottici) proietta all'indietro nella vita di Gesù (11), esattamente come il racconto della trasfigurazione (Mc 9,2-8).

D'altra parte, stando ai testi evangelici, non può esservi alcun dubbio sul fatto che la vita e l'attività di Gesù, misurate col metro del concetto tradizionale di Messia, *non furono in alcun modo messianiche*. Lo stesso Paolo, nell'inno cristologico riportato nella lettera ai filippesi, afferma che Gesù, "possedendo la natura divina, non pensò di valersi della sua eguaglianza con Dio, ma annientò se stesso, prendendo la natura di schiavo e diventando simile agli uomini" (Fil 2,6-7). Il che lascia intendere che la vita di Gesù fu quella di un uomo normale, senza splendori messianici.

Inoltre, come abbiamo visto, *gli ebrei erano in attesa di un re guerriero*, che avrebbe liberato il popolo d'Israele dalla schiavitù politica. Ma Gesù non si è presentato in forma di re, ma in quella di maestro e profeta (e di guaritore-esorcista); e nulla del potere e della gloria che secondo le concezioni giudaiche dovevano caratterizzare il Messia si è realizzato nella sua vita.

Si potrebbe pensare che Gesù abbia "spiritualizzato" l'immagine tradizionale del Messia; e che abbia quindi inteso esercitare il suo potere regale attraverso la predicazione, presentandosi così come un messia pacifico. Ma per quanto ciò sia stato spesso sostenuto, è assai raramente confermato dalle fonti. Del resto, dov'è che Gesù *polemizza contro il concetto tradizionale di Messia*? Nei testi non troviamo alcun cenno in tal senso (12).

Nelle predizioni della passione (Mc 8,31; 9,31; 10,33-34) il concetto giudaico di Messia (fuso con quello di Figlio dell'uomo) è stato certamente trasformato, dato che la tradizione giudaica non conosceva l'idea di un Messia sofferente. In effetti i narratori evangelici hanno cercato di accreditare l' immagine di un Messia-Figlio dell'uomo che patisce, muore e risorge, mettendo in bocca a Gesù affermazioni come questa: "Il Figlio dell'uomo sarà dato nelle mani degli uomini, i quali lo uccideranno, e tre giorni dopo essere stato messo a morte, risusciterà" (Mc 9,31). Ma tale trasformazione del concetto di Messia *non fu operata da Gesù, bensì dalla comunità primitiva*, "ex eventu", cioè modellando le predizioni sulla loro realizzazione.

In conclusione, **Gesù non ha impersonato nella sua vita la figura del Messia guerriero e combattente**, vincitore delle nazioni, aspettato dai giudei. Ma non si è neanche conformato a una messianicità di tipo nuovo, da lui stesso determinato: non ha creduto di essere, cioè, **né un Messia pacifico né un Messia sofferente** (13).

Resta pertanto confermato che il Messia preannunziato nella Bibbia non si è mai presentato. E che, quindi, essendo impossibile attribuire a Dio tale errore di previsione, bisogna di necessità concludere che l'Essere supremo non ha mai rivelato una falsità del genere (14).

h) Le critiche di Renan e di altri studiosi al concetto di ispirazione.

Tali critiche sono già in parte contenute nel presente libro (vedi cap. II), ma in questa sede, in un contesto diverso, vengono riprese, perché sono attinenti al nostro intendimento che è quello di mostrare l'illusorietà della rivelazione divina.

Il primo autore che citiamo come critico dell'ispirazione è Augusto Guerriero, a suo tempo illustre commentatore politico sul settimanale Epoca e assiduo studioso di *critica biblica*, i cui risultati pubblicava sulla medesima rivista (con lo pseudonimo di Ricciardetto) e che poi raccolse in un libro edito da Mondadori (15).

Afferma Ricciardetto: "Vi sono nelle Sacre Scritture cose che non si possono attribuire a Dio: racconti fatti con compiacimento di imprese orribili, di eccidi, di assassinii; miracoli assurdi, ordini di Dio a profeti feroci (per esempio, a Samuele di fare a pezzi il re Agag [1 *Samuele*, 15,1-33]) o grotteschi o ripugnanti (per esempio, a Ezechiele di mangiare un libro di cartapecora, di rimanere coricato sul lato sinistro trecentonovanta giorni e sul destro quaranta, di mangiare il pane spalmato di escrementi [*Ezechiele*, 4,4-15]). Queste e altre innumerevoli stravaganze sono raccontate nei libri del Vecchio Testamento, e il credente, che attribuisse i relativi racconti all'ispirazione divina, offenderebbe Dio" (16).

Non vi è alcun dubbio. Pertanto tali eventi non possono essere stati ispirati da Dio. E questo ci convince sempre più che l'ispirazione divina non c'è mai stata. Lo pensa anche Ricciardetto, il quale conclude: "La teologia oggi ha una grande opera da compiere: conciliare il cristianesimo col pensiero moderno. Ma non è questa la via. Dio non si è rivelato mai né direttamente, né indirettamente". E aggiunge: "A volte, alcuni uomini, *"di spirito profetico dotati"*, credettero che si fosse loro rivelato" (17). Con ciò lasciando intendere che si sarebbe trattato di una loro illusione, al di fuori di ogni realtà. Come in effetti è stato.

Il secondo autore è il celebre illuminista Voltaire il quale, nel suo *Dizionario filosofico* (18), afferma quanto segue:

"Certi uomini, ingrassati a nostre spese, vanno gridandoci: "Dovete credere che un'asina ha parlato (19); che un pesce ha inghiottito un uomo e, tre giorni dopo, lo ha risputato sulla riva vispo e sano (*Giona*, 2,1-22); che il

Dio dell'Universo ha ordinato a un profeta ebreo di mangiare della merda (*Ezechiele*, 4,9-12) e a un altro di comperare due puttane e di far con loro dei figli di puttana (*Osea*, 1,2) (son le precise parole che vengon fatte pronunciare dal Dio di verità e di purezza);dovete credere a cento cose o francamente abominevoli o matematicamente impossibili…".

"Queste incredibili stupidaggini – continua Voltaire - muovono a ribellione le menti deboli e temerarie, al pari di quelle salde e sagge. Esse dicono: *"I nostri maestri ci dipingono Dio come il più insensato e il più barbaro degli esseri; dunque Dio non esiste"*. Mentre dovrebbero dire: *"Dunque, i nostri maestri attribuiscono a Dio le loro assurdità e i loro furori; dunque, Dio è l'opposto di quel che essi insegnano; dunque, Dio è tanto buono e saggio quanto costoro lo dicono pazzo e malvagio"* ".

Come possiamo agevolmente vedere, Voltaire respinge certi avvenimenti incredibili e assurdi narrati nella Bibbia, e aggiunge che il Dio che viene chiamato in causa non è il Dio dell'universo, ma il più insensato degli esseri. Ed è quest'ultimo a non esistere, in quanto si tratta di una costruzione arbitraria dei teologi ebrei. Egli, com'è ovvio, essendo insensato e barbaro, non ha niente a che vedere con il vero Dio, che è infinitamente buono e saggio.

Il vero Dio, naturalmente, che è l'unico ad esistere, non può aver ispirato le narrazioni dissennate contenute nelle Scritture, sulle quali Voltaire richiama la nostra attenzione e che si aggiungono alle numerose altre già da noi citate.

Il terzo autore è Ernest Renan, storico, filosofo e scrittore francese (1823-1892), celebre per la sua *Vita di Gesù* (1863). Criticando il concetto di "ispirazione", che implica l'intervento di Dio nella composizione della Bibbia, egli scrive:

"In un libro divino… tutto è vero, e poiché due contraddittorie non possono essere contemporaneamente vere, non vi si deve trovare alcuna contraddizione. Ma lo studio attento che facevo della Bibbia, mentre mi rivelava dei tesori storici ed estetici, mi dimostrava che questo libro non è più esente di qualsiasi altro libro antico da contraddizioni, inavvertenze, errori. Vi si trovano favole, leggende, tracce di composizioni molto umane…".

"Ora – continua Renan -, ammettiamo pure che fra mille scaramucce che nascono tra la critica e l'apologetica ortodossa sui particolari del testo preteso sacro, ve ne siano alcune in cui, per un caso fortuito e contrariamente alle apparenze, l'apologetica abbia ragione: è impossibile che nella sua impresa abbia ragione mille volte, e basta che abbia torto una volta perché la tesi dell'ispirazione sia ridotta a nulla. Questa teoria dell'ispirazione, implicante un fatto soprannaturale, diventa insostenibile di fronte alle consolidate idee del buon senso moderno. Un libro ispirato è un miracolo: dovrebbe presentarsi in condizioni eccezionali rispetto a qualsiasi altro libro. Si dirà: 'non siete così esigenti per Erodoto , per i poemi omerici'. Senza dubbio; ma Erodoto e i poemi omerici non sono spacciati per libri ispirati" (20).

Renan, dunque, afferma che in un libro divino tutto deve essere vero. Ma nella Bibbia si trovano contraddizioni, inavvertenze, errori, favole, leggende, che ovviamente sono false e che quindi non possono essere state ispirate da Dio. Pertanto nelle Scritture non tutto è vero, come dovrebbe essere. Di conseguenza l'ispirazione viene ridotta a nulla; anche perché, al limite, basta un solo errore per annullarla.

In altre parole, Renan sostiene che tutt'al più si potrebbe parlare di ispirazione solo se la Bibbia fosse un libro perfetto, senza errori di sorta. Ma siccome gli errori, le contraddizioni e le leggende abbondano e sono evidentissimi, l'ispirazione divina non è difendibile in nessun modo.

Nei suoi *Ricordi d'infanzia e di giovinezza* il nostro autore si occupa anche della autenticità di alcuni libri biblici:

"Non è più possibile sostenere che la seconda parte di *Isaia* sia di Isaia. Il *libro di Daniele,* che tutta l'ortodossia fa risalire al tempo della cattività [VI secolo a.C.], è un apocrifo composto nel 169 o 170 avanti Cristo. Il *libro di Giuditta* è una impossibilità storica. L'attribuzione del *Pentateuco* a Mosè è insostenibile, e negare che parecchie parti della *Genesi* abbiano un carattere mitico, significa interpretare come reali racconti quali quello del paradiso terrestre, del frutto proibito, dell'arca di Noè... " (21).

In questo brano Renan, basandosi sui risultati della *critica biblica*, precisa che alcuni libri della Bibbia non sono degli autori ai quali vengono tradizionalmente attribuiti. Quindi egli conclude che gli errori di attribuzione in un libro ispirato non ci dovrebbero essere e che la loro presenza depone contro la realtà della ispirazione divina.

In altre parole, se il Pentateuco è stato attribuito a Mosè, ma in effetti non è di Mosè, questa errata attribuzione risalirebbe a Dio. Ma dato che Dio non può sbagliare se ne deve concludere che la Bibbia non è ispirata (22).

i) Conclusione.

Nel corso del presente paragrafo, intitolato *La verità assoluta nella Bibbia*, abbiamo passato in rassegna la Bibbia stessa per evidenziare molti passi in cui, chiaramente, non può esservi stata *ispirazione divina* perché quanto veniva detto era in contrasto con l'uno o l'altro attributo di Dio.

Ad es., nella *Genesi* (6,5-6) leggiamo: "Il Signore, vedendo che la malvagità degli uomini era grande sulla terra e che tutti i pensieri concepiti nel loro cuore erano soltanto malvagi, si pentì di aver fatto l'uomo...".

Dunque Dio sì sarebbe pentito. Ma questo non può essere vero. Perché egli, essendo onnipotente, fa tutto nel miglior modo possibile, senza errori di sorta. Quindi basta appellarsi alla sua *onnipotenza* per escludere il suo pentimento.

Qualcuno potrebbe osservare: "Nella frase della Genesi c'è un inciso che spiegherebbe il perché del pentimento di Dio; gli uomini infatti erano divenuti malvagi". A ciò rispondiamo che Dio, essendo *onnisciente*, sapeva prima di crearli che gli uomini sarebbero diventati malvagi. Se, nonostante ciò, egli ha deciso di crearli ugualmente, avrà senz'altro avuto le sue buone ragioni; altrimenti non li avrebbe creati. Quindi, anche tenendo conto della malvagità degli uomini, Dio non si sarebbe pentito di averli creati, perché egli sapeva già tutto e non era certo stato preso alla sprovvista.

Di conseguenza la frase della Genesi che afferma che Dio si sarebbe pentito è completamente *falsa*. Ma se è falsa non può essere stata ispirata da Dio al narratore. Perché Dio, essendo *l'eterna verità*, non può ispirare il falso.

Dobbiamo dunque ammettere che la frase in questione è stata completamente inventata dal narratore, perché è falsa, e, in aggiunta, anche perché il narratore stesso non poteva conoscere gli eventi da lui narrati (ossia la leggenda del diluvio universale strettamente legata al supposto pentimento di Dio), non avendo documenti su cui basarsi.

Facciamo un altro esempio. Quello legato alla leggenda del popolo eletto. Stando all'autore (o agli autori), Dio avrebbe scelto come suo prediletto il popolo ebreo. Per smentirlo dobbiamo affidarci, come sempre, al buon senso e alla logica. E' impossibile che Dio abbia fatto questa scelta per il semplice motivo che egli, essendo *infinitamente giusto*, non può avere preferenze per nessuno, né per un singolo individuo né per un intero popolo, perché per lui gli uomini sono (e non possono che essere) tutti uguali.

Di conseguenza i passi della Bibbia, che parlano degli ebrei come del popolo eletto da Dio, sono *falsi*. Ma se sono falsi non possono essere stati ispirati da Dio agli autori in questione.

Molto semplicemente, tali passi sono stati inventati dai loro estensori.

E veniamo al grave problema dello sterminio di interi popoli.

Nella Bibbia c'è scritto a chiare lettere che Dio stesso avrebbe partecipato, da protagonista, a tale massacro. Ma ciò non può essere vero. In quanto Dio, che è *infinitamente buono e giusto*, non può nello stesso tempo essere malvagio e ingiusto. Come risolvere questa difficoltà? C'è un solo modo: sostenere cioè che l'immagine del dio malvagio è stata inventata dalla

235

distorta fantasia dei teologi ebrei e da loro diffusa in mezzo al popolo. Il quale l'ha accettata senza difficoltà in quanto tale immagine antropomorfica corrispondeva alla sua mentalità barbarica. In altri termini, gli ebrei erano crudeli e insensati e, pertanto, hanno immaginato il loro dio crudele e insensato.

Naturalmente, va escluso categoricamente che tale falso dio possa essere stato rivelato dal Dio vero.

Dobbiamo aggiungere, inoltre, che essi hanno sempre creduto in questo dio spietato, collerico e vendicativo, o meglio in questa deformazione di Dio, tant'è vero che **lo ritroviamo identico in molti profeti**:

"Così parla il Signore degli eserciti, Dio d'Israele..." (*Geremia*, 7,21) (secc. VII-VI a.C.).

L'appellativo "Signore degli eserciti" è di uso frequentissimo nella Bibbia. Sta a significare che Jahvè è un Dio guerriero, vincitore di tutti i suoi nemici. Cosa assurda, perché un vero Dio non può ritenere nemico nessun popolo né contrapporsi ad esso.

"Esci di mezzo a lei [= esci da Babilonia], o popolo mio, e ciascuno salvi la sua vita dall'*ira furente* di Jahvè" (*Geremia*, 51,45).
Ma ecco... vengono i giorni, dice il Signore, in cui colpirò i suoi idoli [di Babilonia] e in tutta la regione leveranno lamenti quelli che vengono uccisi. Anche se Babilonia s'innalzasse fino al cielo e rendesse inaccessibili le sue mura, da me le verranno i suoi devastatori, dice il Signore" (*Geremia*, 51,52-53).

"Perciò dice il Signore Dio degli eserciti, il Forte d'Israele: "Ah! Mi *vendicherò* dei miei avversari, *farò rappresaglie* sui miei nemici" " (*Isaia*, 1,24) (secc. VIII-VII a.C.).

"Per *l'ira* di Jahvè degli eserciti il paese è stato incendiato e il popolo è diventato preda delle fiamme" (*Isaia*, 9,18).

"Anch'io stenderò la mano sull'Idumea, e ne *sterminerò* uomini e bestie, e la ridurrò a deserto: da Teman fino a Dedan cadranno di spada. La mia *vendetta* sull'Idumea la porrò nelle mani del mio popolo d'Israele. Egli tratterà l'Idumea secondo la mia *ira* e il mio *furore*: conosceranno la mia *vendetta*. Così assicura il Signore Dio" (*Ezechiele*, 25,13-14) (sec. VI a.C.).

"Perciò così parla il Signore Dio: Nell'*ira* mia scatenerò un vento impetuoso e la pioggia, nel mio *sdegno*, cadrà a torrenti assieme a grandine eccezionale, nel *furore* della distruzione. Abbatterò il muro che avete intonacato di fango, lo atterrerò e le sue fondamenta saranno scoperte: cadrà, e voi perirete fra le macerie. Saprete allora che io sono il Signore" (*Ezechiele*, 13,13-14).

Come ognuno può constatare, il dio deformato degli ebrei è sempre crudele, spietato e vendicativo. Non può essere che un dio costruito da loro stessi. Egli non ha niente a che vedere con il vero Dio, che è l'unico ad esistere e che è infinitamente buono e saggio.

Pertanto, tale dio deformato è totalmente *falso*. S. Agostino stesso, prima di convertirsi al cristianesimo, lo aveva immedesimato con il *dio del male*, di cui parlavano i manichei. Inoltre la collera del dio ebraico può essere assimilata a quella di Giove che scaglia i suoi fulmini. Tanto per fare riferimento ad analoghe concezioni della divinità, notoriamente false.

Ma se un siffatto dio non è mai esistito né è stato mai operante in mezzo al popolo d'Israele, non può essere stato *oggetto di ispirazione* da parte del vero Dio nella mente di alcun autore ebreo. Il quale pertanto, narrando le gesta di tale falso dio, ha inventato tutto di sana pianta.

Analoghe considerazioni si possono fare, parlando della cosiddetta legislazione mosaica , la quale, contrariamente a quanto falsamente affermato in continuazione nella Bibbia, non si può attribuire a Dio, *in quanto in molte parti è crudele e insensata*. Essa, in realtà, è opera esclusiva dei legislatori ebrei.

Pertanto si deve necessariamente concludere che *non può esserci stata alcuna ispirazione divina* tendente ad attribuire a Dio tale legislazione.

Il Messia - per fare un ultimo esempio che, come i precedenti, abbiamo già evidenziato - è il condottiero ebraico che avrebbe dovuto conquistare tutto il mondo allora conosciuto e sottomettere tutti i popoli, dando così gloria, prosperità e felicità al popolo ebraico. Il suo arrivo, voluto da Dio, era stato previsto per secoli in vari testi della Bibbia, specialmente nei Salmi e nei Profeti. Ma egli non si è presentato. Quindi tale predizione si è rivelata errata.

Questo significherebbe dover ammettere che l'ispirazione divina non ha funzionato, in quanto Dio avrebbe sbagliato. Ma dato che Dio non può sbagliare, bisogna di necessità concludere che **l'ispirazione stessa non c'è mai stata.**

Ricollegandoci, a questo punto, alla Costituzione dogmatica sulla Divina Rivelazione, citata all'inizio di questo capitolo, ripetiamo quanto abbiamo allora scritto: "Prendendo lo spunto dal fatto che il Concilio Vaticano II ritiene sacri e canonici **tutti interi i libri** sia dell'Antico che del Nuovo Testamento, **con tutte le loro parti**, in quanto, essendo stati scritti per ispirazione dello Spirito Santo, avrebbero Dio per autore, sottoporremo al vaglio della ragione un buon numero di scritti contenuti nei Libri Sacri. Con questa avvertenza (che scaturisce dalla Costituzione dogmatica stessa): *tutto quello che vi si legge deve essere verità divina*".

Ebbene l'esame è stato fatto. E, come abbiamo constatato, di affermazioni che è impossibile attribuire a Dio, e quindi da lui non rivelate, ne sono state trovate in abbondanza nel Vecchio Testamento.

Pertanto è necessario ed inevitabile concludere, in difformità dalla Costituzione dogmatica, che la Bibbia non è stata scritta per ispirazione dello Spirito Santo e che quindi non ha Dio per autore.

Di fronte a questa conclusione, che difficilmente potrà essere respinta, alla Chiesa resterebbe un'ultima trincea: e cioè affermare che ad essere rivelato sia solamente il messaggio religioso.

A tal uopo citiamo un brano di Augusto Guerriero, che riferisce il pensiero di un eminente teologo: "Alcuni anni fa, un padre domenicano, mio amico, e eminente teologo, mi scrisse: nessuno ha mai sostenuto che *tutta* la Sacra Scrittura sia rivelata da Dio. E' dottrina della Chiesa e tradizione dei Padri (e anche di Israele per l'Antico Testamento) che essa è stata composta sotto l'ispirazione di Dio. Quindi è senza errori in ordine a ciò per cui Dio la ispirava, cioè il messaggio religioso e la salvezza dell'uomo. I problemi scientifici non rientravano in questa finalità di Dio. I fatti storici vi rientravano in quanto trama dell'economia della salvezza, ma senza che per questo la Sacra Scrittura diventasse un testo di storia nel senso moderno " (23).

Ma anche se volessimo adottare questa versione riduttiva *dell'ispirazione divina*, che sarebbe riservata solamente al messaggio religioso, il problema non sarebbe risolto, perché rimarrebbe sempre da dimostrare la realtà dell'ispirazione stessa.

Dimostrazione impossibile, dato che l'ispirazione in questione è *insostenibile* e *inverificabile*. D'altra parte affermare semplicemente che "l'ispirazione si è senz'altro verificata" non è una prova, perché *nessuna affermazione può provare se stessa*.

Come estremo rimedio si potrebbe tentare di accettare l'ispirazione solo per fede. Ma si tratterebbe di un rimedio disperato, perché tale fede sarebbe completamente cieca. Il che porterebbe al fideismo nel significato peggiore del termine.

Nessuna ispirazione, dunque. Né, tanto meno, una rivelazione diretta, in quanto Dio non ha mai parlato.

Di conseguenza la Chiesa **non possiede alcuna verità assoluta**, (che solo Dio potrebbe assicurare). Essa non può affermare: "sta scritto qui, sta scritto là", perché tutti i cosiddetti Libri Sacri sono opera degli uomini, i quali sono soggetti all'errore.

Per cercare di raggiungere la verità la Chiesa, come tutti, deve affidarsi soltanto alla ragione. La quale, pur essendo un dono di Dio, non ci dà la possibilità di conseguire la verità assoluta e immutabile. Essa ci consente di raggiungere una verità, che dobbiamo chiamare verità umana, perché è sempre suscettibile di modifiche e miglioramenti. Tale verità deve essere indubbiamente difesa dagli attacchi degli avversari, ma sempre con validi argomenti; e può accadere che, talvolta, debba essere messa in discussione anche da noi stessi, per essere riaffermata solo se supera l'esame della ragione; e, in casi estremi, si può arrivare anche al suo rigetto, ove si sia conseguita una verità superiore.

La verità quindi è relativa. Ma questo non ci deve preoccupare, perché tutto sommato il relativismo è un fatto positivo, che ci consente di non rinchiuderci nelle nostre posizioni e lasciare la porta aperta per eventuali cambiamenti. Naturalmente la nostra verità va sempre difesa, anche se dobbiamo essere pronti ad aprirci a nuove idee se la ragione lo ritenesse necessario.

Il relativismo è un problema solo per coloro che, nell'illusione di possedere la verità assoluta, sono portati a sminuire o addirittura a screditare le verità umane. Come fa spesso papa Ratzinger.

Lo stesso discorso va fatto per i cosiddetti **principi non negoziabili**, sbandierati dalla Chiesa. Anch'essi sarebbero verità assolute che non si possono modificare. Ma anche questa è un' illusione di coloro che ritengono di conoscere tali verità per averle ricevute da Dio. Di contro a ciò dobbiamo ribadire che Dio non si è mai rivelato, né direttamente né indirettamente.

In realtà la verità assoluta, essendo per definizione immutabile, appartiene esclusivamente a Dio. Solo Dio infatti, essendo perfetto, pensa sempre nel miglior modo possibile; né mai potrebbe pensare meglio né diversamente.

D'altra parte, come abbiamo chiarito, Dio non ha concesso a noi uomini la verità assoluta, né l'ha depositata nelle Sacre Scritture, come ritiene erroneamente la Chiesa. La quale si fa forte di tale *supposta rivelazione, e della verità assoluta ad essa collegata*, per cercare di dominare i singoli individui e gli stessi Stati. Essa infatti, nonostante qualche sporadica affermazione in senso contrario di Benedetto XVI, *s'interessa più che altro del* **potere** e trascura quello che dovrebbe essere il suo compito più importante, favorire cioè il bene spirituale degli esseri umani.

2. Gesù e la Legge

a) Introduzione.

Una lettura attenta e spassionata dei Vangeli porta a concludere, senza possibilità di errore, che per Gesù *l'autorità della Legge* (Torah) è fuori discussione.

Quando, ad esempio, l'uomo ricco vuol sapere che cosa deve fare per "avere la vita eterna", Gesù risponde elencando i noti comandamenti dell'Antico Testamento: "Non ammazzare, non commettere adulterio, non rubare, non dire falsa testimonianza, non frodare, onora il padre e la madre" (Mc 10,19). E quando viene interrogato circa il comandamento più grande, egli rimanda l'interrogante a due passi della Legge veterotestamentaria (Dt 6,4-5; Lev 19,18): "Il primo è: Ascolta, Israele: il Signore Dio nostro è l'unico Signore, e tu amerai il Signore Dio tuo con tutto il tuo cuore, con tutta la tua anima, con tutta la tua mente e con tutte le tue forze. Il secondo è questo: Tu amerai il tuo prossimo come te stesso" (Mc 12,29-32). Richiesto del suo parere circa il diritto di divorziare, egli si appella di nuovo a due passi della Legge (Gen 1,27; 2,24): "Dio li fece maschio e femmina: per questo l'uomo abbandonerà il padre e la madre, si unirà a sua moglie i due saranno una sola carne" (Mc 10,6-8). Similmente in altri casi (cfr. Mc 2,25-26; 12,26; Mt 9,13; 12,7).

D'altra parte, esaminando il comportamento della comunità primitiva, la quale si attenne scrupolosamente alla Legge e la difese contro Paolo e gli altri missionari ellenistici che volevano abolirla, si comprende che Gesù non può aver messo in discussione il valore dell'Antico Testamento. Si può anzi affermare che all'inizio l'ossequio di Gesù alla Legge era un fatto così ovvio per la comunità da non costituire minimamente un problema. E che solo quando si trattò di difendere la Legge stessa dagli attacchi di Paolo, essa mise in bocca a Gesù le famose parole che egli non può aver pronunciato:

"Non crediate che io sia venuto ad abolire la Legge o i Profeti; non sono venuto ad abolire ma a completare. In verità vi dico che fino a quando il cielo e la terra non passeranno, non scomparirà dalla Legge neppure uno iota o un apice, fin che non sia tutto adempiuto. Chi, dunque, violerà uno tra i più piccoli di questi comandamenti e insegnerà agli uomini a fare così, sarà considerato il più piccolo nel regno dei cieli; ma colui che li osserverà e insegnerà a osservarli, sarà chiamato grande nel regno dei cieli" (Mt 15,17-19).

Questo "detto" - precisa R. Bultmann -, se messo a confronto con altri di Gesù e con il suo comportamento effettivo, si rivela inautentico perché, come vedremo, egli supera di molto la lettera della Legge (24).

A sua volta, il teologo svizzero Hans Küng afferma che "Gesù si attenne a un fondamentale rispetto della Legge, non l'attaccò comunque frontalmente con l'esigerne l'abrogazione o la sospensione...[ma] se è vero che il Gesù storico nel complesso si mantenne fedele alla Legge, è anche vero che non esitò a comportarsi in modo contrario alla Legge, ogni volta che gli parve opportuno. Senza abolire la Legge, si pose in concreto *al di sopra* della Legge" (25).

In effetti, Gesù non ritiene i passi scritturistici tutti obbligatori alla stessa maniera. Così, mettendo a confronto due testi contrastanti della Scrittura, egli dichiara (Mc 10,2-9), senza mezzi termini, che la legge mosaica del divorzio (Dt 24,1) *non esprime l'autentica volontà di Dio* perché egli vuole l'indissolubilità del matrimonio (Gen 1,27; 2,24).

Inoltre fa capire chiaramente (cfr. Mt 23,23-24) che nella Bibbia vi sono *cose essenziali* e cose non essenziali e che, ad esempio, non si possono mettere sullo stesso piano il pagamento della decima per il mantenimento del Tempio e la pratica di fondamentali virtù, quali la giustizia, la misericordia, la fedeltà.

Aggiunge che non hanno alcun senso i vari *riti di purificazione*, poiché "non c'è nulla fuori dell'uomo che, entrando in lui, possa contaminarlo; sono invece le cose che escono dall'uomo a contaminarlo" (Mc 7,15).

Sottolinea *l'enorme differenza che sussiste* tra gli autentici comandamenti di Dio ("Onora il padre e la madre"), ai quali si deve sempre obbedire, e quelle che sono soltanto tradizioni umane (come consacrare a Dio i propri beni, mettendoli a disposizione del Tempio) che , pur essendo apprezzabili, non possono mai "rendere inutile" la parola di Dio. E ciò in aperta polemica con gli scribi (cfr. Mc 7,7-13), i quali sostenevano che se un figlio dichiara sacri i propri beni, non è tenuto a mantenere i genitori.

Infine *prende le distanze dal comandamento del sabato*, affermando che il "sabato è stato fatto per l'uomo e non l'uomo per il sabato" (Mc 2,27).

Queste prese di posizione di Gesù, che rivelano un atteggiamento *spontaneamente sovrano* nei confronti dell'Antico Testamento, per cui egli, senza contestarne l'autorità, distingue criticamente ciò che è importante da ciò che lo è, si spiegano con la libertà propria del profeta. Si spiegano inoltre con la sua evidente convinzione che le esigenze di Dio hanno valore in quanto comprensibili. E' su questa base infatti che egli protesta contro il legalismo giudaico, che porta a obbedire ciecamente a ciò che è comandato, senza domandarsi il perché, il senso del comando. Per cui ci si sottomette alla stessa maniera sia ai riti di purificazione, che sono insensati, sia ai principi etici universali, che ovviamente sono comprensibili, ma ai quali – ecco la stortura definitiva – si obbedisce non perché sono comprensibili ma soltanto perché sono comandati.

Gesù invece lascia intendere che una prescrizione incomprensibile o insignificante non può essere comando di Dio. Egli ordina solo ciò che è comprensibile: per cui quando si obbedisce - e questo è il punto – lo si fa con convinzione, perché si comprende il senso del comando e lo si riconosce valido. La volontà di Dio dunque non è un comando arbitrario di una divinità dispotica a cui obbedire ciecamente, ma un ordine giusto, che solo un Dio saggio può dare, un ordine rivolto all'intelligenza dell'uomo, obbedendo al quale egli non si comporta come un cieco ma come colui che valuta e apprezza e risponde convinto all'appello di Dio.

Per comprendere l'abisso fra quanto afferma Gesù e quanto sostengono gli scribi, basta leggere ciò che scrive un *rabbi* ebraico che, pur ritenendo indifferente il rito della purificazione (perché toccare un morto non rende impuri, né l'acqua ridona la purezza eventualmente perduta), vi si sottomette ugualmente essendo un comandamento di Dio: "Né il morto rende impuri, né l'acqua puri. Ma il Santo ha detto: Una legge io ho stabilito, ho preso una decisione; tu non sei autorizzato a trasgredire la mia decisione scritta: questa è la parola d'ordine della mia legge" (26).

Resta così confermato che l'obbedienza degli ebrei alla Legge è un'obbedienza cieca. Mentre quella di Gesù è, al contrario, un'obbedienza ragionata, che lo porta a distinguere nella Legge stessa ciò che è importante da ciò che non lo è, ciò che è comprensibile da ciò che è incomprensibile, l'essenziale dall'insignificante. E ciò in aperto contrasto con il Concilio Vaticano II, il quale afferma che tutto, ma proprio tutto, di quanto è scritto nella Bibbia, deve essere accettato perché voluto da Dio.

b) Quattro critiche fondamentali di Gesù alla Legge.

1) Critica di Gesù al ritualismo legalistico.

Nei detti di Gesù manca qualsiasi accenno di polemica contro il culto del Tempio. Nel quarto Vangelo, ad esempio, si dice che egli si recò parecchie volte a Gerusalemme, in occasione delle grandi feste (Gv 2,13ss.; 5,1ss.; 7,2ss.); e Marco (1,44) riferisce che, dopo aver guarito un lebbroso, Gesù lo manda a portare l'offerta al Tempio, come prescritto dalla *Torah* (Lev 14). Inoltre il culto del Tempio e la partecipazione ai sacrifici vengono presupposti come un uso fuori discussione nel testo, indubbiamente autentico, di Matteo (5,23-24), in cui Gesù insiste sulla necessità di riconciliarsi con il fratello prima di portare la propria offerta "all'altare".

Gesù non ha neanche contestato le pratiche religiose, consuete presso i pii giudei, come l'elemosina, la preghiera e il digiuno. Inoltre, per quanto riguarda, ad esempio, la risposta all'interrogativo riguardante il digiuno in Mc 2,19, egli non rifiuta il digiuno in linea di principio, ma fa notare che con lo spuntare del tempo della gioia messianica tale pratica penitenziale non ha più alcun senso.

Nei fatti però Gesù – come afferma giustamente Bultmann - **ha scardinato** la legislazione veterotestamentaria, nella misura in cui essa era impostata su prescrizioni rituali e cultuali. Come prende le distanze dal comandamento del sabato, così la sua polemica colpisce il ritualismo legalistico, il quale tende a una correttezza meramente esteriore, trascurando le esigenze del cuore. A tal proposito egli cita il profeta Isaia (29,13):

"Questo popolo mi onora con le labbra,
ma il suo cuore è lontano da me.
Invano essi mi rendono culto,
insegnando dottrine che sono precetti di uomini (Mc 7,6s.).

E in Matteo egli stigmatizza l'ipocrisia degli scribi e dei farisei:

"Guai a voi, scribi e farisei ipocriti,
che pulite l'esterno del bicchiere e del piatto,
mentre all'interno siete pieni di rapina e d'intemperanza!
Guai a voi, scribi e farisei ipocriti,
che rassomigliate a sepolcri imbiancati:
essi all'esterno sono belli a vedersi,
ma dentro sono pieni di ossa e di morti e di ogni putridume.
Così anche voi *apparite giusti all'esterno* davanti agli uomini,
ma dentro siete pieni d'ipocrisia e d'iniquità " (Mt 23,25-28).

Com'è facile, - afferma inoltre Gesù - strumentalizzare elemosine, preghiere e digiuni, per far bella figura di fronte agli uomini (Mt 6,1-6.16-18)! Ma se l'elemosina non è fatta con discrezione, non ha alcun valore. Se la preghiera non è fatta segretamente, è solo ostentazione. Se il digiuno non è espressione di vera compunzione, non ha alcun senso.

Com'è facile svuotare il comandamento di Dio, che ordina di onorare i genitori, preferendogli il comandamento riguardante il culto (Mc 7,9-13)!

Non hanno alcun senso le leggi attinenti la purezza; infatti "non c'è nulla fuori dell'uomo che entrando in lui, possa contaminarlo" (Mc 7,15).

E, per tornare al problema del sabato, Gesù trae le definitive conseguenze, quando chiede:

"E' lecito in giorno di sabato fare il bene o il male,
salvare una vita o lasciar morire ? " (Mc 3,4).

Il che significa affermare che non esiste una santa inattività. Restare inattivi, infatti, quando è richiesto un atto d'amore equivarrebbe a fare il male (27).

Ora, se Gesù ha scardinato la legislazione veterotestamentaria nella misura in cui essa era impostata su prescrizioni rituali e cultuali, egli si è posto contro Dio, il quale secondo gli ebrei e secondo la Chiesa ne sarebbe l'autore. Ma questo è impossibile, perché mai Gesù si sarebbe opposto a Dio Padre. Pertanto l'unica conclusione possibile è che, secondo Gesù, tale legislazione **non può essere stata ispirata da Dio**.

2) Critica di Gesù alle prescrizioni riguardanti la purezza.

Il problema della purezza è in parte collegato al punto precedente, ma deve essere trattato a parte per mettere in evidenza il **significato rivoluzionario** che esso riveste (28).

Nella Bibbia è detto che è proibito mangiare il grasso di bove, di pecora e di capra, come pure il sangue degli animali (Lev 7,22-27). Vi si legge, inoltre, che si possono mangiare tutti gli animali che hanno il piede forcuto, l'unghia spaccata e ruminano; mentre il cammello, l'irace, la lepre e il maiale, che hanno solo in parte queste caratteristiche, non si devono mangiare, perché sono animali immondi (Lev 11,1-8; cfr. Lev 11, 9-47; Deut 14,3-21).

Gesù invece afferma risolutamente che si può mangiare la carne di qualsiasi animale perché, come abbiamo più volte riferito, "**Non vi è niente fuori dell'uomo che entrando in lui, possa contaminarlo**; ma è ciò che esce dall'uomo che contamina l'uomo" (Mc 7,15).

Ora, come afferma Hans Küng, "Qui ci troviamo di fronte a una *frase inaudita* per il giudaismo, una frase che all'orecchio di tutti coloro cui premeva la correttezza rituale dovette suonare come un *violento attacco*" (29). Perché tale frase è diretta contro la lettera della *Torah*, e quindi contro Dio che ne sarebbe l'autore. Infatti il narratore biblico inizia entrambi i brani sugli animali immondi (Lev 7, 22-27 e Lev 11,1-8) con la seguenti parole: "Il Signore rivolse la sua parola a Mosè...", lasciando intendere che non è Mosè ma Dio stesso l'autore delle prescrizioni in questione.

Ma allora Gesù si sarebbe posto direttamente contro Dio. Cosa manifestamente impossibile.

Ne discende che, secondo Gesù, Dio **non può aver ispirato** i suddetti brani i quali, pertanto, non possono che essere opera esclusiva di Mosè (o meglio, di qualche legislatore ebraico a lui successivo).

3) Critica di Gesù alla legge mosaica sul divorzio.

Come ulteriore esempio della critica di Gesù alla legge mosaica meritano di essere ricordate le sue parole sul divorzio. Gesù lo dichiara contrario alla volontà di Dio, anche se la legge ne ammette la possibilità (Dt 24,1-4), e afferma che il permesso dato da Mosè è una concessione alla durezza del cuore dell'uomo:

"Or, avvicinatisi i farisei, gli domandarono per tentarlo: *"E' lecito a un uomo ripudiare la moglie?"*. Egli rispose loro: *"Che cosa vi ha comandato Mosè?"*. Essi risposero: *"Mosè ha prescritto di scrivere un libretto di divorzio e di ripudiare"*. Ma Gesù disse loro: *"Per la durezza del vostro cuore egli ha scritto per voi questo precetto. Ma in principio della creazione Dio li fece maschio e femmina: per questo l'uomo abbandonerà il padre e la madre, s'unirà a sua moglie, e i due saranno una sola carne; così che non sono più due, ma una sola carne [Gen 1,27; 2,24]. Non divida dunque l'uomo quel che Dio ha unito"* " (Mc 10,2-9).

La libertà di Gesù di fronte alla Legge, evidenziata da questo esempio - afferma G. Bornkamm -, **è impensabile per un rabbi dell'epoca** (30).

Eppure Gesù si è presa questa libertà, dichiarando risolutamente che il divorzio è contrario alla volontà di Dio.

Per lui non aveva alcun senso la disputa sul motivo sufficiente per divorziare, che opponeva gli eruditi delle scuole di Hillel (31) e di Shammay (32), i quali discutevano se per giustificare il ripudio della donna occorresse l'adulterio (come sosteneva Shammay) o se bastasse un motivo qualsiasi, come ad esempio una pietanza bruciata (secondo la tesi inquietantemente lassista di Hillel). Gesù guardava all'essenziale: scacciare la propria moglie, in qualsiasi caso, era commettere una cattiva azione, contraria al precetto dell'amore. Colui che aspira al regno non deve sentirsi disposto al divorzio, approfittando della tolleranza della *Torah* (33).

Ma che fare quando, nonostante il precetto assoluto di Dio, si sia dissolta l'armonia coniugale e la vita a due sia diventata impossibile? A questo interrogativo, rimasto senza risposta da parte di Gesù, si trovarono a dover rispondere i primi cristiani. A quel punto l'esortazione incondizionata di Gesù a custodire l'unione matrimoniale venne intesa come una norma giuridica che si doveva fissare in termini legali sempre più rigorosi (34). Si precisò giuridicamente il divieto per il marito di ripudiare la moglie e il divieto per la moglie di ripudiare il marito, assieme alla proibizione per entrambi i coniugi di contrarre nuove nozze. Ma non si poté fare a meno di ammettere qualche eccezione. Come quella di Paolo (nota come "privilegio paolino"), che prevede lo scioglimento del vincolo matrimoniale e la possibilità di contrarre nuove nozze, *nel caso in cui uno soltanto dei coniugi sia credente* (1 Cor 7,15), o come l'altra, prevista dal giudeo-cristiano Matteo, il quale riconosce *nell'adulterio* una ragione sufficiente a giustificare il divorzio (Mt 5,32; 19,9).

Ma l'eccezione più vistosa, esasperatamente legalistica, è stata quella di introdurre nell'ordinamento giuridico della Chiesa la *comoda scappatoia dell'annullamento*, che è un vero e proprio divorzio, seppure mascherato. Perché si ha un bel dire che nel caso dell'annullamento si tratta semplicemente di dichiarare nullo un vincolo che non è mai esistito, ma l'intenzione di colui che si rivolge al tribunale ecclesiastico è proprio quella di divorziare; (e non certamente quella di regolarizzare il proprio matrimonio non valido).

Dal punto di vista dell'intenzione, quindi, l'annullamento e il divorzio si equivalgono: in entrambi i casi si ha a che fare con la volontà deliberata di una persona che vuole separarsi dal coniuge con il quale è diventato impossibile continuare a vivere. E' pertanto del tutto fuori luogo da parte di certi cattolici biasimare l'introduzione del divorzio negli ordinamenti giuridici degli Stati moderni, dal momento che la Chiesa lo ha sempre consentito, pur chiamandolo con un altro nome.

La verità è che quando un matrimonio è finito, l'uomo non comprende perché deve rimanere legato a una persona che non ama più e, se non ricorre all'annullamento o al divorzio, ove possibili, lo farà soltanto per obbedire ciecamente alla volontà di Dio. Ma Gesù ha insegnato che Dio non si accontenta della semplice obbedienza alla norma, egli vuole di più: esige la libera adesione interiore. Ma può l'uomo obbedire con convinzione a un comando da lui non compreso? Certamente no. Costretto a obbedire , lo farà passivamente e riterrà l'ordine divino un'inconcepibile imposizione da parte di un'autorità dispotica. Verrebbe meno proprio quell'obbedienza che Dio esige. Quindi, tenendo presente tale insegnamento di Gesù, dobbiamo concludere che Dio non può volere l'indissolubilità del vincolo matrimoniale ad ogni costo. E allora dovrà essere la coscienza di ognuno a individuare quale sia, nella concreta situazione, l'autentica volontà di Dio, il quale, pur essendo contrario al divorzio, non può non ammetterlo in determinati casi, ove lo esiga il bene dei coniugi e degli stessi figli.

Tali considerazioni giustificano l'introduzione del divorzio negli ordinamenti giuridici moderni, tanto più se si considera che, ovviamente, nessuno è obbligato a divorziare.

Dunque Gesù si sarebbe sbagliato? Non propriamente. Perché in linea di principio è conforme a ragione accettare l'indissolubilità del matrimonio suggerita da Gesù. Ma che fare quando si sia dissolta l'armonia coniugale? Egli, come abbiamo già detto, non si è posto questo ulteriore problema.

Ora, tenendo presente che il comando di Dio deve ottenere la libera adesione interiore degli interessati, come ha insegnato chiaramente Gesù, dobbiamo ritenere che Dio non può volere a tutti i costi l'indissolubilità del matrimonio. Perché ci sono delle evenienze in cui è inevitabile ricorrere al divorzio.

In conclusione dobbiamo precisare in questi termini il pensiero di Gesù: il legislatore concede il divorzio in certi casi, ma l'ideale è l'unione indissolubile.

Ma non è questo il punto che ci interessa in maniera particolare in questo momento, sebbene esso sia, ovviamente, importantissimo. Il punto invece è un altro: Gesù critica l'introduzione del divorzio da parte di Mosè nell'ordinamento giuridico ebraico.

Ora se Mosè ha operato seguendo l'ispirazione divina, Gesù, combattendo il divorzio, si sarebbe messo ancora una volta contro Dio. Ma questo, come abbiamo ormai ripetuto più volte, è insostenibile. Ne consegue che **non può esserci stata alcuna ispirazione divina** e che Mosè, nell'elaborare la legge sul divorzio, si è fatto guidare unicamente dalla sua intelligenza.

Quanto al problema della contraddizione tra due passi della Bibbia, rilevata da Gesù, essa è del tutto evidente. Infatti in Genesi (1,27; 2,24) si afferma che il matrimonio sarebbe indissolubile, mentre in Deuteronomio (24,2-9) si ammette la possibilità del divorzio.

Ora, data tale contraddizione, la Sacra Scrittura è in errore, perché dei due passi o è falso l'uno o è falso l'altro. Quindi la Bibbia **non può essere stata ispirata da Dio**.

Gesù ha certamente notato tale contraddizione, ma si è limitato a dire che Mosè aveva torto, senza approfondire. Se avesse approfondito avrebbe dovuto concludere come noi che il Libro Sacro non è ispirato. Comunque, nei fatti, **egli ha demolito l'illusorio convincimento circa la realtà dell'ispirazione divina**.

4) Critica di Gesù al comandamento del sabato.

Gesù, notoriamente, violò il riposo sabbatico. Non solo permise che in tale giorno i suoi discepoli cogliessero delle spighe per mangiarne i granelli (Mc 2,23), ma egli stesso compì di sabato varie guarigioni (Mc 3,1ss. e sinottici; Lc 13,10ss.; 14,1ss.), infrangendo quello che ancora oggi è uno dei comandamenti più rispettati dagli ebrei e che allora costituiva per tutti (non solo per i farisei ma anche per i sacerdoti del Tempio, per gli zeloti e per gli esseni) una delle tradizioni più sacre, un comandamento esplicitamente contemplato dalla Legge (35), la quale prevedeva addirittura la pena di morte per i trasgressori (36).

Marco così riferisce uno degli episodi:

"Entrò di nuovo nella sinagoga nella quale vi era un uomo che aveva una mano paralizzata ed essi stavano ad osservarlo per vedere se lo avrebbe guarito di sabato, per poterlo accusare. Dice all'uomo che aveva una mano paralizzata: *"Vieni e mettiti nel mezzo"*. Quindi domanda loro: *"E' lecito di sabato fare del bene o fare del male? Salvare una vita o lasciar morire?"*. Ma essi tacevano. Allora, volgendo su di loro lo sguardo con sdegno e rattristato per la durezza del loro cuore, disse all'uomo: *" Stendi la mano!"*. Quello la stese e la sua mano fu risanata" (Mc 3,1-5; cfr. Mt 12,9-13; Lc 6,6-10).

In questo testo balza subito all'occhio l'inflessibilità degli ebrei per quanto riguarda la lettera della Legge, che arriva fino al punto di escludere, nel giorno di sabato, anche la possibilià di fare il bene. Atteggiamento estremamente illogico che Gesù condanna energicamente, nel mentre si appresta a intervenire senza esitazione sul malato, perché rimanere inattivi quando è richiesto un atto d'amore equivarrebbe a fare il male.

Del resto la stessa tradizione degli anziani (*Halacha*) prevedeva alcune eccezioni alla rigorosa proibizione. E' Matteo a farlo notare, mettendo in bocca a Gesù le seguenti parole: *"Qual è fra voi quell'uomo che, avendo una sola pecora, se questa cade in un burrone di sabato, non l'afferra e la tira su? Ora quanto è più prezioso un uomo di una pecora! Perciò è lecito fare del bene in giorno di sabato"* (Mt. 12,11-12).

Da ciò si comprende che quello che gli scribi rimproveravano a Gesù era non solo l'inosservanza del sabato, ma anche la libertà con cui egli interpretava la Legge, senza averne l'autorità.

Un altro episodio degno di nota, sempre collegato al problema del sabato, viene narrato dai sinottici:

"Or mentre egli, di sabato, passava attraverso i campi seminati, i suoi discepoli durante il cammino si misero a raccogliere le spighe. I farisei, perciò, gli dissero: "Guarda! Perché fanno ciò che di sabato non è lecito?". Rispose loro: "Non avete mai letto cosa fece Davide, quando si trovò nel bisogno e tanto lui quanto i suoi compagni avevano fame? Come, cioè, al tempo del sommo sacerdote Abiatàr entrò nella casa di Dio e mangiò i pani sacri, che non possono mangiare se non i sacerdoti, e ne diede pure ai suoi compagni?". Poi soggiunse: "Il sabato è stato fatto per l'uomo e non l'uomo per il sabato. Pertanto [il Figlio del]l'uomo è padrone anche del sabato" " (Mc 2,23-28; cfr. Mt 18,1-8; Lc 6,1-5) (37).

Il principio che Gesù vuole illustrare è che non s'infrange la Legge se si è costretti ad agire per una necessità naturale. Inoltre, come egli lascia chiaramente intendere, l'obbligo dell'osservanza del sabato non è una imposizione arbitraria, a cui obbedire ciecamente, come ritenevano gli scribi (per cui "l'uomo sarebbe fatto per il sabato"), ma una saggia disposizione che invita ogni persona a sospendere, in tale giorno, i quotidiani lavori per dedicarsi al culto del Signore, senza per questo dover sacrificare i propri bisogni e le impellenti necessità, proprio perché "il sabato è stato fatto per l'uomo", cioè per il suo bene (e non certamente per rendere più gravosa la sua vita). Ma questo significa che è data all'uomo la possibilità di capire quando, pur riconoscendo l'alto valore di tale comando, è opportuno non tenerne conto.

"In sostanza, quindi, - come afferma giustamente Hans Küng - spetta al singolo decidere liberamente quando convenga o meno attenersi al precetto del sabato" (38). Cosa che, secondo i criteri correnti dell'epoca, equivale a una bestemmia (39). E questo spiega perché Marco, preoccupato della carica destabilizzante del pensiero del Maestro, lo corregga aggiungendo: "Pertanto *il Figlio dell'uomo* è padrone anche del sabato" (laddove Gesù aveva certamente detto: *"L'uomo* è padrone anche del sabato"), e perché i testi paralleli di Matteo e Luca non riportino per intero la frase rivoluzionaria di Gesù riguardante il giorno del riposo, limitindosi a scrivere: "Il Figlio dell'uomo è padrone del sabato".

Dunque *l'uomo* è padrone del sabato, in quanto può rispettarlo o meno secondo la sua coscienza. Che ne è allora del nostro problema principale, ossia dell'ispirazione o rivelazione di Dio?

E' del tutto evidente che Gesù ha palesemente trasgredito il comandamento del sabato. Non solo infatti ha tollerato che i suoi discepoli raccogliessero delle spighe per mangiarne i granelli, ma egli stesso ha compiuto guarigioni di sabato, cosa che poteva fare benissimo il giorno successivo. Ha inoltre affermato che spetta al singolo decidere liberamente quando convenga o meno attenersi al precetto del sabato, facendo altresì capire, implicitamente, che questa impostazione si riflette anche sull'osservanza degli altri comandamenti (40). Dunque egli si sarebbe posto contro Dio, in quanto supposto autore del comandamento. Questa opposizione, però, essendo inconcepibile, perché mai Gesù avrebbe potuto fare una cosa simile, ci porta di necessità a concludere ancora una volta che **nei fatti** egli ha respinto il concetto di **ispirazione divina**. (41).

c) *Gesù e lo sterminio dei popoli di Canaan.*

Nei Vangeli, Gesù non parla mai dello sterminio dei popoli perpetrato da Mosè e da Giosuè nella terra di Canaan .

Non è da escludersi che non ne sia venuto a conoscenza, in quanto egli molto probabilmente ignorava l'ebraico e quindi della Bibbia deve aver conosciuto soltanto quello che circolava in aramaico , che era la lingua parlata dal popolo.

E' evidente che gli episodi relativi alle guerre di conquista e alle concomitanti carneficine a cui si abbandonarono gli ebrei, non circolarono mai in aramaico, perché ovviamente non erano argomenti di edificazione. E quindi solo le persone colte potevano venirne a conoscenza leggendoli in ebraico. Ma Gesù non poteva essere tra costoro, in quanto egli aveva frequentato solo la scuola elementare. Tutto ciò che ha appreso lo si deve alla sua frequenza delle sinagoga del villaggio, in cui si tenevano ogni sabato e nelle più importanti festività appropriate letture bibliche, commentate dai dottori della legge. Possiamo anche immaginare che egli abbia integrato tale istruzione con letture personali, sempre in aramaico, guidato dai suoi interessi religiosi.

Pertanto molti argomenti delle Sacre Scritture devono essergli sfuggiti. Ma non certamente quelli (ed erano moltissimi) che interessavano la vita quotidiana di ogni buon ebreo, il cui comportamento era guidato appunto (possiamo dire in ogni momento della giornata) dalle prescrizioni della Bibbia.

Se quindi Gesù, a quanto pare, non ha conosciuto le guerre di conquista e di sterminio testé ricordate, come possiamo averne, anche se indirettamente, una sua valutazione?

L'unica strada percorribile è quella di rifarsi alla concezione di Dio propria di Gesù e di confrontarla con quanto pensavano di Dio i dottori d'Israele.

Esaminando i testi, notiamo che nel pensiero di Gesù coesistono due concezioni, entrambe fondamentali: quella del Dio maestoso e sfolgorante, re e giudice supremo del mondo, e quella di padre degli uomini, generoso dispensatore di perdono e di salvezza.

Entrambe le concezioni erano correnti in Irsaele al tempo di Gesù. Indubbiamente la prima s'imponeva con maggiore evidenza e rappresentava per così dire, la classica concezione di Jahvè, secondo la quale egli è, tipicamente, il   re d'Irsaele (Salmi 5,2;24,10); è il personaggio più importante della storia giudaica, il creatore del cielo e della terra; è la guida onnipotente del mondo, il dispensatore della giustizia, il giudice che, nel giorno da lui fissato, verrà a giudicare gli uomini.

Tuttavia sarebbe inesatto affermare che i giudei ignorassero la nozione dell'indulgenza e della paternità di Dio. Anche nell'Antico Testamento e nel pensiero ebraico Dio viene chiamato Padre. "Siete figli di Jahvè vostro Dio" afferma, ad esempio, il Deuteronomio (14,1); "Tu sei il Padre mio, il mio Dio e la rupe della mia salvezza" canta il salmista (Sal 89,27). E proprio la paternità di Dio è il bene particolare d'Israele, che lo fa diverso dagli altri popoli; essa sta a indicare la sua elezione da parte di Jahvé, per cui il popolo d'Israele viene chiamato il primogenito di Dio (Es 4,22-23) e Jahvé, il Padre d'Israele (Ger 31,9). Certamente quest'ultima concezione era meno approfondita dell'altra, e i testi che parlano di Dio come Padre non lo fanno ancora in termini molto espansivi e molto cordiali (42). Ma non vi è dubbio che entrambe le concezioni contribuissero a costituire l'immagine ebraica di Dio.

Bisogna aggiungere peraltro che Il Dio degli ebrei **nutre un odio tenace** contro i suoi nemici, confusi con i nemici d'Israele. In sostanza tale Dio ama solo il popolo ebraico e odia tutti gli altri (cfr. Ger 7,21; 51,45; 51,52-53; Is 1,24; Ez 25,13-14; 13,13-14).

Tutto ciò (ad eccezione dell'ultimo punto riguardante il supposto odio di Dio per i suoi nemici) ritroviamo nei sinottici. I testi infatti attribuiscono chiaramente a Gesù l'idea del Dio re e signore, giudice temibile e severo.

Leggiamo infatti che il cielo è il trono di Dio e la terra lo sgabello dei suoi piedi (Mt 5,34). Che egli è veramente il Signore dell'Universo (Mt 11,25) e che la sua potenza non conosce limiti (Mt 10,27; 12,24). Il rapporto tra l'uomo e questo Dio è spesso paragonato al rapporto che intercorre tra il servo e il suo padrone (cfr. Mt 18,23; 20,1; 25,14). Nei testi evangelici si legge pure che Dio illumina il mondo con il suo sole, il quale sorge sui giusti e sugli ingiusti perché tale è il suo volere (Mt 5,45) e che l'erba del prato si tinge di bei colori per suo comando (Mt 6,30).

Il Dio di Gesù inoltre, proprio perché è re, è anche giudice. E infatti l'idea del giudizio è costantemente presente nei Vangeli, perché strettamente legata a quella del regno: quando arriverà il giorno da lui fissato avrà luogo il giudizio universale. Allora i morti risorgeranno e ognuno riceverà da Dio quello che gli spetta, secondo un conto rigorosamente tenuto, come appare chiaramente nella parabola dei talenti (Mt 25,14ss.; cfr. Mt 24,45ss.).

Infine, secondo Gesù, accanto ai due attributi della regalità e della giustizia, Dio ha ovviamente anche quello della bontà (Mc 10,18; Lc 6,36). In lui pertanto l'immagine di Dio è del tutto simile a quella ebraica: si tratta di un sovrano onnipotente che, oltre a essere giudice severo, è anche padre soccorrevole e buono.

Vi sono, tuttavia, altri brani nei sinottici che tendono ad accentuare la bontà di Dio rispetto alla sua giustizia. Ciò lascia chiaramente intendere che la nozione di giustizia divina, così rigida e così stretta in Israele, si fa più duttile e più mite in Gesù. Mentre infatti la Bibbia mostra una corrispondenza estremamente rigorosa tra l'atto dell'uomo e la relativa ricompensa, parecchi passi dei Vangeli ci mostrano Dio derogare dai limiti di un'inflessibile giustizia per aumentare la ricompensa di una buona azione o per accentuare la sua indulgenza di fronte a una cattiva. Ciò emerge da varie parabole le quali ci mostrano l'immagine di un Dio eminentemente generoso: il re che condona tutto il suo debito al servo insolvibile (Mt 18,23ss.), il pastore che cerca la pecorella smarrita (Lc 15,1-7), il padrone che ricompensa gli operai della vigna (Mt 20,1ss.), la donna che cerca la dramma perduta (Lc 15,8-10), il padre che corre incontro al figlio che ritorna (Lc 15,11-32).

Nonostante queste precisazioni, l'uso del termine Padre per indicare Dio non è un'innovazione di Gesù. Essa risale, come già detto, ai dottori ebrei. Tuttavia notiamo nel suo pensiero significative differenze. Secondo lui, infatti, la paternità di Dio non è più riferita alla nazione ebraica nel suo insieme né soltanto ai figli d'Israele, ma indistintamente a tutti gli uomini (Mt 5,45; Lc 6,36). Né l'essere figli di Dio è sola prerogativa dei pii: **Dio è padre dei buoni come dei malvagi** , dei giusti come degli ingiusti. E proprio perché Dio ama anche i malvagi, è richiesto agli uomini di amare i loro nemici (Mt 5,44-45) (43).

Da questo rapido confronto tra la concezione di Dio degli ebrei e la concezione di Dio propria di Gesù , si evidenziano i seguenti punti:

1) in entrambe le concezioni Dio è re e giudice severo; ma è anche Padre soccorrevole e buono;

2) solamente nel pensiero degli ebrei Dio è padre di un solo popolo: e precisamente di quello ebraico;

3) Secondo Gesù, invece, Dio è padre di tutti gli uomini;

4) il Dio degli ebrei odia i suoi nemici e nei loro confronti egli è crudele, spietato e vendicativo;

5) solo in Gesù Dio è padre dei buoni e dei malvagi, dei giusti e degli ingiusti.

Per quanto riguarda il primo punto non c'è nulla da aggiungere: salvo ribadire che le due concezioni sono pressoché identiche. Non dimenticando, peraltro, che Gesù accentua la bontà di Dio rispetto alla sua giustizia.

Nei punti secondo e   terzo, invece,   si registra una differenza fondamentale, perché secondo i dottori d'Israele Dio sarebbe padre dei soli ebrei, mentre secondo Gesù Dio è, giustamente, padre di tutti gli uomini.

Quindi Gesù ha corretto, ancora una volta, la Sacra Scrittura. Di conseguenza, dato il grave errore testé citato (e cioè che Dio sarebbe padre dei soli ebrei), è adombrato nel pensiero di Gesù che la Bibbia **non può essere stata ispirata da Dio.**

V'è da notare inoltre che la Chiesa, accettando, fino a prova contraria, come ispirato da Dio tale passo delle Scritture, secondo il quale solo gli ebrei sarebbero figli di Dio, si pone in netto contrasto con Gesù.

Quanto ai punti quarto e quinto, la posizione del narratore biblico è di una gravità inaudita, perché egli sostiene che Dio odia i suoi nemici e che nei loro confronti egli è crudele, spietato e vendicativo. Completamente diversa è la posizione di Gesù, il quale afferma che Dio è padre dei buoni e dei malvagi e che quindi ama anche gli ingiusti. Pertanto è tassativamente escluso che, secondo Gesù, Dio possa essere l'autore dello sterminio dei popoli della terra di Canaan.

In conclusione, è vero che Gesù non si è espresso circa lo sterminio dei popoli di Canaan, barbaramente perpetrato dagli ebrei con la supposta connivenza di Dio. Tuttavia, in considerazione del fatto che secondo lui Dio ama e non può non amare tutti indistintamente gli uomini, possiamo ugualmente sostenere, seppure indirettamente, che Gesù non solo condanna **la presunta partecipazione di Dio** a tanto misfatto, il cui solo pensiero è blasfemo, ma esclude anche che il narratore biblico, nel riferire tale menzogna, **possa essere stato ispirato da Dio**, in quanto Dio non può contribuire a diffondere alcuna falsità.

3. La verità assoluta nel Nuovo Testamento

Il teologo svizzero H. Küng è perentorio su questo argomento: "... le mutazioni, le rielaborazioni e le discordanze della tradizione neotestamentaria – egli afferma - **precludono la comoda supposizione** che Gesù stesso (o lo Spirito Santo) abbia provveduto a un'esatta percezione e trasmissione del suo predicare e del suo agire" (44). Il che significa dire che né i quattro Vangeli, né le lettere di Paolo sono stati scritti per ispirazione divina.

Per rendersene conto basterà fare alcuni significativi esempi.

a) Contrasto dei Vangeli tra loro e con le lettere di Paolo.

Noi abbiamo già parlato, trattando della *Vita di Gesù* di papa Ratzinger, dell'insanabile contrasto fra i tre Vangeli sinottici, i quali sostengono che Gesù era un semplice uomo, e il quarto Vangelo, il quale afferma invece che Gesù era un essere divino. Ora tali fonti, opponendosi tra loro, non possono aver ragione entrambe, per cui o hanno ragione i Vangeli sinottici e ha torto il Vangelo di Giovanni o, viceversa, ha ragione quest'ultimo e hanno torto gli estensori dei Vangeli sinottici. Pertanto il contrasto è evidente. Ne consegue che i quattro Vangeli **non possono essere stati ispirati da Dio**.

Alla stessa conclusione si arriva se noi confrontiamo i tre Vangeli sinottici con le lettere di Paolo, scritti che si oppongono anch'essi tra loro. Infatti mentre nei sinottici si legge che Gesù era un uomo, anche se particolarmente gradito a Dio, in Paolo è detto che egli era un essere divino. Anche qui, una delle due fonti è certamente errata, perché in contraddizione con l'altra. Pertanto **si deve necessariamente eliminare l'ispirazione divina**.

b) Contrasto tra gli assertori della resurrezione di Gesù.

Vediamo ora come viene narrata la **resurrezione di Gesù.**

Dobbiamo dire, innanzi tutto, che la fede nella resurrezione, che fondò il cristianesimo, non poggiò in origine, come sarebbe logico pensare, su questa affermazione: *Gesù, deposto nel sepolcro il venerdì sera, ne uscì vivo la domenica a mattina*, ma su quest'altra: *Gesù, dopo la sua morte, fu visto da parecchi discepoli.* Quindi, del grande miracolo, gli autori neotestamentari, nei loro racconti, ci forniscono solo prove indirette. Nessuno, infatti, pretende di aver visto Gesù risorgere dalla tomba.

Trascriviamo prima il testo di Paolo, che è il testo più antico che parla delle apparizioni. Esso si trova nella prima lettera ai corinzi, da lui scritta circa venticinque anni dopo la morte di Gesù, e che si riferisce a una tradizione da lui ricevuta una ventina d'anni prima, allorché aveva abbracciato la nuova fede.

"Vi ho trasmesso, prima di tutto, quanto anch'io ho ricevuto, che Cristo è morto per i nostri peccati, secondo le Scritture, che fu sepolto e risuscitò il terzo giorno, secondo le Scritture; che apparve a Cefa [= Pietro] e poi ai Dodici. Apparve pure a più di cinquecento fratelli in una sola volta, dei quali i più vivono tuttora, mentre alcuni sono morti. Apparve quindi a Giacomo, poi a tutti gli apostoli. Infine, dopo tutti, apparve anche a me, come all'aborto" (1 Cor 15,3-8).

Tale elenco, datoci da Paolo in ordine cronologico, differisce da quelli dei racconti evangelici (Mt 28, Lc 24, Gv 20-21 e Mc 16,1-8) per l'assenza di *materializzazione.* Ora, non si capisce perché Paolo si sarebbe privato di dare anche ragguagli materiali se ne fosse stato in possesso. Evidentemente non li aveva trovati nella tradizione da lui ricevuta.

C'è da notare inoltre che Paolo sembra considerare tutte le altre apparizioni come appartenenti allo stesso tipo della propria, quella che ebbe sulla via di Damasco: una visione del Cristo glorificato, molto diversa da quella di un corpo materiale che poteva esibire i segni dei chiodi, mangiare pesce arrostito, e dare istruzioni ai discepoli per quaranta giorni, come raccontano alcuni evangelisti.

Quindi, sebbene tutti parlino di *resurrezione,* si delinea un contrasto insanabile fra quanto riferisce Paolo e quanto raccontano alcuni narratori evangelici (e precisamente Luca e Giovanni), i quali parlano esplicitamente di una resurrezione corporea di Gesù (Lc 24, Gv 20-21).

Per maggior chiarezza, esaminiamo i testi degli evangelisti appena citati:

"Mentre parlavano di queste cose, Gesù apparve in mezzo a loro e disse: *"Pace a voi!".* Sconvolti e pieni di paura, credevano di vedere un fantasma. Ma egli disse loro: *"Perché siete turbati? E perché sorgono dubbi nei vostri cuori? Guardate le mie mani e i miei piedi: sono proprio io! Toccatemi ed osservate: un fantasma non ha carne e ossa come vedete che io ho".* E mentre diceva queste cose, mostrava loro le mani e i piedi. Ma poiché per la gioia non riuscivano a crederci ed erano pieni di stupore, egli disse loro: *"Avete qualcosa da mangiare?".* Gli diedero un po' di pesce arrostito. Egli lo prese e lo mangiò davanti a loro" " (**Luca** 24,36-43).

"La sera di quello stesso giorno, il primo della settimana, mentre le porte del luogo dove si trovavano i discepoli per paura dei giudei erano chiuse, venne Gesù, stette in mezzo a loro e disse: *"Pace a voi!".* E detto questo, mostrò loro le mani e il fianco. Si rallegrarono i discepoli, vedendo il Signore. Poi disse di nuovo: "Pace a voi! Come il Padre ha mandato me, così io mando voi". Detto ciò, soffiò su di loro e disse: "Ricevete lo Spirito Santo: a chi rimetterete i peccati saranno rimessi, a chi li riterrete saranno ritenuti" " (**Giovanni** 20,19-23).

"Tommaso, uno dei Dodici, detto Didimo [= Gemello], non era con loro quando venne Gesù. Gli dissero gli altri discepoli: "Abbiamo visto il Signore!". Ma egli rispose loro: "Se non vedo nelle sue mani il segno dei chiodi e non metto il mio dito nel segno dei chiodi, e non metto la mia mano nel suo fianco, non crederò".
Otto giorni dopo i suoi discepoli erano di nuovo in casa e Tommaso stava con loro. Venne Gesù a porte chiuse, stesse in mezzo a loro e disse: "Pace a voi". Poi disse a Tommaso: "Metti il tuo dito qui e guarda le mie mani, porgi la tua mano e mettila nel mio fianco e non essere più incredulo, ma credente". Rispose Tommaso e gli disse: "Mio Signore e mio Dio". Gli disse Gesù: "Perché mi hai visto, Tommaso, hai creduto; beati quelli che non hanno visto e hanno creduto" " (**Giovanni**, 20,24-29).

Come possiamo facilmente constatare, secondo Luca e Giovanni Gesù avrebbe ripreso il suo corpo materiale, fatto di carne e ossa, e ricominciato la sua vita terrena con i suoi bisogni fondamentali. Una vera resurrezione, dunque, proprio come la si raffigurava nell'ambiente giudaico per la fine dei tempi: un corpo senza più vita si ridesta e incomincia di nuovo a vivere e a respirare, come se non fosse mai morto.

Paolo, invece, sembra che adoperi il termine "resurrezione" (*anastasis*) come un termine consacrato dall'uso, ma non nel suo stretto significato: così noi diciamo il "sorgere" e il "tramontare" del sole, ben sapendo che l'astro non sorge né tramonta. Parecchi testi delle sue *lettere* limitano, infatti, notevolmente l'estensione della parola
Comunque, nel suo pensiero, la resurrezione di Cristo e la resurrezione dei credenti sono correlative; ed infatti, secondo lui, la resurrezione del primo garantisce la nostra (1 Cor 15,17-20; Rom 6,8), e la conseguenza caratteristica della nostra resurrezione sarà la nostra glorificazione (1 Cor 15,42-44; 15,51ss.). Esaminando quindi quanto egli afferma intorno alla resurrezione generale dei morti, potremo comprendere il suo pensiero circa la resurrezione di Cristo.
Nel giudaismo resurrezione significa reintegrazione nell'identico corpo, già ridotto in cenere dopo la morte, degli elementi andati dispersi, e il risveglio dell'anima e la sua riunione con esso.
La concezione di Paolo è ben diversa. Quando il Signore verrà sulle nubi, i suoi santi gli andranno incontro e andranno con lui in cielo ed ivi rimarranno. Nello stesso tempo coloro che sono morti in Cristo risusciteranno e saranno portati in cielo. Ma il cielo non è un posto per la carne e il sangue (1 Cor 15,20), e perciò i corpi di coloro che saranno ancora in vita alla venuta di Cristo , saranno trasformati e diventeranno incorruttibili

(1 Cor 15,51ss.). Ed i corpi che risusciteranno dai sepolcri saranno così dissimili da quelli che vi furono deposti, come la pianticella che spunta dal suolo è dissimile dal seme che vi venne gettato (cfr. 1 Cor 15,44).

Più precisamente, in un altro passo, con una metafora comune ai suoi tempi (di origine orfica), egli chiama il corpo una tenda in cui l'uomo ha la sua abitazione temporanea: quando questa tenda viene abbattuta, l'anima non è lasciata nuda e senza abitazione; un corpo celeste, un'abitazione imperitura fatta da Dio stesso, è lì ad aspettarla (2 Cor 5,1). Così, secondo Paolo, "resurrezione" non significa restaurazione e reviviscenza del corpo carnale, ma l'assunzione in cielo dell'anima, rivestita di un corpo nuovo e celestiale.

Risulta evidente da tutto ciò che, secondo l'apostolo, *dell'uomo qual è originariamente* **sopravvive**, *per essere esatti*, **soltanto lo spirito**, mentre il suo corpo terreno rimane nel sepolcro.

Ricollegandoci ora alla resurrezione di Gesù, dobbiamo pertanto concludere che il tarsiota ebbe a cuore unicamente la realtà spirituale del Risorto e non si preoccupò affatto della sorte del corpo carnale del Nazzareno.

Dunque Paolo non dice che Gesù sia risuscitato **nella carne**; afferma anzi positivamente il contrario. Egli non s'interessa a un ritorno di Gesù alla sua vita terrena, né a un ripristino delle normali condizioni di una seconda esistenza umana. In verità, "resurrezione" significa per lui "elevazione a Dio", "glorificazione" (45).

La concezione di resurrezione del tarsiota è, quindi, ben diversa da quella di Luca e di Giovanni. Chi ha ragione? Ha ragione Paolo. Ma in questa sede non è questo il problema che più ci interessa, anche se, ovviamente, esso è importantissimo. Il problema principale è per noi ora che, secondo Paolo, Gesù è risorto solo *nel suo spirito,* mentre, secondo Luca e Giovanni, egli è risorto *in carne e ossa.*

Come possiamo vedere, si tratta di un'opposizione radicale, per cui, dato che l'una soluzione esclude l'altra, una delle due è palesemente errata. Ma tale errore, se si ammettesse l'ispirazione, risalirebbe a Dio. Questo però è impossibile, perché Dio non può sbagliare. Quindi **è da escludersi ogni ispirazione divina.**

c) *Il problema della tomba trovata vuota.*

Secondo tutti i Vangeli, (Mc 16,1-8; Mt 28,1-10; Lc 24,1-12; Gv 20,1-18) quando alcune donne andarono a visitare la tomba di Gesù, scoprirono che il suo corpo non era più nel sepolcro.

Per tutti i critici indipendenti tale racconto è totalmente leggendario, in quanto in tutta l'antichità non fu mai trovato il sepolcro di Gesù, né intorno alla sua tomba sorse alcun culto, come era solito accadere in quei tempi. Pertanto il racconto stesso fu inventato per offrire una prova irrefutabile della sua "resurrezione".

Ma come mostrano gli stessi evangelisti, che furono costretti a respingere varie insinuazioni degli avversari, il puro fatto del sepolcro vuoto non prova minimamente la realtà della resurrezione e può, per di più, dar luogo a indesiderabili interpretazioni: inganno dei discepoli, scambio di persona, morte apparente, trafugamento di cadavere. Di per sé infatti il sepolcro vuoto dice soltanto: "Egli non è qui". Ed è del tutto illegittimo aggiungere quanto non è per nulla ovvio: "Dunque è risorto".

Ora, se il racconto della scoperta della tomba vuota è una leggenda, **non può essere stato ispirato da Dio.**

Senza considerare che il racconto in questione presenta, nella stesura dei quattro evangelisti, molte e gravi contraddizioni:
- Matteo dice che il sepolcro è custodito dalle guardie; Marco, Luca e Giovanni lo ignorano.
- Secondo Giovanni un sola donna si reca al sepolcro; due, secondo Matteo; tre, secondo Marco; tre e tutto un gruppo con loro, secondo Luca.
- Marco e Matteo affermano che un angelo invita i discepoli a recarsi in Galilea, dove vedranno Gesù risorto; Luca tace sull'argomento; secondo Giovanni, Maria Maddalena riceve l'ordine di riferire qualcosa ai discepoli, ma non ciò cui accennano Marco e Matteo.
- Quale atteggiamento assumono i discepoli di fronte a ciò che le donne riferiscono? Secondo Marco le donne non parlano e quindi non esiste alcuna reazione dei discepoli; secondo Matteo essi obbediscono e partono per la Galilea; secondo Giovanni due discepoli si recano al sepolcro; secondo Luca i discepoli non prestano fede al racconto delle donne.

Pertanto dati questi molteplici e gravi contrasti contenuti nei testi evangelici circa il racconto della tomba vuota, **bisogna escludere tassativamente l'ispirazione divina.** E' del tutto evidente, infatti, che se gli evangelisti fossero stati ispirati da Dio, essi avrebbero riferito le stesse identiche vicende.

d) Le contraddizioni degli evangelisti circa le apparizioni del Risorto.

Poco più sopra (punto **b**) abbiamo già evidenziato il contrasto fondamentale, che oppone Paolo (secondo il quale Gesù sarebbe risorto solo *nel suo spirito*) a Luca e Giovanni (per i quali Gesù sarebbe risorto *in carne e ossa*).

Ma l'esame dei vari testi ci porta ad evidenziare altri contrasti, altrettanto gravi, soprattutto alla luce della supposta ispirazione divina. Infatti se ammettiamo che i testi sono stati ispirati, essi dovrebbero contenere un'unica versione di uno stesso avvenimento. Ma ciò non si è verificato, perché le versioni sono molteplici. Infatti:

1) Gli evangelisti non concordano sull'ubicazione delle apparizioni: gli uni parlano della Galilea, gli altri di Gerusalemme. Paolo non nomina alcun luogo, ma la verosimiglianza propende nettamente a favore della Galilea, dove i discepoli di Gesù erano ritornati dopo la sua crocifissione.

2) C'è un disaccordo totale sul numero delle apparizioni: si può solo affermare che molto probabilmente la tradizione più antica attribuiva la prima a Pietro e ai Dodici.

3) Sussistono notevoli divergenze su quello che Gesù avrebbe fatto o detto durante queste manifestazioni.

4) L'elenco delle apparizioni dataci da Paolo nel più antico testo pasquale differisce da quello che si può ricostruire dai racconti degli evangelisti. In esso si citano infatti alcune apparizioni del Risorto che non hanno lasciato traccia nei Vangeli. D'altra parte tale elenco non comprende i racconti delle donne al sepolcro, né quello dei discepoli di Emmaus.

5) D'altronde, come chiariscono alcuni illustri studiosi, le narrazioni evangeliche differiscono in modo notevole le une dalle altre e non possono essere ricondotte a una tradizione unitaria (46); prese alla lettera esse sono problematiche, se non contraddittorie (47); e, infine, ogni tentativo di armonizzazione appare destinato al fallimento, se non si è disposti ad alterare i testi o a minimizzare le divergenze (48).

6) A volte nemmeno un medesimo testo riesce a presentare un'immagine coerente del Risorto, che ora viene raffigurato come un *puro spirito* che passa attraverso le porte senza aprirle (**Lc** 24,36) (**Gv** 20,19-20.26), ora come un essere in *carne e ossa*, perfettamente palpabile, il quale compie gli atti della vita materiale (**Lc** 24,40-42) (**Gv** 20,20.27).

Pertanto, per tutti questi motivi, i vari racconti pasquali non sono storicamente credibili e devono essere respinti in blocco. Ma non è questo, sebbene importantissimo, il problema che più ci interessa in questa sede.

Nel contesto in cui ci muoviamo, a noi interessa evidenziare il problema dell'ispirazione divina. La quale non si può assolutamente invocare, in quanto le narrazioni evangeliche sono contrastanti o, addirittura, contraddittorie tra loro e non possono essere ricondotte in alcun modo a una tradizione unitaria, come sarebbe necessario e indispensabile.

In altre parole, se Dio avesse ispirato tali narrazioni, esse dovrebbero presentare una identica versione dei fatti. Ma, siccome tale identità è ben lungi dal verificarsi, perché le versioni sono differenti e molteplici, dobbiamo di necessità concludere che **Dio non può averle in alcun modo ispirate**.

e) *Conclusione.*

Nessuna ispirazione divina, e quindi nessuna verità assoluta, né nei quattro Vangeli né nelle lettere di Paolo né negli altri scritti del Nuovo Testamento. L'averlo sostenuto è stata una incredibile e assurda pretesa dei Padri della Chiesa, dei concili e dei papi; pretesa che è stata da ultimo pervicacemente ribadita nella Costituzione dogmatica sulla Divina Rivelazione, pubblicata dal Concilio Vaticano II.

Ma tale atteggiamento intransigente ha la sua spiegazione, in quanto è proprio fondandosi sulla presunta ed illusoria ispirazione divina che la Chiesa ha costruito il suo sistema di potere e di oppressione nei confronti dei popoli cristiani.

Ma è giunto il momento che gli oppressi prendano coscienza della propria schiavitù e scuotano il giogo che da secoli grava sulle loro spalle, rendendosi pienamente conto che compito della Chiesa è quello di servire gli uomini e non di essere, neanche minimamente, da essi servita (Vedi cap. III).

Quanto al pensiero di Gesù, esso è molto chiaro. Possiamo desumerlo dal "Discorso della montagna". Ma attenzione. Tutte le proposizioni di Gesù: "Non odiare il tuo fratello", "Amate i vostri nemici", "Non vendicatevi", tendono a chiarire che l'importante non è soddisfare un'autorità esterna, bensì essere obbedienti nel proprio intimo, cioè essere convinti di quello a cui obbediamo.

Pertanto, chi appellandosi ad un detto di Gesù, volesse, per esempio, che un matrimonio insostenibile non sia sciolto perché lo ha detto lui, oppure chi volesse presentare anche l'altra guancia a colui che lo percuote, sempre perché lo ha affermato lui, non lo comprenderebbe. Verrebbe meno proprio quell'obbedienza che Gesù vuole.

Paradossalmente, per obbedire a Dio, dobbiamo obbedire a noi stessi, dobbiamo cioè affidarci alla nostra coscienza. Perché, secondo Gesù, posti in una concreta situazione, la nostra coscienza sa che cosa deve fare. Se vediamo un uomo ferito sulla strada, la nostra coscienza sa, senza bisogno di comandi esterni, che dobbiamo lenire il suo dolore.

Questo significa però, in definitiva, che la Chiesa, come autorità esterna, non è abilitata a dirci che cosa dobbiamo fare. Può tutt'al più consigliarci.

Essa invece si è arrogata il diritto di obbligare i cristiani a fare ciò che essa vuole. E questo è in contrasto con il pensiero di Gesù.

4. L'infallibilità del papa

a) *L'assurdo concetto dell'infallibilità.*

L'ultima trovata della Chiesa, per difendere i propri privilegi, è stata quella di inventare l'infallibilità: prima l'infallibilità dei concili e da ultimo l'infallibilità del romano pontefice. Ma si è trattato di un tentativo infelice, oltre che, ovviamente, del tutto illegittimo e ingiustificato.

L'infallibilità, infatti, non è giustificata né dalla logica né dai testi scritturistici.

Diciamo innanzi tutto che, dal punto di vista logico, l'infallibiltà è indimostrabile. Aggiungiamo inoltre che lo Spirito Santo, ossia l'essere divino deputato all'infallibilità della Chiesa, non può esistere. E ciò per il semplice motivo che non possono esistere tre persone divine uguali e distinte: il Padre, il Figlio e lo Spirito Santo: più esattamente non può esserci nessun altro dio accanto all'unico vero Dio.

Infatti, se esistessero altri due dèi accanto al Dio unico, nessuno dei tre sarebbe assoluto, né infinito, né onnipotente, perché si limiterebbero vicendevolmente. Pertanto il tri-teismo è intrinsecamente impossibile, cioè assurdo.

Dal punto di vista storico, di Gesù, Figlio di Dio, abbiamo già parlato esaminando il libro *Gesù di Nazaret* di papa Ratzinger. In questa sede aggiungiamo soltanto che, sia nelle Lettere di Paolo sia nel Vangelo di Giovanni, il Cristo appare come un essere divino, ma non come un Dio vero e proprio, perché egli è subordinato al Padre. Giovanni lo fa dire a Gesù esplicitamente: "Il Padre è più grande di me" (14,28).

Dello Spirito Santo diciamo che in nessuna parte del Nuovo Testamento, neppure nel Vangelo di Giovanni, egli viene chiamato Dio. Anzi nei discorsi di commiato giovannei (rivolti da Gesù ai suoi discepoli) si configura una chiara subordinazione dello Spirito al Padre (ed in parte anche al Figlio), come appare nei seguenti testi:

"Io pregherò il Padre mio ed egli vi darà un altro consolatore, perché resti con voi sempre" (Gv 14,16).

"Vi ho detto queste cose mentre sto ancora con voi: ma il consolatore, lo Spirito Santo, che il Padre vi manderà nel mio nome, egli vi insegnerà ogni cosa e vi farà ricordare tutto quello che io vi ho detto" (Gv 14,25-26).

"... io vi dico la verità: è meglio per voi che io vada; perché se non vado non verrà a voi il consolatore: ma se vado ve lo manderò" (Gv 16,7).

Come si può agevolmente vedere, il pensiero del redattore del Vangelo giovanneo è molto chiaro: il Padre dà o manda il consolatore. Quindi il Padre comanda e lo Spirito Santo obbedisce. Inoltre, sempre Giovanni (16,7) fa pensare che anche il Figlio dia ordini al consolatore. Ora chi comanda è notoriamente superiore a chi obbedisce. Quindi **lo Spirito Santo**, questo enigmatico consolatore (del quale non si fa parola nei sinottici), *in quanto subordinato al Padre e al Figlio*, **non può essere Dio**.

Ora dato che lo Spirito Santo non è Dio e quindi come tale non esiste, egli non può aver ispirato i Quattro Vangeli, le Lettere di Paolo, gli Atti degli apostoli, in una parola il Nuovo Testamento; il quale, molto semplicemente, è stato scritto da uomini, i quali potevano sbagliare, ed in effetti numerosissime volte hanno sbagliato.

Per lo stesso motivo, i concili ecumenici non si sono svolti sotto l'assistenza dello Spirito Santo e quindi non sono infallibili (del resto la loro fallibilità è abbondantemente emersa dall'esame storico del loro svolgimento: spesso, infatti, su uno stesso argomento un concilio dice **bianco** e un altro dice **nero** (49). Di conseguenza il Concilio Vaticano I del 1870, non essendo infallibile, non può aver validamente sanzionato l'infallibilità del pontefice.

Quindi non sono infallibili né i concili, né il papa, né la Chiesa nel suo complesso.

Del resto tale infallibilità non ha mai funzionato. Non ha funzionato nel 1572, quando, nella notte di S. Bastolomeo, tra il 23 e il 24 agosto, i cattolici piombarono sugli ugonotti (50) e ne fecero una terribile strage a Parigi e in tutta la Francia. Non ha funzionato quando i cattolici arsero barbaramente sul rogo Giordano Bruno e Giovanna d'Arco; quando inviarono al patibolo innumerevoli vittime innocenti; quando, il giorno di Natale del 1572, sulla piazza del mercato di Heidelbrg, il sovrintendente di Lademburg Johannes Silvanus fu decapitato in nome dello Spirito Santo, di cui lo sventurato aveva negato l'esistenza. Non ha funzionato quando non ha impedito a un papa di proibire l'uso della pillola, proibizione che aggrava le carestie. Lo Spirito Santo, infine, non ha preservato la Chiesa dal perseguitare, per le sue idee scientifiche, il padre stesso della scienza moderna, Galileo Galilei.

Pertanto alla Chiesa, **se fosse memore dell'insegnamento di Gesù**, non resterebbe altro da fare che smantellare tutti gli errori fin qui accumulati e, purtroppo, ormai pietrificati (51), e confessare la propria "fallibilità", ricavandone le relative conseguenze (52).

Ma possiamo esser certi che non lo farà.

Qualcuno potrebbe obiettare che anche se non esistesse lo Spirito Santo, l'infallibilità in seno alla Chiesa potrebbe sussistere ugualmente in quanto garantita dall'unico vero Dio. Ma questo è impossibile. Come infatti dimostrare che Dio ha fornito alla Chiesa l'infallibilità?

In alternativa, si potrebbe pensare che Dio stesso **abbia rivelato** la sussistenza dell'infallibilità a favore del papa e dei concili. Ma ciò è insostenibile, in quanto, come abbiamo precedentemente dimostrato, non c'è mai stata alcuna rivelazione divina in tal senso.

Non rimane che il rimedio disperato della fede. La Chiesa crederebbe, per fede, alla sussistenza dell'infallibilità. Ma, come abbiamo detto a proposito dell'ispirazione divina, si tratterebbe di una fede completamente cieca. E questo porta al fideismo nel significato peggiore del termine.

b) Il Concilio Vaticano I sancisce l'infallibilità del papa.

Secondo il *Pastor Aeternus*, il decreto più importante del Vaticano I, il papa non è soltanto un supervisore o l'amministratore capo della Chiesa; ma egli è molto di più:

1) possiede, infatti, "piena e **suprema giurisdizione** sulla Chiesa nelle materie concernenti la disciplina e il governo delle chiese sparse in tutto il mondo"; in altri termini, il potere del papa è supremo e si estende direttamente e immediatamente a tutte le Chiese, tutti i pastori e tutti i laici;

2) egli possiede inoltre **l'infallibilità,** che fu considerata dal Vaticano I come parte integrante della **supremazia** del pontefice sull'intera Chiesa.

Ecco i termini della definizione:

"Il Pontefice Romano, quando parla *ex cattedra*, cioè nell'esercizio delle sue funzioni come pastore e maestro di tutti i Cristiani, definisce in virtù della sua suprema autorità apostolica la dottrina in materia di fede e di morale che dev'essere seguita dalla Chiesa universale; per assistenza divina promessagli nella persona di San Pietro, possiede quell'infallibilità di cui il Divino Redentore volle dotare la sua Chiesa per la definizione della dottrina in materia di fede e di morale; per questo motivo tali definizioni del Pontefice Romano sono immutabili per sé e non per il consenso della Chiesa" (dal *Pastor Aeternus*).

Critiche alla supremazia.

1) Nessuno dei primi Padri della Chiesa trovò mai nelle Sacre Scritture un riferimento alla giurisdizione del papa sulla Chiesa; al contrario, danno per scontato che i vescovi, soprattutto i metropolitani, abbiano il pieno diritto di governare e amministrare i propri territori senza *alcuna* interferenza. La Chiesa orientale non accettò *mai* la supremazia papale, e il tentativo fatto da Roma per imporla portò allo scisma (1054).

2) Il Concilio di Costanza del quindicesimo secolo proclamò la superiorità dei concili sul papa in molti campi. E lo stesso Pio IX, facendo ratificare dal Concilio Vaticano I l'infallibilità papale, mostrò di accettare tale superiorità.

3) Si aggiunga che i primi otto concili, a partire da quello di Nicea del 325, non furono convocati dal vescovo di Roma, ma dall'imperatore romano, che ne approvò i decreti.

4) Inoltre, il Concilio di Costantinopoli del 381 pose il vescovo di Costantinopoli sullo stesso piano di quello di Roma, con questa motivazione: "Il vescovo di Costantinopoli dovrà occupare un ruolo di primo piano accanto al vescovo di Roma *perché Costantinopoli è la nuova Roma*". Tale delibera fu confermata nel 451 al Concilio di Calcedonia. E ciò in contrasto con il papa Leone Magno, il quale desiderava, senza però ottenerla, una posizione di maggior rilievo per la sua diocesi (ossia per Roma).

Dunque nell'antichità il vescovo di Roma non ebbe alcuna supremazia (53).

Critiche all'infallibilità.

1) Pietro era fallibile, sia prima che dopo la crocifissione.

2) Inoltre non si trova nel Nuovo Testamento alcun accenno ad un particolare potere di Pietro che il suo successore avrebbe ereditato. E ciò per il semplice motivo che, secondo i Padri della Chiesa, Pietro in quanto tale non aveva successori. Tutti i vescovi, infatti, erano visti come successori degli apostoli, ma non c'era un solo vescovo che fosse succeduto ad un singolo apostolo.

Quindi, per i suddetti Padri, il papa non succede a Pietro. Di conseguenza il pontefice non eredita nulla da lui. In particolare non eredita il potere di "sciogliere e di legare" (cfr. Mt 16,19).

3) Si aggiunge che tutte le grandi definizioni dottrinali, specialmente i precetti, non vennero dai papi ma dai concili. Nei primi secoli ai vescovi di Roma non venne neppure in mente di poter definire la dottrina in nome di tutta la Chiesa.

4) Infine, secondo il Vaticano I, il papa è infallibile soltanto quando parla *ex cathedra*; quindi sarebbe più appropriato dire che il papa è *fallibile*, tranne nei rari casi in cui si pronuncia *ex cathedra*. Come sottolineato da un vescovo in quello stesso Concilio, dire "il papa è infallibile"sarebbe come asserire che "il signor X è un ubriacone perché una volta si è ubriacato", visto che le affermazioni *ex cathedra* sono estremamente rare.

La prima infatti risale, a quanto pare, al 1854, quando Pio IX definì il dogma dell'immacolata concezione, secondo il quale Maria sarebbe stata concepita immune dal "peccato originale" (54). La seconda e ultima sarebbe del 1950, quando Pio XII definì un'altra dottrina mariana, quella dell'Assunzione, secondo la quale Maria sarebbe stata assunta in cielo anima e corpo (55). Non sembra che ci siano stati altri pronunciamenti *ex cathedra*. Comunque il Concilio, o direttamente Pio IX, avrebbe dovuto fornire almeno un elenco delle affermazioni *ex cathedra* fatte fino ad allora. Non sapere con sicurezza quali siano state le affermazioni infallibili dei papi, tende a far vacillare la fiducia nella supposta infallibilità papale (56).

In conclusione l'infallibilità papale non è in alcun modo sostenibile, e, comunque, non fa nulla per illuminare la Chiesa. "Qual è allora la sua funzione?" - si domanda Peter de Rosa -. E così risponde, in un brano che non ha bisogno di commenti:

"Sembra avere più a che fare con il controllo, che con la verità. Il prestigio del papa infatti non si basa sull'infallibilità, ma su quella che è stata definita 'infallibilità strisciante'. Il papa è infallibile, per così dire, anche quando non lo è, e ciò spiega perché insieme al Sant'Uffizio si senta libero di imporre il silenzio anche in questioni non riguardanti la fede. La discussione incrinerebbe l'armonia, cioè la benedizione che il papa dà alla Chiesa; ma ahimé, a volte può andare a scapito della verità, poiché la verità può nascere soltanto da una discussione franca e aperta" (57).

c) Critica all'infallibiltà del papa da parte di Hans Küng.

Premettiamo un brano davvero singolare di P. de Vooght (58), il quale vorrebbe dimostrare l'infallibilità della Chiesa basandosi sulla constatazione che le varie Chiese hanno sempre pensato così. Egli infatti afferma:

"La teologia, sia cattolica, sia ortodossa, anglicana o protestante ha sempre sostenuto che la Chiesa non può ingannarsi nella fede. Poche verità sono affermate con tanta forza come l'assistenza dello Spirito Santo alla Chiesa fin alla fine dei tempi. Ora questa premessa è incompatibile con errori nel messaggio che alla Chiesa è affidato. Quindi, la Chiesa, nell'ambito del suo messaggio, è in possesso della verità. In altri termini è infallibile".

Questa pseudo-dimostrazione ci dà la conferma che la Chiesa non è infallibile. Perché de Vooght ci avrebbe fornito senz'altro una dimostrazione valida, se gli fosse stato possibile elaborarla.
Ma siccome questo è impossibile, egli ricorre a sofismi, ossia a ragionamenti volontariamente sbagliati. Come quando afferma che da sempre si è pensato così. E allora? Se da sempre si è pensato così, non è detto che quello che si è pensato sia vero. E infatti non è vero: primo perché la **tradizione**, anche se antichissima, non è una **prova**; secondo perché lo **Spirito Santo**, come abbiamo più volte chiarito, **non esiste** e quindi non può assistere la Chiesa.
Dunque, se **la premessa** ("sempre si è pensato così") **non è valida,** parimenti illegittima è la conseguenza. Pertanto *non è vero che la Chiesa,* nell'ambito del suo messaggio, *è infallibile.*

Ma vediamo che cosa pensa il teologo cattolico Hans Küng circa il problema dell'infallibità nel suo famoso saggio *Infallibile? Una domanda* (59).

Egli adduce due argomenti, l'uno di carattere storico, l'altro teorico (60). Il primo è un elenco di errori che furono commessi dai papi, dai concili e dalle Sacre Scritture. La Bibbia infatti contiene errori storici, scientifici, morali e religiosi. Anche i concili hanno commesso errori, ed infatti abbiamo visto concili successivi rinnegare posizioni di concili precedenti. "Il Concilio di Calcedonia nel 451 rinnegò le decisioni del secondo Concilio di Efeso del 449; il Concilio di Costantinopoli del 754 vietò il culto delle immagini, mentre il secondo Concilio di Nicea del 787 lo confermò". Innumerevoli furono poi gli errori commessi dai pontefici. L'ultimo dei quali, il più clamoroso di tutti, ossia l'enciclica *Humanae vitae* di Paolo VI, che proibisce l'uso della *pillola*, è secondo Küng da respingere totalmente, affidando il controllo delle nascite alla libera coscienza dei coniugi.

Il secondo argomento è che l'infallibilità è un attributo che compete solo a Dio. "Nel senso stretto della parola - afferma infatti Küng - , solo Dio è infallibile. Egli solo è a priori in particolare e in ogni caso immune da errore (*immunis ab errore*), e, a priori, non può ingannare né ingannarsi. Ma la Chiesa, fatta di uomini, questa Chiesa che non è Dio e non diventa mai Dio, può continuamente ingannare e ingannarsi, a tutti i livelli e in tutti i campi, proprio a causa della sua umanità".

Non si potrebbe essere più chiari né più esaurienti.

Critiche alle tesi di Küng da parte di Padre Mondin, già citato, e nostre risposte.

1) "La tradizione dell'infallibilità della Sacra Scrittura, dei concili ecumenici ed anche dei Pontefici romani – afferma Padre Mondin - è così solida e costante da togliere valore a qualsiasi argomento in contrario".

Questo punto lo abbiamo già discusso in precedenza rispondendo a de Vooght. Qui ribadiamo quanto già detto: la pseudo-dimostrazione di Padre Mondin non è valida perché si basa sulla *tradizione* che non è una *prova*. Evidentemente lo studioso in questione non ha *prove* migliori da esibire, e ciò per il semplice motivo che esse non esistono.

2) "Si tratta di verità già definite: il teologo ha solo il compito di precisarne il senso nell'ambito lasciato libero alla riflessione teologica. Al teologo del ventesimo secolo, nel lavoro di aggiornamento della teologia, non è lecito domandarsi se la Scrittura, i Concili ecumenici, i Sommi Pontefici siano infallibili, ma soltanto quando e in che misura lo siano, e alla loro infallibilità egli è tenuto a credere come qualsiasi altro cattolico: altrimenti si mette fuori della Chiesa".

Padre Mondin sta menando il can per l'aia. L'uomo moderno vuole solide prove per credere nell'infallibilità. Non gli si può rispondere che il teologo ha la bocca tappata dall'autorità oppressiva della Chiesa.

D'altra parte se la Chiesa proibisce di mettere in discussione l'infallibilità, confessa implicitamente che non ci sono prove per dimostrarne la fondatezza e che bisogna credere per fede, punto e basta. E, per di più, per una fede completamente cieca.

Ma gli uomini liberi, compreso Hans Küng, non se la sentono di sacrificare quell'eccelso dono di Dio che è la propria ragione, per sottostare ai diktàt del Vaticano.

3) "Tutti gli argomenti addotti da Küng sono facilmente impugnabili o perché non provano l'assunto o perché si fondano su presupposti filosofici errati".

Ha ragione Augusto Guerriero, "l'onere della prova spetta a chi afferma l'infallibilità, non a chi la nega" (61); lo dicevano già i romani: *onus probandi incumbit ei qui dicit* . Quindi Küng non deve provare nulla; è Padre Mondin che deve dimostrare l'infallibilità della Chiesa. Cosa che non fa.

Comunque Küng non si sottrae e il suo argomento "storico" è inoppugnabile. Esso si fonda non su presupposti filosofici, ma su fatti. I concili sono infallibili? Certamente no. Infatti un concilio disse **bianco,** mentre un altro, sullo stesso argomento, disse **nero**. Uno dei due errò, è innegabile. Dunque i concili non sono infallibili.

4) "Che cosa potrebbe impedire allo Spirito Santo di proteggere la Chiesa dall'errore?".

Rispondiamo: niente impedisce allo Spirito Santo (o, più precisamente, a Dio) di proteggere la Chiesa. Ma sta di fatto che innumerevoli volte non l'ha protetta.

Ora, se cento volte non l'ha protetta, significa che non la protegge mai, e che essa deve cavarsela da sola, come tutte le società umane.

5) "Infine questo saggio del Küng è dannoso alla causa ecumenica. Negando l'infallibilità della Sacra Scrittura e dei Concili ecumenici non si facilita affatto l'unione dei cristiani…".

Come sappiamo, accanto alla Chiesa cattolica anche gli ortodossi, gli anglicani e i protestanti, credono nell'infallibilità della Scrittura e dei Concili. Ora, conclude Padre Mondin, se un cattolico quale è Küng nega l'infallibilità, ostacola l'unione dei cristiani.

Ciò è vero. Ma affermando l'infallibilità del papa, respinta dalle altre Chiese, la si rende addirittura impossibile.

In buona sostanza, Padre Mondin ci vuol dire che il saggio di Küng non è opportuno. Ma non ne discende che l'infallibilità sia sostenibile, come egli sembra insinuare.

Dichiarazione della Congregazione per la dottrina della fede e replica di Küng.

La Congregazione per la dottrina della fede (ex Sant'Uffizio), giovedì 5 luglio 1973 ha pubblicato una dichiarazione circa la dottrina cattolica della Chiesa, in cui ribadisce che sono infallibili le Sacre Scritture, i concili, il papa e i vescovi quando agiscono in comunione con lui, e in cui attacca quei teologi, e in prima linea lo svizzero Hans Küng, i quali contestano e negano l'infallibilità a tutti i livelli.

Küng ha risposto immediatamente, affermando:

"Con il suo ultimo intervento la Congregazione per la dottrina della fede si è squalificata sia sul piano giuridico, sia su piano teologico... Essa interviene in oltraggio al diritto e all'equità nel procedimento in corso con una dichiarazione pubblica generale sui problemi trattati nei miei due libri. Questo intervento e la stessa dichiarazione, fitta di affermazioni e priva di motivazioni fondate, dimostrano apertamente che la Congregazione romana non è capace di contribuire costruttivamente al dibattito sui problemi relativi alla Chiesa, al ministero e alla infallibilità, problematiche che interessano sul piano universale la teologia cattolica e l'ecumenismo. Questa istanza romana si presenta invece ancora una volta nella doppia veste di accusatrice e di giudice, mostrando così al mondo intero lo stile dettato dalla prevenzione e dalla parzialità".

E così ha concluso: "L'ultima dichiarazione romana emana da quell'organismo dell'Inquisizione, il Sant'Uffizio, che si rese celebre condannando Giordano Bruno e Galileo... Che c'entra Cristo con le procedure della Congregazione, le quali compromettono la credibilità della Chiesa e della sua teologia?" (62).

d) *Conclusione.*

Come abbiamo visto poc'anzi, la Chiesa nel 1973 ha ribadito punto per punto la sua infallibilità a tutti i livelli. Senonché, come ha precisato Hans Küng, essa afferma, ma non dimostra. Quindi si è arrogata la qualifica dell'infallibilità del tutto arbitrariamente.

Possiamo capire che tale qualifica le fa molto comodo per imporre il proprio potere alla massa dei fedeli. Poiché di questo si tratta: di dominare e opprimere, con la scusa del regno dei cieli.

Pertanto questo atteggiamento deve (dovrebbe) cessare. Non devono essere più i fedeli a servire la Chiesa, ma la Chiesa a servire i fedeli. Sarà mai possibile?

E' lecito dubitarne. Infiniti infatti sono, accanto a quest'ultimo, gli errori da essa commessi. Errori pesanti. Ormai pietrificati. Come fare marcia indietro? E' praticamente impossibile.

Prendiamo la supposta infallibilità. Essa costringe la Chiesa a non poter cambiare le proprie affermazioni, neanche nel caso in cui esse fossero palesemente errate.

D'altra parte, l'infallibilità va a scapito della **verità**, la quale non è una serie di idee immutabili cadute dal cielo, ma può nascere soltanto da una discussione franca e aperta.

Come dice giustamente Peter de Rosa, "Il rifiuto del dibattito è stato motivo per cui da secoli, fin dai tempi di Galileo, Roma tende ad arrivare in ritardo e senza fiato sulla scena di ogni genuino progresso umano, sia esso la libertà di espressione, il suffragio universale, l'abolizione della schiavitù, il ruolo delle donne nella società e nel ministero religioso, il controllo delle nascite con metodi scientifici, e via discorrendo" (63).

Perché questa palese difficoltà della Chiesa ad accettare il genuino progresso umano? Perché parte da idee preconcette, da lei ritenute verità assolute e quindi immutabili, in quanto contenute nella Bibbia, o nei decreti dei concili e dei papi.

Facciamo qualche esempio di attualità (anno di grazia 2008). Una giovane donna (Eluana Englaro) è in coma da diciassette anni. Essa è immobile nel suo letto, è tenuta in vita con un nutrimento liquido introdotto nel suo stomaco con un sondino per via nasale, ha ormai una vita solo vegetativa. Il padre ha chiesto di poter staccare la spina e la Cassazione gli ha dato ragione. Tutti i benpensanti sono con lui, ma la Chiesa ha detto no.

Come si può constatare, essa applica meccanicamente il principio del non uccidere: una persona clinicamente morta deve essere forzatamente nutrita per rispettare alla lettera una norma astratta, anche se tutto ciò è privo di senso. D'altronde se essa esclude, come tutti, l'accanimento terapeutico, analogamente dovrebbe escludere il anche il nutrimento forzato.

Senza considerare che la Chiesa non è abilitata a farsi paladina del non uccidere, avendo sulla coscienza centinaia di migliaia di morti ammazzati per suo ordine (si ricordino le innumerevoli vittime del Tribunale dell'Inquisizione, delle Crociate, delle varie guerre di religione, delle guerre per convertire forzatamente i pagani e perfino di quelle che le varie nazioni cristiane hanno combattuto patriotticamente tra loro con la benedizione delle chiese nazionali).

Altro esempio. La Francia propone all'ONU le depenalizzazione del reato di omosessualità. Si deve infatti sapere che novantuno Stati (ossia la metà di tutti i paesi del mondo) considerano ancora tale manifestazione affettiva reato punibile con pene varie (in dieci di essi anche con la morte). Ebbene la Chiesa ha espresso la sua netta contrarietà, evidentemente influenzata dalla legge mosaica, che prevede la pena di morte per gli omosessuali. In altre parole, La Chiesa non si fa guidare dalla ragione, come tutti dovrebbero fare, ma crede ciecamente in quello che è scritto nella Bibbia, ritenendolo di ispirazione divina. E' inevitabile allora che essa rimanga indietro e veda aumentare sempre di più il proprio discredito (64).

Si aggiunga che, in entrambi i casi, essa manifesta chiaramente un'assoluta mancanza di amore per il prossimo; in netta opposizione a Gesù.

In conclusione, la Chiesa sacrifica l'uomo a principi astratti. Ma Gesù ha detto: "Il sabato è stato fatto per l'uomo, non l'uomo per il sabato; quindi l'uomo è padrone anche del sabato" (massima che generalizzata suona così: "La legge morale è stata fatta per l'uomo, non l'uomo per la legge morale; quindi l'uomo è padrone anche della legge morale"). E con ciò ha inteso dire, giustamente, che la legge morale deve essere affidata alla libera coscienza dell'uomo e non monopolizzata da una autorità esterna; tanto meno da quella della Chiesa.

Il 7 luglio 1973, il Professor A .C. Jemolo, in un articolo sulla "Stampa", si è posto il quesito perché la Santa Sede ribadisca continuamente il dogma dell'infallibilità del papa e gli altri analoghi. E ha risposto: "La Chiesa non può smentire un dogma" (65).

Perché non può smentirlo? Perché sarebbe la sua fine. Essa infatti è come un imponente castello fortificato ma con le fondamenta d'argilla. Non può permettersi il lusso di abbattere nessuna colonna portante per quanto instabile essa sia. Il giorno in cui lo facesse, tutto crollerebbe, ed essa si ritroverebbe dalla maestosa reggia che si è costruita in una voragine spaventosa.

La Chiesa romana – come scrisse il vescovo Creighton nelle sue *Lettere* – non è affatto una Chiesa, ma uno Stato nella sua forma peggiore: l'autocrazia" (66). Essa infatti impone il silenzio a tutti i fedeli e propaganda la sua pseudo-verità nello stile dei peggiori dittatori e di molti papi del passato, come Gregorio VII. Col sigillo dell'infallibilità, inoltre, essa tenta di far credere di possedere la verità assoluta. I suoi dogmi, però, non sono altro che menzogne abilmente mascherate.

Ciò nonostante, come per tutte le dittature, il tempo lavora contro di lei. E' vero che essa pensa solo alla sua organizzazione e alla sua sopravvivenza, usando tutti i mezzi a sua disposizione, compresa la mistificazione e il dominio delle coscienze, arti in cui è maestra. Ma non si illuda di sopravvivere in eterno, perché la sua involuzione è ad uno stadio già avanzato.

A meno che - come auspica Hans Küng (ma sarebbe un miracolo!) – non arrivi a salvarla, trasformandola radicalmente, un papa progressista, un Giovanni XXIV (67), il quale convochi coraggiosamente un nuovo Concilio, veramente rivoluzionario e purificatore. Un Concilio davvero ecumenico, comprendente cioè tutte le Chiese: la cattolica, l'ortodossa, la protestante e l'anglicana; il quale faccia vedere al mondo che tutti i cristiani *tentano perlomeno* di amarsi l'un l'altro. Cosa che non fanno più da ben mille anni, **tradendo clamorosamente l'autentico messaggio di Gesù.**

Note all'ottavo capitolo

1. Noi continuiamo a scrivere Spirito Santo (come fa la Costituzione dogmatica) anche se con tale termine non intendiamo la terza persona della trinità, che non esiste. Per noi Spirito Santo significa semplicemente lo Spirito di Dio, e cioè Dio stesso.

2. *La Sacra Bibbia*, Edizioni Paoline, Torino 1971.

3. I cinque libri che compongono il Pentateuco, tradizionalmente considerati opera di Mosè (vissuto nel sec. XIII a.C) sono in effetti opera di autori a lui posteriori di centinaia e centinaia di anni. La critica più recente vede nell'attuale Pentateuco il termine ultimo di un processo di accumulazione di materiale conclusosi verso il sec. IV a.C.

4. Il nome Messia fu tradotto in greco con il termine *Christòs,* termine che prevalse nei Vangeli; donde il doppio nome "Gesù Cristo".

5. Is 9,1-6; 11,1-5; Mic 5,1-3; Ger 23,5; 30,9; Ez 34,23-24; ecc.

6. Salmi 2; 72; 110; ecc.

7. Jesse è Isai, padre di Davide.

8.   Località della Spagna considerata come confine del mondo.

9.   Regione a sud dell'Arabia, famosa per l'oro, le pietre preziose e i profumi.

10.   Paese d'Etiopia.

11. Cfr. R. Bultmann, *Teologia del Nuovo Testamento*, Queriniana, Brescia 1985, p. 36; e Hans Küng, *Essere cristiani*, Mondadori, Milano 1976, p. 319.

12.   R. Bultmann, *op. cit.*, p. 37.

13. Cfr. Ch. Guignebert, *Gesù*, Giulio Einaudi editore, Torino 1950, pp. 346-349; R. Bultmann, *op. cit.*, pp. 37 e 39; e G. Bornkamm, *Gesù di Nazareth*, Claudiana, Torino 1981, p. 168.

14.   Per un esame più ampio del Messia ebraico-cristiano, cfr. L. Pierozzi, *Gesù è risorto?*, Firenze Atheneum, Firenze 2005, pp. 94-99.

15.   A. Guerriero, *Quaesivi et non inveni*, Mondadori editore, Milano 1973.

16.   *Ibidem*, p. 256.

17.   *Ibidem*, p. 259.

18.   Voltaire, *Dizionario filosofico*, alle voci *ateo, ateismo*, Mondadori editore, Milano 1970, pp. 100-101.

19.   Accenna all'asina di Balaam (*Numeri*, 22,28ss.).

20.   E. Renan, *Souvenir d'enfance et de jeunesse*, ed. Calman-Lèvy, p. 159 (vers. it. *Ricordi d'infanzia e di giovinezza*, UTET, Torino 1963, p. 160s.)

21.   *Ibidem,* p. 160s.

22. C. Tresmontant , già citato nel presente libro (vedi capp. I e II), non è d'accordo con Renan, e nel suo *"Dio ci ha parlato? Ecco il problema"*, Edizioni Paoline,

Modena 1971, p. 38, sostiene che l'ispirazione è compatibile con l'errata attribuzione di alcuni libri biblici. Egli infatti afferma: "Poco importa che il tale o tal altro testo sia di Mosè o non sia di Mosè, appartenga al profeta Isaia o non appartenga al profeta Isaia: ciò non cambia niente per l'ispirazione. *La questione dell'ispirazione è radicalmente distinta dalla questione dell'autore*". In altre parole egli direbbe che, ad esempio, il Pentateuco è un libro ispirato sia che venga attribuito a Mosè sia che venga attribuito ad altri. Ma con ciò il problema dell'ispirazione si sposta, senza essere risolto. Perché resta sempre da dimostrare la realtà dell'ispirazione stessa.

23. A. Guerriero (Ricciardetto), *op. cit.*, p. 255.
24. Cfr. R. Bultmann, *op. cit.* , p. 26.
25. H. Küng, *Essere cristiani*, Mondadori, Milano 1976, p. 225.
26. Citazione in R. Bultmann, *Gesù,* Queriniana, Brescia 1972, p. 157. Per quanto riguarda i problemi che stiamo trattando, cfr. L. Pierozzi, *Gesù è risorto?*, Firenze Atheneum, Firenze 2005, cap. VI, pp.125-136.
27. Cfr. R. Bultmann, *Teologia del Nuovo Testamento*, Queriniana, Brescia 1985, p. 26.
28. Cfr. G. Bornkamm, *op. cit.*, p. 98.
29. H. Küng, *op. cit.*, p. 226.
30. Cfr. G: Bornkamm, *op. cit.* , p. 99.
31. Dottore ebreo, detto anche H. il Vecchio (I sec. a.C. – I sec. d.C.), capo dell'accademia farisaica, alla quale sembra essere stata riconosciuta una considerevole autorità nell'interpretazione e nell'applicazione della Legge. Diede origine a una scuola particolare (scuola di Hillel). Si osservò fin dall'antichità che di solito la scuola di Shammay tendeva a un maggior rigore e quella di Hillel a una maggiore mitezza .
32. Dottore ebreo (I sec. a.C. – I sec. d.C.). Vedi nota 31.
33. Ch. Guignebert, *Gesù*, Einaudi, Torino 1950, p. 462.
34. Cfr. H. Küng, *op. cit.*, p. 273.
35. Gen 2,3; Es 16,22ss.;20,8-11; 23,12; 34,21; ecc.
36. Si legge infatti nell'Esodo (35, 1-3): "Poi Mosè radunò tutta la comunità dei figli d'Irsaele e disse loro: *"Ecco quello che ha comandato il Signore: Per sei giorni si lavori; ma il settimo sia per voi giorno sacro, giorno di completo riposo in onore del Signore. Colui che in tal giorno fa qualche lavoro, sia punito con la morte"* ".
37. Secondo tutti i critici ragionevoli Gesù deve aver detto: *"L'uomo è padrone anche del sabato"*. Infatti solo in tal senso la frase si accorda con quella precedente. Marco invece scrivendo, del tutto incoerentemente, *"Il Figlio dell'uomo è padrone anche del sabato"*, tende a limitare la portata del pensiero di Gesù (*"solo il Figlio dell'uomo è il signore del sabato"*). Evidentemente era preoccupato della portata rivoluzionaria del pensiero del Maestro, che estendeva ad ogni uomo il potere sul sabato.
38. H. Küng, *op. cit.*, p. 227.
39. Cfr. G. Bornkamm, *op. cit.*, p. 97.
40. Cfr. H. Küng, *op. cit.*, p. 227.
41. Dobbiamo quindi concludere che, sebbene Gesù non abbia rinnegato esplicitamente le leggi mosaiche, nei fatti egli le ha però respinte ogni volta che gli è parso opportuno Evidentemente egli non credeva che tutte le leggi fossero opera di Dio, ma che la stragrande maggioranza di esse fossero state fatte dagli uomini e

come tali criticabili e riformabili, se non addirittura da respingere. Ed anche quelle provenienti da Dio dovevano essere rettamente intese e mai accettate passivamente. Tutto ciò è in totale contrasto con la posizione della Chiesa, che accetta tutte le leggi contenute nella Bibbia come ispirate da Dio; anche quelle notoriamente insignificanti, o ingiuste o spietate.

42. Cfr. Dt 1,31; 8,5; Is 1,2; 63,16; 64,7; Os 11,1; Sir 51,10; Ger 3,4; ecc.

43. Per il problema di Dio in Gesù, cfr. L. Pierozzi, *op. cit*, pp. 166-170.

44. H. Küng. *op. cit.*, p. 168.

45. Cfr. L. Pierozzi, *op. cit.*, pp. 275-277.

46. Cfr. G. Bornkamm ,*op. cit.* , p.179.

47. Ch. H. Dodd, *op. cit.* , p. 175.

48. H. Küng, *op. cit.* , p.389.

49. Cfr. H. Küng, *Infallibile? Una domanda*, Queriniana, Brescia 1970. Si vedano, a tal proposito, alcuni concili a partire da quello di Nicea (325), che vertevano tutti intorno al rapporto tra il Padre e il Figlio, ma con esiti profondamente diversi tra loro.

50. Ugonotti: nome d'incerta origine (forse dal ted. *Eidgenossen* = congiurati, confederati), assunto dagli aderenti del movimento calvinista in Francia.

51. R. Augstein, *Gesù figlio dell'uomo*, Bompiani, Milano 1974, pp. 144-145.

52. J. Nolte, *Dogma in Geschichte*, Freiburg 1971, p. 115 (in R. Augstein, *op. cit.*, p.
    145).

53. Cfr. Peter de Rosa, *Vicari di Cristo*, Edizione CDE, Milano 1989, pp. 263-264.

54. Strano dogma, se si pensa che il cosiddetto "peccato originale", commesso da Adamo secondo un' antichissima leggenda, sarebbe stato *assurdamente* imputato da Dio a tutta l'umanità.

55. Altro strano dogma, se si considera che neppure Gesù è salito in cielo con il corpo. Gesù infatti, come afferma implicitamente lo stesso Paolo nelle sue lettere, è asceso al cielo nel suo spirito, mentre il suo corpo è rimasto nel sepolcro.

56. Cfr. Peter de Rosa, *op. cit.* , pp. 265-266.

57. Peter de Rosa, *op. cit.*, p.267.

58. P. de Vooght, *Les dimensions réelles de l'infallibilité papale*, in Augusto Guerriero, *op. cit.*, pp.265-266.

59. Prima edizione: Queriniana, Brescia 1970; seconda edizione: Anteo, Bologna
    1970.

60. Seguiamo il riassunto che ne fa Padre Mondin nel libriccino *Speranza, salvezza, infallibilità,* in A. Guerriero, *op. cit.*, pp. 266-271.

61. A. Guerriero, *op. cit.* , p.269.

62. In A. Guerriero, *op. cit.*, pp. 265 e 270.

63. Peter de Rosa, *op. cit.*, p. 267.

64. Si veda cap. V, par. 4.

65. In A . Guerriero, *op. cit.*, p.271.

66. In Peter de Rosa, *op. cit.*, p. 458.

67. Cfr. Cap. III, par. 4, ultimo periodo.

APPENDICE

GLI SCRITTI DELL'ANTICO E DEL NUOVO TESTAMENTO

ANTICO TESTAMENTO

Il Pentateuco
Genesi (Gen)
Esodo (Es)
Levitico (Lev)
Numeri (Num)
Deuteronomio (Deut)

I libri storici
Giosuè (Gios)
Giudici (Giud)
Rut (Rut)
Primo libro di Samuele (1 Sam)
Secondo libro di Samuele (2 Sam)
Primo libro dei Re (1 Re)
Secondo libro dei Re (2 Re)
Primo libro delle Cronache (1 Cron)
Secondo libro delle Cronache (2 Cron)
Esdra (Esd)
Neemia (Neem)
Tobia (Tob)
Giuditta (Giudit)
Ester (Est)
Primo libro dei Maccabei (1 Mac)
Secondo libro dei Maccabei (2 Mac)

I libri sapienziali
Giobbe (Giob)
I Salmi (Sal)
Proverbi (Prov)
Ecclesiaste (Eccle)
Cantico dei Cantici (Cant)

Sapienza (Sap)
Siracide (Sir)

I libri profetici
Isaia (Is)
Geremia (Ger)
Il libro delle Lamentazioni (Lam)
Il libro di Baruc (Bar)
Ezechiele (Ez)
Daniele (Dan)

I libri dei Profeti minori
Osea (Os)
Gioele (Gl)
Amos (Am)
Abdia (Abd)
Giona (Giona)
Michea (Mi)
Naum (Na)
Abacuc (Ab)
Sofonia (Sof)
Aggeo (Agg)
Zaccaria (Zac)
Malachia (Mal)

NUOVO TESTAMENTO

I Vangeli e gli Atti
Vangelo secondo Matteo (Mt)
Vangelo secondo Marco (Mc)
Vangelo secondo Luca (Lc)
Vangelo secondo Giovanni (Gv)
Atti degli apostoli (Atti)

Le lettere di Paolo
Lettera ai Romani (Rom)
Prima lettera ai Corinzi (1 Cor)
Seconda lettera ai Corinzi (2 Cor)
Lettera ai Galati (Gal)
Lettera agli Efesini (Ef)
Lettera ai Filippesi (Fil)

Lettera ai Colossesi (Col)
Prima lettera ai Tessalonicesi (1 Tess)
Seconda lettera ai Tessalonicesi (2 Tess)

Le lettere pastorali
Prima lettera a Timoteo (1 Tim)
Seconda lettera a Timoteo (2 Tim)
Lettera a Tito (Tit)
Lettera a Filemone (Filem)
Lettera agli Ebrei (Ebr)

Le lettere cattoliche
Lettera di Giacomo (Giac)
Prima lettera di Pietro (1 Pt)
Seconda lettera di Pietro (2 Pt)
Lettera di Giuda (Giuda)
Prima lettera di Giovanni (1 Gv)
Seconda lettera di Giovanni (2 Gv)
Terza lettera di Giovanni (3 Gv)

Libro dell'Apocalisse (Apoc)

ANNOTAZIONE

Esempi di abbreviazioni convenzionali con la relativa spiegazione:

1. Mt 5,8 = Vangelo secondo Matteo, cap. 5, v. 8
2. Mc 6,1-7 = Vangelo secondo Marco, cap. 6, dal v. 1 al v. 7
3. Lc 7,8.15 = Vangelo secondo Luca, cap. 7, vv. 8 e 15
4. Giovanni 8,2-9.12-15 = Vangelo secondo Giovanni, cap. 8, dal v. 2 al v. 9 e dal v. 12 al v. 15.
5. Rom 2,12 = Lettera di Paolo ai Romani, cap. 2, v. 12
6. 2 Cor 5,15; 8,13.20 = Seconda lettera di Paolo ai Corinzi, cap. 5, v. 15 e cap. 8, vv. 13 e 20
7. Gal 2,3s = Lettera di Paolo ai Galati, cap. 2, vv. 3 e seguente
8. Fil 1,5ss = Lettera di Paolo ai Filippesi, cap. 1, vv. 5 e seguenti
9. Atti 2;3 = Atti degli apostoli, capp. 2 e 3
10. Is 24-27 = Isaia, dal cap. 24 al cap. 27

INDICE